HOMELAND

COMO TUDO COMEÇOU

A HISTÓRIA DE CARRIE

ANDREW KAPLAN

HOMELAND™

COMO TUDO COMEÇOU

A HISTÓRIA DE CARRIE

Tradução de **Adalgisa Campos da Silva,
Julia Sobral Campos e
Maria Carmelita Dias**

intrínseca

Título Original
Carrie's Run

Revisão
Bruno Fiuza

Diagramação
Ilustrarte Design e Produção Editorial

CIP-BRASIL. CATALOGAÇÃO NA PUBLICAÇÃO. SINDICATO NACIONAL DOS EDITORES DE LIVROS, RJ

K26h   Kaplan, Andrew
        Homeland / Andrew Kaplan ; tradução Julia Sobral Campos, Adalgisa Campos da Silva e Maria Carmelita Dias. – 1. ed. – Rio de Janeiro : Intrínseca, 2014.
        320 p. ; 23 cm.

        Tradução de: Homeland: Carrie's run
        ISBN 978-85-8057-468-5

        1. Romance americano. I. Campos, Julia Sobral. II. Silva, Adalgisa Campos da. III. Dias, Maria Carmelita. II. Título.

13-07385   CDD: 813
                                        CDU: 821.111(73)-3

[2014]

Para meu filho, Justin, que torna tudo melhor,
e
para os homens e mulheres dos serviços de inteligência dos Estados Unidos,
que buscam à sombra o bem mais elusivo do mundo: a verdade.

NOTA DO AUTOR

Para os leitores interessados em mais informações sobre os personagens, as organizações e as agências descritas neste romance há um glossário e uma lista de personagens no fim do livro.

"Você sabe como é Princeton numa madrugada escura de inverno, às cinco da manhã, antes de todos terem acordado? Eu saía de 1915 Hall de moletom, porque nunca fui a garota popular. Eu era a garota séria, a que não flertava com os rapazes, mas que talvez fosse virar alguma coisa. Começava minha corrida sem tocar no cronômetro. O campus silencioso, ninguém em parte alguma, o ar tão frio que doía respirar. Corria até a Nassau Street, lá longe, passando pelas lojas com persianas fechadas, pelas luzes dos postes refletidas no chão gelado. Depois virava à direita na Washington, e, na volta ao campus, passava pela Woodrow Wilson e a Frist até o Weaver Track."

"Eu parava, minha respiração saía em nuvens, o céu cinzento, e então eu apertava o cronômetro e corria os mil e quinhentos metros como se minha vida dependesse daquilo, tentando pensar no ritmo, mas juro, Saul, havia vezes, mesmo quando os últimos duzentos metros estavam me matando, em que eu achava que podia correr para sempre."

"O que você quer, Carrie? O que diabo você realmente quer?"

"Não sei. Ser aquela garota outra vez. Sentir aquela limpeza... será que posso usar essa palavra? Ele está escondendo alguma coisa, Saul. Juro por Deus."

"Todo mundo está escondendo alguma coisa. Somos humanos."

"Não, uma coisa ruim. Uma coisa que vai nos fazer muito mal. Não podemos deixar isso acontecer de novo."

"Que fique claro: você não está arriscando apenas a sua vida e as nossas carreiras; é a segurança nacional, a própria Agência. Tem certeza de que quer fazer isso?"

"Acabei de me dar conta de uma coisa. Eu nunca vou ser aquela garota outra vez, não é?"

"Não sei se algum dia você chegou a ser."

2006
ANTES DE BRODY

CAPÍTULO 1

Rouxinol estava atrasado.

Sentada na sala escura do cinema, no segundo assento da quarta fileira a partir do fundo, Carrie Mathison tentava decidir se devia abortar a missão. Era para ser apenas um contato inicial. "Navios de passagem", fora como Saul Berenson, seu chefe e mentor, chamara aquilo durante o treinamento na Fazenda, o centro de treinamento da CIA em Virgínia. Dar uma olhada de perto em um tal de Taha al-Douni, a quem haviam atribuído o codinome "Rouxinol", deixar que ele a avistasse rapidamente para a vez seguinte, sussurrar o horário e o local do próximo encontro e ir embora. Estritamente de acordo com as regras.

Se o contato se atrasasse, o protocolo da Agência era esperar de quinze a vinte minutos, depois abortar e só remarcar se o contato fornecesse um motivo muito bom para não ter aparecido. Uma desculpa banal como o horário no Oriente Médio, que podia querer dizer qualquer coisa entre meia hora e meio dia de atraso, ou o engarrafamento comum de sexta-feira à noite no bulevar Fouad Chehab durante o *cinq à sept*, as horas entre cinco e sete da noite em que os homens de negócios encontravam suas amantes em pequenos apartamentos discretos no distrito de Hamra, não serviam.

Mas Carrie queria aquele contato. Segundo sua fonte, Dima, uma bela jovem libanesa do 14 de Março, um grupo político cristão maronita, que podia ser encontrada toda noite no bar do terraço do Le Gray no Distrito Central, havia dois fatores que faziam de Al-Douni alguém em quem a

CIA adoraria pôr as mãos: o primeiro, ele era um oficial da GSD, a brutal agência secreta de inteligência da Síria, o que lhe dava acesso direto ao regime de Assad em Damasco. O segundo fator era que ele precisava de dinheiro. Uma atraente namorada egípcia de gostos caros estava sugando tudo o que tinha, dissera Dima.

Carrie olhou seu relógio outra vez. Vinte e nove minutos. Onde diabo ele estava? Olhou em torno da sala de cinema, quase toda cheia. Ninguém havia entrado desde que o filme começara. Na tela, Harry Potter, Rony e Hermione estavam na aula de Olho-Tonto Moody, assistindo ao professor lançar uma maldição Imperius em um inseto voador de aparência letal.

Os nervos de Carrie estavam retesados como uma corda de violino, embora isso não quisesse dizer nada. Ela não podia confiar sempre nas suas sensações, porque havia vezes em que achava que seu sistema nervoso tinha sido montado pelos mesmos idiotas que construíram a rede elétrica de Washington, D.C. Transtorno bipolar, era como os médicos chamavam aquilo. Um transtorno de humor caracterizado por episódios de hipomania que se alternam com episódios depressivos, como descrevera certa vez uma psiquiatra recomendada pelo centro de saúde estudantil de Princeton. Sua irmã, Maggie, tinha uma definição melhor: "Mudanças de humor que vão de 'Sou a garota mais inteligente, mais bonita e mais fantástica do universo' a 'Quero me matar'." Ainda assim, parecia haver algo de errado com aquele contato.

Não posso esperar mais, disse Carrie a si mesma. Na tela, Hermione gritava com Moody, implorando que ele interrompesse uma maldição que torturava o pobre inseto até a morte. O *timing* perfeito; bastante barulho e efeitos especiais. Ninguém repararia nela, decidiu, levantando-se e avançando em direção ao saguão de entrada do cinema.

Ela chegou à rua, sentindo-se visível, exposta. De certa forma, era sempre assim para uma mulher ocidental no Oriente Médio. Sempre se destacava. O único jeito de Carrie se disfarçar seria usar uma *abaya* e um véu de corpo inteiro, e torcer para que ninguém se aproximasse o bastante para dar uma boa olhada nela. Com o corpo magro, o longo cabelo louro e liso e o rosto totalmente americano, Carrie não enganava ninguém a não ser a distância, e, de qualquer modo, isso não funcionaria no norte de Beirute, onde as mulheres usavam de tudo, de *hijabs* até calças jeans de grife coladas ao corpo, e às vezes as duas peças ao mesmo tempo.

Havia anoitecido enquanto Carrie estivera na sala de cinema. O trânsito ficara intenso na avenida Michel Bustros, os faróis dos carros e as janelas iluminadas em altos prédios de escritórios e apartamentos formavam um mosaico de luzes e sombras. Ela esquadrinhou a rua à procura de vigias. Contatos rompidos eram sempre potencialmente perigosos. E então seu coração quase parou.

Rouxinol estava sentado à mesa de um café do outro lado da rua, olhando diretamente para ela. Tudo errado. Não tinha como ele não ter entendido as instruções dadas por Dima no Le Gray na noite anterior. Estaria louco? E então ele fez pior. Chamou-a com um gesto que nos Estados Unidos quer dizer "vá embora" mas que no Oriente Médio significa "venha aqui". Instantaneamente o padrão se esclareceu, como um daqueles caleidoscópios que a pessoa sacode e de repente todas as peças caem no devido lugar. Era uma emboscada. Al-Douni era supostamente do GSD. Um experiente profissional de inteligência. Não podia estar fazendo algo tão amadorístico.

Fossem do GSD ou do Hezbollah, eles eram perfeitamente capazes de matar uma agente da CIA ou, melhor ainda, de raptar uma para seus próprios fins. Pegar uma bela espiã americana loura seria para eles como ganhar na loteria. Em sua mente, ela já podia visualizar o circo da mídia quando eles a exibissem diante das câmeras, denunciando mais uma interferência dos Estados Unidos no Oriente Médio, enquanto a manteriam presa em um armário durante anos, torturando-a e estuprando-a porque, afinal, ela era uma espiã, sem contar que muitos homens no Oriente Médio acreditavam que as mulheres ocidentais eram todas vadias. Rouxinol acenou para ela outra vez e, enquanto o fazia, Carrie avistou de soslaio dois árabes saindo de uma van do lado da rua onde ela estava e avançando na sua direção.

Era um sequestro. Ela tinha de decidir imediatamente; ou em alguns segundos se tornaria prisioneira. Virou-se e retornou para o cinema.

— Esqueci uma coisa — murmurou em árabe, mostrando seu ingresso ao bilheteiro.

Caminhou pela passagem entre os assentos, semicerrando os olhos para que eles se adaptassem ao escuro. Na tela, Dumbledore anunciava que Hogwarts seria a anfitriã do Torneio Tribuxo enquanto Carrie saía pela porta de emergência para um beco. Eles iriam atrás dela, pensou, enquanto seguia em direção à avenida. Espreitou pela lateral do prédio. Rouxinol não estava mais no café. Os dois homens deviam ter entrado no cinema.

Ela correu para a avenida, virando a esquina e descendo uma rua estreita para longe do tráfego. Quantos seriam?, perguntou-se, xingando a si mesma por estar usando saltos altos. Parte de seu disfarce. A menos que estivesse usando uma *abaya*, nenhuma mulher de respeito em Beirute jamais seria vista de sapatos baixos. Não seriam apenas dois homens, ela pensou, parando para tirar os sapatos. Não se fossem sérios.

A rua estava escura, à sombra das árvores. Não havia muitas pessoas ao redor — não que o fato de haver pessoas fosse detê-los. Os dois árabes da van apareceram na esquina. Um deles tirou algo do casaco. Parecia uma pistola com um silenciador acoplado. Carrie começou a correr. Eles a haviam subestimado, ela pensou. Fora uma atleta. Podia correr mais rápido que eles.

Bem nesse momento ela ouviu um tinido agudo e sentiu algo machucar sua perna. Olhou para baixo e para trás e viu a marca branca feita por uma bala na calçada. Eles estavam atirando nela. Desviou para a esquerda, depois para a direita e tocou a perna, sentindo um rasgo na calça jeans e uma substância viscosa. Sangue. Um pedaço de calçada devia ter ricocheteado e a atingido, calculou, correndo pela própria vida, o concreto duro sob seus pés descalços. Virando a esquina, ela disparou por uma rua vazia. Tinha de fazer algo, e rápido. À sua esquerda havia uma grande casa com portão atrás de uma cerca de ferro forjado; do outro lado da rua, uma igreja ortodoxa grega de teto abobadado, um ponto iluminado na escuridão.

Carrie disparou até a porta lateral da igreja e puxou a maçaneta. Estava trancada. Olhando para trás, o coração a mil, pôde ver os dois árabes correndo. Ambos tinham pistolas com silenciadores e estavam se aproximando. Mais à frente, na esquina, um Mercedes sedã freou cantando pneu. Quatro homens saíram. Merda!, ela pensou, correndo o mais rápido que podia em direção à porta principal da igreja. Ela a abriu com um puxão e se lançou para dentro.

Dentro da Igreja havia umas doze pessoas, quase todas mulheres vestidas de preto. Estavam dando voltas, acendendo velas e beijando imagens, ou apenas de pé em frente ao altar com seus arcos e ícones dourados. Um rapaz barbudo, um padre de beca preta, avançou pelo meio da nave na direção de Carrie.

— Cristo está no meio de nós — disse ele em árabe.

— Claro que está, padre. Preciso de ajuda. Há uma saída nos fundos? — perguntou ela em árabe.

Instintivamente, ele olhou para o lado por cima do ombro. Ela correu naquela direção assim que a porta principal se abriu e os quatro homens do Mercedes sedã entraram correndo, dois deles carregando rifles automáticos. Uma mulher gritou e todos começaram a se dispersar. A não ser o padre, que se aproximou dos homens.

— *Bess!* — ele gritou. *Parem!* — Esta é a casa do Senhor!

Um dos homens o empurrou para o lado ao correr pela passagem central, em direção à alcova onde Carrie havia desaparecido por trás de uma cortina que levava a uma porta.

Ela correu para fora da igreja. Uma passarela levava a uma avenida, ou ela podia atravessar a passarela até um estacionamento rodeado por uma cerca viva. Correu pelo estacionamento, virando à direita com o barulho de um tiro abafado atrás dela, depois desviou por uma abertura na cerca viva e saiu na avenida Charles Malek, uma ampla via principal repleta de pessoas e com trânsito intenso. Correu para o meio da rua, desviando de carros, as buzinas soando. O sinal ficou verde e os carros começaram a se mover à sua volta. De rabo de olho, Carrie espiou a rua lateral e viu três dos homens do Mercedes na calçada, procurando-a. Eles a avistariam em segundos.

Ela estava no meio do trânsito, entre duas faixas de carros com menos de vinte centímetros entre elas. Sentiu a mão de alguém agarrar sua bunda, de dentro um carro que se movia na direção oposta. Não perdeu tempo procurando ver quem fizera aquilo; tinha de agir rápido para sair da linha de visão de seus perseguidores.

Um táxi coletivo estava prestes a passar por ela. Havia um assento vago. Ela acenou com a mão diante do para-brisas, na frente do motorista, e gritou:

— Hamra!

O táxi já estava indo na direção oeste, e havia um esconderijo da CIA no bairro de Ras Beirut, não muito longe de Hamra, se ela conseguisse chegar lá sem ser vista. O táxi parou no meio do trânsito, as buzinas soando atrás dele, e Carrie pulou no banco traseiro.

— *Salaam alaikum* — murmurou ela para os outros passageiros.

Calçou de volta os sapatos que estivera carregando e tirou um *hijab* preto do bolso, colocando-o na cabeça para ajudar a mudar sua imagem. Passou uma extremidade por cima do ombro enquanto dava uma olhada rápida ao redor. Um dos homens na calçada apontava para a lotação e dizia algo. Ela chegou para trás, de forma a ficar ocultada pelos dois outros passageiros do assento traseiro: uma mulher mais velha usando um terno cinza que a olhava com um interesse genuíno e um rapaz vestindo roupas esportivas, provavelmente um estudante universitário. No assento da frente, ao lado do motorista, havia uma moça que ignorava todos eles, falando com outra pessoa ao celular.

— *Wa alaikum salaam* — murmuraram de volta o estudante e a mulher mais velha.

— Onde em Hamra? — perguntou o motorista, pisando no acelerador e desviando para ocupar o espaço entre dois carros mais à frente e assim avançar alguns metros.

— Banco Central — disse ela, sem querer revelar a localização verdadeira do esconderijo, sobretudo se eles ainda a estivessem seguindo.

Era perto o bastante de onde ela queria ir. Ela entregou duas notas de mil libras ao motorista, depois tirou um estojo de pó compacto de maquiagem da bolsa e tentou posicioná-lo em ângulo de forma a enxergar o vidro de trás. Apenas tráfego. Se a van ou o Mercedes estivessem atrás dela, estavam muito longe para serem vistos. Mas eles ainda a seguiam. Carrie tinha certeza disso. Por causa dela, todas as pessoas dentro do táxi estavam em perigo. Precisava sair dali assim que possível, pensou. Tirando uma mecha de cabelo da frente dos olhos e olhando em torno, ela guardou o estojo de maquiagem.

— Você não deveria fazer isso — disse a mulher mais velha. — Ficar parada no meio do trânsito daquele jeito.

— Há muitas coisas que eu não deveria fazer.

Então, percebendo que a mulher parecia estar interessada demais nela, acrescentou:

— Meu marido sempre me diz isso — concluiu, garantindo que a mulher visse a aliança de casamento que ela sempre usava para encontros com os contatos, embora não fosse casada, para evitar o que Virgil, seu colega para assuntos clandestinos, chamava de "sexo Everest". Sexo não desejado ou com os parceiros errados ou, a parte do Everest, "porque está lá, Carrie".

Eles estavam no bulevar General Fouad Chehab agora, a principal rua de mão dupla ao norte de Beirute, e o trânsito era um pouco melhor. Se iam pegá-la no táxi, seria agora, ela pensou, os olhos disparando de um lado a outro. Carros e caminhões por todos os lados e a adolescente ao celular dizendo:

— Eu sei, *habibi*. Tchau.

A menina desligou e imediatamente começou a digitar uma mensagem de texto.

O motorista fez a curva pelo prédio alto e retangular Al-Mour, entrando no bulevar Fakhreddine. Todos os prédios daquela área eram novos; os velhos haviam sido destruídos durante a longa guerra civil. Mais acima no bulevar ela podia avistar altos guindastes, onde ainda mais prédios novos estavam sendo construídos. O táxi virou à esquerda, e depois de alguns quarteirões o motorista desacelerou para encontrar um lugar onde alguém pudesse saltar.

Carrie olhou para trás pelo vidro. Eles ainda estavam atrás dela, quatro carros depois, no Mercedes, procurando avançar. Estavam esperando que ela saísse do táxi, então a pegariam antes que tivesse avançado cinco metros. O que podia fazer? O táxi encostou e parou junto de um edifício alto de apartamentos. Carrie retesou o corpo. Será que eles iriam pegá-la agora? Podiam parar junto do táxi, bloqueando-o de forma que ele não pudesse voltar para o meio dos carros. Ela ficaria presa. Tinha de fazer algo, e rápido.

A mulher mais velha acenou com a cabeça para os outros passageiros e saiu do carro. Depois de um segundo, Carrie saltou pelo lado da rua, deu a volta e pegou seu braço.

— Achei que você ia ao Banco Central — disse a mulher.

— Estou em apuros. Por favor, senhora — disse Carrie.

A mulher fitou-a.

— Que tipo de apuros? — perguntou, enquanto caminhavam em direção à entrada do edifício.

Carrie olhou por cima do ombro. Enquanto o táxi se afastava, o Mercedes tomava o seu lugar no acostamento.

— O pior tipo. Temos que correr, senão eles vão matar a senhora também — falou Carrie, começando a correr e puxando a mulher.

Elas correram para dentro do prédio, até os elevadores, e apertaram o botão.

— Não vá direto para o seu andar — disse Carrie. — Escolha um andar mais alto e desça a pé. Tranque a porta e não abra para ninguém por pelo menos uma hora. Sinto muitíssimo.

Ela tocou o braço da mulher.

— Espere — disse a mulher, enfiando a mão na bolsa. — Tenho um Renault vermelho no estacionamento.

Ela estendeu as chaves.

— Espere uma hora antes de prestar queixa do roubo — falou Carrie, pegando as chaves. — Você conhece o Crowne Plaza, perto do shopping center?

A mulher fez que sim.

— Se eu conseguir, deixo o carro lá — disse Carrie, já correndo até a porta lateral perto do estacionamento. — *Shokran* — gritou para trás, agradecendo à mulher enquanto ela entrava no elevador.

Carrie saiu no estacionamento. O Renault vermelho estava parado em uma fileira de carros junto de uma mureta baixa e uma cerca viva. Ela correu até lá, destrancou o carro, entrou e ligou o motor. Enquanto ajustava o retrovisor, ela os viu. Dois homens. Os mesmos que a haviam seguido dentro da igreja. Ela acionou a marcha a ré, recuou e foi em direção à saída. Os homens correram atrás; o que havia tentando atirar nela antes se colocava em posição de disparo, mirando no carro. Instintivamente ela se abaixou e desviou para a rua, virando com força e acelerando o máximo que o pequeno carro podia alcançar. Uma bala atravessou o vidro de trás, formando uma teia de rachaduras a partir do buraco.

Carrie desviou outra vez, olhando na direção do estacionamento onde o atirador mirava diretamente nela. Teria de passar bem ao lado de onde ele estava. No último segundo, ela pisou no freio e bateu com a cabeça no encosto do banco. Outra bala atravessou a janela lateral, cortando o ar em frente ao seu rosto. Pisou no acelerador outra vez, com uma buzina soando alto atrás de si, e disparou rua acima, procurando uma abertura no trânsito. Checando o retrovisor, ela viu que por enquanto o Mercedes ainda estava parado junto ao meio-fio. Alguém corria pela calçada na sua direção. Deus, ela esperava que eles não tivessem machucado a mulher. Por que haviam tentado atirar nela? O que estava acontecendo? Uma refém americana era valiosa para o Hezbollah, ou a Síria, ou quem quer que estivesse por trás daquilo. Uma mulher morta, mesmo que da CIA, não valia muita coisa.

De repente, sem sinalizar, ela se esgueirou para a faixa da direita e virou a esquina, os pneus cantando enquanto disparava pela rua estreita. Mais à frente, um homem atravessava pelo meio da rua, e, em vez de frear, ela tocou a buzina, sem desacelerar nem por um segundo, conseguindo por pouco desviar dele enquanto ele erguia um polegar, o equivalente no Oriente Médio a erguer o dedo do meio. Ela não desacelerou, mas pegou a rua seguinte à esquerda, olhando o retrovisor novamente. Por enquanto não havia ninguém atrás dela.

Virou à esquerda outra vez na Rome e voltou pela Hamra, a rua estreita repleta de carros e pessoas. Se estavam atrás dela com o Mercedes ou com outro carro, não teriam como alcançá-la com aquele trânsito. As calçadas estavam lotadas de pessoas de todas as idades, muitas elegantes, algumas mulheres usando *hijabs*, os cafés e restaurantes brilhando sob letreiros de neon, e o som de hip-hop vindo da porta aberta de uma boate.

Ela dirigiu para o lado esquerdo na rua Hamra, verificando os retrovisores enquanto a cidade e todas as suas cores rodopiavam à sua volta. Abriu uma janela e ouviu o barulho das pessoas e da música, sentiu o cheiro de *shawarma* assado e de tabaco de maçã que saía das casas de *shisha*. Nenhum sinal de alguém a seguindo. Talvez eles tivessem trocado o Mercedes ou a van por outra coisa, mas até onde Carrie podia ver, ela os havia despistado. Ainda assim, não podia relaxar. Eles estariam vasculhando a cidade à procura dela. Se tivessem pegado o motorista do táxi, ele lhes teria dito que ela ia a Hamra. Podiam estar em qualquer parte. E Carrie só podia torcer para que não tivessem encontrado a mulher mais velha. Hora de se livrar do carro.

Carrie avistou o grande hotel Crowne Plaza mais à frente, com seu letreiro luminoso vermelho no alto do prédio. Passou reto em frente a ele até a entrada do shopping e, depois de quinze minutos circulando, encontrou uma vaga. Deixou as chaves do carro no tapete, saiu e caminhou para longe do estacionamento e para dentro do shopping, onde se misturou ao fluxo de compradores, saindo por diferentes portas e voltando para dentro, olhando espelhos, subindo e descendo escadas para garantir que não estava sendo seguida, verificando uma última vez ao sair do shopping e se afastar da multidão para subir a rua Gemayel em direção ao campus da American University.

Deu a volta no quarteirão duas vezes, depois andou mais um quarteirão no sentido oposto para garantir de uma vez por todas que não estava sendo seguida. Fazendo assim, mesmo que tivessem trocado de carro, quase sempre era possível avistar uma sombra. Ela começou a respirar com um pouco mais de facilidade. Até ali, parecia que os havia despistado. Mas Carrie não tinha nenhuma ilusão. Estariam vasculhando Hamra à sua procura. Precisava chegar ao esconderijo imediatamente.

O segredo era ficar longe da multidão na rua Hamra. Eles poderiam dar sorte e avistá-la ali. Então foi em direção à universidade. Para passar despercebida, se inseriu em um grupo de estudantes que conversavam sobre um lugar onde pudessem comer *manaeesh*, um tipo de pizza. As duas garotas eram libanesas, um dos rapazes era da Jordânia, e por um instante foi como estar na faculdade outra vez. Eles a convidaram a se juntar a eles num pequeno restaurante discreto, mas ela deu de ombros e seguiu em frente. O esconderijo não estava longe. Vinte minutos depois, ela estava na Adonis, uma estreita rua residencial arborizada, subindo o elevador até o apartamento no décimo oitavo andar onde ficava o esconderijo.

Ao sair do elevador, ela esquadrinhou o corredor e o vão da escada, escutando a subida do elevador antes de se aproximar da porta do apartamento. Examinou a ombreira e o batente da porta em busca de traços de adulteração. Parecia estar tudo certo. O olho mágico continha uma câmera de vídeo, ela sabia. Olhou dentro dele e fez o sinal pré-determinado, duas batidas duplas, pronta para correr se algo acontecesse. Não obteve resposta. Ela bateu outra vez, depois tirou a chave da bolsa e abriu a porta.

O apartamento parecia vazio. Isso não estava certo. Tinha sempre que ter alguém lá dentro. O que diabo estava acontecendo? Verificou se as cortinas estivam fechadas, trancou a porta e explorou os dois quartos, um deles repleto de catres e o outro de equipamentos. Foi até a cômoda onde guardavam um sortimento de armas. Pegou uma pistola Glock 28 e quatro carregadores. A arma era perfeita para ela. Pequena, leve, com pouco recuo, e os cartuchos .380 atravessariam qualquer coisa. Carregou a pistola e colocou-a na bolsa junto com os outros carregadores.

Foi até a janela e espiou pela lateral da cortina a rua abaixo, iluminada por um único poste. Se havia vigias, eles estavam escondidos sob as sombras das árvores e dentro de carros estacionados na rua escura.

— Nossa, preciso de uma bebida — disse em voz alta para si mesma.

Foi até o armário de bebidas da sala, olhando para o laptop na mesa de centro que mostrava múltiplas vistas de câmeras de segurança do olho mágico da porta, do corredor e da rua vista do telhado. Tudo parecia normal. Ela encontrou uma garrafa pela metade de Grey Goose no armário e serviu um quarto de copo para si mesma, sabendo que provavelmente não deveria, e pensando que àquela altura ela já não ligava; pegou um dos seus comprimidos de clozapina na bolsa — teria de conseguir mais no mercado negro em Zarif, pensou com a testa franzida — e engoliu o comprimido com a vodca. Olhou o relógio: sete e quarenta e um da noite. Quem estaria ocupando a central telefônica da Estação de Beirute a essa hora?, perguntou a si mesma. Linda, pensou. Linda Benitez; no posto até a meia-noite.

Só que, antes de telefonar, ela precisava pensar bem. O que acabara de acontecer não fazia sentido. O contato com Rouxinol havia sido organizado por Dima. A vadiazinha não era um dos pombos, os contatos que Carrie recrutara desde que chegara em Beirute. Ela a herdara de Davis Fielding, o chefe da Estação de Beirute da CIA. Ela era um dos seus. Alguém vai ter que se explicar, ela pensou, com raiva. Só que não tinha como saber se Dima estava jogando para os dois times ou se também fora enganada por Rouxinol. Ela podia até mesmo estar em perigo, ou já estar morta.

Carrie não tinha como entrar em contato com ela. Não podia simplesmente telefonar. Os dois telefones do esconderijo eram interditados. O normal servia apenas para receber chamadas. O codificado era reservado para comunicações com a central telefônica extremamente segura da embaixada americana em Akouar, no extremo norte da cidade. E usar um celular poderia revelar sua posição, se a estivessem rastreando com GPS. Pense em alguma coisa, disse Carrie a si mesma. Presuma que quem está por trás disso é a GSD ou o Hezbollah. Como a haviam descoberto? Dima. Só podia ser Dima, e isso podia significar que havia algo que Fielding não sabia. Ele a encorajara a estabelecer o contato.

— Faríamos tudo para ter alguém dentro da GSD — dissera ele.

E também dissera que ela não precisaria de reforço.

— Dima é sólida. Não nos deu muito, mas o que tem é ouro puro.

Filho da puta, ela pensou. Ele estava comendo ela? Seria sexo o ouro puro que ela estava lhe dando? Carrie quisera levar Virgil Maravich, o gênio de assuntos clandestinos residente da estação, o melhor em tecnologia de vigilância, escutas e invasões que ela já conhecera, mas Fielding dissera que precisava de Virgil para outra coisa.

— Além disso, você já é crescida. Pode dar conta do recado — dissera Fielding, insinuando que se ela não pudesse, não pertencia a Beirute, à liga profissional.

— Regras de Beirute — avisara ele, naquele primeiro dia em seu escritório na cobertura da embaixada americana, esparramado em sua cadeira de couro.

Atrás dele, uma janela com vista para o prédio da prefeitura, com suas próprias janelas e portas em arco. Fielding era um homem grande, de cabelos claros, começando a ficar gordo. Um pouco de rosácea no nariz; alguém que gostava de comer e beber.

— Não há segundas chances. E ninguém liga que você seja uma garota no Oriente Médio. Se fizer merda, se cometer um erro, a probabilidade é de que você morra. Mesmo que não morra, é expulsa de lá. Essa cidade parece civilizada, com seus diversos clubes, suas lindas mulheres usando roupas de marca, ótima comida, as pessoas mais sofisticadas do planeta, mas não se engane. Ainda é o Oriente Médio. Coloque um pé no lugar errado e eles matam você... e um minuto depois vão para a próxima festa.

O que diabo está acontecendo?, Carrie pensou. Fora o contato de Fielding que organizara aquilo, Fielding que a encorajara a se candidatar e Fielding que garantira que ela aparecesse sem reforço. Mas Fielding era um chefe de estação de longa data em Beirute. Seria um primeiro contato normal. Ele não esperara que alguma coisa desse errado. Ela quase fora sequestrada ou morta. Claramente, ele não queria isso. Ela inspirou profundamente. Aquilo era loucura. Estaria se sentindo zonza? Seria possível que a clozapina, o remédio para seu transtorno bipolar, não estivesse funcionando?

Carrie se levantou. Sentia que tinha de fazer alguma coisa, qualquer coisa, mas não sabia o quê. Sentia um formigamento na pele. Ai, Deus, isso não. Ela não estava começando a ter um de seus "voos" — como chamava a fase maníaca da sua doença —, estava? Começou a andar pelo cômodo, depois foi até a janela, sentindo um irresistível desejo de abrir as cortinas de uma vez e olhar para fora. Vão em frente, deem uma boa olhada em mim, seus desgraçados! Não seja burra, Carrie, disse a si mesma. Você está bem, dê apenas mais alguns segundos para que a vodca e a clozapina façam efeito. Embora talvez tenha sido loucura misturar os dois. Ela estendeu a mão até a cortina. Cuidado, cuidado, disse a si mesma. Puxou o canto da cortina e deu uma olhada na rua.

O Mercedes sedã que a estivera perseguindo estava estacionado em fila dupla em frente ao prédio do esconderijo. Três homens caminhavam em direção à entrada principal. O medo a atravessou como eletricidade. Sentiu uma vontade terrível de urinar e teve de apertar as coxas uma contra a outra para se controlar.

Era impossível. Aquilo era um esconderijo. Como a haviam encontrado? Ela não fora seguida. Tinha certeza disso. Ela os havia despistado no Renault vermelho e tinha garantido isso ao circular pelas ruas de Hamra. Ninguém a pé; ninguém de carro. E o que ela podia fazer? Eles estavam entrando no prédio. Tinha apenas alguns segundos para escapar. Pegou o telefone que se comunicava com a embaixada e discou. Atenderam no segundo toque.

— Boa noite. Escritórios de Serviços Culturais dos Estados Unidos — falou uma voz.

Apesar de uma leve distorção causada pela encriptação da linha, Carrie reconheceu a voz de Linda Benitez. Não a conhecia bem, só o bastante para cumprimentá-la.

— Amarillo — disse Carrie, usando a senha da semana. — Rouxinol foi uma armadilha.

— Confirma oposição?

— Não tenho tempo. A segurança de Aquiles foi violada. Está ouvindo, caramba? — Carrie quase gritou.

Aquiles era o esconderijo.

— Confirmado Aquiles. Qual é sua localização e status? — perguntou Linda.

Carrie sabia que ela estava não apenas gravando, mas seguindo um texto decorado e anotando cada palavra, perguntando se ela ainda estava móvel e operante, ou se estava telefonando numa situação de coação ou captura.

— Estou em movimento. Diga a você-sabe-quem que o vejo amanhã — Carrie se irritou, e desligou.

Por um instante, ficou parada, equilibrada nas pontas dos pés como uma dançarina, tentando decidir para que lado ir. Tinha de sair dali rápido, mas como? Eles eram três. E pelo menos mais um lá fora, no sedã. Subiriam tanto pela escada quanto pelo elevador.

Como ela poderia sair? Não havia contingência para algo assim. Aquilo não deveria acontecer num esconderijo.

Ela não podia ficar onde estava. Eles achariam um jeito de entrar. Se não fosse por uma porta, seria por uma janela, uma sacada ou até uma parede do apartamento vizinho. Se entrassem de fato, fariam isso atirando. Ela talvez conseguisse atirar em um, quem sabe até em dois, mas em três, não. Aquilo não iria virar um bangue-bangue. Também não podia sair no corredor, tentar descer pela escada ou pelo elevador. Eles estariam esperando. Aliás, era provável que chegassem à porta do apartamento a qualquer instante, pensou, indo até lá e fechando a tranca.

Sobravam a janela e a sacada. Ao ir em direção ao quarto, um choque passou dentro dela com os barulhos no corredor. Ela foi até o laptop. Os três homens árabes estavam ali, avançando metodicamente e parando para ouvir à porta de cada um dos apartamentos com uma espécie de aparelho de escuta. Chegariam ao de Carrie em segundos.

Ela correu de volta para o armário do quarto, onde guardavam os materiais. Abriu-o e começou a vasculhá-lo, à procura de uma corda ou de qualquer coisa que pudesse usar para ajudá-la a descer. Nada de corda. Apenas mudas de roupas masculinas. Alguns ternos, sapatos e cintos de couro. Cintos! Ela agarrou três cintos e os amarrou para criar um único cinto longo, depois correu de volta até o laptop.

A tela mostrava os três homens bem à porta do esconderijo. Estavam colando algo nela. Explosivos!, Carrie pensou. Disparou em direção ao quarto e abriu a porta da sacada, passando o cinto pela balaustrada de ferro forjado. Espiou pela beirada. O Mercedes ainda estava ali, mas ninguém havia saído nem olhava naquela direção. Ela olhou para a sacada de baixo, incapaz de adivinhar se havia alguém no apartamento. Que diferença faz?, gritou por dentro. Eles iriam explodir a porta e talvez o apartamento inteiro. Poderia morrer a qualquer instante.

Ela apertou o cinto na balaustrada e puxou com força. Parecia que ia aguentar. Teria de aguentar. Subindo pela beirada, baixou o próprio corpo, uma mão depois da outra no cinto. A porta de vidro da sacada do apartamento inferior estava escura. Ninguém em casa. Com os braços estendidos, ela esticou os dedos dos pés para alcançar a balaustrada de baixo. Não olhe para baixo, disse a si mesma enquanto seus dedos dos pés tocavam o gradil. Empurrou o corpo para a frente, largando o cinto e caindo na sacada. Uma explosão ensurdecedora acima fez tremer o prédio.

Eles haviam explodido a porta do esconderijo. Com um zumbido no ouvido, ela estraçalhou o vidro da porta da sacada com a Glock, depois passou a mão pelo buraco serrilhado e abriu a porta.

Calçando os sapatos para não pisar em cacos de vidro, correu até a porta da frente do apartamento, destrancou-a e disparou pelo corredor e pelas escadas até o andar térreo. Alguns segundos depois ela saía pela porta de serviço para um beco que havia nos fundos. Seguiu pelo beco cuidadosamente até uma rua lateral. Parecia vazia. Não havia vigias no sedã na esquina. Tirando os saltos altos novamente, correu o mais rápido que pôde, seu corpo esguio desaparecendo na escuridão.

CAPÍTULO 2

Distrito Central, Beirute, Líbano

— O que deu errado? E não me venha com histórias. Você está numa situação muito delicada, Carrie — disse Davis Fielding, esfregando as mãos uma na outra como se sentisse frio.

Estavam no escritório dele, situado no prédio antiquado da rua Maarad, próximo à praça Nejmeh, com sua emblemática torre do relógio, onde a Estação de Beirute tinha uma empresa de fachada, Seguro Marítimo do Oriente Médio S.A. — um disfarce tão sólido que chegavam de fato a vender apólices.

— Você é quem deve me dizer. Rouxinol foi ideia sua. Dima era sua agente. Eu só a herdei — respondeu Carrie, esfregando os olhos.

Sentia-se cansada, suja, com as mesmas roupas que usara no dia anterior, tendo dormido apenas algumas horas na sala de Virgil depois de uma noite passada pelos quatro cantos de Beirute, à procura de Dima.

— Não me venha com essas merdas — rosnou Fielding. — Ela era seu pássaro. Você a controlava. Você trouxe Rouxinol até mim e eu autorizei o encontro. Só isso. Um primeiro contato. Nada mais. Quando vejo, você está sendo perseguida por toda Beirute por supostos assassinos e levando-os bem à porta do nosso esconderijo! Colocou a nossa posição aqui em risco, e, como você bem sabe, ela já é muito delicada — disse ele, batendo na mesa com o dedo indicador.

— Eu não os levei a lugar algum — disse Carrie, pensando: Por que ele não vê isso? Devia estar me parabenizando por ter escapado. Como pode ser tão estúpido? — Eu escapei. Estava livre. Larguei o carro no

Crowne Plaza e saí dali cem por cento livre, mas só para garantir, passei uma hora no shopping, dando a volta em quarteirões, mudando o trajeto. Não havia nada. Nada de carro, nada a pé, nada eletrônico, nada com um telescópio num raio de trinta quilômetros. É melhor você encarar a coisa, Davis. Temos uma falha de segurança.

— Temos o cacete. Você fez merda e agora está procurando se safar. Eu avisei, Mathison. Jogamos com as Regras de Beirute aqui. Agora, vamos repassar outra vez. Primeiro, onde está Dima?

— Diga você. Depois do fiasco com o contato e no esconderijo, passei metade da noite procurando por ela. Em vez de gritar comigo, que tal levar em conta que ela pode ser uma agente dupla? Talvez ela tenha armado para mim. Porque, se não foi isso, desde quando você passou a confiar tanto nos outros?

— Nós nem sequer sabemos se foi uma armadilha. Talvez você tenha entrado em pânico porque Rouxinol se enganou com o local do contato. Talvez ele estivesse no horário libanês. Talvez estivesse bêbado. Que merda, Carrie. Isso devia ter sido uma passagem rápida, só isso. Dar uma olhada nele, deixar que ele desse uma olhada nos seus peitos, e marcar o próximo contato. Você entrou em pânico. Admita — falou Fielding, o rosto vermelho como o de um Papai Noel, mas os olhos frios e azuis como gelo.

— Não é verdade. Você não estava lá. Eu estava. Ele acenou para mim — disse ela, mostrando o gesto. — Ele é um oficial de inteligência experiente e acena para um contato que nunca viu na vida para que ele se aproxime como se fôssemos duas donas de casa num parque? Está de brincadeira?

— Talvez seja assim que eles façam as coisas na GSD. Talvez ele tenha achado que você se enganou. Você é uma mulher, pelo amor de deus. Nenhum homem no Oriente Médio vai levá-la a sério. Com base na noite passada, eles provavelmente têm razão.

Ela podia sentir seu coração batendo a mil. O que estava acontecendo ali? Um erro sério fora cometido, que quase levara à sua captura ou morte. Ele devia está-la apoiando, não berrando no seu ouvido.

— Havia dois homens numa van e quatro num Mercedes. Eles tentaram me sequestrar, caramba! Atiraram em mim! Olha aqui.

Ela mostrou a ferida em sua perna onde o pedaço de calçada a atingira.

— Sim... e depois você os levou direto para o esconderijo, o que, para começar, pode perfeitamente ter sido o objetivo do exercício para eles! — disse Fielding com irritação. — Isso vai entrar no seu 201 — acrescentou, referindo-se à ficha pessoal de cada funcionário da CIA. — Não pense que não vai.

Carrie se levantou.

— Escute, Davis — falou ela, tentando se controlar. — Há algo mais sério acontecendo aqui. Já pensou em se perguntar por que eles queriam uma agente de campo da CIA quando, se Rouxinol era agente duplo, poderiam ter nos dado informações falsas durante anos e nós as teríamos engolido feito porcos famintos? Pergunte a si mesmo por quê.

— Sente-se — disse Fielding com rispidez. — Aonde pensa que vai? Não terminei de falar com você.

Ela se sentou. Por dentro, tremia de raiva. Poderia ter arrancado os olhos de Fielding, de tão furiosa. Ela era forte a esse ponto, poderosa a esse ponto. Ai, Deus, estaria entrando em um de seus voos? Podia sentir o controle se esvaindo; estava quase a ponto de matá-lo. Controle-se, Carrie. Você consegue.

— Dima armou o contato. Precisamos levá-la em consideração — disse Carrie cuidadosamente, tentando se segurar.

— E o celular dela?

Ela fez que não com a cabeça.

— Nada na caixa-postal morta também.

Para contatos de emergência com Dima, ela usava o interior oco de uma árvore no parque Sanayeh. Quando fora até lá no meio da noite depois de vasculhar os clubes, o buraco estava vazio. Ela deixara uma marca de giz num galho, indicando que Dima devia entrar em contato com ela assim que possível, mas tinha uma sensação ruim a respeito do seu paradeiro.

— Onde mais você procurou?

— Le Gray, Whiskey, o Palais, a casa dela... e não preciso que você diga: fui cuidadosa. Procurei por todos os cantos. Ninguém a viu. Arrombei a fechadura do apartamento dela. Não estava em casa. Parecia que não ia lá há alguns dias.

— Então ela está com o mais novo bonitão endinheirado de Riad, e daí?

— Ou está sendo torturada, ou já está morta. Houve uma falha de segurança, Davis. Você não pode ignorar essa possibilidade.

— É o que você diz — falou ele, mordendo o lábio. — O que mais?

— Não havia ninguém no esconderijo — disse ela. — O que foi isso?

— Orçamento. Os burocratas de Washington.

Ele deu de ombros.

— Estão controlando o universo. Tivemos que reduzir gastos. Então, de acordo com sua opinião, você estava livre. Eles a perseguiram. Você escapou. Ninguém a seguiu até Aquiles? E essa mulher mais velha que emprestou o carro?

Ele uniu as pontas dos dedos indicadores, seus olhos azuis fitando-a como lasers.

— Ela deu o carro para uma completa desconhecida. Por que faria isso?

Carrie engoliu em seco.

— Era uma pessoa decente. Foi de mulher para mulher. Podia ver que eu estava em apuros.

Podia ver que eu estava desesperada, ela pensou.

— Ou talvez pertencesse ao bando deles e tenha lhes contado onde encontrar você. Ou isso, ou eles a persuadiram — disse ele, fazendo um gesto de quem arranca uma unha.

Ele é louco?, ela se perguntou. De onde tira essas ideias de merda?

— Ela não sabia para onde eu estava indo. Eu disse que deixaria o carro no Crowne Plaza e foi o que fiz. Ela não sabia nada sobre a localização do Aquiles.

— Não, mas como todo mundo em Beirute, ela sabia que o Crowne fica na rua Hamra, de modo que você não podia estar indo longe. Tudo que tinham de fazer era cobrir a área. Cinquenta vigias na multidão de sexta-feira à noite e você não avistou nenhum.

Ele balançou a cabeça, desgostoso.

— A única amadora em todo esse fiasco ridículo está sentada bem na minha frente.

— Não acredito nisso. Eu consigo escapar de uma armadilha letal do Hezbollah e a culpa é minha? — perguntou Carrie, levantando-se outra vez.

Sentia-se enojada. O que era aquilo? Estava sendo demitida?

— O que você está dizendo? Preferiria que eu tivesse sido morta, ou capturada?

— Estou dizendo que seu trabalho aqui acabou. Certamente, está exposta, e vamos ter de arrumar um esconderijo novo, graças a você.

— E os meus agentes? Estão contando comigo — disse ela, o coração batendo com força dentro da cabeça, feito um tambor.

Ela nunca fora demitida antes. Era a sensação mais revoltante que já tivera.

— Por enquanto, eu vou lidar com Dima e os outros. Você já era. Fale com Carol sobre os preparativos e seu voo de volta. E vou ligar para Berenson. Foi ele quem inventou de me empurrar você.

— Então é isso. Todo o meu trabalho, e sou mandada embora por algo que não foi culpa minha?

— Vá fazer as malas, Carrie. Estou mandando-a de volta para Langley. Talvez eles consigam achar algo útil para você. Nem todo mundo é feito para o campo.

— Está enganado, Davis — disse ela, o maxilar cerrado, sabendo que estava desperdiçando seu fôlego. — Não fui seguida. Há uma falha na segurança. Você precisa averiguar isso.

— Vamos investigar — disse ele, gesticulando para que ela saísse, e pegando o telefone.

A caminho do aeroporto, Virgil Maravich saiu da rodovia El Asad pela rotunda do bulevar El Sader. Ficava olhando para Carrie ao seu lado, que estava coberta dos pés à cabeça com uma *abaya* preta.

— Eu não devia estar fazendo isso — disse ele. — Sem contar que Dahiyeh não é exatamente o lugar mais seguro do mundo para quem não é daqui.

Ele tinha razão, é claro, pensou Carrie. Dahiyeh, no sul de Beirute, era um local pobre, xiita, e controlado pela milícia do Hezbollah, armada até os dentes, que podia parar você em qualquer cruzamento. Passando por ali de carro, ainda viam-se diversos prédios bombardeados e terrenos baldios repletos de mato e cascalho, em consequência de ataques israelenses do passado e da longa guerra civil.

— Fico agradecida — disse ela, meneando a cabeça. — Qual é o problema dele?

— Fielding? — Virgil sorriu. — Ele faz parte da velha guarda, você não entende? Ele conhece as regras. A cabeça de alguém teria que rolar por causa de Rouxinol e da falha no Aquiles. Se ele coloca a culpa em você, a culpa não é dele.

— Isso é repulsivo — disse ela, olhando para Virgil.

Alto, magro, careca no topo da cabeça; ela o conhecera durante sua primeira vigilância em Beirute. Na época, como agora, falavam sobre Fielding.

"Ele fez o discurso dele sobre as 'Regras de Beirute'? Um erro e eles matam você, e daí seguem para uma festa. Babaca", dissera ele com um sorriso, naquela primeira vez.

Fora Virgil quem dera a Carrie a ideia de usar uma aliança de casamento ao sair à noite ou em encontros.

"Sua vida sexual não é da minha conta", ele lhe dissera. "Mas a menos que você queira que seja da conta de todo mundo ou que goste de ser apalpada, nessa parte do planeta é bom fazer com que os homens achem que você pertence a outro homem, que é como eles veem a coisa. Desrespeitar isso é um tabu maior do que estupro. Pelo menos a aliança deixa você escolher."

Ela nunca sentira atração por Virgil. Não sabia como ele se sentia com relação a ela e nunca deixava que o assunto fosse abordado. Ele era casado, mas não falava sobre isso. Não lhe dizia respeito. Eram colegas de trabalho, companheiros de trincheira. Ela o respeitava. Pensava que ele sentia a mesma coisa por ela. Mesmo que ela tivesse desejado, os dois sabiam que sexo estragaria as coisas, e a verdade era que haviam passado a contar um com o outro.

— Bem-vinda à verdadeira CIA — disse Virgil com uma careta.

Ele tinha a típica postura de desprezo que a maioria dos operadores de campo tinha a respeito dos sujeitos de terno lá em Langley.

— Não precisamos de espiões inimigos. Temos nosso próprio pequeno esgoto organizacional. Lamento que você tenha sido envolvida nele.

Foram de carro até o distrito Ghobeiry, onde entraram em ruas laterais repletas de crianças brincando, chutando latinhas e usando gravetos como armas, e de homens jogando *tawla*, um tipo de gamão, e bebericando chá diante das fachadas. Na lateral dos prédios havia imensos rostos de mártires pintados, a maioria homens barbudos tão jovens que suas barbas pareciam falsas; e em toda parte, bandeiras amarelas e verdes do Hezbollah penduradas como roupa secando.

Antes que ela fosse ao Líbano pela primeira vez, Saul lhe dissera: "Beirute é como Istambul; fica em dois continentes. O norte de Beirute é Paris com coqueiros; Dahiyeh é o Oriente Médio".

— Onde vai se encontrar com ela? — perguntou Virgil.

— No supermercado. É difícil para ela escapar despercebida.

— Como quer fazer?

— Você fica no carro, com o motor ligado, caso precisemos fugir. Se alguém perguntar, você é meu guardião.

— Bem, não deixe que ninguém chegue perto demais. Com esse seu rosto irlandês-americano, não engana ninguém nem usando *abaya* e véu.

Ele sorriu.

— Obrigada, Virgil. Fico agradecida. Sempre posso contar com você. — Ela olhou para ele. — Por quê?

Ele olhou-a de cima a baixo. A *abaya*, o *hijab* que estava usando; era estranho.

— Quer mesmo saber?

— Sim, quero.

— Não espalhe, mas você é a pessoa mais inteligente por aqui. Ah, e também não é desagradável aos olhos. Não fico surpreso que Fielding odeie você. Só me faça um favor.

— Pode falar.

Ele subiu com o carro pela ladeira da rua estreita. Quatro rapazes com fuzis AK-47, fumando em narguilés em frente a uma casa de *shisha*, assistiam-nos moverem-se devagar, e Carrie puxou seu *niqab*, o véu, na frente do rosto ao passarem.

— Isso é maluquice — resmungou ele, olhando em volta.

— Preciso fazer isso. Ela só confia em mim. Não posso simplesmente deixá-la na mão.

— Eu só quero que você não force a barra. Assim que terminar, preciso levar você ao aeroporto, são ordens de Fielding.

— Vou ser rápida.

— Acho bom — disse ele, entrando numa rua estreita onde sacos de areia estavam empilhados em frente a uma mesquita cor de areia. — Não sei quanto tempo vão deixar o capacho de boas-vindas para nós por aqui — acrescentou, os olhos disparando para todos os lados.

Carrie assentiu. Tinha de assumir aquele risco. De todos os seus contatos, era de Fatima Ali, codinome Julia — porque ela e Carrie haviam se encontrado pela primeira vez numa sala de cinema, e, depois, enquanto as duas caminhavam, Fatima confessara que adorava filmes americanos e era uma grande fã da estrela de cinema Julia Roberts —, que Carrie se sentia mais próxima. Por trás de sua *abaya* e *niqab*, Julia era uma mulher bonita, de cabelo escuro e inteligentíssima, cujo marido, Abbas, abusava dela sem parar porque ela tinha uma dolorosa endometriose que a impedia de ter filhos.

Ele batia nela quase todos os dias, a chamava de *sharmuta* — prostituta — e de *khara* — desgraçada e inútil sem filhos —, e certa vez a espancara tão fortemente com uma chave de roda que ela tivera de se arrastar até o hospital com seis ossos quebrados, incluindo uma tíbia esmagada, uma fratura no crânio e a mandíbula destruída. Ele tomara uma segunda esposa, uma menina adolescente de dentes separados, e quando ela engravidou, ele fez com que Julia se tornasse subserviente a ela, permitindo que a menina lhe desse tapas na cara e risse sempre que Julia fazia qualquer coisa para a desagradar.

Ela não podia deixá-lo porque Abbas era o comandante da Harakat al--Mahnum, a brigada da Organização dos Oprimidos, dentro do Hezbollah. Se ela fosse embora, ele a encontraria e a mataria. Filmes eram sua única saída. Tudo que Carrie tivera de fazer para recrutá-la fora ouvir. Só que agora ela estava largando Julia sem uma tábua de salvação. Precisava ao menos avisá-la pessoalmente.

Virgil entrou com o carro numa área de estacionamento não asfaltada atrás de um pequeno supermercado. Quando Carrie desceu, ele pegou uma pistola Sig Sauer automática e disse:

— Seja rápida. Acho que eles têm mais armas que eu.

Ela fez que sim e, ao caminhar em direção ao supermercado, ouviu o alto-falante de uma mesquita ali por perto com a chamada para a oração *Dhuhr* do meio-dia, e aquilo mexeu com ela de uma maneira que não esperava. Iria sentir falta de Beirute.

Pegando uma cesta, andou até a seção de produtos secos. Julia, também de *abaya* e véu, examinava uma caixa de Poppins, um cereal de café da manhã libanês muito popular. Carrie pôs uma caixa de Poppins na sua cesta também.

— Que bom ver você — disse Carrie em árabe. — Como estão seu marido e família?

— Bem, *alhamdulillah* — *graças a Deus*, disse Fatima, puxando-a para o lado, os olhos correndo de um lado ao outro. — O que aconteceu? — sussurrou ela.

Carrie lhe deixara um bilhete com uma única palavra, *ya'ut*, o termo árabe para "rubi", a senha delas para um contato de emergência, debaixo de uma urna no cemitério muçulmano perto do bulevar Bayhoum. O marido de Julia monitorava todas as suas ligações e e-mails; a urna do cemitério era o único jeito de se comunicar com ela.

— Estou sendo tirada de Beirute. Outra missão — sussurrou Carrie enquanto fingiam fazer compras juntas.

— Por quê?

— Não posso dizer.

Ela pegou a mão de Julia. Andavam de mãos dadas como crianças.

— Vou sentir saudades suas. Queria poder levar você comigo.

— Eu também queria — disse Fatima, desviando o olhar. — Você vai para os Estados Unidos de verdade, mas para mim é como os filmes. Um lugar inventado.

— Vou voltar, prometo.

— O que vai acontecer comigo?

— Vão passar você para outra pessoa.

Os olhos de Julia se encheram de lágrimas. Ela balançou a cabeça e secou os olhos com a manga.

— Vai ser uma pessoa legal. Eu prometo — disse Carrie.

— Não vai, não. Não vou falar com nenhuma outra pessoa. Vão ter que mandar você de volta.

— Ouça bem — falou Carrie —, eles não vão fazer isso.

— Então *inshallah* — *se Deus quiser* — nunca conseguirão outra palavra minha.

— Se houver uma emergência, use o cemitério. Vou deixar alguém monitorando a urna — sussurrou Carrie.

— Preciso lhe dizer uma coisa.

Ela olhou em torno para se assegurar de que não estavam sendo ouvidas e puxou Carrie para perto.

— Vai haver um ataque contra os Estados Unidos. Um dos grandes.

— Como você sabe?

Os olhos de Fatima dispararam para os lados como os de um animal encurralado. Ela deu alguns passos e gesticulou para que Carrie a seguisse. Olhou para o canto do corredor para se assegurar de que não havia ninguém perto.

— Ouvi por acaso Abbas falando no celular especial dele. O que ele só usa quando é importante — sussurrou.

— Com quem ele estava falando?

— Não sei. Mas pela maneira como se portava e prestava atenção, era alguém importante.

— E o ataque? — sussurrou Carrie. — Algum detalhe? Local? Horário? Método?

— Acho que eles não contaram a ele. Nem tenho certeza que seja o Hezbollah. Mas vai ser em breve.

— Breve quando?

— Não sei. Mas ele disse *"khaliban zhada"*, você entende?

— Entendo — disse Carrie.

Muito em breve. Ela se aproximou do ouvido de Fatima.

— Alguma ideia do tamanho ou do lugar?

Ela balançou a cabeça.

— Mas quando ouviu, Abbas disse algo. *Allahu akbar.*

Deus é grande, traduziu Carrie automaticamente.

— Dizemos isso o tempo todo — continuou Fatima, encolhendo os ombros. — Mas foi o jeito como ele disse. Não posso explicar, mas me assustou. Gostaria de poder ajudar mais. Algo muito ruim vai acontecer.

— Isso ajuda muito. De verdade. Você está bem?

— Não — disse, e olhou ao redor outra vez. — Não posso ficar. Alguém pode nos ver.

— Eu sei. *Shokran.*

Obrigada. Carrie apertou sua mão.

— Preciso ir também. Tome cuidado.

— Carrie — disse Fatima —, você é minha única amiga. Pense em mim. Senão, acho que estarei perdida para sempre.

Uma buzina soou lá fora. Virgil. Carrie pegou a mão de Fatima e colocou-a sobre a própria bochecha.

— Eu também — disse.

CAPÍTULO 3

Langley, Virgínia, Estados Unidos

Após quatro anos em Beirute, mais o tempo no Iraque, era estranho dirigir pelo arborizado George Washington Memorial Parkway, e entregar o distintivo que ela tirara do seu cofre ao guarda no portão como uma trabalhadora comum. Ao entrar no edifício-sede George Bush, Carrie ficou impressionada com o número de pessoas ali que não conhecia. Ninguém lhe deu atenção no elevador. De saia, blusa, blazer e maquiagem, ela tinha a impressão de estar usando um disfarce. Não pertenço a esse lugar, pensou. Talvez nunca tenha pertencido.

Passara a noite em claro, sem conseguir dormir. Quando fechava os olhos para tentar adormecer, via seu pai, Frank Mathison. Não como ele era agora, mas como era quando ela era uma criança, em Michigan. Ele perdera seu trabalho na Ford Motor Company quando ela tinha seis anos. Ela se lembrava da mãe entrando no quarto que tinha com a irmã para dormir com elas, as três encolhidinhas sob as cobertas enquanto seu pai andava de um lado ao outro da casa a noite inteira, dizendo sem parar que um milagre estava chegando; ele tinha visto o sinal em código de computador.

Ela se lembrava do pai levando-as de carro até o lago St. Clair, em New Baltimore, quando ela estava na primeira série, no meio de dezembro, falando sobre o milagre e como eles seriam testemunhas; e de ficarem sentados na doca perto da torre de água, longe do centro da cidade decorada para o Natal, todos tremendo, morrendo de frio, olhando ao longe para as águas cinzentas do lago durante dois dias enquanto seu pai dizia: "Está chegando. É só esperar. Está chegando."

E sua mãe gritando com ele: *"O que está chegando, Frank? Qual é o grande milagre? Jesus vai aparecer caminhando em nossa direção pela Anchor Bay? Porque se vai e se os anjos vêm junto, diga a eles para trazerem uns aquecedores porque eu e as crianças estamos congelando."*

"Você vê a torre de água, Emma? É matemática. Você não entende? O universo é matemática. Computadores são matemática. Tudo é matemática. E olhe onde ela fica. Bem junto da água."

"O que a matemática tem a ver com isso? Do que você está falando?"

"Eu medi. São exatamente cinquenta e nove quilômetros da nossa porta da frente até a torre de água. É aqui que o milagre vai acontecer. Cinquenta e nove."

"O que cinquenta e nove quilômetros têm a ver com alguma coisa?"

"É um número primo, Emma. Estava no código de computador. E água é vida. Moisés feriu a pedra para obter água. Cristo transformou água em vinho em Caná. Olhe só. Está chegando. É aqui que vai acontecer. Você não vê?"

"É uma porcaria de uma torre de água, Frank!"

Até que finalmente foram de carro até Dearborn, seu pai sem dizer nada, apenas dirigindo como se quisesse matar alguém, sua mãe gritando: *"Desacelere, Frank! Você quer nos matar?"* E sua irmã mais velha, Maggie, ao seu lado, chorando e gritando: *"Pare, papai! Pare! Pare!"* E, quando ela se arrumava para a escola no dia seguinte, sua mãe lhe dizendo: *"Não diga nada sobre seu pai, está certo?"*

Foi só depois que ela entendeu que a coisa estranha que tinha se apossado de seu pai tinha se apossado delas também, quando ouviu seus pais discutindo a plenos pulmões no meio da noite. Maggie lhe disse para ficar na cama, mas ela saiu do quarto na ponta dos pés e os viu na cozinha, as paredes e o chão repletos de comida e pratos quebrados, e sua mãe gritando:

"Três semanas! Eles disseram que você não vai trabalhar há três semanas, sem avisar a ninguém! É claro que eles demitiram você! O que diabo você esperava que fizessem? Que o promovessem?"

"Eu estava ocupado. Você vai ver, Emma. Vai ser bom. Eles vão me implorar para voltar. Você não vê? Tudo diz respeito ao milagre. É aí que todo mundo se engana. Eles não entendem. Lembra dos números daquelas placas nos carros pelo quais passamos na volta de New Baltimore? Eram um código. Eu só preciso descobrir os números."

"Do que você está falando? Alguém sabe do que você está falando? O que nós vamos fazer? Como vamos viver?"

"Pelo amor de Deus, Emma. Você acha que eles são capazes de administrar aqueles servidores sem mim? Confie em mim, eles vão retornar minha ligação a qualquer momento. Vão implorar para que eu volte."

"Ai, meu Deus, ai, meu Deus! O que nós vamos fazer?"

E agora ela fora demitida. Exatamente como o pai.

Saul Berenson, o chefe da Divisão do Oriente Médio — NCS, o Serviço Clandestino Nacional —, esperava por ela em seu escritório no quarto andar. Ela inspirou fundo, bateu na porta e entrou.

Saul, aquele homem com ares de ursinho de pelúcia e barba amassada, trabalhava em seu computador. Rabino Saul, como ela o via às vezes. Fora ele quem a recrutara inicialmente para a CIA, num dia frio de março durante seu último ano no Centro de Carreiras em Princeton.

O escritório estava a costumeira bagunça desordenada na qual apenas Saul conseguia se encontrar. Como sempre, um ursinho Pooh de pelúcia estava esparramado numa estante junto de duas fotografias: uma de Saul com o primeiro presidente Bush, o que dera nome ao prédio; e a outra, de Saul com o diretor da CIA, James Woolsey, e o presidente Clinton.

Saul tirou os olhos da tela do computador quando ela se sentou.

— Encontrou algum lugar? — perguntou, ajeitando os óculos para poder vê-la melhor.

— Um apartamento de um quarto em Reston — disse ela.

— Prático?

— Não é longe da Dulles Toll Road. É disso que vamos falar?

— Você quer falar sobre o quê?

— Você viu a informação de Julia. Precisa me mandar de volta a Beirute.

— Não tem como, Carrie. Acho que você não se dá conta de quantas pessoas irritou e de quão alto isso chega.

— Eu escapei de uma armadilha do Hezbollah, Saul. Você teria preferido que eles tivessem me capturado, me exibido na Al-Jazeera como espiã da CIA? Porque, pela forma como fui tratada, estou começando a achar que era isso o que você e Davis queriam.

— Não seja idiota. Não é tão simples assim — disse ele, coçando a barba. — Nunca é tão simples.

— Você está enganado. É exatamente simples assim. Armaram para cima de mim... e agora a segurança da Estação de Beirute está comprometida e você tem um babaca de um chefe de estação que só quer punir o mensageiro.

Saul tirou os óculos. Sem eles, seu olhar ficava mais brando, menos focado.

— Você não está facilitando as coisas, Carrie — disse ele.

Limpou os óculos na camisa e os colocou de volta.

— Alguma vez facilitei? — perguntou ela.

— Não. — Ele abriu um sorriso irônico. — Isso eu admito. Você foi uma pentelha desde o começo.

— Então por que me contratou? Não sou a única mulher nos Estados Unidos que sabe falar árabe — disse ela, recostando-se na cadeira e olhando para o ursinho com sua blusa vermelha onde se lia "Pooh".

— Olhe, Carrie, um chefe de estação da CIA é como o capitão de um navio. É uma das últimas ditaduras absolutas do mundo. Se ele não acha que pode confiar em você, no seu bom senso, não posso fazer muita coisa.

Ela estava sentada com a coluna ereta na cadeira, os joelhos colados um ao outro, como se aquilo fosse uma entrevista de emprego.

— Você é o chefe dele. Demita ele, não a mim.

Por favor, ela pensou. Por favor, Saul. Acredite em mim, por favor. Saul era o único em quem ela podia confiar, o único que acreditava nela. Se ele se virasse contra ela, ela não teria nada; não seria nada.

— Não posso — disse ele. — Pense bem. Meu trabalho é como ser o almirante de uma frota. Se eu começar a demitir capitães por usarem o bom senso, eles vão passar a duvidar de si mesmos o tempo todo. Não servirão mais para nada, nem para mim nem para ninguém. Preciso pensar na situação como um todo.

— Papo-furado! — disse ela, levantando-se e pensando: por que ele não consegue entender?

Era Saul. Ele devia estar do lado dela.

— Isso é pura baboseira. Não tem nada a ver com moral, ou segurança, ou qualquer outra merda. Isso é política. E é podre. — Ela o encarou. — Quando foi que você se tornou um deles, Saul? Essas pessoas que estão prontas a vender esse país em prol de suas carreiras patéticas?

Saul deu um tapa com força na escrivaninha, fazendo-a pular.

— Não ouse falar comigo desse jeito! Você me conhece bem demais para isso. Se foi assim que falou com Fielding, não fico surpreso que ele tenha tirado você de Beirute. E quer saber a pior parte, Carrie? Quer saber o pior? A informação que você obteve com a sua informante, Julia, é tão crítica que eu estava tentando pensar num jeito de mandá-la de volta a Beirute, antes de você entrar aqui.

Ótimo, obrigada, ela pensou, uma onda de alívio atravessando o corpo. Saul ainda acreditava nela. Sabia que ela tinha razão. Estava do seu lado. Era só questão de encontrar um jeito de contornar a burocracia. Tudo o que ela tinha de fazer era mostrar a ele que ainda era Carrie; ainda sabia desafiar qualquer um, inclusive ele.

— Você vai levar isso ao diretor? Vamos agir?

— Mandei lá para cima — disse ele, olhando o teto. — Mas não depende de mim. Recebemos esse tipo de ameaça todo dia.

— O material dela sempre foi de primeira. Você sabe. Lembra do que ela nos deu sobre o assassinato de Hariri? Isso é acionável, Saul.

— É? É mesmo? Sua Julia não nos deu nada de específico. Nada. Um ataque em breve. Não sabemos onde. Não sabemos como. Não sabemos quando. Não sabemos qual é o alvo. Não sabemos nem se é o Hezbollah ou talvez alguém que simplesmente passou isso ao Hezbollah para nos distrair de outra coisa. O que diabo devemos fazer com isso?

— Então é assim? Simplesmente encaminhamos o assunto e esperamos que dê tudo certo? É assim que protegemos o país hoje em dia?

— Não me encha o saco, Carrie. Falei tanto para Estes quanto para o diretor adjunto que temos um alto grau de confiança de que se trata de uma informação acionável. Agora depende deles. Também avisei a Fielding, em Beirute, para continuar investigando.

— Fielding — disse ela, enojada.

Ela se levantou, foi até a janela e olhou para o gramado verde lá fora e o estacionamento dos fundos.

— Temos uma crise de segurança em Beirute. E quanto a Aquiles?

— Fielding diz que você os levou até lá.

Ele clicou o mouse até encontrar o que estava procurando no computador e leu em voz alta:

— "Mathison demonstrou técnicas de espionagem amadorísticas ao recorrer, em desespero, ao contato desconhecido, não verificado, de uma mulher libanesa, que, se acreditarmos na agente de campo, por presumida bondade de seu coração deu seu carro a uma completa desconhecida. Então, após deixar o carro em um local de estacionamento público, Mathison não conseguiu despistar os supostos perseguidores, levando-os diretamente ao local do esconderijo na rua Adonis, o que, por sua vez, levou à eliminação do dito esconderijo, à falha total de segurança neste local assim como ao comprometimento de nossas operações."

Saul olhou para ela por cima dos óculos.

— O que eu devo fazer com isso?

Ele não podia acreditar que ela tivesse feito aquilo. Não o Saul.

— Diga a Fielding para limpar a bunda com isso — retrucou Carrie. — Eu estava livre. Estava livre em Hamra e com certeza estava livre em Ras Beirut. Não havia ninguém lá, nem dentro nem fora. E aí, de repente, estavam entrando como se soubessem a localização desde sempre. Alguém armou para mim.

— Quem? — perguntou Saul, erguendo uma das mãos. — Onde você começa?

— Rouxinol, para começar — disse Carrie, se inclinando para a frente da mesa dele com as duas mãos. — Dima, também. Deixe eu voltar, Saul. Vou pegar eles dois. E vou descobrir quem está vazando informação.

Ele balançou a cabeça.

— Impossível. Olhe, Carrie, mesmo que eu acreditasse que você está certa e presumisse que Fielding está cem por cento errado, não poderia.

— Por que não? O que ele tem sobre você?

Aquilo não era típico de Saul, ela pensou.

— Ele tem contatos, está bem? — disse Saul, revoltado. — Ele e David Estes, diretor do Centro Antiterrorismo, ambos são protegidos de Bill Walden.

— O diretor da CIA?

— O chefão em pessoa. É uma rede de influências poderosa. E Walden tem ambições políticas. Não é alguém com quem a gente deva se meter. Você? Você é só uma oficial em uma situação comprometedora. Para os sujeitos lá em cima, não é uma decisão difícil. Sem contar que houve uma reestruturação pela milionésima vez. Hoje em dia, eu tenho que dar satisfações a Estes. Não é tão simples.

— O que vamos fazer?

— Fielding culpou você e por enquanto vou ter que deixar assim. Se você tentar contestar isso, não vou conseguir lhe ajudar. É isso e ponto — disse ele, erguendo as mãos.

— Então eu tenho que ser a menina boazinha. Ficar quieta, abrir as pernas e deixar que eles façam o que quiserem?

— Perder uma batalha não significa perder a guerra. Veja, posso ao menos dizer que concordo com você num ponto. Essa coisa toda com Rouxinol está cheirando mal. No mínimo, Fielding devia ter mandado uma equipe de apoio com você. Não vou deixar você ficar sem fazer nada, sendo desperdiçada.

Ele se levantou e deu a volta na mesa; os dois estavam lado a lado, encostados no móvel. Ele acreditava nela. Ainda a apoiava, ela pensou, dando um suspiro de alívio.

— Então? — perguntou ela.

— Você se lembra do que eu disse quando tirei você antecipadamente do seu treinamento na Fazenda? Minha linda menina de ouro com um cérebro de Stephen Hawking. — Ele sorriu. — Você se lembra do que eu disse?

— Sobre como eu podia aprender o restante das técnicas de espionagem no campo... e na lagoa?

— Que você era um peixe grande demais para essa lagoa. Precisávamos de você no oceano.

— Mas que às vezes o único jeito de nadar com os tubarões é ser um tubarão. Eu me lembro. O que quer que eu faça?

— Quero que você pegue Rouxinol. E descubra sobre esse ataque. Mas vamos fazer isso daqui.

— Não entendi.

— Você vai ser o contato entre nós, a Divisão do Oriente Médio e o Centro Antiterrorismo, o CTC. Eles estão integrando extraoficialmente a Estação Alec.

A Estação Alec era o jargão da CIA para a única estação à qual era atribuído não um local, mas um alvo específico: a rede terrorista da Al--Qaeda.

— Você terá de dar satisfações a Estes.

Saul chegou perto e ela pôde sentir o cheiro da sua loção pós-barba. Polo, Ralph Lauren.

— Mas vai trabalhar para mim.

— Então agora estamos espionando a nós mesmos?

— Quem o faria melhor? É nosso trabalho — disse ele.

— E a informação de Julia? Há um ataque se aproximando, Saul. Algo grande, e nós dois sabemos disso.

Saul inspirou profundamente e soltou o ar.

— Quanto tempo nós temos? — perguntou ele.

— Umas duas semanas, talvez. O marido de Julia disse "em breve". Suas palavras exatas foram *"khaliban zhada"*. Muito em breve.

CAPÍTULO 4

Georgetown, Washington, D.C., Estados Unidos

Foi a música que trouxe a lembrança. "You're Still the One", de Shania Twain. 1998. Seu terceiro ano em Princeton. O ano de *O resgate do soldado Ryan* e de *Shakespeare apaixonado*, e sua primeira grande relação sexual — afora as apalpadas quando os pais e a irmã não estavam em casa e as coxas molhadas e grudentas na escola —, uma quase paixonite por John, seu alto e incrivelmente inteligente professor de ciências políticas, que a apresentara a doses de tequila, sexo oral e jazz.

"*Quando eu era criança era tudo Madonna, Mariah, Luther Vandross, Boyz II Men. O que chegava mais perto de jazz era meu pai, que de vez em quando escutava um pouco de Dave Brubeck.*"

"*Você está brincando, não é? Não conhece jazz? Miles Davis, Charlie 'Yard-bird' Parker, Dizzy Gillespie, Coltrane, Louis Armstrong? A melhor música que já foi inventada e jamais será. A única coisa verdadeiramente original que os americanos deram ao mundo, e você não conhece? De certa forma, tenho inveja de você.*"

"*Por quê?*"

"*Você tem um mundo todo novo para explorar, melhor do que qualquer coisa que possa imaginar.*"

"*Melhor que sexo?*"

"*Essa é que é a beleza da coisa, linda. Podemos fazer os dois ao mesmo tempo.*"

Mil novecentos e noventa e oito: a última vez em que ela correra os mil e quinhentos. Muito tempo atrás, pensou.

Estava sentada em um bar na M Street, em Georgetown, virando sua terceira margarita Patrón Silver, quando o vídeo de Shania apareceu na TV que ficava pendurada atrás do balcão.

— Lembra disso? Mil novecentos e noventa e oito. Eu estava na faculdade — disse Carrie, indicando a música para Dave, o sujeito que bebia uma Heineken lentamente no banquinho de bar ao lado dela.

Ele era um advogado do Departamento de Justiça, cabelos cacheados, quarenta e poucos anos, usando um terno de loja e um relógio Rolex que ele fazia questão que ficasse visível, seu dedo encostado no antebraço dela como se nenhum dos dois notasse que estava ali ou qual era sua intenção. Havia uma pequena faixa de pele mais branca no seu dedo anelar direito de onde tirara a aliança de casamento, de forma que devia ser divorciado ou então ter saído para caçar, pensou Carrie.

— Eu era estagiário de direito. Para mim era Puff Daddy. *Been around the world, uh-huh, uh-huh* — ele disse, meio cantando, movendo os ombros de um modo que se situava a meio caminho entre o sem jeito e o quase sexy.

Ele não era horroroso. Ela não tinha decidido se ia deixar que ele a levasse para a cama ou não.

Tinha de se forçar a não pensar em trabalho. Era por isso que ela tinha saído. Suas investigações não estavam levando a lugar algum. Pelo contrário, em vez de encontrar respostas, as questões estavam se multiplicando e ficando mais preocupantes.

Ela trabalhara no computador durante três dias seguidos. Sem parar. Dormia sobre a mesa, se alimentava de biscoitos da máquina de venda automática. Lera tudo que o Centro Antiterrorismo tinha sobre contatos entre a GSD da Síria e o Hezbollah no Líbano. Contatos denunciados. Pessoas avistadas. Registros de telefones celulares e e-mails. A maior parte era apenas dados, o sedimento cotidiano do trabalho de inteligência. Saul certa vez comparara aquilo à mineração de diamantes.

— Você tem que passar por toneladas de detritos para de vez em quando avistar algo que brilhe. Algo que possa de fato ser útil.

Curiosamente, boa parte das melhores informações foram fornecidas por ela própria, obtidas com sua fonte, Julia.

Afora a indicação de Dima, não havia muito sobre Rouxinol, também conhecido como Taha al-Douni. Formado pela Universidade de Damasco em engenharia mecânica, a primeira vez que chamara a atenção da Estação de Moscou fora nove anos antes, tentando fazer negócio com a grande companhia russa de armas Rosoboronexport. Ela analisou a foto de vigilância. Fora tirada numa ampla rua cheia de neve em Moscou, repleta de carros, talvez a rua Tverskaya, pensou. Embora estivesse mais novo, mais magro, usando um sobretudo e um chapéu de pele com orelhas caídas, era com certeza Rouxinol, o homem que acenara para ela no café do outro lado da rua em Beirute.

Não havia informações sobre onde ele morava, esposa, filhos, seu trabalho na GSD. Fale comigo, Rouxinol, pensou ela. Onde você trabalha? Quão alto está posicionado? Onde se encaixa entre a GSD e o Hezbollah? Com quem você se importa? Em quem mete seu pênis? Mas, vasculhando tudo no Centro Antiterrorismo, só encontrou a vigilância de Moscou.

E não havia nada sobre um possível grande ataque terrorista aos Estados Unidos. O que Julia lhe dissera era uma indicação solitária, completamente infundada. Fora isso, nada. Não era de admirar que ninguém tivesse lhe dado um retorno sobre o assunto.

E então, no terceiro dia, tarde, ela encontrou algo. Uma única foto que a NSA, a Agência de Segurança Nacional, pegara do fluxo de downloads de um satélite espião israelense, que mostrava Rouxinol sentado à mesa de uma casa de *shisha*. Havia um pedaço de uma placa na parede de azulejos, em árabe. Ela aumentou a imagem na tela do computador, jogou-a no Photoshop para tentar esclarecer o que estava escrito na placa. A imagem parecia ter sido tirada em Amã ou no Cairo, pensou. Em um *souk*, talvez.

Muito mais importante que o lugar onde a foto havia sido tirada era o homem com quem Rouxinol estava sentado. Ela não precisava da identificação que os israelenses haviam anexado para lhe dizer quem era. Era alguém que todos na Estação de Beirute, incluindo ela, tinham tido em vista durante muito tempo mas quase nunca chegavam a avistar de fato: Ahmed Haidar, membro do Al-Majlis al-Markazis, o Conselho Central do Hezbollah, seu círculo interno.

Então Rouxinol, vulgo Al-Douni, era real. Ao menos Dima lhes dera uma informação sólida. Uma ligação genuína entre a GSD e o Hezbollah. Ela desejou estar em Beirute para poder conversar com Julia sobre Rouxinol. Seu marido, Abbas, já estivera com ele? Ela sabia alguma coisa sobre ele? Estava envolvido no assassinato de Hariri?

E havia também mais uma pergunta ainda sem resposta: onde estava Dima? A ligação entre Rouxinol e Ahmed Haidar tornava isso ainda mais fundamental. Aquilo era loucura. E não havia merda alguma vindo da Estação de Beirute. Apenas um bilhete enigmático de Fielding para Saul dizendo que ele dera seguimento e ninguém via Dima desde a invasão a Aquiles. E nada sobre um ataque terrorista aos Estados Unidos. Não disse se estava fazendo qualquer outro acompanhamento. Babaca, ela pensou.

Ela começou a vasculhar todos os registros da Estação de Damasco sobre a GSD. Todas as referências. Como Saul dissera, a maior parte era lixo.

E então ela esbarrou em algo interessante. Nos anos 1990, um agente de campo experiente da CIA, Dar Adal, havia infiltrado um espião, Nabeel Abdul-Amir, codinome Abacaxi, que acreditava-se ser membro intermediário da GSD. Adal havia supostamente confirmado as credenciais do espião. Abacaxi era alauíta, baathista e relacionado com o clã Assad. Durante mais de quarenta anos, os Assad — o pai, Hafez al-Assad, e o filho, Bashar — membros da pequena seita muçulmana minoritária alauíta xiita e do partido Baath nacionalista pan-árabe, haviam governado a Síria impiedosamente. Abacaxi, um primo distante, também alauíta e baathista, parecia uma escolha perfeita de espião. Perfeita demais, talvez, ela refletiu.

Adal dera boas informações a Abacaxi sobre a posição de negociação de Israel nas Colinas de Golã, supostamente obtidas com um espião israelense com quem teria encontros clandestinos no Chipre, mas que era na verdade um judeu de Nova York que falava hebreu, tudo para conseguir que Abacaxi fosse promovido dentro da GSD. Quando Abacaxi tentara expandir seus contatos israelenses por conta própria e estava prestes a expor a operação da CIA ao Shin Bet israelense, Adal havia aparentemente — ali o relatório estava editado e ficava um tanto obscuro — dado um jeito para que Abacaxi fosse entregue à Mossad ou a um contratante de fora, que o assassinou, junto com sua amante e o filho dela. Os três corpos foram encontrados em um barco amarrado com um nó corrediço na Marina Limassol do Chipre.

Carrie se aprumou na cadeira, olhando para o nada. Quem havia editado aquilo?, ela se perguntou. Como, e por quê? Era informação antiga. O que estava acontecendo?

Se chegara àquele ponto, por que havia tão pouco sobre a GSD? A Estação de Damasco era aparentemente bem inútil, mas Fielding estava no comando da Estação de Beirute há muito tempo. Pelo menos desde o início dos anos 1990. Ainda assim, todos sabiam que a GSD estava ligada ao Hezbollah no Líbano. O assassinato de Rafik Hariri no ano anterior e a fotografia israelense de Rouxinol com Ahmed Haidar provavam aquilo. O que diabo estava acontecendo na Estação de Beirute? Não fazia sentido.

Era tarde, bem depois das oito da noite. Enquanto ela trabalhava no arquivo, Estes, o grande homem afro-americano que era diretor do Centro Antiterrorismo, saiu de seu escritório e foi em direção ao elevador, mas avistou a luz ainda acesa e entrou no cubículo dela.

— Em que você está trabalhando? — perguntou ele.

— GSD da Síria. Depois dos anos 1990, parece que temos muito pouco.

— Achei que você estava trabalhando no AQAP.

Estes franziu a testa. Al-Qaeda na Península Árabe, o que queria dizer sobretudo o Iêmen, devia ser sua tarefa oficial no CTC desde que ela voltara de Langley.

— Há alguma ligação?

— Não sei bem — disse ela, o coração a mil. Não era para ela estar lidando com aquilo. — Só coisas vagas.

— É improvável. Os alauítas sírios e o AQAP? Estão em lados opostos da divisão sunita-xiita. Você não continua trabalhando com Beirute, continua, Carrie? — perguntou ele.

Nossa, ele é rápido, ela pensou. Havia uma cisão de séculos que dividia o mundo muçulmano entre os sunitas e os xiitas, que discordavam sobre quem devia ser o sucessor do Profeta Maomé. Xiitas acreditavam que apenas Ali, o quarto califa, e seus herdeiros, eram sucessores legítimos do Profeta. Alauítas sírios eram uma divisão dos xiitas que muito dificilmente se aliaria com a Al-Qaeda, muçulmanos salafistas sunitas extremistas. David Estes, formado em Stanford com um mestrado em administração de empresas em Harvard, havia percebido isso de imediato. Ela tinha que manter aquilo em mente. Estava deslizando, pensou. Estava sem remédios desde que voltara de Beirute. Já fazia um dia desde que tomara um comprimido de clozapina e podia sentir a instabilidade de seus limites. Controle-se, Carrie, disse a si mesma.

— Às vezes as linhas se cruzam. Quando é do interesse deles — disse ela.

Estes pensou por um momento.

— É verdade.

— E quanto ao possível ataque aos Estados Unidos? Ouviu alguma coisa?

— Não encontramos nada que corroborasse o que o seu pássaro disse, Carrie. Você tem que nos dar mais que isso.

A frase estava na ponta de sua língua: *mande-me de volta para Beirute*, mas ela não a disse.

— Ainda estou procurando.

— Eu sei. Me avise se encontrar alguma coisa — disse ele, continuando a avançar em direção ao elevador.

Ela o assistiu afastar-se. Gostava da grandeza dele, da cor da sua pele, da graça dos seus movimentos apesar de seu tamanho. Por um segundo, teve uma fantasia sobre como seria transar com ele. Lento, forte, intenso; apertou as coxas uma na outra. Sua reação a pegara de surpresa. Aquilo estava ficando absurdo. Masturbação já não daria conta do recado. Talvez fosse hora de estar com um homem. Sexo de verdade. Mas simples. Sem complicações.

Esqueça Abacaxi, ela disse a si mesma. Esqueça Rouxinol e Dima por um segundo. Afaste-se e deixe que seu subconsciente trabalhe no problema. Havia uma conexão que ela não estava encontrando. Rouxinol, Ahmed Haidar e o Conselho Central do Hezbollah, e de repente, Rouxinol quer matar ou capturar uma garota da CIA?

Por quê? Para quem? GSD? Hezbollah? Outra pessoa? E depois da invasão a Aquiles, por que a Estação de Beirute não entrou em estado de emergência? E arquivos fundamentais da Estação de Damasco estavam editados? E o que isso tinha a ver com um ataque? Havia muitas peças faltando, ela pensou, desligando o computador e a luz da sua estação de trabalho.

Voltou a seu apartamento em Reston e trocou de roupa. O que vou fazer a respeito dos meus remédios?, perguntou-se. *Walla*, ela sentia falta da farmácia em Beirute, situada na rua Nakhle em Zarif, em frente ao hospital. Podia entrar lá, mostrar a receita obtida com um velho médico libanês que escrevia uma receita para qualquer um que pagasse em dinheiro: dólares ou euros. Ela podia conseguir qualquer remédio do mundo ali, sem que lhe fizessem nenhuma pergunta. No Oriente Médio, seu contato, Julia, lhe dissera: "Existem regras e existem necessidades. Alá entende tudo. Sempre há um jeito."

Ela teria de ir ver a irmã. Não estava muito ansiosa para esse encontro, pensou. Maggie era médica e trabalhava no West End; morava em Seminary Hill, Alexandria, na Virgínia. O problema era que ela não podia se consultar com qualquer psiquiatra e conseguir uma receita. No instante em que aquilo se tornasse oficial, se alguém fizesse uma verificação, Carrie poderia perder sua credencial de segurança. Sua carreira na CIA estaria terminada. Aquilo tinha de ser feito sem receita. De maneira extraoficial. Ela podia ligar para Maggie e ir até lá no dia seguinte, decidiu. Naquela noite, precisava sair.

Ela escolheu uma blusa vermelha de seda com um pequeno decote e uma saia preta curta com um paletó que combinava e sempre a fazia se sentir sexy. Foi enquanto trocava de roupa e colocava a maquiagem, com Coltrane e Miles Davis no toca-discos executando "Round Midnight", a melhor música de todos os tempos, aquela que falava de Nova York, sexo, solidão, desejo e tudo o mais que existia, que ela começou a voar.

Começou com ela se olhando no espelho e pensando que estava bonita, com a maquiagem e os cílios, e se dando conta de que estava no auge. A natureza estava trabalhando para torná-la o mais atraente que seria na vida, porque a natureza buscava a procriação, e ao se observar, ela se deu conta de que estava linda, de que se quisesse poderia ter qualquer homem, cem homens, mil. Pensar nisso, em conseguir qualquer homem a qualquer momento, pensar que eles eram incapazes, que ela podia decidir, era afrodisíaco. Tudo o que tinha de fazer era deixar que eles se aproximassem dela e eles a seguiriam como ovelhas. Natureza.

Ai, Deus, a música. Davis e Coltrane. Não podia ficar melhor que aquilo. Sentia-se aquecida, feliz, invencível. Ela descobriria o que acontecera em Beirute. Descobriria tudo sobre Dima e Rouxinol. Impediria o ataque terrorista e Fielding teria que engolir. Saul ficaria orgulhoso. Ela tinha certeza, com a sensação de formigamento no corpo.

A música percorria todo o seu corpo. Saindo correndo de casa, entrando no carro, ela dirigiu pela alameda Reston até a VA 267, depois dentro da cidade atravessando a Key Bridge para entrar em Georgetown; "She's Funny That Way" de Lester Brown tocava no aparelho de CDs, e ela se sentia melhor, mais sensual e mais irresistível do que jamais se sentira na vida.

Agora, sentada junto ao advogado Dave no bar, ela chegou para a frente para que ele pudesse dar uma olhada nos seus seios. Pequenos, mas do tamanho perfeito para uma mão de homem em concha, e Deus sabe que os homens não pareciam se importar. Eles apalpavam você, os idiotas, sem saber que bastava tocá-los do jeito certo, apertando delicadamente mas com firmeza, com a quantidade exata de pressão, sem pressa, para poderem ter qualquer mulher que quisessem.

— Então, o que você faz? — perguntou ele.

— E você tem algum interesse pelo que eu faço? — disse ela. — Sejamos sinceros. Tudo que você quer de verdade é transar comigo, certo? Quer dizer, me interrompa se eu estiver errada, mas aposto dez contra um que você é casado. Tirar a aliança não engana tantas garotas assim, a não ser as burras... e até elas se dão conta em algum momento, não é, advogado Dave? Então vamos direto ao ponto, sim? Você quer me levar embora daqui e trepar comigo até não aguentar mais ou não quer?

Ele a encarou, chocado, cauteloso.

— Você também está de aliança — disse.

— Isso mesmo, tenho dono. Não se apaixone por mim. Nem ao menos goste de mim. Não fique obcecado comigo. Não há futuro, não há romance, não há enrolação. Há apenas essa noite. É pegar ou largar. Se não quiser, se preferir pensar na sua doce mulherzinha e nas crianças lá na outra ponta do seu trajeto diário para o trabalho, saia desse banco e libere ele para alguém que seja um pouco mais honesto em relação ao que quer realmente desse mundinho fodido — disse ela.

— Você é mesmo uma figura — disse ele.

— Você nem imagina.

Ele largou a cerveja e se levantou.

— Vamos — disse.

— Aonde?

— Para sua casa.

— Ahn-ahn. Você não vai ficar sabendo onde eu moro.

Ela balançou a cabeça e virou o resto da sua margarita.

— Além disso, figurão, você está tentando me dizer que pode pagar por um Rolex, mas não pode pagar por umas camisinhas e um quarto de hotel?

Ele segurou o casaco para ela e vestiu seu paletó. Foram para a rua. A noite estava límpida, fria e ventosa; os prédios de dois andares da

M Street se seguiam a perder de vista. Ele passou o braço em volta dela ao andarem em direção ao carro. Um Lincoln. Carrinho de advogado de merda, Carrie pensou ao entrar.

— Aonde você quer ir? — perguntou ele.

— O Ritz-Carlton não é muito longe.

O rádio estava sintonizado numa estação de hip-hop. Ele está tentando ser descolado, ela pensou.

— Coloque jazz. WPFW 89.3.

Ele ajustou o botão do rádio até que ela ouviu o som de Brubeck e Paul Desmond.

— Os dois Daves — disse ela em voz alta. — Você e Dave Brubeck.

Ele fez uma careta. Está pensando em dinheiro, ela pensou. Como vai explicar aquilo no cartão de crédito na sua empresa ou para a mulher?

— Que tal o Latham, mais à frente na M Street? — perguntou ele.

— Um quarto no Latham seria perfeito. Eles deviam fazer propaganda. "Venha para o Latham. Não vamos contar a ninguém" — disse ela, inclinando-se para a frente e beijando a virilha dele, quase fazendo com que ele guinasse o carro para a pista oposta. — Cuidado, caubói. Não queremos um acidente agora.

Ela exalou seu hálito quente na calça dele, seus lábios sentindo-o rijo feito pedra sob o tecido, depois olhou para cima.

As luzes de neon dos bares e das lojas fechadas, dos postes de rua e dos semáforos criavam desenhos nas janelas. Os desenhos se fundiam com o jazz. Nenhuma representação específica, mas um desenho repetitivo, como arte islâmica. Significa algo. Algo importante – então, ah, não!, ela pensou, massageando a virilha dele, percebendo que estava começando a perder o controle.

Transtorno bipolar. Ela ganhara na loteria genética; herdara aquilo do pai. A mesma coisa que fizera com que ele perdesse o emprego e finalmente os obrigara a se mudar de Michigan para Maryland. Agora não, ela pensou. Por favor, agora não.

— Vai com calma — disse ele.

Ela voltou a ficar sentada e deixou que ele telefonasse do celular para reservar o quarto. Pouco depois, estavam caminhando pela entrada em arco que levava ao saguão do hotel. Pararam na recepção, entraram no elevador e um minuto depois estavam no quarto, arrancando as roupas um do outro. Beijando-se, as línguas se esbarrando dentro das bocas, e depois na cama.

Ele esticou o braço até suas calças que estavam no chão, ao lado da cama, para vestir uma camisinha, e enquanto apagava a luz, algo no desenho do papel de parede chamou a atenção dela. Era como uma grade, só que na escuridão, a silhueta do tal Dave era como um espaço. Ah, não, ela pensou. Seu transtorno bipolar. Controle-se, Carrie. Um espaço numa grade como o espaço onde Dima estava faltando. Estavam todos ligados, Dima, Rouxinol, Ahmed Haidar do Hezbollah naquele espaço vazio. Era uma grade. E era da cor errada. O papel de parede era cinza, mas deveria ser azul. Ela precisava que fosse azul. Só conseguia pensar nisso. Espaços numa grade azul, só que a cor estava errada.

— Tão linda — disse Dave, enfiando o rosto entre os peitos dela, os dedos entre suas pernas, acariciando e explorando seu interior.

Ela sentiu o cheiro do hálito dele. Era cheiro de cerveja, e, de repente, algo ruim, algo vindo do espaço na grade. Ela virou a cabeça para trás, quase com um refluxo. Ele se esfregava nela, depois pegou seu pênis na mão e guiou-o para dentro dela. Ela arquejou com a primeira sensação dele deslizando para dentro e olhou para a parede. O papel de parede era uma grade que se movia... e da cor errada.

— Pare! Pare! — gritou, empurrando-o.

Ele meteu com mais força. Pulsando, movendo-se para dentro e para fora.

— Pare! Saia de cima de mim! Saia de cima de mim agora ou pode acreditar que vai se arrepender, seu filho da puta!

Ele parou. Saiu de dentro dela.

— Que porra é essa? Que espécie de provocadora é você?

— Desculpe. Não posso. Quero, mas não posso. Não posso, não posso, não posso, não posso, não posso. É porque... você não entende? Não é o sexo. Eu quero o sexo. Quero você dentro de mim, mas não posso e não sei por quê. São meus remédios. Algo que tomei. É a grade. Há um espaço. É da cor errada. Não posso olhar para ela.

— Vire-se — disse ele, empurrando o quadril dela para virá-la de bruços. — Vamos fazer assim. Você não precisa olhar.

— Não posso, cacete! Você não entende? Não preciso ver para ver! Não podemos fazer isso. Você tem que sair. Sou só uma mulher maluca, está bem? Uma loura maluca que você conheceu num bar. Uma piranha loura maluca em um bar. É só isso que sou. Sinto muito, mesmo, Dave, ou seja lá qual é seu nome. Sinto muito, mesmo. Por favor, há algo de errado comigo. Eu queria você. Queria, mas não posso fazer isso.

O papel de parede era um desenho em movimento, repetindo-se geometricamente até o infinito como o interior de uma mesquita.

— Não posso. Não assim.

Ele se levantou e começou a se vestir.

— Você é louca, sabia? Lamento ter conhecido você, sua piranha louca do cacete.

— Vá para o inferno! — Ela gritou de volta. — Volte para a sua esposa. Diga a ela que ficou trabalhando até tarde no escritório, seu canalha mentiroso! — gritou. — Melhor, trepe com ela e finja que sou eu. Assim você pode ter nós duas.

Ele lhe deu um tapa com força no rosto.

— Cale a boca. Quer que sejamos presos? Estou indo embora. Aqui.

Ele jogou uma nota de vinte.

— Chame um táxi — disse, vestindo o casaco.

Verificou os bolsos para garantir que não estava esquecendo nada.

— Piranha louca — resmungou, abrindo a porta e fechando-a atrás de si.

Enquanto ele fazia isso, Carrie cambaleou feito uma bêbada até a pia do banheiro e vomitou.

CAPÍTULO 5

Alexandria, Virgínia, Estados Unidos

— Quando começou? — perguntou sua irmã mais velha, Maggie.

Estavam sentadas no carro de Maggie perto da estação de metrô Van Dorn, não muito longe do Landmark Mall em Alexandria. Haviam se encontrado ali em vez de no consultório de Maggie ou em sua casa para que ninguém as visse. Maggie era a única pessoa na família que sabia que ela trabalhava para a CIA.

— Ontem à noite — disse Carrie. — Senti a coisa chegando um pouco antes, mas começou de verdade ontem à noite. As margaritas provavelmente não ajudaram — acrescentou.

— Por que não me telefonou antes?

— Estava trabalhando. Uma coisa importante.

— Sem parar? Sem dormir? Pouca comida, comida chinesa, ou apenas uns biscoitos?

— Bem, eu estava na minha mesa. Estava investigando um assunto. Não queria parar.

— Ai, Carrie. Você sabe perfeitamente que todos esses sintomas são sinais para você. Você é minha irmã e eu te amo — disse ela, afastando o cabelo de Carrie da frente dos olhos —, mas gostaria que me deixasse arranjar um tratamento para você. Você poderia ter uma vida normal. Poderia mesmo.

— Mag, já falamos sobre isso. No instante em que eu começar a me tratar, com você ou com um psiquiatra, ou em que houver qualquer rastro de receita médica, perco minha credenciação de segurança. Meu trabalho já era. E já que, como nós duas sabemos, ou ao menos você já me disse com bastante frequência, eu não tenho vida pessoal, isso me deixa sem mais nada.

Maggie olhou para ela, estreitando os olhos contra a luz do sol na janela do carro. O tempo estava bonito, excepcionalmente quente para o mês de março. As pessoas que caminhavam em direção a seus carros estavam de casaco aberto ou mesmo sem casaco.

— Talvez você devesse fazer outra coisa. Isso não é vida. A gente se preocupa com você. Papai, eu, as crianças.

— Não comece com isso. E eu não mencionaria papai. Ele não é a pessoa certa para falar sobre "normalidade".

— Qual é a sensação do lítio?

— Eu odeio. Fico burra, lenta. É como se eu estivesse olhando o mundo através de uma janela grossa. Uma janela grossa e suja. Como seu eu tivesse cinquenta pontos a menos de QI. Já disse uma janela grossa? Fico como um zumbi. Odeio.

— Ao menos você fica coerente. Ontem à noite, quando a vi, você não estava coerente. Meu Deus, Carrie, você não pode continuar desse jeito.

— Você sabe que eu estava bem em... onde eu estava. Conseguia todos os remédios que queria. Clozapina funciona muito bem. Eu consigo trabalhar. Sou uma pessoa normal. Você se surpreenderia. Sou mesmo boa no que faço. É só você me dar uma bela provisão de clozapina que serei a tia Carrie e todos vão ficar felizes. As crianças vão adorar.

Maggie tinha duas filhas pequenas, Josie, com sete anos, e Ruby, com cinco.

— Se você acha que se automedicar e conseguir todos os remédios que quer é uma boa coisa, você está mais louca do que pensa.

Carrie pôs a mão no braço da irmã.

— Eu sei. Eu sei que você está certa. Olhe, eu sei que você não gosta do que eu faço e não entende, mas é importante. Acredite em mim, você e suas filhas dormem mais seguras na cama à noite graças ao que eu faço. Você tem que me ajudar. Não há mais ninguém. Senão, estou ferrada.

— Você tem alguma ideia do risco que estou correndo? Posso perder minha licença médica. Já é ruim o bastante eu prescrever receitas para o papai. Mas ao menos ele está fazendo terapia. Eu acompanho o tratamento dele com o psiquiatra. Com a terapia, e eu tomando conta dele, já faz dois anos que está bem. Devia passar um tempo com ele. Sei que ele ia gostar. Você nem notaria que há um problema.

— Diga isso para a mamãe — falou Carrie.

Nenhuma delas disse nada. Aquilo era um buraco negro na família. A ferida que não sarava. A mãe delas, Emma, havia desaparecido.

"Se não posso conhecer seu pai, e quanto a sua mãe?", perguntara certa noite na cama seu amante de Princeton, John, o professor universitário.

"Não sei onde ela está."

"Como assim, não sabe onde ela está? Está morta?"

"Também não sei."

"Não entendo."

"Essa é a única coisa que sei. Eu entendo."

"Bem, então explique para mim."

"Ela foi embora. Simples assim. Certo dia disse que estava indo à farmácia. Que já voltava. Nunca mais a vimos."

"Sua família procurou por ela? A polícia? Ela alguma vez tentou estabelecer contato?"

"Sim. Sim. E não."

"Caramba! Não é à toa que você não fala sobre sua família."

"Foi no dia em que fui para Princeton. Ela simplesmente desapareceu e lá fui eu. Apenas eu, uma mala, e minhas felizes memórias de infância. Você não entende? Ela estava livre. Eu era a mais nova. O bebê. E estava indo embora. Podia cuidar de mim mesma. Agora você tem alguma noção de quão perturbada eu sou? Sou a estudante loura bonitinha com quem você quer transar, mas diga a verdade, John. Sou mesmo a garota com quem você quer ficar?"

— Ao menos me deixe passar uns exames — disse Maggie. — Clozapina pode causar efeitos colaterais que não são bons. Hipoglicemia. Agranulocitose. Você entende? Uma contagem mais baixa de células brancas no sangue pode ser algo muito sério. Deixe que eu faça pelo menos isso.

— Escute — disse Carrie, pegando o braço de Maggie. — Você não entende? Não posso. Só me entregue as porcarias dos comprimidos e me deixe voltar ao trabalho. Você não entende. Preciso voltar. É importante.

— Aqui estão, amostras para três semanas — disse Maggie, entregando-as a ela num saco plástico. — Vão ajudar a estabilizar e segurar você, mas chega. Estou falando sério, Carrie. Não posso continuar fazendo isso. Isso vai nos destruir. Quero que você pense seriamente em fazer terapia. Um psiquiatra pode receitar o suficiente para levar você até a lua.

— Shhhhh! Fique quieta — disse Carrie, aumentando o volume do rádio.

Ela ouvira algo.

— ... relata que cinco militares americanos do 502º Regimento de Infantaria situados em um posto de controle perto da cidade de Abbasiyah, ao sul de Bagdá, no chamado Triângulo da Morte iraquiano, entraram na casa de uma família iraquiana local, onde foram acusados pelas autoridades do Iraque de terem estuprado uma menina de quatorze anos, matando-a em seguida, assim como a toda a família, e colocado fogo nos corpos. Os soldados acusados alegam que o ataque foi perpetrado por militantes sunitas. Os porta-vozes das forças armadas americanas e do governo de coalizão declararam que o incidente está sendo investigado. Um porta-voz do general Casey, comandante da Força Multinacional do Iraque, declarou: "Vamos esclarecer esse ato deplorável" — disse o locutor.

Carrie abaixou o volume do rádio.

— Merda, isso vai causar um alarde. Tenho que ir. Obrigada por isso, Maggie — disse ela, indicando os comprimidos. — Obrigada por ter vindo me buscar. Irei ver as meninas assim que puder. Prometo.

— Você está envolvida com esse negócio no Iraque? — perguntou Maggie.

Carrie olhou para ela.

— Nós fazemos... de tudo. As pessoas não têm ideia. Eu telefono — disse ela, saindo do carro.

— E o papai? — perguntou Maggie. Carrie estreitou os olhos para ela sob a luz do sol. — Você vai ter que falar com ele em algum momento.

— A boa e velha Mag. Você nunca desiste. Vou falar. Em algum momento — disse ela.

Ela voltou para Langley bem na hora de uma reunião convocada por David Estes com toda a equipe da unidade do Centro Antiterrorismo. Estes disse a eles que podiam esperar um aumento considerável no terrorismo contra americanos tanto dentro quanto fora do Iraque, como resultado do que acontecera em Abbasiyah.

— Então, bem quando achamos que não poderíamos encontrar nada que nos deixasse ainda menos populares com os árabes, ou que fizesse o povo iraquiano nos odiar ainda mais, uns soldados babacas conseguem encontrar a melhor propaganda de recrutamento para a Al-Qaeda desde que eles decidiram jogar aviões nos prédios em Manhattan! — gritou Estes, raivoso. — Alvos americanos no Oriente Médio e na Europa são a preocupação principal.

"E gostaria de lembrar a todos que temos uma ameaça, vinda de uma fonte sem comprovações mas previamente confiável, de um grande ataque em solo americano", acrescentou ele sem olhar para Carrie. "Todos vocês devem começar a investigar cada pequena informação que temos de qualquer lugar no Oriente Médio e do sul da Ásia. Absolutamente tudo. Qualquer ameaça, por mais duvidosa que pareça, deve ser trazida a mim imediatamente.

"Vamos ter que implantar recursos suplementares na Estação de Bagdá. Saul, você vai cuidar disso", disse ele a Saul, que concordou com a cabeça. "Haverá uma tonelada de efeitos colaterais. A mídia vai fazer a festa com isso e eu já disse ao diretor da CIA que temos de nos preparar para um aumento significativo de baixas americanas, tanto militares quanto civis, tanto dentro quanto fora da Zona Verde, mas quero projeções mais detalhadas. Preciso dizer ao Estado-Maior Conjunto e à Casa Branca o que devem esperar.

"Além disso, quero uma análise completa de todas as atividades sunitas na zona do Triângulo da Morte, dos agentes de inteligência, mas sua também, Saul, na minha mesa às dezessete horas de hoje. Se alguém peidar em qualquer lugar entre Bagdá e Al-Hillah, quero ficar sabendo. Aqueles entre vocês que não estão sendo transferidos para ajudar na Estação de Bagdá terão de compensar pela falta das pessoas que estamos convocando. Agora, vão trabalhar. Estamos desperdiçando tempo.

Uma hora depois, Carrie encontrou Saul no corredor, a caminho do elevador. Estava esperando por ele.

— Agora não, Carrie. Tenho uma reunião no sétimo andar — disse ele, indicando que era com os diretores mais importantes da CIA.

— Rouxinol se encontrou com Ahmed Haidar. Fielding tem que ter tido conhecimento disso e nunca disse uma palavra a respeito — falou ela.

Ele ficou parado ali, piscando atrás dos óculos como uma coruja à luz do dia.

— Como você sabe?

— Havia uma foto. A Agência de Segurança Nacional pegou-a no download de um satélite israelense. Em um café. Não saberia dizer onde. Possivelmente no Cairo ou em Amã.

— O que isso quer dizer para você?

— Que a GSD e o Hezbollah estão de conluio. Talvez o assassinato de Hariri. Talvez algo que vai acontecer, como Julia disse, usando o que aconteceu em Abbasiyah para disfarçar. Diga você, Saul. O que diabo está acontecendo?

— Não sei. Foi para isso que contratei você. O que você quer?

— Preciso de Fort Meade. Com quem posso falar por lá?

A Agência de Segurança Nacional ficava sediada em Fort Meade, Maryland, uma base militar.

— Fora de questão. Temos procedimentos previstos para esse tipo de coisa e eles não incluem você aparecendo por lá sozinha e desvairada como um touro numa loja de porcelana. Você já está pisando em ovos.

Ele olhou para o relógio de pulso.

— Tenho que ir lidar com essa última mancada. O que diabo eles esperavam? — disse ele, socando o botão do elevador com o dedo meia dúzia de vezes. — Mandam jovens para lá em múltiplos destacamentos, a metade deles vindos de unidades da guarda nacional, porcarias de civis, muitos com estresse pós-traumático, lidando com cadáveres decapitados, dispositivos explosivos em cada esquina, aliados para os quais não se pode virar as costas e milhões de mulheres que se pode olhar mas não tocar. O que eles acharam que ia acontecer? Meu Deus! — disse ele, entrando no elevador. — Não chegue nem perto de Fort Meade. Estou falando sério — acrescentou ele enquanto a porta do elevador se fechava.

É o cacete, pensou ela. Não havia material suficiente para seguir em frente sem a Agência de Segurança Nacional. Ela encontraria alguém.

CAPÍTULO 6

Fort Meade, Maryland, Estados Unidos

Dirigindo pela I-295 em Maryland, Carrie pensou que se pegasse a 495 em vez de seguir em direção ao norte poderia parar em Kensington, onde crescera depois que sua família se mudara de Michigan, porque seu pai conseguira um trabalho em Bethesda.

Colégio Holy Trinity, ela se lembrou. Só meninas, só católicas. Freiras, hóquei sobre grama e saias xadrez curtas. "O centro universal da masturbação", era como Maggie o chamava. Antes do seu transtorno bipolar, que só aparecera em seu segundo ano na faculdade, ela era a própria menininha perfeccionista: presidente de turma. Segundo lugar no campeonato estadual de mil e quinhentos metros. Oradora oficial em uma sólida trajetória pelas melhores universidades; Princeton e Columbia falando em bolsas de estudos. E sua mãe ficando mais sem vida a cada dia que passava.

"É o campeonato estadual, mãe. Gostaria que você viesse."

"Fale com o seu pai, Carrie. Sei que ele quer ir."

"Você sabe que não posso fazer isso. Haverá olheiros universitários lá. Ele vai estragar tudo. Ele sempre estraga tudo."

"Vá você, Carrie. Vai ficar bem."

"Qual é o problema, mãe? Está com medo que eu ganhe?"

"Por que diz isso? Espero que você ganhe. Não que isso tenha importância."

"Porque é possível que eu vire alguém? É disso que você tem medo? Que uma de nós consiga de fato escapar desse asilo de loucos e que não seja você?"

"Você é tão bobinha, Carrie. O jogo foi manipulado. Nem os vencedores ganham."

Minha nossa, Carrie pensou. É incrível eu não ter ficado mais maluca do que já sou. Ela saiu da autoestrada e avançou em direção à guarita. Do portão ela podia ver o grande prédio retangular de vidro preto, a sede da Agência de Segurança Nacional, também chamado de Casa Preta.

Demorou meia hora para que checassem a identidade dela, lhe dessem um crachá de visitante e a levassem até uma sala de conferência vazia com uma longa mesa de mogno. Um homem magro de camisa e gravata-borboleta, parecendo uma reminiscência dos anos 1950, entrou.

— Jerry Bishop — disse ele, sentando-se em frente a ela. — Esta é uma visita e tanto. Não costumamos receber o pessoal de McLean no trajeto 295. Qual é a ocasião? Abbasiyah?

— Bem, se você tivesse algo interessante sobre isso, ou sobre qualquer nova operação da Al-Qaeda, você me deixaria famosa. Eu não discutiria.

Ela sorriu para ele, emanando uma vaga lufada de sedução, como se fosse um perfume.

— Não estamos vendo nenhum aumento verdadeiro no tráfego, a não ser a usual porcaria jihadista da internet. Envenenar o abastecimento de água de Nova York, atacar refinarias, indústrias químicas nos Estados Unidos e o eterno favorito: mandar um jato particular cheio de explosivos para dentro do edifício do Capitólio, embora eu não entenda por que acham que acabar com alguns deputados causaria qualquer dano para os Estados Unidos.

Ele deu um sorriso irônico.

— Fora isso, um pouco de agitação na comunicação por celular entre alguns membros de tribos salafistas em El Arish, em Sinai. Talvez algo para os israelenses. — Ele deu de ombros. — Acho que é só.

— Há centros turísticos no sul de Sinai. Haveria toda espécie de turistas: israelenses, americanos, europeus, mergulhadores. E o governo do Egito não tem muito controle por lá. Pode ser alguma coisa.

— Pode. Passo isso para você. — Ele fez que sim. — Mas não é por isso que você está aqui, é?

Ela retirou fotografias de Taha al-Douni, vulgo Rouxinol, Ahmed Haidar, Dima e Davis Fielding da bolsa do laptop e colocou-as sobre a mesa. Tocando em cada uma delas, ela os identificou, um por um.

— Esses três são de Beirute — disse ela, indicando Rouxinol, Dima e Davis Fielding.

Colocando a mão na foto de Haidar, ela acrescentou:

— Essa foto nós conseguimos com vocês, do fluxo de downloads de um satélite israelense.

— O que você quer?

— Tudo o que você tiver sobre essas quatro pessoas. Conversas telefônicas, e-mails, tuítes, vigilância, cartões de feliz aniversário enviados por suas avós. Qualquer coisa.

Ele roncou com uma risada rápida.

— Você se dá conta de que nós lidamos com quantidade e não com qualidade, certo? Sugamos tudo. Público, privado, celulares, uma mensagem de texto de Abu Sei-lá-o-quê para a mãe. Decodificamos, traduzimos, executamos algoritmos para tentar separar um pouco do lixo mais óbvio. Então mandamos para vocês, o pessoal da CIA. Mandamos também para a Agência de Inteligência de Defesa, o Conselho de Segurança Nacional, a Agência Federal de Investigação: DIA, NSC, FBI, a sopa de letrinhas toda. Só isso. Vocês é que devem juntar as peças.

— Vou delimitar mais para você. Concentre-se só nessas pessoas, e, exceto por Al-Douni e Haidar, só em Beirute.

Ele a olhou com um ar de especulação.

— Você trabalha para Estes, certo?

— Eu me reporto diretamente a Estes. Para constar, Saul Berenson, chefe do Oriente Médio, Serviço Clandestino Nacional, também sabe que estou aqui — mentiu.

Ele pegou a foto de Fielding, depois olhou diretamente para ela.

— Nós não costumamos interceptar informações de um chefe de estação da CIA. O que está havendo?

— Não posso contar.

— Mas está acontecendo alguma coisa em Beirute? É isso?

— Também não posso falar sobre isso. Mas use a cabeça. Você acha que eu estaria aqui falando assim com você agora se não tivéssemos um problema?

— Mas você não quer que eu conte a ninguém?

— Você não pode. Isso poderia comprometer o que estamos fazendo.

— Espere — disse ele, baixinho. — Você está insinuando que temos alguém infiltrado na Estação de Beirute?

— Não estou dizendo nada disso — retrucou Carrie. — Não interprete as coisas. Estou pedindo que você mantenha essa consulta em segredo. É o que eu e você fazemos todos os dias, Jerry. É nosso trabalho. Só isso.

— Como você quer o material? Num e-mail via JWICS? — perguntou ele, referindo-se ao Sistema da Junta de Comunicações Inteligentes Mundiais do governo, a rede de computadores especial projetada para comunicações codificadas ultrassecretas e altamente seguras, o grau de sigilo mais alto do governo americano.

— Não. Nisso aqui — disse ela, pegando um HD externo e entregando-o a ele junto com as fotografias.

— Meu Deus, você quer mesmo manter isso em segredo. Venha — disse ele, e levou-a ao elevador, descendo até um dos muitos andares subterrâneos.

Eles andaram por um corredor sem janelas e passaram por vários escritórios trancados, todos sob pesada vigilância de câmeras de segurança; alguns se abriam com um crachá, outros exigiam um crachá e um código, e o último exigia um crachá, um código e uma impressão das veias da mão para abrir. Do lado de dentro, um cômodo com uma vasta parede de monitores que mostravam imagens de satélites de localidades do mundo todo. Em destaque havia uma fileira de telas mostrando imagens ao vivo de locais importantes nas ruas do Iraque.

O cômodo também estava repleto de analistas em cubículos trabalhando em computadores. Bishop levou-a até um grupo de analistas em um setor separado perto da parede.

— Alguns rapazes do setor Oriente Médio — disse ele. — Você pode não conhecê-los, mas já viu o trabalho deles.

— Oi — falou Carrie.

Um dos analistas, um ruivo de cabelo desgrenhado e o rosto cheio de sardas com uma barba aparada, lhe lançou um olhar de cima a baixo, depois voltou para a tela. Estava numa cadeira de rodas. Bishop disse à sua equipe o que ela estava procurando. Entregou as fotografias a quatro deles e lhes deu instruções.

— Você quer sentar do meu lado enquanto eu procuro? — perguntou o ruivo na cadeira de rodas, que recebera a foto de Fielding.

— Claro, se eu conseguir o que quero — disse Carrie.

— Somos dois — afirmou o ruivo com um sorriso irônico.

Ele era atraente, de um jeito arrumadinho, ela pensou.

— Eu gostaria de ver como isso funciona. Você se importa? — perguntou Carrie a Bishop, sentando-se junto ao ruivo.

Ela não pôde deixar de reparar nas pernas dele, finas como lápis na calça jeans justa.

— Meu nome é James. James Abdel-Shawafi. Pode me chamar de Jimbo — falou o ruivo.

— Você não parece árabe — disse Carrie.

— Meu pai é egípcio. Minha mãe é metade irlandesa, metade americana. Ele abriu um sorriso.

— *Hal tatakalam Arabiya?* — Ela perguntou se ele falava árabe.

— *Aiwa, dekubah* — disse ele. *Sim, claro.* — Por onde você quer começar? Mensagens telefônicas? E-mails?

— Você leu meus pensamentos. Telefones — disse ela, mostrando a ele uma lista dos números de Fielding na embaixada, o telefone seguro codificado, seu telefone celular etc. Ela tinha cinco números ao todo.

— Não preciso disso. Veja — disse Jimbo, abrindo uma base de dados e consultando-a com o nome de Fielding.

A consulta revelou onze números de telefone. Ela se aprumou na cadeira. A maioria dos funcionários da CIA tinha um ou dois telefones celulares privados, mas aquilo era surpreendente.

— Você quer procurar a partir de quanto tempo atrás? — perguntou ele.

— Anos. Mas vamos começar só com os três últimos meses.

— Sem problemas, mas vai ter muita coisa — disse ele, digitando os operadores de consulta e apertando a tecla Enter.

Eles esperaram um pouco. Então uma sequência de banco de dados com declarações, números, datas e horários encheu a tela. Jimbo a olhou fixamente.

— Meu Deus. Não pode ser — disse ele, sacudindo a cabeça.

— O quê?

— Olhe — ele falou, apontando para a tela. — Está vendo o buraco?

— Me mostre.

Ele selecionou parte da tela.

— De acordo com isso, seu Sr. Fielding não fez ligações com esses três telefones durante aproximadamente os últimos cinco meses.

— Talvez não tenha precisado deles. Ele tinha mais oito telefones.

— Não, houve uso limitado, mas ativo, nesses três até o mês de outubro. Está vendo? Espere um minuto.

Ele olhou de relance para ela.

— Tenho privilégios de acesso DBA, o administrador de base de dados.

Ele abriu outra janela e digitou uma sequência de base de dados DBA_ SOURCE.

— Isso me dá acesso ao banco de dados completo. Tudo mesmo. É o universo inteiro.

Eles esperaram e a tela se encheu com resultados semelhantes ao que haviam visto antes.

— Isso é impossível — murmurou ele.

Digitou uma série de comandos *shell*.

— Filho da puta — falou baixinho.

— O que é?

— Foi apagado. Está vendo aqui? — disse ele, apontando para o que, aos olhos dela, era uma incompreensível sequência de caracteres.

— Isso é algo que acontece? A eliminação de um banco de dados da NSA? — perguntou ela.

Ele olhou para ela.

— Nunca vi isso antes. Nunca — disse ele.

— Quando foi apagado?

Ele analisou a tela.

— Isso também é estranho. Há duas semanas.

Aquilo acendeu um alarme dentro dela. Ela pensou um instante, então lembrou. O mesmo dia em que ela deixara Beirute. Regra Dois, ela pensou, lembrando-se de algo que Saul Berenson dissera ainda nos seus dias de treinamento na Fazenda.

"Há apenas duas regras", dissera ele. "Regra Um: esse trabalho pode matar você. Então nunca confie numa fonte... ou em ninguém. E Regra Dois: não existem, repito, não existem coincidências."

Ela olhou para Jimbo.

— Quem pode autorizar algo assim? — perguntou.

— Não sei.

Ele se inclinou para perto e sussurrou para ela:

— Tem que ser do alto escalão.

CAPÍTULO 7

Centro de Inteligência George Bush, Langley, Virgínia, Estados Unidos

Analisando os arquivos sobre Dima que trouxera da NSA no HD externo, Carrie viu que a última ligação da informante pelo celular tinha sido para um salão de cabeleireiro em Ras Beirut às três e quarenta e sete da tarde do dia em que desaparecera. Depois disso, nada. Ela começou a recuar no tempo, procurando identificar cada contato do celular. Será que o salão era um disfarce ou será que Dima quisera simplesmente fazer uma escova? Um telefonema de Estes a interrompeu.

— Venha ao meu escritório. Agora — disse ele, e desligou.

Que bom. Até que enfim, Carrie pensou, imaginando que podia se tratar do e-mail que ela lhe mandara sobre Sawarka, uma tribo beduína salafista no norte de Sinai, e a possibilidade de um atentado terrorista contra turistas em Sharm el-Sheikh e Dahab. Coisas que ela obtivera na Casa Preta. Ela estava pensando nisso e em Dima enquanto subia até o escritório de Estes. Por que ela não aparecera — ou ao menos alguma notícia sobre ela? Se um corpo tivesse sido encontrado, ela tinha certeza de que Virgil teria entrado em contato.

Quando bateu à porta e viu Saul, com ar preocupado, no escritório de Estes, ela se deu conta de que o assunto era outro.

Estes não sorriu, apenas gesticulou para que ela se sentasse. Saul, sentado em outra cadeira, não olhou para ela. Ai meu Deus, ela pensou.

O sol da tarde brilhava na janela atrás dele, seu reflexo quase obscurecendo a vista do pátio entre o Centro George Bush e o antigo edifício-sede, com alguns funcionários sentados do lado de fora de camisas de manga. Que tempo estranho, ela pensou, sua mente reparando de repente em tudo. Algo está prestes a acontecer. Ela podia sentir seus circuitos elétricos loucos disparando.

— O que diabo você estava pensando? — perguntou Estes. — Está completamente enlouquecida?

— Pensando sobre o quê? Do que estamos falando? — disse ela.

— Não finja que você não foi até a NSA. Sozinha. Sem autorização. Você tem alguma ideia de quantos protocolos quebrou? — retrucou Estes.

— Eu disse para você não ir, Carrie — disse Saul, baixinho.

— Como você descobriu? — Ela perguntou a Estes.

— Recebi um e-mail muito gentil de um gerentezinho médio de lá chamado Jerry Bishop. Ele gostou de você ter ido até lá, passando por cima da rivalidade entre as agências e tudo o mais. Apenas para gentilmente me informar que isso acontecera apesar das regras. Achando que era uma boa ideia. Que devíamos fazer isso mais vezes. Só ficou faltando a sugestão de que assássemos *marshmallows* em torno de uma fogueira de acampamento juntos. Só que eu não quero fazer isso mais vezes, Carrie. Somos consumidores deles, nada mais. E já não temos o tempo ou os recursos para analisar todas as merdas deles tal como funciona agora. Não posso aceitar isso. E, sobretudo — ele fez um gesto vago em direção ao teto — nossos mestres lá em cima também não podem.

— Mesmo quando é produtivo? Eu encontrei algo. Os membros da tribo em Sinai. Você disse que queria tudo. Mandei um e-mail para você — disse ela a Estes, com medo de olhar para Saul.

— Ótimo. Membros de tribo em Sinai. Vou avisar o Lawrence da Arábia. O que diabo você estava pensando, Carrie? Você tem alguma ideia de onde estamos em termos de orçamento? Sabe que o Senado está louco para arrancar nossas bolas fora se virem qualquer sinal de redundância? E aí vai você, passeando até Fort Meade, violando acordos que levamos anos para criar.

Ele balançou a cabeça.

— A Estação de Beirute disse que você estava fora de controle, mas Saul me convenceu de que não era o caso. Não posso aceitar isso.

— E quanto a Sawarka? — disse ela.

Estava prestes a mencionar os registros ausentes na base de dados da NSA e o material do CTC editado, mas algo lhe disse para não fazê-lo. Concentre-se nos *jihadis*.

— Saul alertou o Serviço de Investigação de Segurança do Estado, no Egito. Disseram que iriam averiguar. Os israelenses também. A questão não é essa.

— Então me diga você qual é a questão, David — disse ela, levantando-se para confrontá-lo. — Porque eu fui tirada de Beirute no meio de uma operação, onde temos uma agente feminina que desapareceu da face da Terra depois que o Hezbollah e a GSD atacaram um dos seus agentes de campo, eu — ela bateu no próprio peito —, e não apenas ninguém nem ao menos olhou para isso como ninguém teve a inteligência de se perguntar "Por quê?". Além disso, eu dei uma informação acionável para você vinda de uma fonte altamente crível sobre um possível grande ataque terrorista contra os Estados Unidos, e até agora todos menos eu parecem estar cagando para isso. Então me diga você qual é a porcaria da questão.

Dessa vez ela olhou para Saul, e ele estava verde, como se estivesse enjoado.

— Sente-se. Estou falando sério — disse Estes, abafando as palavras.

Ela se sentou. Ele fez uma inspiração, depois outra.

— Olhe, Carrie. Não estamos no exército aqui. Não damos ordens e ponto. Esperamos de nosso pessoal que eles ajam de maneira independente, que pensem por conta própria. No que diz respeito à administração, é um tanto caótico. Mas é o preço que se paga para ter pessoas boas investigando coisas em lugares que ninguém esperaria e que podem salvar toda uma nação. Então nós damos muita margem a vocês, mas isso passou dos limites.

"Você foi para fora da Agência totalmente sozinha. Estava muito além dos parâmetros do 'preciso saber', e é por isso que só permitimos contatos autorizados entre agências através de canais normais. O trabalho da NSA é nos fornecer dados. Ponto. Eles não têm os especialistas em análise de inteligência necessários para transformar dados brutos em informações úteis. Nós temos. A maioria das pessoas nesse campus não faz nada além de analisar dados. Se metemos a NSA nos nossos assuntos, o Congresso tem o direito de perguntar para que diabo estão nos pagando. E se você quer que eu faça algo sobre essa suposta informação acionável sobre um ataque, acho bom você me dar algo com que trabalhar.

"Além disso, enquanto você está ocupada brincando na sua caixa de areia com Sinai e Beirute, não está prestando atenção na Al-Qaeda, sobretudo no Iraque, quando era nisso que eu precisava que você se concentrasse, além de ser a única razão pela qual você ainda está aqui.

— Estou prestando atenção no Iraque também. Eu...

— Pare de besteira, Carrie. Não temos tempo para isso. O que acaba de acontecer em Abbasiyah é um presente para os vilões. Não posso ter você por aí fazendo tudo o que quer. Não é assim que funciona.

Ele balançou a cabeça.

— Enfim, eu notifiquei o RH. Estou tirando você do CTC. Aliás, não só do CTC, do Serviço Clandestino Nacional. Seu trabalho aqui acabou. Saul? — disse Estes, olhando para Berenson.

Carrie teve a sensação de ter levado um soco no estômago. Queria vomitar. Aquilo não podia estar acontecendo. Eles não entendiam o que estava havendo? Arquivos faltando, um possível ataque terrorista e ela era a única que vira tudo, e agora estavam se livrando dela?

— Carrie, você tem muito talento. Suas habilidades linguísticas, seus instintos — disse Saul, inclinando-se para a frente, as mãos cruzadas, quase como se estivesse rezando. — Mas você não nos deu escolha. Está sendo transferida.

Ela foi inundada de alívio. Era ruim, mas não estava sendo demitida.

— Achei que estava fora do NCS — disse ela.

— E está — falou Saul, olhando para Estes —, você está sendo transferida para a Divisão de Análise de Inteligência. O Departamento de Estratégias e Análise de Coleta de Dados.

— Isso entra em vigor imediatamente — disse Estes. — Chega de trabalho de campo, Mathison. Acabou para você.

— Quem foi que você irritou? — perguntou Joanne Dayton, sua colega de trabalho, no cubículo ao lado.

Loura, olhos azuis, um pouco acima do peso e bonita o bastante para ter sido chefe de torcida no colégio; mas, segundo Joanne, fora uma maconheira, não fizera parte dos adolescentes descolados. "Senão eu nunca teria vindo parar aqui", ela sussurrara, revirando os olhos.

— David Estes — disse Carrie.

— É mesmo? — falou Joanne, olhando para ela com maior interesse. — Fico surpresa que você ainda esteja trabalhando aqui. — Ela chegou mais perto. — O que você fez?

O que eu fiz?, pensou Carrie. Não deixara que a raptassem ou matassem. Desde que começara a correr em nome da própria sobrevivência na avenida Michel Bustros, não chegara a parar.

— Por mais estranho que pareça, meu trabalho — disse.

Seu novo chefe era um homem alto, de aparência estranha e cabelos compridos, de descendência russa, com braços e pernas desproporcionalmente maiores que o torso, como se seu corpo tivesse sido montado com pedaços descartados de outras pessoas e então soldados como uma das Torres Watts. Alguém dissera que ele sofrera um ferimento na Bósnia, mas ninguém queria falar sobre o assunto. Seu nome era Yerushenko. Alan Yerushenko.

— Não sei por que eles tiraram você do NSC e não me importo — disse Yerushenko a ela, olhando-a através de óculos de lentes coloridas. — Podemos não ter o mesmo encanto do pessoal do outro lado da Agência, mas não pense que o que fazemos não é importante. E vou querer um relatório diário do seu progresso.

Vá para o inferno, ela pensou.

— Qual é o problema de Yerushenko? — ela perguntou a Joanne.

— Ele é obsessivo, mas poderia ser pior. Não é um idiota completo. Só um pouco.

Ela sorriu com ironia.

Yerushenko colocou-a na análise de dados do Iraque vindos de coletores centrais do NSC, oficiais da CIA que recolhiam dados dos agentes de campo e encaminhavam a Langley para análise e avaliação.

— Você tem que atribuir probabilidades de credibilidade e de precisão — disse ele. — A regra de ouro é que a maioria dos dados quase não é crível e o restante é ainda pior.

Ela começou a trabalhar com relatórios sobre a AQI, Al-Qaeda no Iraque. Seu líder era uma figura misteriosa que usava o *nom de guerre* Abu Nazir. Ela ouvira falar nele pela primeira vez enquanto seguia uma pista em Bagdá no ano anterior. Mas era como um fantasma; não havia quase nada real sobre ele. Pouco se sabia sobre sua vida pessoal também, embora suspeitassem que estivesse na província de Anbar, onde intimidara os líderes de tribos locais cortando a cabeça de qualquer um que se colocasse no seu caminho. Às vezes, as cabeças eram deixadas em estacas ao longo das ruas como placas de sinalização macabras. Também se falava de um tenente dele igualmente impiedoso, sobre quem se sabia ainda menos, de codinome Abu Ubaida.

Mas ela não conseguia se concentrar. Sentia-se humilhada, profundamente enojada. Por que tinham feito aquilo com ela? Por que Saul a abandonara? E por que não prestavam atenção? Havia um ataque planejado contra os Estados Unidos que podia acontecer dali a alguns dias ou semanas e ninguém parecia se importar. Ela foi até o banheiro feminino, entrou numa cabine e fechou a porta. Sentada sobre a tampa, o rosto nas mãos, mal conseguiu se conter para não gritar a plenos pulmões.

O que estava acontecendo? Sua pele estava formigando. Uma sensação de picadas, como quando seu pé fica dormente. É estresse. Um surto emocional de hormônios, disse a si mesma. O estresse estava interferindo em sua medicação, aniquilando os circuitos. Ela esfregou a pele dos braços para tentar fazer com que o formigamento parasse. Não funcionou. Então ela entendeu. Estivera com pouca clozapina, então começara a tomar os compridos dia sim, dia não. Seu transtorno bipolar estava mostrando as caras. Ela estava entrando num episódio depressivo.

Olhou em torno de seu cubículo como um animal numa armadilha. Tinha de ir para casa.

CAPÍTULO 8

Reston, Virgínia, Estados Unidos

Durante uma semana e meia, Carrie conseguiu se arrastar até o trabalho, se vestir, se maquiar, fingir que dava alguma importância. Parara totalmente de tomar os poucos remédios que pegara com Maggie. Tinha a sensação de ter caído num buraco negro, abandonada, exilada. Lia relatórios a respeito da AQI, mas tinha de relê-los três ou quatro vezes. Era impossível se concentrar.

Cretinos, ela pensou. Durante todo aquele tempo, ela pensara que Saul era como o pai que nunca tivera, ou mais ainda, como o tio judeu sábio e engraçado que todos gostariam de ter. E Estes. Ela pensara que ele valorizava seu trabalho, o afinco com que o fazia, quão eficiente ela era.

Mas mesmo quando Carrie lhes trazia informações acionáveis, eles não apenas não faziam nada como a puniam. Destruíam sua carreira. Já era, ela pensou, e passava cada vez mais tempo no banheiro feminino do trabalho. Ela não tinha nada. Não era nada.

Parou de ir trabalhar. Sabia que precisava tentar descobrir algo sobre o ataque pendente sobre o qual Julia lhe informara, mas não conseguia se forçar a fazer nada.

Ficava sentada no chão num canto do quarto, o apartamento em Reston totalmente escuro e silencioso. Há quantos dias não comia? Dois? Três? Alguma parte do seu cérebro lhe dizia: Isso não é você. Isso é a doença. Mas ela não conseguia se forçar a se importar. Que diferença fazia?

Precisava fazer xixi, mas não conseguia se forçar a se levantar e ir até o banheiro. Quando fora a última vez que o fizera? De que importava? Ela estava sozinha na escuridão. Um fracasso. Como o pai.

O pai.

Dia de Ação de Graças. Seu primeiro ano em Princeton. Sua irmã, Maggie, estava no último ano da NYU, em Nova York. Ela telefonara para Carrie para avisar que ia passar o dia de Ação de Graças em Connecticut com a família do seu namorado, Todd.

"Papai está sozinho. Você tem que ir, Carrie."

"Por que eu? Você precisa ir também. Ele precisa de nós."

Ela ficou pensando: é Dia de Ação de Graças. Talvez mamãe finalmente telefone. Ficou casada com ele durante todos aqueles anos. Será que isso não teve importância? E quanto a Maggie e ela? O que as duas fizeram de errado? Se a mãe não queria ligar para Frank, podia ao menos ter ligado para ela ou Maggie. Sabia o número de telefone de Maggie, do seu apartamento em Morningside Heights. E sabia que Carrie estava em Butler, em Princeton. Se quisesse, poderia ter entrado em contato com elas. O pai, Frank, nunca precisaria saber. Ai, Deus, será que toda a sua família era louca?

Seu pai ligou dois dias antes do feriado de Ação de Graças.

"Sua irmã não vem."

"Eu sei, pai. É o namorado dela. Acho que a coisa está ficando séria entre ela e Todd. Mas eu vou. Estarei aí na quarta-feira. Estou ansiosa para ver você", mentiu, *pensando que seria mortal estar naquela casa, só eles dois.*

"Você não precisa vir, Caroline. Sei que você tem coisas que preferiria...", a voz dele falhou.

"Pai, não seja bobo. É Ação de Graças. Olha, você compra o peru. Estarei aí na quarta-feira à tarde. Vou cozinhar. Preparo tudo, está bem?"

"Tudo bem. Talvez seja melhor você não vir."

"Pai, por favor! Não faça isso. Eu já disse que vou."

"Você sempre foi uma boa menina, Carrie. Sua irmã também. Ela não era tão inteligente ou bonita quanto você, mas também era uma boa menina. Deveríamos ter cuidado melhor de vocês. Sinto muito."

"Pai! Não fale assim. Vejo você na quarta."

"Eu sei. Tchau, Carrie", disse ele, *e desligou, deixando-a encarando o telefone em sua mão.*

Pensou em ligar para Maggie e insistir, mas decidiu não fazê-lo. Maggie estava com Todd. Deixa para lá. Mas seu pai soara estranho. Como se estivesse desanimado. Ela fez o cálculo. Haveria uma prova na terça de manhã, mas nada depois disso, já que a faculdade estaria começando a fechar para as férias.

Ela podia surpreendê-lo. Sair na terça-feira logo depois da prova e chegar lá à tarde.

Naquela terça, ela pegou um ônibus em Mount Laurel e fez a conexão para Silver Spring. Chegou em Kensington à tarde. Estava sol, o tempo límpido e fresco, as folhas ficando vermelhas, marrons e douradas. Pegou outro ônibus e saltou perto da pequena casa de madeira onde crescera. Ela parecia mais maltratada à luz do sol do que Carrie se lembrava. Ele não tem cuidado da casa, ela pensou, destrancando a porta.

Um minuto depois, estava no telefone, ligando para a emergência.

Feliz Dia de Ação de Graças, pai, ela se lembrava de ter pensado ao ir na ambulância com ele até o hospital.

Só agora Maggie tinha levado o pai para morar com ela, seu marido perfeito e suas filhas perfeitas, e ela, Carrie, era um fracasso e uma louca como o pai. Como ele, ela não tinha nada.

Nada de homem, nada de filhos, nada de lar, um fracasso total no trabalho. Sozinha. Totalmente sozinha. Até Saul a abandonara. Ela poderia estar do outro lado da lua, de tão sozinha. Exatamente o oposto de alguém como Dima. A garota que não suportava ficar sozinha, que nunca estava sem um homem, embora os homens de sua vida vivessem atravessando a eterna porta giratória que eram os relacionamentos das mulheres solteiras do norte de Beirute.

Dima nunca estava sozinha. Era uma pista, mas de quê? Ela tinha desaparecido da face da terra.

— Talvez — disse Carrie em voz alta no que percebeu ser seu primeiro momento racional nos últimos dias — aquela vaca esteja com a minha mãe.

CAPÍTULO 9

McLean, Virgínia, Estados Unidos

No dia seguinte ela conseguiu se forçar a ir trabalhar. Havia algo a respeito de Dima, sobre o fato de ela nunca poder ficar sozinha. Carrie estava determinada a resolver as coisas com Saul. Mas não na sede, ela pensou. Precisava levá-lo a um lugar onde pudessem conversar.

Ao se maquiar, achou que parecia um fantasma. É isso que sou, decidiu. O fantasma da festa. Mas antes que ela desaparecesse na escuridão, faria com que Saul a ouvisse. Ele tinha de ouvir, pensou.

Ela dirigiu até o trabalho. Joanne estava preocupada.

— Onde você esteve? — perguntou Joanne. — Yerushenko está pronto para mandar você embora. Você tem sorte que ele esteja hoje o dia todo numa reunião sobre a ameaça pós-Abbasiyah.

É, nossa, como tenho sorte, pensou Carrie.

O dia durou uma eternidade. Passava tão lentamente que ela podia jurar em certos momentos ter visto o ponteiro do relógio andar para trás. Em sua mente, ficava voltando às mesmas perguntas. Quem havia apagado os registros da base de dados da NSA? E editado os detalhes sobre Beirute? Quem era Dar Adal? O que ele tinha a ver com tudo aquilo?

Uma pergunta ainda melhor era: por quê? O que estavam protegendo? O que havia saído errado? Por que nada estava acontecendo com relação a Beirute ou à informação de Julia que ela lhes dera? Havia apenas perguntas e nenhuma resposta — e o tempo, se movendo mais devagar que o tráfego na I-95.

Naquela noite, Carrie esperou no estacionamento até que Saul saísse, por volta das onze da noite. Seguiu o carro dele, acompanhando-o até sua casa em McLean. Era uma casa colonial branca numa rua escura cheia de árvores e sem calçadas. Ela estivera lá uma vez, muito tempo atrás, para almoçar. Assistiu a ele entrar, esperou vinte minutos, depois desceu do carro e tocou a campainha.

A esposa de Saul, Mira, uma indiana de Mumbai que Saul conhecera na África e que Carrie vira uma vez, abriu a porta de camisola e roupão.

— Oi, Mira. Lembra de mim? Preciso ver o Saul.

— Lembro — disse Mira, sem sair da entrada. — Ele acabou de chegar em casa.

— Sinto muito — disse Carrie. — É importante.

— É sempre importante — falou Mira, dando um passo ao lado para que Carrie pudesse entrar. — Algum dia vocês vão entender que aquilo que não é importante é o que importa. — Ela acenou com a cabeça. — Ele está lá em cima.

— Obrigada — disse Carrie, subindo a escada.

A porta de um dos quartos estava entreaberta. Carrie bateu e entrou. Saul ainda estava de calça social, mas tinha vestido a blusa do pijama. Comia um pote de iogurte. A cama estava feita e lhe pareceu pequena. Aquilo fez com que ela se perguntasse se Saul e Mira dormiam juntos. Ele largou o iogurte.

— Quem é Dar Adal? — perguntou ela.

— De onde você tirou isso? — disse ele.

— Olhando os arquivos do CTC. O trabalho do qual você e David me encarregaram quando voltei. Só que grande parte foi editada... e não tem merda nenhuma sobre a GSD da Síria, nem vindo de Damasco nem da Estação de Beirute. Um monte de relatórios, mas quando você tira o ar dali de dentro, não há mais nada. Então, quero que você me diga o que está havendo.

— Vá para casa, Carrie — disse ele. — Tive um dia cheio.

— Quem é ele?

— Coisa do passado. Não foi nosso melhor momento — disse Saul, desviando o olhar. — Não posso trazer você de volta. Sei que é isso que você quer, mas não posso. Vá para casa.

— Não antes que você fale comigo.

Ele balançou a cabeça.

— Cresça, Carrie! Acabou. Fiz tudo o que podia.

— Não é justo.

— Você está descobrindo só agora que o mundo não é justo? Vá se acostumando; vai ficar muito menos decepcionada com a vida. Olha, essa é minha casa. Você não tem o direito de estar aqui. Estou falando sério. Quero que vá embora — disse ele, a expressão fixa como se tivesse sido esculpida na pedra.

— Ouça o que estou dizendo, caramba!

— Estou ouvindo, Carrie, mas você não está dizendo nada, só se lamentando.

— Registros foram apagados da base de dados da NSA. Eles disseram que nunca viram isso antes. Nunca. Foram apagados no dia em que voltei de Beirute — disse ela. — Quem pode fazer isso?

Por um instante, nenhum dos dois falou. Ouviam o barulho da TV no quarto principal no fim do corredor. Jay Leno. Eles realmente não dormem juntos, ela pensou, sentindo-se uma intrusa. Não devia mesmo estar naquela casa.

— Eram registros de quê? — perguntou ele finalmente.

— Registros de três dos onze celulares que Davis Fielding tem. Há meses.

— Merda — disse Saul, e sentou-se na beirada da cama.

Carrie se sentou ao lado dele.

— Por que Estes me odeia? — perguntou ela.

Saul tirou os óculos e limpou-os com a blusa do pijama.

— Não acho que odeie. Certa vez peguei-o assistindo a você se afastar. Ele só me olhou. Presumi que fosse apenas uma coisa de homem, mas o que quer que seja, ele presta atenção em você.

— Então ele gosta da minha bunda. Isso não quer dizer que ele gosta de mim.

— Por alguma razão ele não queria você se metendo onde estava se metendo. — Saul colocou os óculos de volta. — Também acho que ele queria muito que você trabalhasse com o Iraque. Uma agente de campo mulher, inteligente, bonita e que fala árabe como você... acho que ele estava tentando colocá-la numa direção específica, mas essa história da NSA estragou isso. Não sei bem por quê.

— Então você também não acredita nessa baboseira de orçamento do Senado?

— Não muito. — Ele franziu a testa. — O que você disse sobre os dados da NSA terem sido apagados muda tudo. Não tenho escolha agora. Precisamos investigar Beirute.

— Vamos lá, Saul, me mande de volta para lá. Eu e Virgil, nós vamos descobrir o que está acontecendo.

— Não posso. Estou com Estes olhando por cima do meu ombro, e o que ele tem em mente, e não está errado, é o Iraque, e o que quer que a Al-Qaeda esteja preparando contra os Estados Unidos. E confie em mim — ele olhou para ela —, algo vai acontecer conosco em breve. Muito em breve. E não vai ser Sinai, embora você provavelmente tenha razão sobre isso também, não que alguém se importe. Isso é a AQI, Al-Qaeda no Iraque, e Abu Nazir; quando eles nos atacarem, vai ser em Washington ou Nova York.

— Poderia ter algo a ver com o que meu contato me disse?

Ele franziu a testa.

— É difícil ligar Abu Nazir ao Hezbollah. Sunitas versos xiitas, além disso eles realmente não se gostam.

— Mas é possível?

— Talvez. Você tem bons instintos. Mas não force a barra. Só se você for levada nessa direção.

— O que quer que eu faça?

— Duas coisas — disse Saul, dando uns tapinhas na mão dela. — Primeiro, precisamos convencer Estes. Se ele está protegendo Fielding, é por causa de Bill Walden. Você precisa fazer com que Estes mude de opinião. Segunda coisa, não subestime o departamento em que está. Ou Yerushenko. Não transferi você para lá por acaso.

— Achei que fosse uma punição.

Saul abriu um sorriso irônico.

— Escute. — Ele tocou o braço dela. — Como analista no Departamento de Estratégias e Análise de Coleta de Dados você tem o direito de ver tudo. Absolutamente tudo. É o Santo Graal, a maior permissão em toda a Agência. E acredite em mim, Yerushenko pode ser um filho da mãe esquisito, mas se você descobrir algo ele vai apoiá-la até o fim, se tiver que fazê-lo.

— David Estes entendeu isso quando você me transferiu?

— Acho que sim. Quando eu fiz essa recomendação ele me dirigiu um olhar. Não subestime Estes. Há muitas coisas acontecendo. Ele está jogando xadrez tridimensional. Podia ter acabado com você, encerrado sua carreira por causa dessa história da NSA. Em vez disso, não disse uma palavra sobre sua transferência. O mais importante: ele não a isolou. Poderia ter dito ao tal do Bishop lá da Casa Preta para nunca mais se comunicar com você. Não fez isso. Além disso, ele acabou protegendo a mim e a ele. Se alguém perguntar, ele pode provar que nós disciplinamos você.

Carrie colocou o rosto entre as mãos.

—Você podia ter me contado — disse. — Estou doente há duas semanas.

Ela precisou de todo seu autocontrole para não se debulhar em lágrimas. Queria passar os braços em torno dele e abraçá-lo para sempre. Saul não a tinha abandonado. Ele ainda acreditava nela, e o alívio fez seu corpo se arrepiar.

— Não, eu não podia — disse ele. — Não podia mesmo. Além disso, ele pode ter tido outra razão para querer transferir você.

Ela olhou para ele, confusa. Então se deu conta.

— Você não está insinuando... — disse ela.

— É possível. Há muitos homens que seriam capazes de se aproveitar de uma mulher atraente trabalhando abaixo deles. David é humano, mas é muito certinho. Nunca faria isso.

— Então você acha...

— Não sei. Ouvi dizer que o casamento dele está com problemas, mas o de quem não está?

Saul deu de ombros, desviando o olhar, e ela suspeitou que ele estivesse falando do seu próprio casamento. Será que Estes também dormia numa cama separada? Será que aquele trabalho destruía a vida pessoal de todo mundo?

— Então você quer que eu encontre alguma coisa e depois use isso para convencer David?

— O quanto antes. Você é uma boa menina católica. Você pode... como se diz, mesmo? "Levá-lo até a luz".

—Já faz muito tempo que não sou nenhuma dessas duas coisas, boa ou católica — disse ela, pensativa. — Além do mais — ela sorriu melancolicamente —, isso soa engraçado vindo de um judeu.

— Bem, nós somos um povo engraçado — disse Saul.

CAPÍTULO 10

Ela encontrou com Jimbo Abdel-Shawafi para um almoço bem cedo em um fast-food num shopping em Glen Burnie, próximo a Baltimore. Ele tinha lhe enviado uma mensagem de texto: "já fez sexo com um deficiente?"

"vc consegue ficar duro?", ela respondeu.

"p/ vc, posso tentar com mais firmeza."

"firmeza é a palavra q eu tava procurando."

"vou ver vc? algo q vc precisa ver."

O ruivo estava esperando por ela na sua cadeira de rodas, sentado à uma mesa da praça de alimentação do shopping. Estava cedo o bastante para que as mesas não estivessem cheias.

— Por que aqui? — perguntou ela.

— É longe dos nossos escritórios, assim não esbarramos em ninguém — disse ele, se inclinando na sua direção. — Além disso, acesso. — Ele apontou para uma placa com uma cadeira de rodas. — Também é barato e eu gosto do sanduíche de frango daqui — concluiu, dando uma mordida.

— O que você encontrou? — perguntou ela, cutucando uma salada com um garfo de plástico.

— Nós reativamos o rastreamento COMINT em todos os números telefônicos. Programei meus fluxos de entrada para me alertarem se surgisse algo. Não havia mensagens particularmente interessantes, então decidi só de brincadeira executar o software de reconhecimento facial, especialmente em qualquer pessoa interessada nos Estados Unidos, e olha o que apareceu.

Ele mostrou no seu laptop uma foto de passaporte num formulário de requerimento on-line para visto de visitante, do tipo que os estrangeiros usam para ir aos Estados Unidos. Ela olhou fixamente para a imagem.

O cabelo estava diferente. Em vez de longo, preto e liso, estava curto e com mechas, mas Carrie a reconheceu imediatamente. Era Dima. Ela está viva, pensou, agitada.

— É ela? — perguntou Jimbo, segurando a foto original de Dima que Carrie lhe dera ao lado da imagem na tela.

— É ela — disse Carrie, o coração batendo rápido.

— E isso aqui — disse ele, apontando para o laptop.

Em outra janela havia um registro de reserva de uma passagem de Beirute para Nova York pela British Airways com escala em Londres. Além disso, uma página de passaporte libanês e o requerimento para o visto.

— Como você pode ver pelo passaporte e pela reserva, ela está usando o nome falso: Jihan Miradi.

— Meu Deus — disse ela. — Eu poderia beijá-lo.

— Quem está impedindo você?

Ele abriu um sorriso malicioso.

Ela se levantou, deu a volta na mesa e o beijou na bochecha.

— Acho que você errou o alvo — disse ele.

— Gosto de você, Jimbo. E lhe devo uma, sério mesmo. Mas não quero que fique com a ideia errada.

— Bem, ao menos ganhei um beijinho na bochecha.

— Por esse tipo de coisa, fique à vontade. Tem alguma ideia de onde ela está hospedada?

Ele lhe deu uma piscadela.

— A reserva foi feita por uma agência de viagens. Parece que ela está sozinha.

— Acredite em mim, ela não está sozinha — disse Carrie.

Falou aquilo sem pensar, mas agora, pensando bem, era verdade.

— Dá uma olhada — disse ele, mostrando uma cópia da reserva da passagem.

Fora feita pela Unicorn Travel, na rua Pasteur. Ela sabia mais ou menos onde ficava. No Distrito Central de Beirute, perto do porto.

— Ela está hospedada no Waldorf Astoria em Nova York. Deve ter muito dinheiro.

— Não é dinheiro dela. Dima sabe fazer com que os homens gastem com ela — disse.

— Não é a única mulher no mundo que conhece esse truque.

Carrie olhou para Jimbo com severidade.

— Não somos todas assim — disse. — Não mesmo.

— Desculpe. Não quis dizer isso. Eu gostaria dela?

Deu um sorriso malicioso.

— Você gosta de qualquer coisa que esteja de saia. — Ela sorriu. — Mas sim, gostaria dela. Com certeza.

De repente, foi como se todos os cilindros de uma máquina caça-níquel parassem na mesma imagem. Dima marcara seu encontro com Rouxinol, que tentara sequestrá-la ou matá-la. Dima havia sumido e agora aparecia de repente em Nova York, logo depois do estupro e dos assassinatos em Abbasiyah. Dima estava lá numa missão. Mas para quem? GSD? Hezbollah? Aquilo não fazia sentido. Se alguém fosse se vingar por Abbasiyah, seria a Al-Qaeda. Aquilo só pode ter sido planejado antes. Há uma peça faltando em algum lugar, ela pensou. E é em Beirute.

Ela olhou a reserva da passagem e do hotel novamente. Dima devia chegar em Nova York dali a quatro dias. Estes havia mobilizado todo o CTC para algo contra os Estados Unidos. Saul dissera que o alvo seria Washington ou Nova York. Seria aquilo?

O que estava acontecendo no Waldorf ou em qualquer parte de Nova York naquela semana? Ela tinha de voltar para o seu computador, e rápido.

— Obrigada, Jimbo — disse ela, colocando a mão no braço dele. — Isso foi importante. De verdade.

Ele olhou para ela. Olhos azuis. Ele tinha olhos realmente lindos, ela pensou.

— Quem sabe podemos marcar um encontro um dia desses? — perguntou ele.

Ela hesitou.

— Não.

Ele inspirou profundamente e soltou o ar.

— É a cadeira de rodas, não é?

Ele colocou as duas mãos nos braços da cadeira.

— Talvez um pouco — disse ela, abaixando a cabeça. — Talvez mais do que um pouco. Mas não é isso.

— Não faço seu estilo? — perguntou ele, desviando o olhar.

— Não sei. Detesto ser colocada nessa situação. Isso é sempre um problema para uma mulher... e de qualquer forma, a questão não é essa. — Ela suspirou. — Eu gosto de você, Jimbo. O negócio é que gosto demais de você para estragá-lo. E é isso que eu faço. Sei que você acha que isso é besteira, mas confie em mim, estou fazendo um grande favor para você.

— Parece besteira.

Ele franziu a testa.

— Não é. Não estou brincando. Além disso, estou meio que envolvida com alguém — disse ela, pensando em Estes.

— Você é a fantasia de qualquer um, Carrie. Devia abrir a porta para alguém. Toma. — Ele entregou a ela um pen drive com os dados.

— Vou abrir, algum dia. Mas não hoje. Isso aqui — disse ela se levantando e mostrando o pen drive — vai salvar vidas. Você fez uma coisa importante, meu caro.

— Olha, há outra coisa no pen drive.

— O quê?

— Eu reinstituí o rastreamento daqueles três celulares de Fielding que haviam sido apagados. Aí estão todas as ligações que ele fez desde então. Há várias para um mesmo número. Uma mulher. Pus os dados no pen drive.

— Você é mesmo o máximo — disse ela, lhe dando um beijo na testa. — Obrigada.

— Fico feliz em ajudar. Ouça, tome cuidado — disse ele. — Nem todo mundo gosta dessa comunicação entre agências. Fui alertado.

— Somos dois — disse ela, enquanto cada fibra do seu corpo a mandava voltar a Langley.

Tinha de encontrar uma maneira de fazer Estes ficar do lado dela. O que fora que Saul dissera com sua expressão vagamente católica? Caramba, como ele a conhecia bem. Vestígios do Colégio Holy Trinity. "Levá-lo até a luz", ele dissera.

Dima estava a caminho, cortesia da British Airways, e se ela não conseguisse encontrar uma maneira de detê-la, estaria trazendo a morte.

CAPÍTULO 11

David Estes já estava sentado quando Carrie entrou no restaurante do Monaco, um hotel boutique com uma fachada de colunas e toldos vermelhos em frente à National Portrait Gallery. O maître olhou para ela, mas ela balançou a cabeça e foi até o bar. Estes estava jantando com um homem que tinha a aparência gorducha de um deputado de um distrito seguro, o tipo que não tinha que extorquir a classe inferior, porque os lobistas iriam naturalmente até ele.

Ela vestira sua roupa mais sexy, um vestido curto bordado bem justo, com um decote que deixava o mínimo possível para a imaginação. No segundo em que chegou ao bar, três homens saltaram de seus banquinhos para lhe dar um lugar. Era bom para o ego; pelo visto o vestido funcionou, ela pensou.

De volta a Langley depois do almoço com Jimbo, ela não demorara nem trinta segundos para entender. Haveria uma cerimônia de arrecadação de fundos do Partido Republicano no hotel Waldorf Astoria dali a dois dias. O vice-presidente, o governador de Nova Jersey e o prefeito estavam entre os convidados. Os alvos evidentes.

Ela não podia simplesmente entregar aquilo ao FBI. Eles teriam de receber informações e, de qualquer forma, ela precisaria estar em Nova York, pensou. Para Carrie, Dima não era apenas uma foto. Ela a conhecia. O problema era Estes e como levá-lo até a luz.

O homem cujo banquinho ela ocupara no bar do restaurante era elegante, tinha por volta de quarenta anos, começava a ficar grisalho e vestia um terno Armani. Provavelmente um lobista. As chances eram de dez contra uma de que ele ganhava a vida vendendo algo... ou alguém, ela pensou.

— Trabalha na K Street? — perguntou ela.

Ele fez que sim, abrindo um sorriso malicioso como se tivesse acabado de pegar o terceiro ás que transformaria dois pares altos num *full house*.

— O que está bebendo? — dissc ele.

— Margarita, com Patrón Silver.

Ele acenou para o barman e fez o pedido.

— Onde você trabalha?

— Em Foggy Bottom — respondeu ela, referindo-se ao Departamento de Estado. — Apenas mais uma burocrata.

Ela deu de ombros e olhou para a mesa de Estes.

— Quem é aquele homem com o sujeito negro? Ele parece alguém que eu deveria conhecer. Talvez alguém da TV ou algo assim? — disse.

Às vezes se fingir de burra era a coisa mais inteligente que uma garota podia fazer, pensou.

— Você não o está reconhecendo? É o deputado Riley. Hal Riley, presidente da Comissão Orçamental da Câmara. É um peso pesado no Congresso.

Ele deu uma piscadela.

— Você o conhece? — perguntou ela, pensando que se o ego daquele sujeito aumentasse mais um pouco ele alçaria voo feito o zepelim da Goodyear.

— Joguei golfe com ele na terça-feira — disse Terno Armani. — É um cara legal, mas — ele chegou mais perto para sussurrar no ouvido dela —, com ele, um em cada dois lances é válido. O que isso lhe diz?

— Que ele trapaceia, como todo mundo nessa cidade. Parece que você o conhece mesmo — disse ela, perguntando-se quanto tempo Estes levaria para ir falar com ela.

— Mas não conheço o afro-americano — disse Terno Armani. — Deve ser o vice-diretor de uma agência qualquer.

— Deve ser — disse ela, observando Estes de canto de olho, perguntando-se se ele já a avistara.

Ela esperava que isso acontecesse logo. Mais vinte minutos e a mão de Terno Armani estaria na sua bunda enquanto ele sussurraria coisas doces sobre um fim de semana nas Bahamas.

Estes ergueu o olhar, avistou-a, inclinou-se para a frente e disse algo ao deputado. Levantou-se e foi encontrá-la no bar.

— Eu estava justamente dizendo para a mocinha... — Terno Armani começou a falar.

— O que você quer? — perguntou Estes, ignorando o sujeito. — Está me seguindo?

— Precisamos conversar — disse ela.

Ele franziu a testa.

— Isso é antiético. Conversaremos amanhã. No meu escritório.

Ele se virou de costas. Ela o segurou pela manga da blusa.

— Não, agora — disse Carrie. — É urgente.

— Estou com o deputado Riley. Ele...

— Sei quem ele é, caramba — interrompeu ela. — Livre-se dele.

Estes olhou para ela, um músculo do seu maxilar se contraindo. Ele se virou, foi até sua mesa, disse algo ao deputado e ao garçom, depois voltou até ela.

— Não podemos conversar aqui. Vamos — disse ele, olhando de esguelha para Terno Armani.

Foi até o cabideiro e pegou seu casaco. Carrie pegou o seu e os dois saíram do restaurante para o saguão do hotel. Caminharam até uma das colunas quadradas perto da lareira a gás.

— Acho bom isso ser importante — disse ele. — Estou tentando convencer aquele cretino a não nos destruir e de que os vilões ainda estão por aí.

— Também não podemos conversar aqui — disse ela, olhando em torno. — Washington é um vilarejo. Reservei um quarto lá em cima. Podemos conversar lá.

Estes pareceu perplexo, e então sua expressão ficou severa.

— Você está louca? Que merda é essa?

— Negócios — disse ela. — O que você acha que é?

— Acho bom você não estar de sacanagem comigo, Carrie. Quero saber do que se trata. Você está me perseguindo?

— Não seja burro. Por que eu perseguiria você? Sei onde trabalha. Vamos — disse ela, dirigindo-se até o elevador.

Ele a observou se afastar, e, depois de um instante, a seguiu.

Não disseram nada dentro do elevador ou no corredor de elegantes tapetes estampados e papel de parede listrado. Ela abriu a porta do quarto e os dois entraram. Ele acendeu a luz, mas ela ligou um único abajur e apagou a luz de teto.

— Agora do que diabo se trata isso tu... — Estes começou a falar, mas não pôde terminar porque Carrie se jogou em seus braços e o beijou.

Ele tirou os braços dela de volta de si.

— Se isso é uma armadilha, você está mais ferrada do que imagina — disse ele.

— Duas coisas. Só duas... e depois você pode me demitir ou fazer tudo que quiser — disse ela, erguendo dois dedos. — Primeira: Dima, o contato que armou para a minha captura em Beirute, está viva. Dima que me conectou com Rouxinol, que, aliás, está de conluio com o Hezbollah, algo que o seu amiguinho Fielding não disse a você, que tentou me matar ou sequestrar. Você está ouvindo, David? Obtive essa informação com a NSA, o pessoal que fez você me dar um esporro por eu ter falado com eles. E acha que ela está vindo na nossa direção, logo depois de Abbasiyah? Use a cabeça.

Ela não lhe disse aonde Dima estava indo para o caso de ele tentar impedi-la.

— E segunda — continuou ela, aproximando-se, colando seu corpo ao dele. — Eu quero você. E isso não tem nada a ver com trabalho. Você pode me usar e depois me demitir. Não me importo.

— Você sabe que sou casado?

— Não ligo se eu for arder no inferno. Quero você e tenho certeza absoluta que você me quer também.

Carrie tentou beijá-lo, mas Estes virou o rosto, então ela beijou seu rosto repetidamente, tentando alcançar seus lábios.

— Me diga que não me quer — sussurrou ela. — Diga que não pensou nisso nenhuma vez e eu paro, e nunca mais chego perto de você, juro.

Os lábios dela encontraram os dele e os dois se beijaram longa e intensamente. Ela mordeu o lábio inferior dele, sentindo gosto de sangue, e ele a empurrou para longe.

— Sua puta! — disse ele, levando a mão ao lábio para limpar o sangue.

— Sou mesmo. O que você vai fazer a respeito disso?

Ela pulou na direção dele e o beijou com força, colocando a mão dele sobre seu seio. Ele era tão mais alto que ela tinha de se esticar para alcançá-lo, e adorava isso nele. Pressionando seu corpo contra ele, podia sentir sua ereção rija contra ela.

— Diga que você não queria isso — sussurrou ela.

— Admito. Pensei no assunto — murmurou ele.

Ela colocou a mão nas costas para abrir o zíper do seu vestido. Empurrou o zíper até o fim para tirar o vestido. Ficou de pé na frente dele apenas de calcinha e sutiã. Começou a se acariciar.

— Meu Deus, como estou molhada. Faça alguma coisa — sussurrou, puxando-o em direção à cama.

Pela janela podiam ver o museu aceso à noite, branco como um iceberg.

— Isso é uma má ideia — disse ele, começando a se despir.

— Péssima — disse ela, concordando.

— Vou me arrepender disso. Nós dois vamos — continuou ele, a gravata e a camisa quase despidas.

— Eu sei.

— Não vou fazer isso. Não posso — disse ele, parando, de pé, encarando a janela.

— Se você não me quer é só falar e paramos agora — provocou ela, abrindo o sutiã e libertando seus seios.

Deitou-se na cama, erguendo os quadris, e tirou a calcinha.

— Mas cansei de estar só meio viva. Você não? Ou será que a vista que se tem nos assentos importantes é tão perfeita?

— Você é o diabo — disse ele, tirando as calças e a cueca e colocando-se em cima dela.

— Última chance de dizer não — murmurou ela, alcançando o pênis dele para colocá-lo dentro de si.

Por mais pesado que ele fosse, ela passou as pernas em torno de seu quadril e empurrou o corpo para cima, de encontro ao dele.

— Ai, meu deus — ela arfou enquanto ele a penetrava. — Faz uma eternidade.

CAPÍTULO 12

O expresso Acela da Amtrak, de Washington para Nova York, quatro dias depois. Pela janela, Carrie observava as planícies de Nova Jersey passarem depressa, a caminho da Penn Station em Manhattan. Saul Berenson estava sentado no assento ao lado dela, trabalhando em seu laptop. Carrie estava perdida em seus pensamentos, a mente vagando em qualquer parte entre Beirute e David Estes. Toda vez que pensava nele, imaginava ele e ela nus.

Ela gostava da imponência de Estes, em cima e dentro dela. Ele fora jogador de futebol americano na faculdade e ainda tinha aquele vigor inerente ao sexo. Gostava da textura e do contraste de suas peles se tocando. Uma sensação que fazia com que pensasse em grandes acordes de jazz. Thelonius Monk, Bud Powell — memórias de Princeton e da noite em que aprendera quem ela era.

Seu terceiro ano. *O ano dos estudos sobre o Oriente Próximo, do aprendizado do árabe e de John, seu professor-amante. Haviam passado a noite no apartamento dele, fumando maconha e ouvindo seus CDs de jazz, transando em todas as posições nas quais eram capazes de contorcer seus corpos. De manhã, o café da manhã era composto de espresso, batatas fritas, biscoitos de chocolate e Billie Holiday.*

"Eu era um garoto", ele lhe disse. "Eram os anos 1960 no norte do estado de Nova York, certo? Vietnã. Rock and roll. Os Stones. Credence Clearwater. Eu era um garoto solitário, ficava acordado até tarde ouvindo rádio no meu quarto.

Eles estavam tocando Billie Holiday. Essa música, 'Strange Fruit', que, eu juro, Carrie, diz mais sobre o que é ser negro nos Estados Unidos do que todos os livros e documentários que você vai ver, e me dei conta de que tudo estava na música. Tudo que eu tinha que fazer era escutar."

Só que ela não estava escutando porque já tinha começado. Sentia-se leve, como se fosse feita de hélio, e se algo não a segurasse, ela alçaria voo direto até o céu e nunca mais voltaria.

À noite, ele tinha combinado de levá-la a uma festa, mas não apareceu. Irritada, ela foi sozinha. Todos estavam bebendo e dançando, e ela virava tequila e tinha a impressão de que nada podia atingi-la. Estavam falando sobre Arquivo X, a série de TV, e Dolly, uma ovelha que fora clonada de outra ovelha.

Um sujeito bonito usando um suéter arrumadinho, que garantiu nos primeiros três segundos que ela soubesse que ele pertencia ao Colonial, um dos eating clubs da elite de Princeton, perguntou se ela achava que pessoas seriam clonadas, e ela simplesmente se abriu feito uma granada que explode. Falando sobre como a repetição infinita era impossível e, portanto, a clonagem inevitavelmente degeneraria, e como tudo começara com Charlie Parker e o jazz, e que aquilo podia ser visto na arte islâmica, nos mosaicos das mesquitas. Falando sem parar, sentindo-se linda e encantadora, e John que se dane, sem notar que o sujeito do Colonial Club e todas as outras pessoas estavam se afastando dela. Até que viu duas garotas conversando e olhando para ela, e o olhar não era tipo "uau", ela finalmente era a garota bonita, encantadora e engraçada, mas o que diabo está acontecendo com ela, misturado com um toque de pena, e ela simplesmente se levantou e correu de volta ao dormitório o mais rápido que pôde.

De volta a seu quarto, arrancou toda a roupa. Sentada no chão, totalmente nua, começou a escrever furiosamente num caderno. Página após página, o mais rápido que era capaz. Escrevia sobre a música e como as leis que suportavam o universo eram uma partitura musical. Quando finalmente acabou, quase sete horas mais tarde, havia amanhecido e ela tinha um manifesto de quarenta e cinco páginas que intitulara "Como eu reinventei a música", explicando as conexões entre notas de jazz, Jackson Pollock, matemática, mecânica quântica e a Teoria da Relatividade Geral de Einstein. Porque tudo estava conectado. Era como John, aquele merda, dissera: "Tudo que você tinha que fazer era escutar".

Quando terminou, Carrie pegou o casaco e o caderno e, ainda nua a não ser pelo casaco, saiu correndo pelo corredor e pela escada, até a rua. Correu descalça na neve, quase derrubando um homenzinho de ar hispânico e óculos, que ela *nunca vira antes. Mas ele era evidentemente um professor. Ela agarrou seu casaco, empurrando o manifesto contra ele.*

"Você tem que ler isso, publicar isso. Vai mudar o mundo. Tudo é música, mas a maneira antiga já era. É uma rua sem saída. Eu a reinventei. Você não entende? Tudo está conectado. Isso é a mente de Deus, caramba", disse ela.

"Você está bem, senhorita? Você é de Butler?", perguntou o homenzinho, olhando ao redor.

Estudantes tinham parado para assistir.

"Você tem que ler isso, agora! É o documento mais importante do mundo. Olhe!", disse ela, mostrando a primeira página.

"Alguém conhece essa jovem?", perguntou o professor.

Ninguém se moveu ou disse qualquer coisa.

"Ela está nua", falou uma garota.

"E descalça", acrescentou outro estudante.

"Do que vocês estão falando?", gritou Carrie. "Vocês não entendem? O que Charlie Parker e Thelonius Monk fizeram pela música foi libertá-la do peso morto das porcarias europeias. Eles vislumbraram a matemática subjacente. É a droga do universo que você está segurando!"

"Sou o professor Sanchez. Alguns de vocês me ajudem. Vamos levá-la a McCosh."

Eles a levaram, ainda tagarelando sem parar, ao Centro de Saúde Estudantil, onde lhe deram carbamazepina, que não teve nenhum efeito a não ser o de fazê-la vomitar. Então a sedaram fortemente, apagando o restante daquele dia e quase duas semanas da sua memória para sempre.

Depois disso, o lítio prescrito em um hospital particular a trouxe de volta. Algum tempo tinha se passado. Ela estava em casa, em Maryland.

"Você voou", disse seu pai. "Sinto muito, Caroline. Talvez agora você entenda. Às vezes acho que é a melhor e a pior coisa do mundo."

"Puxei isso de você, seu filho da puta. Nunca mais quero ver você ou sentir isso outra vez."

"O que faz você achar que tem escolha?"

Alguns dias depois ela voltou a Princeton e John lhe telefonou.

"O que aconteceu? Ouvi dizer que você teve um surto. Quero ver você."

"Vá embora. Não quero ver você."

"O que está havendo? Deixe eu ir até aí."

"Não. Não telefone de novo. Por favor."

"Por quê? Ao menos me diga. Você me deve pelo menos isso."

"Aquela garota, a garota bonitinha com quem você pode transar e que faz você sentir quão inteligente você é, pode esquecer dela. Ela se foi."

"Carrie, fale comigo. O que aconteceu? Foi a sua família?"

"De certa forma, sim. Genética. Olha, John, você conhece a sua rotina impecavelmente. Vai encontrar outra estudante de graduação a quem impressionar. Para quem contar suas histórias sobre Billie Holiday e Charlie Parker. Faça um favor a nós dois. Me esqueça."

"Acho que estou apaixonado por você."

"Que nada! Você amava o jeito como eu fazia você se sentir sobre si mesmo. Era tudo sobre você, uma espécie de masturbação, não eu."

"Você também se divertiu, não foi? Admita."

"Sim. Agora me deixe em paz. Estou falando sério", disse ela, e desligou.

De volta a seu cubículo, Carrie retomou o trabalho consciente de uma única coisa: Dima não estaria sozinha. Então a pergunta era: quem viria com ela e como estavam planejando liquidar o vice-presidente e as pessoas na cerimônia de arrecadação de fundos?

Primeiro, ela fez com que Joanne a ajudasse, mas não era o bastante. O tempo estava acabando. O ataque poderia acontecer a qualquer momento. Ela irrompeu no escritório de Yerushenko.

— O que foi? — disse ele, erguendo o olhar.

Ela contou a ele. Tudo. Dima e Rouxinol em Beirute. O aviso de Julia. Os arquivos que estavam faltando. Dima indo ao Waldorf sob o codinome Jihan Miradi e a cerimônia de arrecadação de fundos. Eles conversaram durante duas horas e, quando terminaram, Yerushenko mobilizou o departamento inteiro e permitiu que Carrie usasse seu escritório para começar a colar fotos e anotações num grande quadro branco.

— Você me surpreendeu. Achei que depois do jeito como fui transferida e tudo o mais, você não me apoiaria.

— Não tem nada a ver com você — falou Yerushenko. — Tudo o que disse fazia sentido. Uma agente dupla conectada com a GSD e, possivelmente, o Hezbollah, que pode ter feito parte de um ataque ou de um possível sequestro de uma agente de campo da CIA, uma que por acaso trabalha para mim agora... e aliás, não aceito a avaliação de ninguém como lei; posso julgar o meu pessoal sozinho, obrigado... E, de repente, essa agente dupla que aparentemente se refugiou depois do ataque contra você reaparece e está vindo para os Estados Unidos logo depois de Abbasiyah. Faz uma reserva no Waldorf logo antes de um evento com o vice-presidente dos Estados Unidos. Eu seria negligente se não levasse isso a sério.

Carrie e todos os outros do departamento se concentraram na verificação de todos os homens de qualquer país do Oriente Médio — "Acreditem em mim, com Dima, vai sempre ser um homem", ela lhes dissera — que tivessem ido aos Estados Unidos nos últimos dois meses ou cujas datas de chegada precedessem a cerimônia de arrecadação de fundos. Eram milhares. Conseguiram as listas completas com o Departamento de Estado Americano e com a Fiscalização de Alfândegas e Proteção de Fronteiras, e começaram a analisá-las.

— O que nós estamos procurando é uma conexão — disse aos colegas. — Qualquer um que esteja vindo de Beirute ou que tenha estado em Beirute, mas que pode estar vindo de outro lugar. Qualquer um com qualquer conexão com a GSD da Síria ou com Damasco. Qualquer um que possa ter qualquer tipo de contato com Rouxinol ou Dima, qualquer tipo de comunicação, ou que tenha estado na mesma cidade ao mesmo tempo que Rouxinol ou Dima. Qualquer ligação, mesmo que indireta.

Faltando poucos dias para a cerimônia de arrecadação, eles trabalhavam dia e noite, alimentando-se da comida do refeitório e das idas à meia-noite até as máquinas de venda automática, Joanne arrastando Carry para lhe fazer companhia quando escapava para fumar um cigarro no banheiro feminino.

Depois de três dias, haviam reduzido a lista para quatro possibilidades: Mohamed Hegazy, um médico egípcio que ia visitar o irmão em Manhattan; Ziad Ghaddar, um homem de negócios libanês que estava hospedado no Best Western perto do aeroporto JFK; Bassam al-Shakran, um representante farmacêutico da Jordânia que tinha estado tanto em Bagdá quanto em Beirute nos últimos dois meses, que chegara havia três dias de Amã e estava hospedado com um primo no Brooklyn; e Abdel Yassin, um estudante universitário jordaniano, também de Amã, vindo com um visto de estudante para o Brooklyn College.

— Se você tivesse de escolher, quem seria? — perguntou Saul no terceiro dia.

Estavam com Yerushenko em seu escritório, a parede toda coberta de anotações, papéis, fotos e capturas de tela ligados com linhas coloridas que formavam uma espécie de teia criada por uma aranha louca.

— Os dois jordanianos — disse ela, tocando suas fotos na parede. — O primo do representante mora em Gravesend.

Ela mostrou o bairro do Brooklyn num mapa da cidade de Nova York.

— O outro vai para o Brooklyn College, que fica na área de Midwood-Flatbush. Uma coisa não fica muito longe da outra. Pedi a Joanne que checasse o que o primo faz.

— E? — perguntou Yerushenko.

— Vocês vão adorar isso. Ele tem uma empresa de equipamentos de ginástica. Esteiras, aparelhos de musculação, esse tipo de coisa. Vendem e consertam.

— O Waldorf tem uma sala de musculação? — perguntou Saul.

Ela fez que sim. Os dois homens se entreolharam.

— Não me diga que o Waldorf é um dos clientes dele — disse Yerushenko.

— Você é o primeiro da turma — disse ela. — Eles têm acesso ao hotel.

Eles observaram as conexões na parede. Havia duas ligações com linha entre os dois jordanianos, sobretudo porque ambos eram de Amã. Só o representante tinha estado em Beirute, mas isso acontecera três vezes até onde sabiam. A última vez fora apenas duas semanas antes, de acordo com a intercepção de celulares da NSA.

— Algo mais sobre os jordanianos? — perguntou Saul.

— Isso — disse Carrie, apontando para uma captura de tela de um artigo de jornal em árabe com a fotografia de um jovem e uma única linha de marcador ligando-a à foto do requerimento de visto americano de Al-Shakran. — É um obituário. O irmão de Al-Shakran. Morto no Iraque.

— Droga — murmurou Saul. — As tropas americanas estavam envolvidas?

— Não sei. O artigo não diz e a Estação de Amã ainda não teve tempo de me dar um retorno com qualquer informação sobre o irmão. Temos que considerar que é uma possibilidade.

— E uma motivação — disse Saul, fazendo uma careta.

— Então como é que eles vão fazer? — perguntou Yerushenko. — Explosivos?

— É possível. Armas são mais prováveis. — Saul deu de ombros. — Fuzis de assalto seriam a melhor opção.

— Onde conseguiriam isso? Nova York tem leis bastante rígidas no que diz respeito a armas — disse Yerushenko.

— Em qualquer lugar — falou Carrie. — Vermont não fica tão longe e tem as leis sobre armas mais liberais do país. Mas não é tão difícil. Aposto que eles já têm tudo de que precisam agora.

— E quanto à segurança na cerimônia de arrecadação? O Serviço Secreto do vice-presidente. Detectores de metal no salão. Eles têm de saber que precisam lidar com isso.

— Uma vez que estiverem dentro do hotel, o local não importa. Podem simplesmente entrar atirando. Com fuzis você pode matar um monte de gente antes que o próprio Serviço Secreto comece a reagir — disse ela.

— O Serviço Secreto vai matá-los — retrucou Yerushenko.

Saul e Carrie sorriram.

— Claro. Mas eles não se importam. E basta conseguir dar um ou dois tiros certeiros para atingir o vice-presidente. Qualquer outra pessoa que matarem será só a cereja do bolo — disse Saul.

— E quanto ao CTC e a David Estes? — perguntou ela.

Saul olhou para ela com curiosidade.

— O que quer que você tenha dito deu certo. Ele está cem por cento do nosso lado. Ele conseguiu até convencer o diretor.

Ela olhou para a janela ao lado de Saul enquanto estacionavam na estação de Trenton. Observou as pessoas saírem do trem e as multidões se formarem na plataforma. Pessoas que viviam suas vidas sem a menor ideia do que iria acontecer a não ser que eles conseguissem impedi-lo.

— Quem vai encontrar conosco? — perguntou ela.

— O capitão Koslowski, membro da Divisão de Inteligência do Departamento de Polícia de Nova York e da Agência de Combate ao Terrorismo. Disse que vai estar na estação de trem ou que deixará alguém esperando por nós.

— Não o FBI?

— Não dá para deixá-los de fora. Mas quero que seja Nova York que lide com isso até onde der — disse ele.

Carrie concordou. Queria contar a Saul sobre sua conversa da noite anterior com Virgil, mas decidiu não fazê-lo. Só tivera algumas horas com David no Hilton de Tysons Corner antes de partir às seis da manhã para se preparar para a viagem a Nova York.

— Minha mulher está me deixando — dissera ele. — Ela nem perguntou sobre você ou pediu que eu parasse de vê-la. Só falou que posso voltar para a minha prostituta. Ela cansou.

— E como nós dois ficamos?

— Não sei — respondeu ele. — E você?

— Também não sei — disse ela.

Quando ela voltou a Reston para fazer as malas, entrou em contato com Virgil em Beirute para ver se ele tinha encontrado algo sobre Dima ou Rouxinol desde que ela fora embora, mas ele disse que não houvera nada. De qualquer forma, Fielding o mandara trabalhar numa missão clandestina sobre um tal diplomata bareinita que espalhava dinheiro por Ras Beirut como se fosse confete.

— Se você estiver interessada na vida sexual dos bareinitas longe de casa, tenho muito material filmado — disse ele.

— Mande para Fielding. Dê a ele algo que entenda.

— É, bom, a fronteira entre pornografia e espionagem está ficando bem pequena por aqui — resmungou Virgil, ao desligar.

Então Beirut não tinha nada. Como era possível? Onde estivera Dima durante todo aquele tempo? Não podia ter sido em Beirute. Dima não era o tipo de garota que passava despercebida, sobretudo em Beirute, onde todo mundo percebia tudo. E para quem ela estaria trabalhando? O Grupo 14 de Março, a facção cristã maronita? O Hezbollah? Os sírios? Os iranianos? Depois de Abbasiyah, todo mundo presumia que, se houvesse um ataque, seriam os sunitas. A Al-Qaeda. Mas talvez fossem os iranianos planejando colocar a culpa nos sunitas.

Então, ela se deu conta de algo. Sentou-se ereta feito uma vara enquanto o trem deixava a estação de Trenton. Talvez fosse o contrário.

E se a AQI, Al-Qaeda no Iraque, estivesse usando Dima e suas conexões com os sírios para atacar o Waldorf e colocar a culpa nos iranianos?

Caramba, podia ser isso. Durante parte do tempo que passara no Departamento de Estratégias e Análise de Coleta de Dados, quando não estava trabalhando com Beirute, sua tarefa oficial era a Al-Qaeda. E no ano anterior, quando fora deslocada para Bagdá, passara boa parte do seu tempo estudando a AQI, sobretudo as informações picotadas que tinham sobre Abu Nazir, o líder da AQI, e a única coisa que guardara era que ele era uma pessoa dissimulada. Nunca fazia algo simples ou direto. Nunca. Um ataque ao Waldorf com conexões sírio-iranianas seria exatamente o tipo de coisa que ele faria e depois aproveitaria para ganhar influência em Bagdá.

Há alguma outra coisa acontecendo, só não consigo dizer exatamente o que é, pensou Carrie enquanto Saul guardava seu laptop e eles entravam no túnel subterrâneo da estação de trem.

CAPÍTULO 13

Cidade de Nova York, Estados Unidos

Koslowski e um de seus homens estavam esperando por eles na plataforma. Ele era um sujeito corpulento de um metro e oitenta e cabelo louro-escuro, usando calça jeans e uma jaqueta de couro. O homem que o acompanhava, Gillespie, usava um blusão e um boné dos Yankees. Apesar das roupas informais, os dois tinham toda a cara de policiais.

— Saul, é bom ver você outra vez. Você deve ser Mathison — disse Koslowski a Carrie, lhe mostrando seu distintivo. — Sabe essa mulher, Dima? Nós a estamos chamando pelo codinome, Jihan. Nossa preocupação é de que talvez ela tenha mudado de visual, colocado uma peruca. Você conseguiria avistá-la numa multidão como essa? — perguntou ele, indicando as pessoas que enchiam a plataforma ao saírem do trem. — Nós só temos a foto da solicitação de visto.

— Eu conseguiria avistá-la no estádio dos Yankees, capitão — falou Carrie.

— Acho que temos as pessoas certas, então — disse Koslowski, sorrindo para seu parceiro. — Fico contente que estejam aqui.

— Aonde vamos? — perguntou Saul enquanto caminhavam em direção ao salão principal da estação de trem.

— Estamos instalados na rua Quarenta e Oito, perto do United Nations Plaza. Vamos coordenar as coisas de lá. Nossa sede fica no Queens, longe demais do alvo, o Waldorf. — Ele franziu a testa. — Vamos ter quatro equipes Hércules, além dos grupos de segurança do Departamento de

Polícia de Nova York, com segurança cada vez mais acirrada a medida que nos aproximamos do alvo.

— Bastante potência de fogo. Vocês estão levando isso a sério. Que bom — disse Saul. — E quanto à vigilância dos jordanianos?

— Nada, como conversamos. Não queremos assustá-los. E estamos de olho nos quatro que vocês nos enviaram. Mas temos um mandado e grampeamos seus telefones fixos e as torres de celular próximas às localizações deles. Temos ouvidos em todas as ligações.

— Pessoas que falam árabe? — perguntou Carrie.

A menos que os monitores de escuta nas ligações falassem árabe, não serviriam para muita coisa.

— Sim — concordou ele com a cabeça.

— E quanto a Dima... desculpe, Jihan? A que horas ela chega? — quis saber Carrie.

— O avião dela acaba de pousar. Ela já passou pela alfândega no aeroporto JFK. Estava com algo interessante na mala — acrescentou Koslowski.

— Ah? — disse Saul.

— Ela trouxe um violoncelo. Um estojo grande — disse ele.

— Ela não toca nenhum instrumento — falou Carrie.

Koslowski balançou a cabeça com a fisionomia sombria.

— Foi o que pensamos. Essa mocinha — disse ele, indicando Carrie para Saul — com certeza merece nossa atenção.

— O que mais? — perguntou Saul.

— O FBI está a caminho. Agente Especial Sanders. Também vamos ter que nos coordenar com o Serviço Secreto por causa do vice-presidente. Estamos esperando para notificá-los, por enquanto — disse Koslowski.

— Bom. Queremos que vocês assumam a dianteira, não o FBI. E não queremos que o vice-presidente Chasen, o governador ou qualquer outra pessoa cancele qualquer coisa até o último segundo — falou Saul.

Koslowski e Gillespie trocaram um olhar típico de policiais quando saíram na Sétima Avenida. Tráfego, pessoas, uma tarde clara e fresca.

— Foi exatamente o que pensamos. Colocá-los dentro da caixa da morte, e depois fechá-la. É claro que quando a polícia federal aparecer e a competição das jurisdições começar... — Koslowski deu de ombros.

Ele os levou até um carro de patrulha da polícia estacionado ilegalmente em frente à Penn Station, sendo vigiado por um policial uniformizado.

— Vou lidar com o agente Sanders. O diretor Estes, do Centro Antiterrorismo lá em Langley, está cuidando disso — falou Saul enquanto
entravam na viatura.

Gillespie se sentou ao volante. Deram a volta no quarteirão até a Oi-
tava Avenida, depois subiram a rua Quarenta e Dois e atravessaram a
cidade.

O escritório ficava no trigésimo sétimo andar de um prédio de ferro
e vidro com vista para o United Nations Plaza e o rio East. O prédio
abrigava uma série de corporações e diversos consulados estrangeiros.
Gillespie disse a eles que havia uma ligação direta e altamente segura com
sua sede no Queens. Devia haver umas quarenta pessoas no escritório,
algumas vestidas à paisana, a maioria usando camisetas azuis do Serviço
Antiterrorismo do Departamento de Polícia de Nova York e trabalhando
em computadores e fileiras de monitores de TV de tela plana que mostravam vistas das ruas de Manhattan, incluindo um alcance de cinco quarteirões em todas as direções a partir do Waldorf Astoria, além de vistas de
câmeras de segurança internas do hotel.

— Quanta vigilância de rua por vídeo vocês têm? — perguntou Saul
depois que ele e Carrie arrumaram seus laptops em uma grande mesa de
reunião.

— Muita gente não se dá conta de que temos praticamente cada centímetro da baixa Manhattan, do Battery Park até Midtown, com cobertura
de câmeras de segurança. É óbvio que por enquanto estamos esperando
a localização dos suspeitos, mas em algum momento vamos usar isso —
disse Koslowski.

— Alguém está encarregado de Dim... Jihan? — perguntou Carrie.

— Temos uma equipe à paisana dirigindo um carro sem marcação.
A última coisa que soube — disse ele, olhando para Gillespie — foi que
estavam na Van Wyck. Uma coisa — ele acrescentou. — Vamos precisar
de você com Jihan. Para garantir que ela esteja sob vigilância.

Carrie concordou com a cabeça.

— Mas ela não pode me ver. Usem câmeras ou algo assim. Assim que
ela me vir vai saber que foi descoberta. E também...

Ela olhou para eles e para um homem mais velho e corpulento, de
terno, que se aproximara. Pela idade e pelo terno, Carrie supôs que fosse
um membro sênior da Agência de Combate ao Terrorismo de Nova York.

— Preciso que seus homens entendam. Não queremos que ela seja morta. Não vou conseguir informação com um cadáver.

Koslowski, Gillespie e o mais velho franziram a testa.

—Você entende que nossa preocupação central é com a segurança dos nossos policiais e dos civis... sem contar a do vice-presidente e dos outros — disse o homem mais velho.

— Esse é o vice-comissário Cassani. É nosso chefe — falou Koslowski.

Saul interviu.

— Entendemos perfeitamente. A decisão é de vocês. Mas também entendemos como é quando a adrenalina está a toda numa situação cheia de sujeitos entusiasmados. Queremos garantir que se vocês tiverem que dar cabo dela e dos outros a decisão seja tomada no nível de vocês, e não por um aspirante a Rambo tentando salvar o mundo. Aquela mulher tem informações que podem tornar esse país mais seguro se vocês conseguirem mantê-la viva para que a gente a interrogue.

— Vamos fazer nosso melhor — disse Cassani, acenando com a cabeça para os dois policiais. — Mas a segurança vem primeiro.

Uma policial negra veio até eles e sussurrou algo ao ouvido de Koslowski.

— Está bem — disse ele. — Ela está atravessando o túnel Midtown. Vai estar no Waldorf dentro de minutos. Com o violoncelo.

Ele apontou para uma das câmeras que mostrava o tráfego na saída do túnel da rua Trinta e Sete. Havia um táxi com uma passageira e um estojo de violoncelo. Carrie forçou a vista, mas não conseguiu ver Dima. Depois de um instante, o táxi desapareceu.

— Para que é o violoncelo? — perguntou Cassani.

— Minha melhor especulação? — perguntou Saul, olhando para Koslowski. — Para guardar fuzis de assalto dentro do estojo até logo antes da festa.

Koslowski concordou.

— Exatamente. Falamos com o gerente do hotel. Conseguimos um quarto para ela no vigésimo sexto andar. Não preciso nem dizer que está completamente grampeado, com vigilância total no interior e no corredor.

— Não vai funcionar — disse Carrie. — Ela faz parte do Grupo 14 de Março, possivelmente da GSD. Não é qualquer amadora burra. Vai descobrir as câmeras e os grampos do telefone numa fração de segundo. Vocês precisam trocar o quarto. Agora! E não se deem o trabalho de grampear os telefones fixos. Ela não vai usá-los, a não ser para serviço de quarto ou algo assim. Em uma ou duas horas ela terá um par de celulares pré-pagos. São esses que queremos ouvir.

Koslowski concordou. Levantou-se e saiu apressado, tirando o celular do bolso. Gillespie e Cassani olhavam para ela com um ar de apreciação, como se fossem marchands e ela fosse uma obra de arte em leilão. Então Cassani abriu um sorriso malicioso.

— Bem, Srta. Mathison. Seja bem-vinda à festa.

CAPÍTULO 14

Lexington com rua Quarenta e Nove,
Cidade de Nova York, Estados Unidos

O telefonema veio às nove e quarenta e seis da noite. Uma mensagem de voz deixada na secretária eletrônica da Empresa de Equipamentos de Ginástica Petra, no Brooklyn.

— *Hada ho Jihan. Mataa takun baladiya aneyvan gahiza?*

Era a voz de Dima dizendo: "Aqui é Jihan. Quanto tempo vai demorar meu pedido?"

Capturaram o número do telefone da torre de celular do Brooklyn mais próxima à empresa de ginástica que recebeu a ligação. A equipe de Koslowski levou apenas quinze minutos para rastrear até um telefone celular pré-pago que Jihan comprara numa loja AT&T na rua Trinta e Sete. A loja ficava a poucos minutos de táxi do hotel. Havia duas oficiais da Agência de Combate ao Terrorismo trabalhando no Waldorf, disfarçadas de camareiras, e três oficiais homens atuando como seguranças. Confirmaram com a equipe do hotel que Jihan não estava lá naquele momento. Quando encaminharam a ligação a Koslowski, Carrie traduziu para ele.

Koslowski concordou.

— Decolagem realizada — disse ele.

Quando uma das camareiras disfarçadas inspecionou o quarto de Jihan, relatou que o violoncelo estava encostado de pé contra a parede e seu estojo estava vazio. Disse não ter visto armas, explosivos ou qualquer coisa suspeita.

— Quando vocês vão começar a vigilância dos suspeitos? — Saul perguntou a Koslowski.

— Um pouco depois da meia-noite — disse ele, checando o relógio.
— Estamos totalmente passivos. Duas câmeras escondidas. Uma na cobertura do prédio em frente à empresa de equipamentos de ginástica, e a outra em frente ao apartamento do primo do representante jordaniano em Gravesend. Duas das equipes Hércules vão entrar no hotel às três horas da manhã em ponto. Ficarão em suítes até decidirmos nos mover.

— Vão pegá-los no quarto de Jihan logo antes de eles começarem a operação? — perguntou Saul.

— Esse é o plano — disse Koslowski, servindo-se de uma xícara de café.

Menos de uma hora depois, tudo começou a degringolar. Primeiro foi um telefonema da sede da Agência de Combate ao Terrorismo do Departamento de Polícia de Nova York, no Queens. Koslowski avançou na direção de Carrie e Saul, com ar sombrio.

— Fizemos com que um helicóptero sobrevoasse os jordanianos com uma verificação de infravermelho. Só para nos garantirmos antes de colocar as câmeras de vigilância. O estudante universitário, Abdel Yassin, não está em seu apartamento. Não sabemos onde ele está.

— Estudante universitário uma ova. Ele tem trinta anos de idade — resmungou Gillespie.

— Não é só isso — disse Koslowski, colocando duas fotografias de satélite na mesa.

As duas eram do mesmo local: o prédio da Empresa de Equipamentos de Ginástica Petra e seu estacionamento.

— Estão vendo?

Saul e Carrie analisaram as fotos. Então ela viu.

— Merda — disse ela.

— Merda o quê? — perguntou Saul.

— Um dos caminhões sumiu.

— Está bem, mas o que isso quer dizer? — perguntou Gillespie. — Imaginamos desde o começo que as armas seriam colocadas dentro de algum aparelho de ginástica e entregues ao hotel. E daí se usarem outro caminhão? Qual é o problema?

— O problema é que não sabemos o que está acontecendo ou por que eles fariam isso. O problema é que há um elemento desconhecido em operação aqui. É evidente que tem algo a ver com Yassin e o caminhão — falou Carrie.

— O que vocês vão fazer a respeito disso? — perguntou Saul.

— Queríamos checar com vocês dois. Ver se tinham alguma ideia — respondeu Koslowski. — Estamos pensando em fazer uma notificação a respeito de Yassin e do caminhão, com um aviso de "não se aproximar ou tentar apreender".

— Não façam isso — disse Carrie rispidamente. — Vocês têm policiais comuns que não sabem do que se trata e, se eles se aproximarem demais, mesmo que acidentalmente, vão assustar Yassin. A situação vai passar de desconhecida para incontrolável em uma fração de segundo. Repito, nós ainda não sabemos do que se trata.

— Ela tem razão — disse Saul.

— A culpa é minha — disse ela.

— Como pode ser culpa sua? — perguntou Koslowski, olhando para ela.

— Há outra coisa em jogo aqui. Senti isso desde o começo porque as peças não estavam se encaixando. Se Dima... desculpe, Jihan, é uma GSD ou Hezbollah, posso ver a Síria envolvida, posso ver o Hezbollah, posso ver o Irã, mas não consigo de jeito nenhum ver os sunitas envolvidos nisso. E não tem nada a ver com Abbasiyah. Eu devia ter entendido — disse ela, empurrando o laptop para longe.

Ela olhou pela janela para as luzes dos prédios na Primeira Avenida. Fora ali que acontecera o 11 de setembro, ela pensou, perto dali.

— Não se torture por isso. Nenhum de nós compreendeu — disse Koslowski.

— O que vocês vão fazer? — Saul perguntou a Koslowski.

— Começar a vigilância nesses três locais: o apartamento do primo em Gravesend, a fábrica e o apartamento do estudante. Sabemos aonde eles vão. Para o Waldorf. Estaremos esperando — disse ele severamente.

Carrie ficou de pé.

— Preciso trocar de roupa, tomar um banho. Não posso ficar aqui. Preciso pensar — disse ela.

Saul olhou-a, preocupado.

— Você não para há dias. Faça uma pausa.

— Reservamos quartos para vocês no Marriott — disse Koslowski. — Na esquina da Lexington com a rua Quarenta e Nove. Dá para ir a pé daqui. Tome um banho. Coma alguma coisa.

— Saul, vejo você mais tarde — disse ela, pegando seu casaco.

— Espere — falou Koslowski. — Vou mandar a sargento Watson acompanhá-la. Leonora — ele chamou a jovem oficial negra que falara com ele mais cedo.

Carrie fez uma careta.

— Sou bem grandinha, capitão. Não vou me perder na grande cidade malvada.

— Não é isso — disse ele, enquanto a mulher se aproximava. — Você é fundamental para nós. Lá fora — gesticulou ele na direção da janela — tudo pode acontecer. Você pode esbarrar sem querer em Jihan na rua. Não posso deixá-la ir sem um de nós. Além disso — acrescentou ele, sorrindo —, ela pode lhe fazer companhia. Vocês podem comer alguma coisa. Quando estiver pronta, volte.

Carrie e a policial caminharam até o hotel. A noite estava fresca, límpida, com pessoas apressadas pelas ruas, o tráfego normal para uma noite no meio da semana em Manhattan. Carrie fez o check-in no Marriott. Elas subiram e depois que Leonora inspecionou o quarto, Carrie se despiu. A policial ligou a televisão.

— Ele parece um cara legal, o Koslowski — disse Carrie, indo até o chuveiro.

— Ele é um dos bons — disse Leonora, concordando com a cabeça. — Não se engane. Ele nunca faz as coisas de maneira simples.

Foi enquanto ela tomava banho, deixando o calor da água escorrer pelo corpo, os olhos fechados, sentindo tudo que havia acontecido nas últimas semanas desde Beirute começar a se esvair, que ela se viu pensando sobre o que Leonora disse a respeito de Koslowski. Nada simples.

Simples.

E então ela sacou. Filho da puta! Era o que a estivera incomodando desde o começo. O pensamento a abalou tanto que quase saiu correndo pelada do chuveiro. Ficou parada debaixo d'água, obrigando-se a respirar.

Fique calma, disse a si mesma. Pense bem. Ela estava bem. Sua mente estava clara, os remédios certos. Estava no caminho certo.

Ele nunca faz as coisas de maneira simples. Abu Nazir. Desgraçado! E se o pensamento que ela tivera no trem estivesse certo? Desde o começo eles haviam presumido, por causa de Dima e do que acontecera com ela e Rouxinol em Beirute, que se tratava de uma operação do Hezbollah ou de uma operação iraniana. Mas e se não fosse isso? E se fosse a AQI?

Se fosse Abu Nazir, ele não faria algo simples. Nunca. Não era o seu estilo. Haveria mais de um ataque. Não era só o Waldorf, que podia ser apenas uma distração! O que fora que Julia lhe dissera a respeito da reação do marido? "Foi o jeito como ele disse... me assustou." Haveria um segundo ataque, separado. Algo grande. Ainda maior do que aniquilar o vice-presidente. Algo que Abu Nazir poderia dizer aos sunitas ter sido uma retaliação por Abbasiyah. Se ele conseguisse, os sunitas se juntariam a ele. Tomaria toda a província de Anbar. E aquilo envolvia Abdel Yassin e o caminhão desaparecido!

Tinham de encontrar aquele caminhão... e rápido. E fazer a mesma coisa que estavam fazendo com Dima e o Waldorf: esperar até o último segundo, prender e aniquilar.

Ela saiu do banho, vestiu uma calça jeans nova, uma blusa e um casaco. Seu cabelo ainda estava molhado e ela parecia um rato afogado, mas não tinha importância.

— Vamos — disse a Leonora. — Precisamos voltar ao escritório.

— E o jantar? — perguntou a policial, levantando-se. — Acredite em mim, não é sempre que o departamento paga.

— Não ligo — respondeu Carrie, indo em direção à porta. — Podemos pedir comida chinesa.

— Por quê? O que está havendo?

— Acho que sei como encontrar aquele caminhão — disse ela.

CAPÍTULO 15

Red Hook, Brooklyn, Nova York, Estados Unidos

— Já de volta? — perguntou Saul por cima do ombro.

Ele, Koslowski e um punhado de homens assistiam a vídeos de câmeras de segurança de localidades do Brooklyn.

— Acho que sei como encontrar o caminhão — disse Carrie, tirando o casaco e sentando-se à mesa.

Leonora se sentou a seu lado. Saul, Koslowski, Gillespie e dois outros oficiais se juntaram a elas.

— Bem, Mathison, você certamente sabe como conseguir nossa atenção — falou Koslowski. — O que você tem?

— Sou uma idiota — disse ela. — Estava bem na nossa frente. Sabíamos que Bassam al-Shakran, o representante farmacêutico da Jordânia, tinha estado no Iraque, e o irmão dele foi morto lá. Desde o começo, por causa de Dima e de Rouxinol em Beirute, nós presumimos que o ataque viria do Hezbollah ou dos iranianos. Mas os jordanianos são sunitas, não xiitas. Como a Al-Qaeda. E se o ataque estiver vindo de Abu Nazir, no Iraque?

— Suponhamos que esteja. E daí? — disse Gillespie.

— Ele nunca faz um só ataque.

— Nunca? — perguntou Gillespie.

— Ouça, estive no Iraque. Li tudo o que temos sobre ele em Langley. Ele nunca fez um ataque só. Nunca mesmo — disse Carrie.

— Está insinuando que o Waldorf é só uma distração? — perguntou Koslowski, olhando-a fixamente.

Carrie fez que sim.

— Para algo maior.

— Como o quê? — perguntou Gillespie.

— Diga você. Tenho certeza que a contraespionagem do Departamento de Polícia de Nova York tem uma lista de alvos potenciais e probabilidades.

— Claro. O Empire State, o Edifício Chrysler, a torre do Bank of America, a Estátua da Liberdade, a Times Square, a Grand Central Station, a ONU, a Bolsa de Valores, o Federal Reserve, o Lincoln Center, o Yankee Stadium, embora estejamos fora de temporada, o Madison Square Garden, as pontes, os túneis. É só escolher. Isso aqui é Nova York; a lista é infinita — falou Gillespie.

— Os sujeitos estão no Brooklyn. Alguma coisa por lá? — perguntou Saul.

— A ponte do Brooklyn — sugeriu Leonora.

— Interessante — disse Carrie.

— Interessante por quê? — perguntou Koslowski.

— No 11 de setembro houve uma fotografia das pessoas fugindo de Manhattan a pé pela ponte do Brooklyn.

— Sim, é uma foto famosa. Entre outras. E daí?

— Ela se tornou emblemática no Oriente Médio — explicou Carrie. — Na época, Ayman al-Zawahiri teria declarado: "Da próxima vez vamos eliminar seus meios de fuga também."

Durante um instante, ninguém falou. Eram nova-iorquinos, percebeu Carrie. Ela tinha lhes trazido de volta lembranças daquele dia.

— E o caminhão? — perguntou Saul. — Você disse que tinha pensado em algo.

— Sim — disse ela. — Digamos que seja o Empire State ou a ponte do Brooklyn, ou o que for. Eles não estão pilotando aviões, o que significa que têm um caminhão cheio de explosivos. Pense. Que tipo de explosivo usariam?

— É claro — disse Saul, batendo na mesa. — HMTD. Eles vieram de avião. Tiveram que passar pela segurança do aeroporto. Não trouxeram nada com eles.

— HMTD — disse Koslowski. — Hexametileno-triperóxido-diamina. Sempre imaginamos que seria isso que eles usariam. É barato e potente. Pode ser feito com três produtos domésticos perfeitamente legais e que podem ser comprados em qualquer lugar sem chamar a menor atenção. HMTD e, é claro, fertilizante sempre foram nossas suposições.

Koslowski olhou em torno da mesa, onde os outros membros da sua equipe concordavam com a cabeça.

— Só tem uma desvantagem — interferiu Carrie.

— Sabemos disso. É superinstável. Muito volátil. É só haver o menor estremecimento, ou a temperatura ficar um pouco quente demais, e... *pam!* — disse Gillespie, estalando os dedos. — Lidar com isso em temperatura ambiente é extremamente perigoso.

— Entendo aonde ela quer chegar — falou Koslowski. — O único jeito de garantir que eles não vão explodir antes da hora é refrigerando os explosivos.

— Exatamente. Vamos verificar cada depósito refrigerado de Nova York, começando pelo Brooklyn — disse Saul. — O caminhão deve estar ali por perto.

— Há outra possibilidade — acrescentou Koslowski. — O explosivo pode estar em um dos apartamentos ou dentro do prédio da empresa de equipamentos de ginástica.

— Pensei nisso — disse Carrie. — Se estão usando vários refrigeradores, e precisariam de vários, porque seria necessário ter uma tonelada de explosivos para detonar algo como a ponte do Brooklyn, estão gastando eletricidade como loucos. Verifiquem com a companhia de energia elétrica o gasto da empresa de equipamentos de ginástica e dos apartamentos. Se ele tiver aumentado recentemente em um desses lugares, é porque os explosivos estão lá.

— É para já. Acordem os desgraçados. Todo mundo odeia a companhia de energia elétrica, mesmo — disse Gillespie, levantando-se e indo até o telefone.

Carrie olhou seu relógio. Eram mais de três da manhã. Quando ela ergueu a cabeça, Koslowski a estava observando.

— Nada mal, Carrie — disse ele com um sorriso largo. — Se algum dia você decidir largar a CIA, tem trabalho garantido em Nova York, se quiser.

— Não vou esquecer, capitão — disse ela, olhando de lado para Saul, que estava concentrado na tela do seu laptop.

Quarenta minutos depois, um dos policiais deu um pulo.

— Achei — gritou ele. — O caminhão está estacionado em uma vaga a um quarteirão de um galpão de depósito refrigerado em Red Hook. Dissemos aos nossos rapazes para procurarem por ele, mas deixá-lo quieto. Passar de carro apenas uma vez. Um oficial de patrulha foi quem o avistou. Pintaram a logomarca de uma pizzaria por cima da logomarca da empresa Petra Fitness na lateral do caminhão, mas o oficial informou que a pintura estava fácil de ver.

— Onde fica Red Hook? — perguntou Saul.

— Em um local do qual é possível subir a via expressa Brooklyn-Queens e chegar à ponte do Brooklyn em menos de cinco minutos. Manhattan em dez minutos — disse o policial.

Saul olhou para Koslowski.

— E agora?

— Vamos precisar de mais recursos — disse Koslowski, levantando-se e tirando o telefone do bolso. — Preciso ligar para o comissário.

— Alguém falou em "recursos"? — disse um homem de terno cinza que acabara de entrar, seguido por meia dúzia de homens de ternos e uns vinte homens com uniformes da SWAT no estilo militar e o acrônimo "HRT", a equipe de resgate de reféns, em cor fluorescente em suas jaquetas.

— Sou o agente especial Sanders — disse ele para Carrie e Saul.

— Ótimo — resmungou Gillespie. — A polícia federal apareceu.

Sanders se aproximou de Carrie.

— Você deve ser Mathison. Então é você a mocinha que nos fez vir até aqui. Acho bom que saiba o que está fazendo — disse ele.

— Posso dizer o mesmo sobre você — devolveu Carrie.

— **Estão se** deslocando — disse Leonora, indicando um dos monitores de TV.

A tela mostrava o prédio da Empresa de Equipamentos Petra Fitness e seu estacionamento vistos pela câmera de vídeo secreta que eles haviam instalado no teto do prédio do outro lado da rua. Na tela, dois homens — um dos quais eles haviam identificado como Bassam al-Shakran, o representante jordaniano, por intermédio de uma imagem congelada que, embora desfocada e ampliada, parecia ser dele; e o outro, o motorista, era um homem de traços árabes que eles não conheciam — haviam entrado num dos furgões da empresa Petra.

Eram nove e quarenta e seis da manhã. Carrie coçou os olhos. Haviam passado a noite inteira acordados e tinham um dia longo pela frente. Ela acabara de voltar do banheiro, onde entrara numa cabine para tomar seus remédios antes de ir até a pia e jogar um pouco de água no rosto.

— Presumindo que estão indo para o Waldorf, como chegariam até lá? — perguntou Saul.

Gillespie deu de ombros.

— O mais rápido seria ir pela Shore Parkway até a via expressa Gowa-nus e daí para a ponte do Brooklyn — disse ele.

— Então não sabemos se eles vão atacar a ponte ou o hotel — disse um dos homens do FBI que acompanhava Sanders.

— Sabemos, sim — disse Carrie quando o furgão saiu do alcance da câmera. — É o furgão errado para atacar a ponte. Eles estão indo para o Waldorf.

— Temos vigilância aérea? — perguntou Sanders.

— Aqui — disse Koslowski, apontando para um dos monitores que mostrava o tráfego numa rua do Brooklyn vista de cima. — Um dos nossos helicópteros AW119 está sobrevoando a área com altitude o bastante para que eles não ouçam. Está vendo o furgão?

Ele apontou para o furgão branco no fluxo de tráfego.

— Eles não podem segui-los de maneira contínua — disse Saul. — Não queremos que o helicóptero seja avistado.

Assistiram ao furgão virar à direita numa autoestrada.

— Eles sabem. Aí está. Estão na Belt Parkway. Parece que estão mesmo indo para Manhattan.

— Poderíamos eliminá-los agora — falou Sanders. — Organizar uma blitz. Usar meus atiradores de elite. Não deixar que eles se aproximem do Waldorf.

Koslowski fez uma careta.

— Não acho que...

— No instante em que você fizer isso vai alertar o outro time. Você acha que não há mídia em Nova York? — disse Carrie, intervindo. — Uma vez que isso acontecer você não sabe o que eles vão fazer. E se eles avistarem sua blitz e começarem a improvisar, e aí? Quantos civis mortos você quer? Sem contar que não sabemos o que há dentro daquele furgão. Um quilo de C-4 faria um belo de um buraco na Park Avenue. Queremos que eles sejam contidos.

Sanders a encarou.

— Você entende, Srta. Mathison, que está aqui para observar? — disse ele.

— Bem, você acaba de ouvir a droga da minha observação, agente especial — disse ela, e ouviu Gillespie roncar, segurando uma risada.

— Acalmem-se, meninos — disse Koslowski. — Temos duas equipes Hércules, todos são antigos SEALs da Marinha, Delta, CIA, que passaram a noite em suítes no Waldorf, apenas dois andares acima do quarto de Jihan. Temos outra equipe Hércules instalada no escritório da UBS na rua Quarenta e Nove na outra calçada e mais uma equipe dentro da FedEx na Park Avenue. Além disso, vamos ter vários policiais fechando completamente o quarteirão antes do evento principal. Uma vez que o fecharmos, nenhum mosquito entra ou sai.

— E essa mulher, essa Jihan? Temos certeza de que ela está no hotel? — perguntou Sanders.

— Estamos monitorando a câmera de segurança no corredor do hotel. Aí está a transmissão — disse Gillespie, apontando para outro monitor que mostrava o local. — Ela entrou no quarto à meia-noite e dezessete e ainda não saiu.

— Vamos dar uma olhada na imagem de quando ela entrou no quarto — falou Koslowski.

— Vá para meia-noite e dezesseis — disse Gillespie a um de seus policiais, que digitou algo no computador.

Eles assistiram à imagem do corredor voltar no tempo para dezesseis minutos depois da meia-noite. Esperaram, e então viram uma mulher magra e elegante, de longos cabelos louros, sair do elevador e andar até um dos quartos.

— Congele aí.

— Você conhece essa mulher? — Sanders perguntou a Carrie.

— Como agente dupla em Beirute. Sim — disse ela.

— Tripla — murmurou Saul.

— E essa é ela? Sem nenhuma dúvida? — disse Sanders com insistência.

— Ela está usando uma peruca loura, mas sim, é Dima, vulgo Jihan.

— E não houve nada desde então? — Koslowski perguntou ao policial.

— Nada. Ontem ela solicitou o café da manhã para hoje depois das onze. Suspeitamos que ela acorde tarde — disse o policial.

— Está bem. Mantenham os olhos vidrados no corredor. Nada mais. E vamos continuar monitorando os telefones dela e o telefone do quarto, pessoal — pediu Koslowski. — Qualquer coisa que ela faça, informem imediatamente. Não tenham medo de me interromper.

— E as outras duas possibilidades que encontramos? O médico egípcio e Ghaddar, o homem de negócios libanês? — perguntou Saul, tirando o olhar do computador.

— Estão sendo vigiados. Sem contar o fato de que nosso médico egípcio demonstra ter um fascínio pelas prostitutas da Décima Avenida, os dois parecem ser o que dizem — falou Gillespie.

— E o furgão? Onde está agora? — perguntou Carrie.

Gillespie olhou para o monitor que mostrava a vista da câmera do helicóptero.

— Parece que em Fort Hamilton. Está vendo a água? — disse ele, referindo-se à baía. — Vão passar pela ponte Verrazano daqui a pouco.

— E o outro caminhão? Esse depósito refrigerado? O HMTD? — perguntou Sanders.

— E aí que queremos sua Equipe de Resgate de Reféns — disse Koslowski. — O problema é que não sabemos quem está observando. Se soubéssemos, poderíamos nos instalar, e, no momento em que esse Abdel Yassin aparecesse, aniquilar o filho da puta.

— Não temos ideia de onde ele está agora? — perguntou Saul.

Koslowski fez que não com a cabeça.

— Estamos tentando ver se ele comprou um celular e temos monitorado todas as ligações no setor Midwood-Flatbush do Brooklyn nos últimos dois dias. Até agora nada.

— Quando você acha que ele vai se deslocar? — Sanders perguntou a Carrie.

— No fim da tarde. Começo da noite. Eles não querem fazer nada para alertar as autoridades antes que a operação no Waldorf esteja em andamento. O vice-presidente está programado para chegar no Waldorf às oito e trinta e cinco da noite. Imagino que Yassin e quem quer que esteja com ele vão estar no depósito provavelmente depois das seis — disse ela.

— Onde é esse lugar? — perguntou Sanders.

— Red Hook, no Brooklyn. É sobretudo uma zona industrial bem perto da orla — disse Koslowski.

— Vamos fazer circular nosso pessoal disfarçado hoje de manhã — falou Sanders. — Temos que nos instalar para poder fechar o lugar.

— Nada de uniformes ou distintivos, nada que atraia qualquer tipo de atenção, sobretudo das pessoas da região. Se eles mandarem um alerta, podemos estragar a coisa toda — afirmou Carrie.

— Por que você está tão preocupada com as pessoas da região? Elas não vão cooperar? — perguntou Sanders.

Koslowski deu um sorriso torto.

— Ouça, você se lembra do filme *Casablanca*? Sabe a parte em que Humphrey Bogart diz aos nazistas que há certas partes de Nova York onde ele aconselhava que nem o exército alemão tentasse entrar?

— O que tem?

— Ele estava falando de Red Hook — disse Koslowski.

CAPÍTULO 16

Eles eram dois: Bassam al-Shakran, o representante farmacêutico jordaniano, e outro homem que eles não conseguiram identificar de imediato. Olhavam o monitor que mostrava a vista da câmera de segurança escondida em frente ao hotel, enquanto dois homens tiravam o que parecia uma esteira embrulhada em plástico do furgão e a transportavam até a entrada de serviço do Waldorf Astoria num carrinho.

— É ele. É Bassam — afirmou Carrie.

— Quem é o outro? É o primo? — perguntou Gillespie.

— É o primo. Mohammad al-Salman. Deem uma olhada — falou Leonora.

Eles se aproximaram de seu computador. Na tela havia uma fotografia com um artigo de um jornal local que mostrava dois homens árabes de terno ao lado de um imame. O artigo era sobre uma doação que eles haviam feito para a mesquita local, a Fundação Islâmica Masjid.

— Esse é Mohammad — apontou Leonora.

— Você acertou em cheio — disse Koslowski a Carrie.

Eles passaram para a transmissão de uma câmera de segurança do hotel para assistir aos dois homens levando a esteira ergométrica para o elevador de serviço, mas o monitor correspondente à câmera de segurança do décimo nono andar só mostrou um deles saindo do elevador para levar a máquina num carrinho até a sala de ginástica.

— Estou vendo Mohammad — disse Koslowski. — Onde está Bassam?

— Olhem. A cobertura de plástico da máquina foi cortada — apontou Carrie.

Todos se viraram para o monitor que mostrava o corredor do hotel em frente ao quarto de Dima.

— Vejam, é Bassam — falou Gillespie, apontando.

Viram Al-Shakran atravessar o corredor até o quarto de Dima e bater à porta.

— O que ele está carregando? Uma bolsa de lona?

— Uma bolsa de lona — falou Gillespie sombriamente. — O que vocês acham que tem ali dentro?

Observaram a porta do quarto de hotel se abrir e visualizaram rapidamente a mulher de peruca loura deixando-o entrar. Ela colocou um aviso de "Não perturbe" na porta e a fechou. O corredor estava vazio.

— E agora? — perguntou o agente Sanders, encerrando a ligação com a equipe do HRT que ele havia enviado a Red Hook.

— Nós esperamos — falou Carrie.

— Esperamos o quê?

— Que Mohammad volte — disse ela.

— Se ele voltar — disse Sanders.

— Ele vai voltar — afirmou ela.

Desde o início ela pensara que passar pelo Serviço Secreto — mesmo com o elemento de surpresa — e chegar ao vice-presidente não era trabalho para um homem só. E Dima não ia disparar arma alguma. Dima não. Por isso o primo teria de voltar para o hotel.

Koslowski estava ao telefone com Tom Raeden, o líder da equipe Hércules do Departamento de Polícia de Nova York. Ele e seus homens estavam a postos em suítes no Waldorf. Era possível vê-los por um dos monitores. Raeden era um homem de um metro e oitenta com o cabelo louro raspado e os ombros de um zagueiro de futebol americano. Koslowski lhes disse para se prepararem. Com alguma sorte, entrariam em ação em poucas horas.

— O que está acontecendo em Red Hook? — Koslowski perguntou a Sanders.

— Entramos em contato com uma tal de Sra. Perez, que é dona do depósito. Temos dois homens lá dentro. Há um galpão de autopeças do outro lado da rua. Nossos homens entraram como operários. Estão instalando câmeras escondidas agora, com antigos SEAL ou Delta como atiradores de elite nos telhados. Vão ficar fora de vista até o último segundo. Vamos poder ver a transmissão a qualquer momento — falou Sanders. — Nós também notificamos o Serviço Secreto. Faz parte do nosso protocolo — explicou. — Estão mantendo o horário do vice-presidente até segunda ordem.

— E que tal bloquear a rua só para garantir? — disse Koslowski.

— Uma vez que eles aparecerem com o furgão, nunca vão sair daquela rua — respondeu Sanders. — Temos dois grandes caminhões blindados que vão bloquear as duas extremidades da rua ao mesmo tempo em que nós avançamos.

— Bom. — Koslowski fez que sim com a cabeça. — Precisamos ver as transmissões o quanto antes.

— E quando o seu pessoal entrar no hotel? — perguntou Saul. — Vamos conseguir ver alguma coisa?

— Esperamos que sim — disse Koslowski. — Dois deles vão usar câmeras de capacete. Vai ser turbulento, mas a princípio vamos ver o que eles virem.

— Aí está nossa vigilância — falou Sanders, apontando para dois monitores.

Um mostrava a porta da frente do depósito refrigerado, vista de uma câmera situada do outro lado da rua. O lugar ficava num prédio de concreto sem janelas e com arame farpado no telhado.

— Parece uma fortaleza — disse um dos oficiais da Agência de Combate ao Terrorismo.

O outro monitor mostrava o furgão estacionado com um letreiro do Giovanni's Pizza pintado às pressas na lateral, visto do alto e da diagonal pelo outro lado da rua.

— Onde vocês colocaram essa câmera? — perguntou Koslowski.

— Num poste telefônico — disse um dos sujeitos de Sanders do FBI.

— Que horas são? — alguém perguntou.

— Pouco depois de meio-dia — falou Gillespie, olhando o relógio.

— Vai ser um dia longo — disse Sanders.

Dois policiais da equipe de combate ao terrorismo, um homem e uma mulher, trouxeram caixas de sanduíches do mercado e refrigerantes. Todos pegaram alguma coisa e começaram a comer. Havia um burburinho de conversa.

— Aí está ele — falou Carrie de boca cheia, apontando para o monitor que mostrava a vista do escritório da FedEx na Park Avenue.

— Quem?

— Mohammad. O primo.

Assistiram a um homem de terno marrom caminhar em direção à entrada do Waldorf.

— Você tem bons olhos. Ele trocou de roupa — afirmou Koslowski.

Observaram Mohammad entrar no hotel. Em outro monitor, da vigilância normal de segurança do hotel, viram-no atravessar o saguão ornamentado até o elevador. Um minuto depois, a tela correspondente ao corredor o mostrava saindo do elevador, passando por uma camareira do hotel — que na verdade era uma das policiais de Koslowski — batendo à porta e entrando no quarto.

— Agora tudo que eles têm que fazer é esperar — disse Koslowski.

— Como nós — falou Saul.

— Onde ele deixou o furgão? — perguntou Sanders.

— Provavelmente em algum estacionamento, depois pegou o metrô para voltar — respondeu Koslowski. — Tenho policiais à paisana verificando todos os estacionamentos do centro em busca do furgão.

— Diga e eles para tomarem cuidado ao se aproximarem. É provável que esteja cheio de explosivos — disse Saul.

— Imaginamos isso — falou Koslowski. — Vamos ter que evacuar a área e chamar o esquadrão antibombas.

Meia hora depois ele recebeu um telefonema de um dos policiais à paisana.

— Encontramos o furgão. Está num Quik Park na rua Cinquenta e Seis Oeste perto da Nona Avenida — anunciou ele, e disse mais alguma coisa ao telefone.

— Fale para eles não chegarem perto. Quero que esperem a evacuação total da estrutura e só se aproximem depois que tomarmos o Waldorf e Red Hook — disse Saul.

— Acabei de avisar — respondeu Koslowski.

— **Filho da** puta, aí está ele — falou um dos homens do FBI, apontando para um dos monitores.

— É ele? — perguntou Gillespie.

— É, sim — disse Koslowski, olhando a fotografia sobre a mesa. — Abdel Yassin. Bem-vindo de volta à festa. Quem é esse com ele?

— Não sei — disse Carrie —, mas diga para o seu pessoal tentar não matá-lo. Se ele for de uma célula local, quando isso tudo terminar, você vai querer acabar com todos.

— Lá vão eles — avisou Gillespie quando o furgão se afastou e saiu do quadro da câmera escondida, indo para o leste, para longe do sol baixo no horizonte, que pairava logo cima do contorno dos edifícios.

Em pouco tempo estaria escuro.

— Horas? — perguntou Koslowski.

— Dezessete e onze — falou Leonora, checando o relógio.

— Diga para o seu pessoal se preparar — Koslowski disse a Sanders.

— O seu também — disse Sanders, falando ao telefone.

Koslowski alertou Raeden e sua equipe, além dos agentes infiltrados no Waldorf. Disse a Gillespie que preparasse os perímetros externos para bloquear totalmente diversos quarteirões da cidade em torno do hotel, mas que não se movesse até que as equipes Hércules o fizessem.

— Assim que dissermos "agora", ninguém, e digo ninguém mesmo, entra ou sai do Waldorf Astoria — disse ele.

Todos os olhos estavam vidrados em dois monitores: um que mostrava a vista do outro lado da rua do depósito refrigerado em Red Hook, o outro que mostrava a vista da câmera de segurança do corredor onde Dima e os dois jordanianos ainda ocupavam um quarto. Não haviam sequer se movido. Eles tinham instalado sensores de som no chão do quarto logo acima ao de Dima, mas, surpreendentemente, houvera pouquíssima conversa e movimento, embora o técnico tivesse relatado um número de barulhos de clique que indicava que estavam carregando e verificando suas armas.

Assistiram pelo monitor enquanto o furgão com o nome da pizzaria na lateral se aproximava do depósito refrigerado e estacionava na área de carregamento da calçada. Os dois homens, Yassin e o desconhecido com traços do Oriente Médio, ambos de macacão, saíram do carro. Tiraram um carrinho de mão de aço do furgão e o levaram até o edifício do depósito.

— Coloquem-se nas posições — disse Sanders ao telefone. — Peguem eles.

Viram um esquadrão de dez homens, vestidos com uniformes da SWAT e fuzis de assalto HK33, as costas dos casacos inscritas com as iniciais "FBI HRT" em letras amarelas fluorescentes, saírem do prédio do outro lado da rua e se dividirem em dois grupos, dispostos em cada lado da porta contra o edifício do depósito.

Observando, Carrie sabia que havia também ao menos dois atiradores de elite que se posicionariam naquele momento para disparar do telhado do prédio do qual a equipe saíra. Ela não podia ver os caminhões de cimento e o restante da equipe em formação para bloquear os dois lados da rua, mas pela conversa de Sanders ao telefone, imaginou que estivessem se posicionando.

Koslowski e Gillespie se entreolharam e fizeram que sim com a cabeça. Koslowski telefonou para Raeden.

— Agora — disse ele. — É com você, Tom.

— Podemos começar — disse Gillespie ao celular para o comandante do Departamento de Polícia de Nova York em frente ao Waldorf.

As duas equipes Hércules dentro do Waldorf estavam agora em movimento, Carrie sabia. Deviam estar descendo as escadas até o andar onde estavam Dima e os jordanianos. Qualquer um que vissem a partir de agora na escada ou no corredor seria levado em custódia. Então, no monitor, ela visualizou primeiro um dos homens, depois diversos membros da equipe Hércules emergirem no corredor e avançarem em direção ao quarto. Uma das camareiras infiltradas estava com eles. Ela levava na mão uma pistola Beretta nove milímetros.

A equipe se posicionou dos dois lados da porta do quarto. Usavam coletes Kevlar e estavam armados com fuzis de assalto M4A1 e revólveres de cano curto.

— Capitão, diga a eles para não matá-la — disse Carrie a Koslowski.

Ele não respondeu, os olhos vidrados na tela. Observaram a camareira bater à porta.

Naquele momento, na outra TV, os dois homens árabes saíram do depósito refrigerado empurrando o carrinho de mão com uma pilha de seis camadas de caixas.

Era a maior quantidade de HMTD que Carrie já vira. Devia haver cerca de quinhentos quilos ali. A maior quantidade que já ouvira falar. Iam mesmo derrubar algo grande.

As equipes do HRT avançaram na direção deles, os fuzis na mira, gritando que eles largassem as caixas e levassem as mãos para o alto. Por um instante, os dois homens hesitaram.

O jordaniano, Yassin, fez menção de colocar a mão no bolso. Celular! Ele vai detonar, pensou Carrie. Atirem! Agora!

Imediatamente, uma bala vinda do outro lado da rua fez um buraco em sua cabeça. O carrinho de mão começou a rolar. Ele vai virar! pensou ela, retesando o corpo instintivamente à espera da explosão. Eles vão todos morrer! Quando o corpo de Yassin caiu no chão, o carrinho começou a virar. Era como assistir a um desastre em câmera lenta. A mente de Carrie gritava: Vai explodir! Ao mesmo tempo, dois homens do HRT abriram fogo contra o segundo sujeito, que desmoronou na calçada.

Não acertem as caixas!, pensou ela, o corpo tenso na expectativa da explosão. Se apenas uma daquelas balas as atingisse... Eles assistiam aterrorizados enquanto o carrinho de mão virava, as caixas se espalhando pela rua, uma delas se abrindo abruptamente e revelando algo branco no interior. O HMTD.

Nada aconteceu.

Eles deram sorte, pensou Carrie, voltando a respirar. O HMTD ainda estava frio o bastante para permanecer estável, senão todos teriam morrido. A equipe do HRT rodeou as caixas e os homens abatidos.

— Ambos mortos — Sanders anunciou para o cômodo.

Tiveram muita sorte. Teriam de devolver o HMTD à refrigeração imediatamente. O explosivo estava simplesmente espalhado ali pela rua. Carrie mal teve tempo de completar o pensamento.

— Serviço de limpeza — disse a camareira infiltrada no corredor do hotel, no outro monitor; e depois se afastou e saiu do alcance da porta.

— Volte mais tarde — falou a voz de Dima atrás da porta.

Raeden, o líder da equipe Hércules, fez que sim com a cabeça. Um segundo homem pôs um cartão-chave — Carrie imaginou que se tratasse de uma chave mestra — na porta, segurou a maçaneta quando ela ficou verde e abriu a porta com um empurrão.

— Eu disse para voltar mais tarde — falou uma mulher.

Era Dima. Carrie pôde vê-la avançando em direção à porta. Apenas um dos homens, Bassam al-Shakran, estava visível quando a equipe invadiu o quarto. Ele segurava o que parecia uma AR-15. Dima gritou quando a equipe Hércules entrou correndo no quarto.

A câmera no capacete do membro líder da equipe Hércules mostrava uma imagem turbulenta na qual Bassam se jogou para o lado e disparou seu fuzil. O primo disparou de outra AR-15 na direção de Raeden e uma tempestade de tiros irrompeu no quarto, estalos altos soando densos como granizo. A câmera do capacete baixou para o nível do chão, mostrando o quarto de lado. Raeden. Ele está morto?, ela se perguntou. Estão todos caídos? O que está havendo? Tudo que ela podia ver pela câmera eram pernas se movendo; difícil saber de quem.

Acabou em segundos.

— Não consigo ver nada. E Dima? Ela está viva? — perguntou Carrie.

Gillespie gritava ao telefone para que protegessem o local. Sanders urrava ao telefone, ligando para o Serviço Secreto. Koslowski olhava o monitor e ouvia alguém falando em seu celular. Provavelmente um membro da sua equipe dentro do quarto.

— Ela está viva, caramba? — gritou Carrie.

Koslowski se virou para ela, seu rosto lívido.

CAPÍTULO 17

Lenox Hill, Cidade de Nova York, Estados Unidos

Levaram Dima a Lenox Hill, o setor de emergências do hospital mais próximo. Carrie, Saul e Koslowski dispararam pela Park Avenue até a rua Setenta e Sete num carro de patrulha. Quando finalmente chegaram lá, diversos outros membros da equipe Hércules estavam com Raeden, que fora derrubado por uma descarga de tiros de AR-15.

Carrie passou correndo por eles e encontrou um grupo de médicos e policiais em torno de um espaço escondido por uma cortina. Dois patrulheiros do Departamento de Polícia de Nova York a detiveram.

— Jihan está aí dentro? — perguntou ela.

— Deixem-na passar — falou Koslowski, e os dois ultrapassaram os policiais aos empurrões.

Um médico jovem e uma enfermeira faziam anotações numa tela de computador. Dima estava deitada imóvel numa maca, os olhos abertos.

— Ela está morta? — perguntou Carrie.

— Já estava morta quando chegou — respondeu o médico por cima do ombro. — Você é parente?

— Não, nada desse gênero — disse ela.

Olhando para Dima, cuja blusa estava aberta, o torso incrivelmente ensanguentado entre os seios, pensou: Por que fez isso? Você era só uma bela acompanhante, não uma verdadeira fiel. Do que estava brincando dessa vez? Quem a colocou nessa? Carrie detestava ver Dima exposta daquela maneira. Olhando ao redor, encontrou um lençol dobrado ao pé da maca e cobriu com ele o corpo e o rosto da jovem.

Saiu dali e foi até Raeden, que estava cercado por sua equipe. Estava sem blusa e tinha um hematoma vermelho do tamanho de uma mão de homem no peito, logo em cima do coração.

— Você está bem? — perguntou ela.

Ele fez que sim.

— Agradeço a Deus pelo Kevlar. Salvou meu traseiro.

— Não foi seu traseiro que os tiros acertaram — disse um de seus companheiros de equipe, e os outros abafaram um risinho.

— Você é Mathison? — Raeden lhe perguntou.

— Sou.

— Tivemos que apagá-la. Sinto muito — disse ele.

— Eu também — disse Carrie. — Eu tinha perguntas que só ela podia responder.

Quando ela saiu da área cercada pela cortina onde haviam colocado Raeden, viu David Estes de pé ao lado de Saul, Koslowski e Sanders. Estavam assistindo a uma coletiva de imprensa na televisão que ficava na parede junto do posto de enfermagem. O vice-comissário Cassani estava lá, junto com o prefeito e o comandante da polícia. Era o prefeito quem falava.

— Quero enfatizar outra vez que graças ao excelente trabalho da Agência de Combate ao Terrorismo de Nova York, em estreita cooperação com seus colegas no FBI, essa conspiração terrorista foi totalmente interrompida sem que um único policial ou civil inocente saísse ferido. Não houve perda de vidas e nenhum dano causado a propriedades americanas. Este foi um exemplo esplêndido do que fazemos todos os dias para proteger nossos cidadãos — disse o prefeito.

— Ele age como se tivesse feito tudo sozinho — resmungou Sanders.

— É político. Levar crédito por algo em que não tiveram nenhuma participação é o que os políticos fazem melhor — falou Saul.

— Ele não tinha conhecimento de nada uma hora atrás — disse Sanders com uma careta. Olhou para Carrie. — Aliás, você estava certa. Eles iam atacar a ponte do Brooklyn. Encontramos um esquema no furgão.

— Como? — perguntou Saul.

— Parece que iam estacionar o furgão ao lado de uma das torres de suspensão — respondeu Sanders.

— Teria funcionado?

— Não tenho ideia. Só uma equipe de engenheiros estruturais para determinar isso, mas talvez. — Ele deu de ombros. — Bem na hora do *rush*, no fim do dia. Teriam matado muita gente.

Estes desviou o olhar da TV e encarou Carrie.

— Você está bem? — perguntou.

— Dima está morta — disse ela. — Eu precisava interrogá-la. Tenho muitas perguntas, David — disse Carrie, olhando nos olhos dele. — Muitas.

Ele olhou ao redor.

— Há um lugar onde possamos conversar? — perguntou ele a uma das enfermeiras.

— Há uma capela no fim do corredor — disse ela.

— Vamos — disse ele a Carrie.

— Talvez eu deva ir também — falou Saul, observando-os.

— Só um minuto, Saul — disse Estes, e avançou pelo corredor.

Depois de um segundo, Carrie o seguiu. Eles entraram num cômodo vazio com cadeiras dobráveis, e, num aparador encostado na parede oposta, uma cruz e uma menorá.

— Precisava ver você. Deixamos muitas coisas não ditas.

— Não posso pensar sobre isso agora, David. Não posso mesmo. Eu conhecia essa mulher. Eu a conhecia. Ela era uma garota burra e festeira que gostava de beber e de seduzir homens, e a única razão pela qual estava trabalhando conosco era o dinheiro. A fantasia dela não era nenhuma dessas besteiras de paraíso jihadista, mas um cara rico e bonito que tomasse conta dela. Então o que diabo ela estava fazendo aqui? Como isso aconteceu? Diga para mim.

— Não sei, mas acho que nós dois sabemos que você não vai largar o assunto até descobrir.

Ela inspirou.

— Nisso você tem razão. Por que veio até aqui?

— Tinha que ver você. — Ele olhou em torno do cômodo. — Mas não aqui. Estou hospedado no New York Palace, na Madison. Quarto 4.208. Dá para ver a Saint Patrick's e o Rockefeller Center.

— Não sou uma droga de uma turista, David. Não ligo.

— Olhe — disse ele, checando o relógio —, preciso encontrar Cassani, o prefeito e o pessoal do Serviço Secreto. Às vezes meu trabalho é uma chatice total. Não pense que não fico com inveja das pessoas abaixo de mim que fazem o trabalho real. Passe lá hoje à noite e vamos conversar.

— Ainda estou exilada na Análise de Inteligência? Talvez você não goste de mim, mas Yerushenko gosta.

— Vamos conversar — disse ele, indo em direção à porta.

Ela e Saul estavam sentados a uma mesa no bar modernista do Marriott. Embora já fosse quase meia-noite, o lugar estava repleto de homens de negócios e mulheres elegantes e inacreditavelmente magras. O nível do barulho estava alto, alto demais para ouvir a TV atrás do bar que mostrava os melhores momentos da NBA.

— Quer me contar? — perguntou Saul.

— Não — disse ela, cutucando com a unha a fatia de limão na sua margarita. — Porque se eu fizer isso talvez você sinta a obrigação de fazer algo a respeito.

— E você não quer que eu faça?

— Não — disse ela. — Não quero.

No bar, ouviu-se um barulho alto de risada. Alguém perguntou:

— Você viu o arremesso do Dwyane Wade, cara? Putz, inacreditável.

— Caramba, Carrie. Eu disse para você fazer com que ele mudasse o posicionamento — falou Saul. — Não disse para ter um caso com ele.

— Não estou tendo um caso — disse ela, ainda mexendo no drinque.

— Então o que está acontecendo?

Ela o encarou.

— Não é da sua conta, droga. Além disso, o que quer que eu tenha feito, ou o que você ache que eu fiz, há pessoas em Nova York que estão vivas hoje por causa disso, incluindo algumas das pessoas nesse bar. Então não me passe um sermão, Saul. Eu não mereço.

— Não — disse ele, baixinho. — Não merece. — Ele bebeu um longo trago do seu scotch puro malte. — Você fez um ótimo trabalho. Todos fizeram.

Carrie balançou a cabeça, movendo seus longos cabelos louros.

— Tivemos sorte. Quando aqueles sujeitos do FBI começaram a atirar em torno do HMTD, fiquei tensa. Uma bala naquilo e eles teriam explodido metade do Brooklyn.

— A sorte também conta. Napoleão disse que preferia ter generais sortudos a inteligentes.

— Bom para Napoleão — disse ela, e pousou a mão no braço dele. — Não tente ser meu pai, Saul. Eu tenho um pai, e, acredite em mim, um é mais do que o suficiente. Sabe, se eu tivesse que escolher entre ser capturada e torturada pelo Talibã ou reviver minha infância, teria de pensar muito.

— Não sabia. E tem razão. Sou um pouco protetor com você. Fui eu quem a recrutou. Acho que não lhe fiz nenhum favor. — Ele ergueu o olhar para a tela da TV. Imagens de basquete passaram, algo a respeito de LeBron James. — Você gosta dele?

— Você está perguntando se sinto atração sexual por David? Sim, mas me dê algum crédito. Sou um pouco mais complexa que isso — disse ela, terminando seu drinque.

— Eu lhe dou muito crédito. O que aconteceu hoje foi graças a você. Não sou protetor só por uma questão de culpa. Você é boa, Carrie. Muito boa. Ela olhou em volta e pegou seu blazer.

— Isso não acabou. Há muitas questões que precisam ser respondidas. Você sabe o que eu tenho que fazer? — disse ela.

Ele fez que sim.

— Beirute — respondeu ele.

— Está vendo? — disse ela, levantando-se e apertando o ombro dele. — Você me entende mesmo.

— E Estes?

— Essa — disse ela — é a pergunta que vale sessenta e quatro milhões de dólares.

— Tome cuidado — disse ele, acenando para a garçonete, pedindo outro scotch.

— Por quê? Do que devo ter medo?

— De conseguir o que quer.

Ela pegou um táxi do Marriott até o New York Palace, as árvores no pátio cobertas de fios de luz. Sou como uma prostituta, indo de um hotel ao outro, ela pensou ao entrar no saguão com sua suntuosa escadaria ornamentada. Eles deviam fazer com que prostitutas avaliassem hotéis, refletiu, sorrindo consigo mesma. Elas passam mais tempo neles do que qualquer um.

Caminhou direto até o elevador e subiu ao quadragésimo segundo andar. Quando ela bateu na porta, David Estes a abriu. Ele tirara o paletó e a gravata e segurava uma taça de vinho tinto.

— Tem razão — disse ela, entrando e tirando o blazer. — Dá para ver o Rockefeller Center.

— O que quer beber? — perguntou ele.

— Eles têm tequila naquelas garrafinhas no frigobar?

— Deixa eu ver. Voltou com uma minigarrafa de Jose Cuervo e um copo. — Quer gelo?

Ela fez uma careta.

— Cuervo. Achei que num lugar chique desses eles teriam algo mais interessante. Saúde — disse ela, abrindo a tampa e bebendo direto da garrafa.

— Saúde — disse ele, tomando um gole e pousando sua taça de vinho.

Passou os braços em torno dela. Puxando-a para perto, beijou-a com força, as mãos deslizando até suas nádegas e colando seu corpo contra o dele. Ela retribuiu o beijo, depois o empurrou para longe.

— É sobre isso que você quer conversar? Talvez seja melhor colocar o dinheiro na cômoda primeiro — disse ela.

— Você sabe que não quis dar essa impressão. Não consigo parar de pensar em você. Meu casamento terminou por sua causa. O que quer que você seja para mim, acredite, não é uma prostituta.

Ela se sentou no sofá. De onde estava, podia ver os altos prédios comerciais, com algumas das janelas ainda acesas à noite, embora já fosse tarde.

— Olha, David, eu me sinto atraída por você. Quero transar com você. Talvez gostaria de ter ainda mais que isso. Mas não somos apenas pessoas, somos colegas de trabalho numa profissão onde todos à nossa volta são espiões. Não é como se a gente fosse capaz de manter isso em segredo. Então, o que você está propondo?

Ele se sentou na cadeira em frente a ela e se inclinou na sua direção, as mãos nos joelhos.

— Não sei bem. Quero você. E não é só sexo. Não sei onde isso está indo. Você sabe?

— Sei. E não tem um final feliz. Não para mim. Nem para você. Não vai dar certo. Não sou o tipo dona de casa. Confie em mim, você não iria gostar. Sou uma agente de campo da CIA com muitas perguntas sem respostas. Está na hora de esclarecermos as coisas, você e eu.

Ele respirou profundamente e recostou em seu assento.

— Talvez seja melhor eu beber mais alguma coisa — disse.

— Nós dois — disse ela.

Ele se levantou, foi até o frigobar e voltou com minigarrafas de Grey Goose. Serviu dois copos com gelo e lhe ofereceu um.

— A que brindamos? — perguntou ele.

— À verdade.

— Bem, eu fiz mestrado em Harvard. *Veritas* — disse ele, e os dois beberam. — Vamos lá.

— Antes de falarmos de nós dois, preciso dizer que há muita merda acontecendo, não sei nem por onde começar. Começando com Beirute.

— Beirute. — Ele balançou a cabeça. — O que tem?

— Você é um homem inteligente, David. Tanto quanto Saul você não acreditou na baboseira do Fielding, e mesmo assim me exilou do NCS. O que foi isso? E depois eu descubro material editado nos nossos arquivos vindos da Estação de Beirute e de Damasco. E ainda, para piorar as coisas, Fielding tinha onze números de telefone, três dos quais tiveram meses de ligações apagados dos arquivos da NSA. E sabe quando eles foram apagados?

— Foi mais ou menos na época em que você voltou de Beirute?

Ela olhou para ele severamente.

— Como você sabia?

— Não sabia — respondeu, olhando nos olhos dela. — Mas suspeitava de alguma coisa. Isso é grave. Muito grave.

— Por quê? Quem poderia ter feito algo assim?

— Não é só quem. A pergunta mais importante é por quê?

— Você acredita em mim? — sussurrou ela, pousando a mão sobre o joelho dele.

— Sim — disse ele, colocando sua mão sobre a dela. — Merda.

Ele fez uma careta e desviou o olhar.

— Quem é?

— Não sei. Mas Fielding e o diretor dele, Bill Walden, têm um passado longo.

— Foi melhor me repreender. É isso?

— Mas manter você no jogo. Saul acredita em você, Carrie. Comigo foi mais complicado.

— Porque você sente atração por mim?

Ele desviou o olhar. Por um momento, nenhum dos dois falou. Ficaram sentados ali, com a vista do horizonte entre eles.

— Há mais uma coisa — disse ela.

— O quê?

— Dima. Ela era de Fielding originalmente, mas eu lidava com ela.

— O que tem ela?

— Vamos esquecer a anomalia de sunitas contra xiitas, Al-Qaeda versus Hezbollah, dois grupos que normalmente nunca se juntariam. Vamos esquecer dos sírios e dos iranianos, e de tudo o que aconteceu depois de Abbasiyah, porque nada disso faz qualquer sentido. Mesmo colocando isso de lado, eu a conhecia melhor do que Fielding. Já estive com ela quando ela estava tão bêbada que mal conseguia ficar de pé. Ela era divertida e sexy, mas como qualquer outra mulher no mundo, sabia que tinha uma data de validade. Ela estava desesperada, entende? Desesperada por um homem. Se algum dia ela conseguisse pôr as mãos em alguém rico o bastante, e pelo menos não fisicamente repulsivo a ponto de lhe dar náuseas, ela me disse que chuparia seu cérebro pelo pênis. Então, você me diz. O que a tornaria uma *jihadi* fanática? Esse cálculo não fecha.

— Não, não fecha — disse ele, concordando. — Você quer voltar a Beirute?

— Tenho que voltar — disse ela. — É lá que as respostas estão.

— E quanto a nós dois?

— É impossível. Nós somos impossíveis. Um de nós teria que largar a Agência. Eu não vou fazer isso e — ela pegou a mão dele — você não deveria, David.

— Você também não deveria — disse ele, fazendo uma careta.

— Então aqui estamos. Dois órfãos na tempestade.

— Você não destruiu meu casamento, Carrie. Fui eu. Foi o trabalho. Fui eu.

— *Veritas* — disse ela, bebendo.

— Então aqui estamos. — Ele olhou em torno do quarto. — Belo aposento.

— Perfeito para trair esposas e maridos — disse ela, concordando com a cabeça.

— Não foi só sexo, sabe? Não para mim. Fiquei lisonjeado que uma mulher jovem e bonita como você me achasse... — Ele hesitou. — Me senti vivo pela primeira vez em anos. Uma coisa incrível, não é?

— Eu também.

Ela foi até ele, se acomodou no seu colo e o beijou.

CAPÍTULO 18

Verdun, Beirute, Líbano

— Eu sabia que você ia voltar. Não duvidei nem por um segundo. Espere um minuto — disse Virgil, desativando o alarme de segurança.

Ele inseriu sua chave universal Peterson na fechadura, deu uns tapinhas e destrancou a porta. Ele a entreabriu, inspecionou o lugar à procura de outros alarmes e, segurando um escâner portátil à sua frente como uma vela, entrou no apartamento.

Estavam no décimo quarto andar de um arranha-céu na Leonardo da Vinci, na área moderna de Beirute chamada Verdun. O apartamento pertencia a Rana Saadi, uma atriz e modelo libanesa conhecida no Oriente Médio por seu papel em um filme sobre a vida amorosa de mulheres que trabalhavam num salão de beleza em Beirute. Fielding telefonava para o seu celular ao menos duas vezes por semana, de acordo com as interceptações contidas no pen drive que Jimbo dera a Carrie. No entanto, nunca iam juntos a parte alguma, embora, segundo Virgil, aparecessem às vezes no mesmo evento ou na mesma festa.

Ela seguiu Virgil para dentro do apartamento. Levando o dedo aos lábios, ele começou a procurar câmeras escondidas e grampos usando o escâner, estudando as luminárias e os telefones fixos, e removendo a proteção plástica das tomadas. Enquanto ele verificava os cômodos, Carrie, com as mãos cobertas por luvas de látex, checava as gavetas e a escrivaninha do quarto, vasculhando entre lingerie de marcas caras, e, no armário, roupas e sapatos, tomando o cuidado de colocar cada coisa que tocava de volta exatamente no mesmo lugar.

— Está limpo. Mas não fale — disse Virgil, apenas mexendo os lábios.

Ela concordou. Tateou com a ponta dos dedos a prateleira superior do armário e encontrou um álbum de fotos. Memorizando sua posição exata, ela o levantou cuidadosamente e o trouxe para baixo. Sentou-se no chão e o abriu, enquanto Virgil percorria o apartamento instalando dispositivos de escuta eletrônicos e câmeras escondidas. Cada cômodo tinha de ter cobertura de todos os ângulos. Ela examinou o álbum de fotos. A maior parte eram fotografias de Rana ao longo da sua carreira, começando como modelo adolescente e indo até seus papéis na TV e em filmes. No álbum, as fotos iam da adolescente magricela e desajeitada com longos cabelos castanhos e posando com um cachorrinho, até o mulherão sexy de cabelos negros usando um vestido decotado na capa da revista *Spécial* e em fotografias promocionais dos seus filmes.

E então uma foto fez Carrie congelar.

Rana posava para um anúncio da Aishti, uma luxuosa cadeia de roupas femininas. Ela estava com duas outras modelos. Todas as três estilosas e magras. Uma delas era Dima. Não havia crédito na parte da frente da fotografia, mas era uma impressão de estúdio, e a foto estava colada na página. Ela separou cuidadosamente a borda da foto do papel e levantou-a para olhar o verso. Um nome havia sido carimbado ali: François Abou Murad, rua Gouraud. Ela sabia onde ficava, no setor Gemmayzeh do distrito Ashrafieh. Colou a ponta de volta e fotografou com o celular.

Então Dima e Rana se conheciam. Estariam trabalhando juntas? Ela percorreu precipitadamente o restante do álbum, porém mais nada chamou sua atenção. Devolveu-o à prateleira do armário na mesma posição e começou a vasculhar os bolsos de todas as roupas que estavam penduradas. Foi perto do fim, no bolso de um casaco de veludo curto, que ela encontrou um celular. Pegou-o e mostrou a Virgil.

Ele fez que sim com a cabeça e executou uma "varredura", uma tecnologia da NSA que permitia que ele invadisse o celular de alguém apenas ficando a alguns metros usando outro aparelho propriamente configurado. O celular de Rana estava agora "escravizado". Via satélite, Virgil podia rastrear sua localização e ouvir todas as ligações. Ele tocou a tela e verificou o número. Ele e Carrie se entreolharam. Aquele não era o telefone para o qual Fielding ligava, e, visto que Rana não estava ali, não era o que ela levava com ela. Então, qual era a finalidade dele?, Carrie se perguntou.

Virgil olhou para o relógio. Estavam ali há quase quarenta minutos. Não havia muito tempo. Carrie devolveu o telefone ao bolso do casaco, foi até uma mesa que Rana parecia usar como escrivaninha na área de jantar, e começou a vasculhar as gavetas. Foi enquanto olhava o talão de cheques e as contas de Rana que recebeu uma mensagem de texto do terceiro membro da equipe, Ziad Atawi. Membro do Les Forces Libanaises, uma milícia cristã maronita associada ao Grupo 14 de Março, Ziad fora um dos antigos contatos de Carrie em Beirute. Ela formava agora uma equipe com ele e Virgil sem o conhecimento de mais ninguém na Estação de Beirute da CIA, sobretudo de Fielding.

A mensagem dizia: "saindo do bobs". O Bob's Easy Diner era uma lanchonete armênia na rua Sassine, a poucos quarteirões dali. Aquilo significava que Rana estava deixando o restaurante e poderia voltar para casa a qualquer instante. Ela foi até Virgil e lhe mostrou a mensagem. Ele assentiu. Tinham que ir embora.

Saíram do apartamento. Virgil reativou com cuidado o alarme e trancou a porta. Alguns minutos depois, os dois se separaram numa avenida lotada. Ele estava voltando a Iroquois, o novo esconderijo na Independence, perto do cemitério muçulmano, para monitorar Rana de lá. Carrie pegou um táxi até Corniche, um passeio público cercado de palmeiras à beira-mar, para se encontrar com Julia/Fatima. Ao sair do táxi, cobriu o cabelo com um *hijab*.

Avistou Fatima esperando por ela com sua *abaya* e seu véu pretos junto do hotel Mövenpick, perto de onde os turistas se reuniam para tirar fotos de ondas se quebrando contra as rochas, que se projetavam para fora da água.

— Queridíssima amiga, *afdal sadeeqa*, pétalas de uma camomila resfriada pela noite — disse Carrie em árabe, pegando a mão de Fatima entre as suas.

— Ibn 'Arabi. Você está citando Ibn 'Arabi — falou Fatima, os olhos brilhando.

— Ela é a cura, é a doença — disseram as duas, recitando o famoso refrão do poema.

— Senti sua falta. Peço mil desculpas — disse Carrie.

— Achei que você não fosse voltar nunca mais.

— Eu sempre soube que iria voltar. E preciso lhe dizer: o que você me contou salvou vidas. Muitas vidas. Pouco importa o que outras pessoas disserem, o que você fez foi maravilhoso.

De mãos dadas como duas jovens estudantes, elas caminharam lado a lado pelo passeio público, a brisa que vinha da água fazendo farfalhar as palmeiras e o sol brilhando sobre o mar.

— Foi mesmo? Eles acreditam em mim, agora?

— Para eles você é ouro maciço. Então... — Carrie hesitou. — Como vão as coisas?

— Nada bem — respondeu Fatima. — Às vezes acho que ele quer me matar. Tem dias em que acho que é melhor ser um cachorro que uma mulher.

— Não, *habibi*. Não diga isso. Como posso ajudá-la?

Fatima parou de andar e a encarou; apenas seus olhos não estavam escondidos pelo véu.

— Quero ir para os Estados Unidos e conseguir um divórcio. É isso que eu quero.

— *Inshallah*, vou fazer tudo o que puder. Eu juro.

— Não jure, Carrie. Se você disser que vai ser feito, então eu sei que vai. Como eles deixaram você voltar?

— Por sua causa — disse Carrie, apertando a mão de Fatima. — De verdade.

— Então fico feliz de ter feito aquilo.

Elas caminharam pela Corniche, parando num quiosque para comprar sorvetes de casquinha, que tomaram enquanto caminhavam.

— Alguma coisa nova? — perguntou Carrie.

Fatima parou e aproximou sua cabeça da de Carrie.

— Algo vai acontecer no sul. No lado israelense da fronteira — disse ela.

— Um incidente terrorista?

A mulher balançou a cabeça.

— Mais que um incidente. Uma provocação. — Ela olhou em volta de novo. — Eles acham que estão prontos para a guerra. Em breve.

— Onde vai ser?

— Não sei bem. Mas Abbas está sendo enviado a uma cidade libanesa no sul perto da fronteira, Bint Jbeil. Só subterrâneo, a cidade inteira é uma fortaleza. Uma armadilha para os sionistas. É tudo o que sei.

— Bom. Há mais uma coisa — disse Carrie, pegando seu iPhone. — Quero que você dê uma olhada nisso.

Elas passaram por cima do quebra-mar. Carrie mostrou a foto do passaporte de Dima.

— Você a conhece? Já a viu?

Fatima balançou a cabeça. Carrie fechou a foto de Dima e mostrou a de Rana.

— E ela?

— É Rana Saadi. Todo mundo conhece ela — disse Fatima.

— Você já a encontrou? Abbas já falou sobre ela?

Ela balançou a cabeça outra vez.

— Não posso ajudar. Sinto muito — disse.

— Não tem problema. Fico muito feliz de ver você — falou Carrie.

Fatima olhou-a severamente.

— Você não vai esquecer?

— Não vou esquecer — disse Carrie.

Ela subiu as escadas até o estúdio na rua Gouraud. Ele ficava no segundo andar de um prédio da era colonial. Por trás da porta de vidro, uma recepcionista jovem e muito bonita estava sentada atrás de uma mesa ultramoderna e elegante numa minúscula área de recepção.

— *Bonjour*. Você tem hora marcada? — perguntou a bela recepcionista.

— Telefonei mais cedo. Sou da Al-Jadeed, o canal de TV — disse Carrie, entregando a ela seu cartão de visita com a logo da emissora que ela mandara fazer na véspera.

— Estou lembrada. François... quer dizer, *Monsieur* Abou Murad está no estúdio. Vou avisar a ele que você está aqui.

Carrie olhou as fotografias expostas nas paredes. Ensaios de moda e capas de revistas, incluindo uma série de modelos de costas vestindo apenas a parte de baixo de biquínis listrados. Depois de fazê-la esperar quinze minutos para que ela soubesse o quão importante e ocupado ele era, Abou Murad apareceu e se desculpou, acompanhando-a até seu estúdio.

— Achei que você fosse trazer uma equipe — disse ele enquanto entravam num espaço com telas, panos e luzes, janelas altas que revelavam antigos prédios de estilo colonial do outro lado da rua.

Ele era inacreditavelmente pequeno. Não chegava a ser anão, mas tinha menos de um metro e meio de altura. Tinha o cabelo comprido, como um roqueiro de décadas passadas.

— Sempre fazemos uma visita preliminar antes. Economiza tempo — disse ela.

Eles se sentaram em cadeiras com encostos altos. Havia copos e garrafas de água numa mesinha entre os dois.

— Tive uma carreira incrível.

— Estou vendo. Gosta de mulheres?

— Muito.

Murad deu um sorriso malicioso e olhou abertamente para os seios dela.

— E elas também gostam de mim.

— Pelo menos as baixinhas... ou talvez só as que você publica em revistas — disse Carrie, colocando na mesinha seu laptop com o anúncio da Aishti na tela, a fotografia de Rana, Dima e uma terceira modelo.

— O que é isso? — disse ele severamente.

— Você conhece essas mulheres? Rana e Dima? Quem é a terceira?

— Marielle Hilal. Uma aspirante a modelo — respondeu ele, balançando a cabeça.

— Por que só aspirante? Ela é bonita o suficiente.

— Ela não é *taneek* — disse ele, usando deliberadamente o *neek*, o termo árabe vulgar para sexo. — Não se consegue muito trabalho assim.

Ele deu de ombros.

— E as outras?

— Rana, é claro. Fiz trinta e duas capas com ela. Fotos de publicidade também. Claro que a conheço. Melhor do que sua própria mãe.

— E Dima? — Ela apontou para Dima na tela. — Você a conhecia, não é? E não me diga que não foi para a cama com ela. Eu também a conhecia... e quando a questão era se destacar, ela não era muito exigente.

— Dima Hamdan. O que tem ela?

— Você tirou essa foto?

— Você sabe que sim — disse ele, olhando para Carrie como se ela tivesse adquirido uma segunda cabeça, muito feia. — O que você quer?

— Ela e Rana eram próximas?

— Elas se conhecem. O que você quer dizer com "eram"? O que aconteceu?

— Ela está morta — disse Carrie.

— Quem diabo é você? Não é da polícia. É da Sûreté Générale? — Murad se levantou, embora não fosse mais alto de pé do que Carrie era sentada. — É melhor você ir embora, *mademoiselle*.

— Se eu for embora, você vai receber visitas de quem vai gostar muito menos — disse Carrie, abrindo a bolsa e colocando a mão lá dentro. — Melhor acabar logo com isso.

Nenhum dos dois falou ou se moveu. Carrie podia ver partículas de poeira na luz que vinha das janelas. O silêncio era profundo o bastante para que ela ouvisse a poeira pousando nos objetos.

— Como uma visita ao dentista.

— Essas costumam ser para o seu próprio bem — respondeu ela.

Murad olhou sua mão dentro da bolsa e voltou a se sentar.

— Está me ameaçando? — perguntou ele.

— Não preciso. Você é libanês. Com certeza entende o que pode acontecer aqui.

A insinuação era óbvia. A política libanesa era volátil e perigosa. Estar no lugar errado na hora errada podia ser a causa da morte de alguém.

— O que você quer? — perguntou ele, franzindo a testa.

— Conte-me sobre Dima e Rana. Elas eram muito próximas?

— Elas se conheciam. Você está me perguntando se iam para a cama juntas?

Aquilo era novidade, pensou Carrie. Dima gostava de homens.

— Iam?

— Por um tempinho. Para se divertir. Ambas gostavam mais de homens. Elas se conheciam desde antes de Beirute.

— É mesmo? — disse Carrie, o coração disparando.

O fato de que Dima não vinha de Beirute nunca havia sido mencionado na ficha 201 que Fielding dera a Carrie logo que ela assumira seu cargo enquanto agente de campo de Dima.

— De onde elas são?

— As duas são do norte. Dima era de Halba, no distrito de Akkar; Rana é de Trípoli. Ela diz que cresceu vendo a Torre do Relógio — disse ele.

Os dois locais eram áreas muçulmanas sunitas, não cristãs, ela pensou. Então o que diabo Dima estava fazendo com Rouxinol, que era sírio alauíta? Ela era supostamente uma cristã maronita do Grupo 14 de

Março, mas ainda não fazia sentido, mesmo que estivesse mentindo sobre isso e fosse na verdade muçulmana sunita. Os alauítas, assim como o Hezbollah, eram grupos xiitas. De qualquer forma, fosse ela cristã ou muçulmana sunita, teria visto Rouxinol como um inimigo. No Líbano, atravessar fronteiras religiosas era tão seguro quanto atravessar uma autoestrada na Califórnia de olhos vendados.

— Essas são áreas sunitas — disse ela cuidadosamente.

O homenzinho concordou.

— O que você está dizendo? Que Dima e Rana eram sunitas?

— Eu? Eu não digo nada. — Ele deu de ombros. — Eu tiro fotos de mulheres. Mulheres lindas. *C'est tout*.

— Elas nunca falavam sobre isso?

— Não comigo. Não — disse ele, tirando um maço vermelho-vivo de Gauloises Blondes do bolso e acendendo um.

— Mas você suspeitava de que elas fossem sunitas. Você sabia que Dima estava envolvida com o 14 de Março?

Ele deu de ombros.

— Eu não falava sobre política com elas. Só moda, fotografia e — ele tirou um pedacinho de tabaco da ponta da língua — *enculer*.

O termo francês para trepar.

— Dima sumiu do mapa mais de um mês atrás. Aonde ela foi?

— Você que é da Sûreté ou da CIA ou sei lá de onde você é. Responda você.

— Você não tem ideia?

— *La adri* — disse ele, e deu de ombros. *Não tenho ideia.* — Pergunte a Rana. Talvez ela saiba.

— Conte-me sobre Rana. Ela é afiliada a algum grupo?

— Não sei. Não lhe diria se soubesse — disse ele, abrindo um sorriso malicioso.

— Acredite em mim, se eu quiser, posso fazer com que você me diga.

Carrie se inclinou para a frente, arrancou o cigarro aceso dos seus lábios e apagou-o com força contra a bochecha dele.

— Aaaaaaaiii! — ele urrou, pulando para longe. — Sua piranha louca! — gritou em árabe.

Murad virou um pouco de água da garrafa na mão e esfregou-a na bochecha queimada. A recepcionista entrou correndo e olhou para os dois.

— Diga a ela para ir embora. E não fazer nenhuma besteira.

— *C'est* ok, Yasmine. Pode voltar para a recepção. De verdade — falou ele para a garota, que esperou um instante e depois saiu.

— Piranha! Não faça mais isso — disse ele, estremecendo ao tocar a marca de queimadura em seu rosto com o dedo.

— Não me obrigue a fazê-lo — devolveu Carrie. — Rana é afiliada a algum grupo?

— Não sei. Pergunte a ela — respondeu ele, emburrado.

— Ela está saindo com alguém?

Ele hesitou.

— Você está investigando a morte de Dima? É disso que se trata?

Carrie fez que sim. Ele olhou pela janela, depois para ela outra vez.

— Não acredito que ela esteja morta. Gostava dela.

— Eu também.

— *La pauvre* — disse ele, e franziu o cenho. *Coitadinha.* — Dima tinha um namorado novo. Nunca o vi. Ele era de Dubai — afirmou, esfregando o polegar contra os outros dedos naquele gesto universal para dinheiro. — Achei que ela tinha ido para lá, porque você tem razão, ninguém a viu durante semanas. Pobre Dima.

— E Rana também tem um namorado?

Ele fez que sim.

— Um americano. Deve ter grana. — Abriu outro sorriso malicioso. — Rana é um bem de alto custo.

— Você sabe quem ele é?

— Por que está perguntando isso para mim? Você deveria saber. Ele é da CIA — disse Murad.

Carrie ficou completamente chocada. Toda a missão em Beirute havia sido revelada.

CAPÍTULO 19

Halba, Líbano

O lugar era um prédio de pedra antiquado num morro com vista para a cidade de Bebnine e o mar. Perguntando no *salon tagmil*, o cabeleireiro local, o único lugar no Oriente Médio onde ser mulher era uma vantagem porque se podia descobrir tudo sobre todo mundo, Carrie ficou sabendo que os pais de Dima estavam mortos. Mas encontrou um tio da família Hamdan e logo estava sentada numa sala de estar com uma senhora, Khala Majida, tia Majida, bebendo chá gelado no estilo libanês, feito com água de rosas e pinoles. Estavam sentadas em um sofá de frente para a varanda, com as portas duplas abertas ao sol. Carrie, de calça jeans e casaco, usava seu *hijab*. Disse a tia Majida que era uma amiga americana de Dima. Não lhe contou que Dima estava morta; o FBI ainda estava escondendo da mídia a identidade dos terroristas.

— Ela disse a você que o pai dela, Hamid Ali Hamdan, fazia parte do Al-Murabitun? — perguntou a tia em árabe.

— Ela me disse — mentiu Carrie.

O Murabitun fora a mais poderosa das milícias sunitas durante a longa guerra civil libanesa. Nada disso estava na ficha de Dima e ela nunca revelara isso a Carrie ou a ninguém.

— Ele lutou ao lado de Ibrahim Kulaylat. Os israelenses o mataram em 1982, a Alá nós pertencemos, e que aqueles filhos de símios e porcos apodreçam no inferno. Dima era um bebê. Foi difícil para ela, uma menina sem pai.

— Claro — murmurou Carrie, olhando em volta.

Parecia inconcebível que Dima, a vadiazinha sofisticada, a garota que conhecia todas as pessoas importantes no norte cristão de Beirute, viesse daquele universo muçulmano sunita tão conservador.

— E nenhum dinheiro. E aí a mãe dela teve câncer.

A tia balançou a cabeça.

— Como Dima sobreviveu?

— Com a ajuda da avó. E minha. Nós ajudamos, mas aí ela foi para Beirute e não a vimos depois disso.

— Como ela conseguiu sair de Halba?

— Sabe a atriz famosa, Rana? A que está na televisão?

— Rana Saadi? — disse Carrie, sua mente a mil.

Não era só a foto da revista!

— Ela mesma. O pai de Rana e o pobre Hamid Ali, a Alá nós pertencemos, eram amigos no Al-Murabitun. Rana veio de Trípoli e levou-a a Beirute. Iam virar modelos lá. Eu disse a ela que não fosse. Há muitos cristãos e infiéis em Beirute. Muito disso é *haram*, eu disse a ela. Mas ela falou: "Minha aparência é a única coisa que tenho, Khala. É a minha única oportunidade. E vou estar com a filha do amigo do meu pai."

— Por que Rana quis levá-la?

— *Ikram*. Uma dívida de honra. Hamid Ali salvara a vida do pai de Rana durante a guerra civil.

— *Min fathleki*, me desculpe, eu entendo que o pai dela, a Alá nós pertencemos, era um herói, mas Dima não me parecia muito envolvida com política... ou muito religiosa. Não digo que ela não era uma boa garota muçulmana, mas você entende o que quero dizer — falou Carrie.

A tia olhou-a com severidade.

— Ela sabia quem seu pai era e quem ela era, *alhamdulillah* — disse tia Majida. *Graças a Deus.*

— É claro, *Allahu akbar* — murmurou Carrie. *Deus é grande.*

— *Allahu akbar* — disse a tia rispidamente.

Então Dima era uma muçulmana sunita que havia se afastado bastante de suas raízes, pensou Carrie quando voltava a Beirute no Peugeot de Virgil. Ela seguia em direção ao sul pela estrada costeira. À sua esquerda havia campos e conjuntos de casas, e à sua direita, além das casas, o mar.

Bem, ela não é a única. Um argumento que Saul usara quando falou com ela num celular codificado na noite anterior.

— A Estação de Beirute foi descoberta. Aquele lugar está uma bagunça.

— Quão grave está a situação? — perguntou Saul, a voz meio tremida por causa da encriptação.

— Olha, se um fotógrafo de moda em Gemmayzeh sabe que Fielding é da CIA, todo mundo sabe. É grave assim.

— E Dima?

— Ela vem de Halba. Esse pedacinho de informação não estava na ficha 201 dela.

Saul entendeu imediatamente. Ela adorava isso nele.

— É possível que ela seja sunita? — perguntou ele.

— Estou verificando. Isso não nos ajuda muito a entender como a situação em Nova York aconteceu. Uma operação sunita organizada pelos xiitas? E segundo Fielding, Dima supostamente fazia parte do Grupo 14 de Março, que é cristão. Não faz sentido. Não no Líbano.

— Há outra coisa acontecendo. Não estamos vendo — disse ele. — E quanto a essa outra mulher, Rana?

— Ela é do norte também. Trípoli. Também é sunita, provavelmente. Ela e Dima se conheciam. Os pais delas também. Interessante, né?

— O que isso diz a você? — perguntou ele.

— Que talvez Rana esteja envolvida.

— Obviamente. O que mais?

— Elas eram de fora. As duas.

— Não somos todos de fora? — disse ele, lembrando-a da conversa que haviam tido logo antes de sua partida.

Saul a levara de carro do seu apartamento em Reston até o aeroporto Dulles International, a uma pequena distância dali, para o voo a Beirute.

— Fique longe da Estação de Beirute, sobretudo de Fielding — ele a alertara. — Senão você nunca vai descobrir o que está acontecendo.

— E se a gente se esbarrar? Beirute é uma cidade pequena, às vezes.

— Diga a ele que você está numa operação de Acesso Especial.

Eram as operações de mais alto nível da CIA, que só podiam ser autorizadas diretamente pelo diretor da Agência e só funcionavam com informações fundamentais, incluindo para aqueles com as mais altas credenciações de segurança, até mesmo chefes de estação.

— Se ele criar confusão, encaminhe-o a mim ou a David. Lembre-se: ninguém da Estação de Beirute deve nem ao menos saber que você está no Líbano.

— A não ser Virgil.

— Ninguém mais. Você também não pode pedir ajuda a Langley. Está por sua própria conta.

— História da minha vida — disse ela.

Dizendo isso, lembrou-se da casinha branca na avenida Farragut em Kensington, e de como nenhum dos vizinhos falava com eles depois que seu pai trouxera um trailer imenso e o estacionara na entrada da garagem, e quando os vizinhos perguntaram aonde ele ia, seu pai dissera que aquilo era para levar a família para os Grandes Lagos e assistir ao milagre. E lembrou-se de como ela e Maggie não tinham amigos porque era inimaginável que alguém fosse brincar na casa delas e elas também não podiam ir para a casa das outras crianças porque seu pai poderia telefonar. A mãe não ajudava em nada e a irmã, Maggie, só queria ir embora. A casa delas era uma casa de silêncio, onde cada um se escondia do outro como se a loucura fosse contagiosa feito uma gripe.

— Às vezes acho que você prefere estar sozinha — disse Saul.

— Sempre fui uma forasteira.

— Todos nós. Essa é uma profissão para forasteiros — disse ele.

— Você também?

— Está brincando? Você consegue imaginar pelo menos um pouco do que foi crescer como a única criança judia ortodoxa na minúscula cidade de Calliope, só de brancos, em Indiana? Nos anos 1950 e no início dos 1960? Meus pais eram sobreviventes do holocausto. Isso os tornou ultraortodoxos. Eles se agarravam a Deus como se fosse a beirada de um barranco. Meu pai era dono da farmácia da cidade. Mas não havia ninguém como nós naquele lugar. Éramos como marcianos.

"Eu não podia participar de nenhum espetáculo de Natal na escola. De qualquer coisa ligeiramente pagã ou com qualquer característica do que eles consideravam idolatria. Tive que brigar com meus pais só para dizer o Juramento à Bandeira porque havia uma águia de metal no topo do mastro. Eu não podia nem jogar beisebol mirim, embora adorasse o esporte, porque os jogos começavam com uma oração que mencionava Jesus. Somos todos forasteiros, Carrie. Nós estamos nessa profissão porque é a única que nos deixaria entrar.

Ela estava dirigindo em direção ao Sul, se aproximando de Byblos, a cidade que dera origem à palavra "bíblia", quando recebeu o telefonema de Virgil. À frente, era possível ver a cidade antiga de Byblos, amontoada ao longo da costa mediterrânea, casas brancas agrupadas nos morros, igrejas e uma mesquita.

— Demos sorte — falou Virgil.

— Estou ouvindo.

— Ela fez um telefonema com aquele celular, a nossa pequena atriz. Rastreei para quem foi a ligação com a base de dados da No Such. Seu amigo Jimbo. Você coleciona mesmo admiradores, Docinho.

Virgil chamava a NSA de "No Such" porque durante muito tempo a piada em Washington fora que o acrônimo da supersecreta Agência Nacional de Segurança, a NSA, significava "No Such Agency": Agência Nenhuma. "Docinho", seu nome sarcástico para ela, era uma referência à música "Sweet Caroline", de Neil Diamond.

— Pare de besteira. Quem era?

— Um velho amigo seu. Um certo passarinho que canta...

Ah, meu Deus! Rouxinol, ela pensou com animação. Taha al-Douni. Aquilo fechava o círculo: Dima — Rouxinol — Rana. E não se esqueça da terceira mulher da foto, lembrou a si mesma. Marielle.

— O que eles disseram?

— Conto para você hoje à noite. No lugar habitual? Vinte e quinze?

Aquilo significava que ele não queria conversar sobre o assunto por celular. O lugar habitual era o jardim circular Khalil Gibran, em frente à casa das Nações Unidas no distrito Hamra. Subtraindo quarenta e cinco minutos de 2015 queria dizer que deviam se encontrar às 1930. Sete e meia da noite.

— Está bem, tchau.

— *Ma'al salaama* — disse ele em tom zombeteiro, e desligou.

Dirigindo ao longo da costa, o sol brilhando sobre o mar, ela nunca se sentira melhor, era quase como se deslizasse no ar sem se mover, como um falcão. Embora ainda não enxergasse todas as peças do quebra-cabeça, ela podia sentir que estavam se encaixando. Tudo estava perfeito. Uma sensação de bem-estar a envolveu, como se ela entrasse numa banheira quente. Estava se aproximando do que acontecera e de quem estava por trás daquilo. Estavam apenas fora de vista, atrás de uma cortina que se erguia por trás de Beirute feito as montanhas. Tudo estava se encaixando. Era como sexo naquele momento em que começa a acontecer e você ainda não chegou lá, mas pode sentir a coisa vindo, e vai ficando cada vez melhor.

Ela passou por campos agrícolas na estrada costeira que dividia a antiga cidade de Byblos das partes mais modernas, pensando que talvez pudesse tirar um tempinho de folga. Fazer um pouco de turismo. Ver o castelo dos templários, as ruínas romanas ou talvez parar em um dos hotéis à beira-mar. Não seria agradável? Ir à praia, deixar que seus pés descalços sentissem a areia. Sentar num quiosque, pedir uma margarita ao garçom e assistir enquanto os pássaros marinhos voavam e mergulhavam em direção à água ao avistarem um peixe e...

Preste atenção!, pensou ela, aprumando-se em seu assento e se concentrando na estrada. Quando fora a última vez que tomara seu remédio? Estava mesmo se sentindo daquele jeito ou seria um dos seus "voos" se aproximando?

Merda!

Concentre-se, Carrie. É o transtorno bipolar que está pensando, não você, disse a si mesma. Pense. Rana, que era ao mesmo tempo namorada de Fielding e amiga de Dima, havia ligado para Rouxinol. Era como fechar um circuito elétrico. Ela precisava estar atenta agora. Não podia divagar. Aquela besteira a respeito da praia. É a falta de clozapina falando. Estava na hora de comprar mais na farmácia da rua Nakhle. Precisava voltar a Beirute antes que ela fechasse. Precisava dos seus remédios. E tinha que prestar atenção. Da última vez em que lidara com Rouxinol ele quase a raptara ou matara. Não era alguém que ela poderia encarar se não estivesse com a cabeça no lugar.

E havia também a terceira mulher da fotografia. Outro mistério. Ela olhou para o relógio.

Se pisasse no acelerador agora, teria tempo de voltar a Beirute, passar na farmácia da rua Nakhle, e depois encontrar Virgil. E achar Marielle Hilal, a terceira mulher da foto. Balançou a cabeça como que para esvaziá-la e, ultrapassando um carro que avançava devagar, pisou com força no acelerador.

CAPÍTULO 20

Karantina, Beirute, Líbano

Já era tarde; a farmácia estava quase fechando quando Carrie chegou, as vitrines ao longo da rua brilhando na noite com luz neon. Ela entregou a receita antiga ao farmacêutico, um libanês calvo de meia-idade com uma franja de cabelo branco. O homem mal olhou a receita.

— Está fora da validade, senhorita.

— Aqui está a nova — disse ela, colocando duas notas de cem dólares no balcão. O farmacêutico olhou para o dinheiro, mas não pegou. — *Min fathleki* — acrescentou Carrie. *Por favor.* Ela não tinha que fingir desespero na voz; ele já estava lá.

O homem deu uma olhada para a porta, e em seguida enfiou o dinheiro no bolso. Foi para os fundos da loja e, enquanto esperava, Carrie pensou no que Virgil havia falado. Rana iria encontrar Rouxinol no dia seguinte em Baalbek, a cidade com as famosas ruínas romanas no Vale do Bekaa, a cerca de oitenta e cinco quilômetros a nordeste de Beirute. Os três, Carrie, Virgil e Ziad, também estariam lá.

O farmacêutico voltou, segurando dois frascos de comprimidos.

— A senhorita entende como isso é sério?

— Eu sei, *shokran* — disse ela, agradecendo.

— A senhorita deveria ser examinada. Os efeitos colaterais podem ser muito ruins.

— Eu sei. Mas tomo há anos sem problemas — justificou Carrie.

Apenas me dê logo isso, merda, pensou. O coração dela estava batendo a mil por hora; a rua já estava se transformando em um emaranhado de figuras se movendo e, se ela não engolisse um comprimido, não sabia o que faria. Mataria o maldito.

— Sem mais receitas antigas, senhorita. Da próxima vez, não vou aceitar.

— Entendi, *assayid*. Muito obrigada. — O que ele quer, um boquete? Por favor, me dê logo esse remédio, pensou.

— Boa noite, senhorita. — O farmacêutico entregou os comprimidos em uma pequena sacola plástica.

— Tchau — respondeu ela, sem olhar para trás enquanto se dirigia para a porta.

Parou em uma *bakkal*, uma mercearia de bairro, poucas lojas abaixo, no momento em que o vendedor descia as persianas para fechar o estabelecimento, comprou uma garrafa de água e engoliu a pílula. Checou o relógio. Pouco depois das nove. A cidade noturna estava ganhando vida. As ruas estavam entupidas de trânsito e buzinas barulhentas dos motoristas.

A pergunta agora era se ela conseguiria encontrar Marielle Hilal. A terceira mulher.

O endereço que ela pegara com o fotógrafo era na rua Mar Yousef, em Bourj Hammoud, o bairro armênio. O prédio de seis andares em uma rua movimentada ficava a apenas alguns quarteirões do edifício da prefeitura. Havia um restaurante de kebab muito modesto no térreo, com a porta do edifício logo ao lado. Alguém havia esticado uma bandeira armênia, listrada de vermelho, azul e amarelo, na rua. Ela introduziu um cartão de crédito entre a fechadura e o batente para destrancar a porta da frente do edifício.

Ao subir as escadas — não havia elevador —, podia sentir o cheiro de kebabs assados do restaurante. O corredor era escuro e não havia sensor de luz. Encontrou o apartamento e usou a luz do celular para ver o nome escrito à mão, em árabe, em um pedaço de fita adesiva colada no umbral da porta. Não estava escrito "Hilal" ou algo parecido. Escutou por trás da porta. Alguém estava assistindo à televisão. Parecia um programa popular sobre uma bela jornalista no meio de um divórcio. Ela bateu. Ninguém respondeu. Depois de um minuto, bateu novamente e a porta abriu.

Uma mulher magra com cabelos louros com mechas — aparentando ter uns quarenta e tantos anos —, vestida com uma calça jeans e uma camiseta vermelha do Clube B018, abriu a porta.

— *Aiwa*, o que é? — a mulher perguntou em árabe.

— Estou procurando por Marielle — Carrie respondeu.

— Não sei do que você está falando. Não tem nenhuma Marielle aqui.

— Por favor, madame. Sou amiga dela e de Dima Hamdan. Tenho que ver Marielle. É urgente.

— Eu já falei. Não existe essa pessoa aqui.

— Está passando *Kinda*? — Carrie perguntou, falando do programa de TV. — Gosto deste programa.

A mulher fez que sim com a cabeça.

— É bom — respondeu ela, e começou a fechar a porta. — Desculpe, não posso ajudar você.

— Espere! Você pode pelo menos passar uma mensagem para Marielle? A vida dela corre perigo — Carrie pisou na entrada para que a mulher não pudesse fechar a porta.

— Quem quer que você seja, vá embora! Não conheço nenhuma Marielle Hilal! — a mulher disparou.

Carrie olhou para ela. Peguei você, ela pensou, dando graças a Deus por ter conseguido o remédio, ou não perceberia.

— Como você sabia que o sobrenome dela era Hilal? Eu não falei nada.

A mulher ficou paralisada. Ela olhou em volta como se procurasse uma arma.

— Se você não for embora, vou chamar a polícia.

— Vá em frente. — Carrie cruzou os braços. — Você está escondendo algo. Acho que nós duas sabemos que a última coisa que você quer ver é a polícia.

A mulher hesitou, deu um passo para o corredor para ter certeza de que Carrie estava sozinha, depois a deixou entrar. Elas ficaram paradas constrangidas no hall de entrada; após um momento, a mulher a levou até a sala.

— De onde você conhece Marielle? — perguntou a mulher, virando--se para confrontar Carrie.

— Conheço Rana e Dima — respondeu Carrie.

— De onde você conhece Dima?

— Do Le Gray e por intermédio do fotógrafo de moda François Abou Murad... e de outros lugares.

A mulher ficou parada, avaliando.

— Você disse que a vida de Marielle corre perigo. O que quis dizer?

— Você sabe exatamente o que eu quero dizer ou não estaria tentando protegê-la. Preciso falar com Marielle. — Ela decidiu arriscar. — Dima está morta, madame.

A mulher a encarou, em choque.

— Morta? O que você está dizendo?

— Preciso falar com Marielle. É urgente.

— Você é americana? — perguntou ela, examinando Carrie.

— Sim. Meu nome é Carrie. Uma amiga.

— Espere aqui — disse a mulher, e foi até um quarto. Carrie imaginou que estivesse ligando para Marielle. Era confuso. A mulher, ela presumiu que fosse uma parente de Marielle, não parecia armênia, e, olhando em volta, não havia nenhum sinal de uma cruz ou de fotografias do monte Ararat ou nada armênio, então por que ela morava em Bourj Hammoud? Só que, Carrie pensou, todos se conheciam aqui. Eles ficariam sabendo se aparecesse gente de fora. Talvez Marielle morasse aqui por perto por medida de segurança. Na TV, Kinda estava sendo ameaçada por um homem de terno. A mulher voltou.

— Ela vai encontrar você hoje, depois da meia-noite, no B018. Vá sozinha ou ela não vai falar com você. — A mulher franziu a sobrancelha. — Desculpe por toda a precaução.

— Não, ela está certa. Ela pode estar em grande perigo — disse Carrie.

O B018 ficava do bairro Karantina, imprensado entre o rio Beirute no seu estreito canal de concreto e o porto. Em tempos passados, a área era chamada de La Quarantaine e havia sido um campo de refugiados para os sobreviventes do massacre armênio na Turquia durante a Primeira Guerra Mundial. Mais tarde, durante a guerra civil libanesa, foi um acampamento para os palestinos. Agora era uma área industrial da classe trabalhadora que, como um toque de extravagância, abrigava a casa noturna mais exclusiva da cidade.

Do lado de fora, o Clube B018 parecia uma nave espacial de concreto, e descendo a estreita rampa inclinada para a entrada subterrânea, Carrie, que havia ido em casa, trocado de roupa e colocado sapatos de salto alto, ficou pensando se o seu minivestido com comprimento na altura do meio das coxas estava curto o suficiente. Era esse tipo de lugar. Descendo para a área da porta da frente, ela pôde ouvir a música pulsando tão alto que fazia as paredes vibrarem.

Mesmo antes de passar pelos seguranças de mais de um metro e oitenta que ficavam na entrada, um homem de paletó Hugo Boss colocou o braço em volta da cintura dela e perguntou se ela queria um Johnnie Walker Blue Label. Numa boate, uma bebida como aquela poderia custar quinhentos dólares.

— Talvez mais tarde — disse Carrie, se desvencilhando. Depois que os seguranças deram uma examinada nela que durou apenas alguns segundos, mas pareceu mais invasora do que um exame ginecológico, e acenaram para que seguisse, Carrie entrou na boate. O salão principal, um espaço que parecia um hangar com um balcão de bar interminavelmente comprido, estava apinhado de gente, muitas pessoas dançando animadamente ao som da música "Run It", de Chris Brown. Meia dúzia de mulheres lindas em minissaias ultra-apertadas se contorciam ao ritmo da música em cima do balcão, recebendo estrondosos aplausos.

Alguém enfiou um coquetel na mão de Carrie, quase derramando-o, enquanto uma garota belíssima, com sombra dourada nos olhos e batom roxo a abordou:

— Que rosto bonito, *chérie*. Posso beijar você? — Sem esperar por uma resposta, ela beijou Carrie nos lábios, a língua lançando-se para dentro como um pequeno peixe. Tão diferente de beijar um homem, pensou Carrie. Mais macio, uma sensação estranhamente desconcertante e interessante.

— Venha comigo — disse a garota, colocando a mão no seio de Carrie.

— Talvez mais tarde — disse Carrie, frase que já estava se tornando seu novo mantra, e se afastou rapidamente.

Ela abriu caminho em volta da pista de dança e ao longo das paredes, procurando Marielle. Tudo o que tinha como referência era uma fotografia; ela esperava que a mulher não tivesse mudado demais seu corte de cabelo. Um homem agarrou sua mão livre e a beijou.

— Tome uma bebida, *habibi* — disse ele. Ela libertou a mão e continuou. A música era ensurdecedora e alguém gritou em árabe que as coisas estavam apenas começando, sua *kahleteen*! Luzes semelhantes a laser piscaram, e alguém disse que iriam abrir o telhado retrátil para mostrar as estrelas, mas nada aconteceu. A música havia mudado e todos estavam enlouquecidos com a banda finlandesa de heavy metal Nightwish.

Carrie avistou alguém que podia ser Marielle sentada perto da ponta do bar. Cruzando a pista de dança, ela foi apalpada duas vezes e escapou com dificuldade de ser puxada para um grupo de três garotas dançando tão agitadas que seus seios balançando ameaçavam escapar dos decotes.

Quando se aproximou, viu que realmente era Marielle. Ela havia pintado o cabelo de vermelho, usava um top do Al-Ansar Sporting Club decotado que mostrava o espaço entre os seios e uma calça jeans tão justa que parecia pintada com tinta spray. Não era tão bonita quanto nas fotos, mas seu rosto era mais interessante, Carrie pensou, espremendo-se na multidão para se aproximar dela.

— Onde podemos conversar? — perguntou Carrie em árabe.

— Você é a Carrie? — Marielle se inclinou para mais perto.

— Está muito barulho. Vamos para outro lugar.

— Eu não vou me mexer enquanto não tiver certeza de que você é quem diz que é. De onde Dima era? De verdade? — a ruiva falou no ouvido dela.

—Akkar. Halba.

— Venha — disse Marielle, levantando-se e se afastando dali. Carrie a seguiu. Depois de uma longa caminhada saindo do salão principal e chegando até um corredor, as duas encontraram uma fila serpenteando para fora do banheiro feminino. Marielle passou por ela e, tirando uma chave, destrancou uma porta no final do corredor. A porta se abriu para um espaço vazio, reservado para armazenamento. Olhando para trás, para se certificarem de que ninguém estava prestando atenção, elas entraram. A não ser por uma única lâmpada, o quarto estava escuro, com caixas de papelão empilhadas na parte de trás. Elas podiam ouvir a música pulsando através das paredes.

— Dima morreu? — perguntou Marielle.

Carrie confirmou com um gesto da cabeça.

— Eu sabia. Aquelas pessoas... — Marielle disse, balançando a cabeça de maneira amarga.

— Que pessoas?

— Não sei. Não conheço. Não conheço você. Tudo o que eu sei é que é perigoso. Eu sabia que ela estava metida em encrenca.

— Como você sabia?

— Dima e Rana estavam sempre brincando com fogo. Rana está com um cara que nós achamos que é da CIA.

— Fielding? — interrompeu Carrie.

—Americano. — Ela aquiesceu. — Como você. Você veio dele?

— O que você acha?

— Eu não sei o que pensar. Estou assustada, é isso o que eu acho. Se eles mataram Dima, podem me matar. Olhe para mim. Minha mão está tremendo. — Ela estendeu a mão na penumbra.

— Há menos de dois meses, Dima sumiu. O que aconteceu?

— Foi ele — respondeu Marielle.

— Quem?

— O novo namorado dela. Mohammed. Mohammed Siddiqi. Ela estava com ele.

— O de Dubai?

— Onde você ouviu sobre Dubai?

— O fotógrafo, François.

— Ele é um mentiroso *khara*. Mohammed é iraquiano. De Bagdá. Ele dizia ser do Catar, mas eu sabia que estava mentindo, o cachorro. — Ela fez uma careta. — No início, ela estava apaixonada. Tudo o que falava era sobre como ele era maravilhoso. Como ele tinha muito dinheiro. Como ele era bonito. Um amante incrível. Eles caminhavam na praia em Saint Georges e assistiam ao sol nascer. Toda aquela *khara*.

— O que aconteceu?

— Era uma farsa. Depois de conquistá-la, ele mudou. Ela ficou com medo dele. Ela me mostrou os hematomas. Queimaduras de cigarro na parte interna das coxas, onde ninguém podia ver. Uma vez ele enfiou o rosto dela em uma privada e segurou embaixo da água até que ela prometesse fazer tudo o que ele dissesse. Eu avisei a ela para fugir. Ou falar com o cara da CIA da Rana, mas ela estava apavorada demais. Tudo o que ele precisava fazer era olhar para ela e ela ficava branca. Ela me disse que havia uma mulher, alguém em quem ela achava que podia confiar. Americana. — Os olhos dela procuraram o rosto de Carrie, sombreados pela luz da lâmpada na escuridão. — Era você?

Carrie confirmou.

— Eu fracassei com ela. Sinto muito. Eu deveria tê-la ajudado, mas ela desapareceu. Eu não conseguia encontrá-la.

— Ela estava em Doha. No Catar. Com ele — disse Marielle, cuspindo as palavras. — Não sei o que eles estavam fazendo, mas, antes de ir embora, ela me avisou para ficar afastada. Ele contou que eu seria a próxima.

— Então você foi se esconder em Bourj Hammoud? Foi por isso? Pela segurança? Você não é armênia — disse Carrie.

— As pessoas lá percebem os estranhos. Elas nos protegem. Você não vai contar para ninguém?

Carrie balançou a cabeça.

— Esse Mohammed Siddiqi. Você confirma que ele é iraquiano? — perguntou.

Marielle confirmou, um sorriso forçado no rosto.

— Ele disse ser do Catar, mas mentiu.

— Como você sabe?

— A família da minha mãe passou um tempo no Catar. Perguntei a ele que escola ele frequentou. A Academia Doha na rua B Ring? Todo mundo que é alguém vai para essa escola. Ele disse que sim. Mentiroso! Todo mundo no Catar sabe que a Academia Doha fica em Al-Khalifa al--Jadeeda, nada perto da B Ring. E as gírias dele eram de árabe iraquiano, não libanês ou do Catar.

— Você sabe onde ele está agora?

Ela balançou a cabeça.

Fim de linha. Nós não temos o suficiente, Carrie pensou, procurando desesperadamente por mais alguma coisa. Esse Mohammed fazia parte da ofensiva a Nova York. Ela tinha certeza disso.

— Você alguma vez se juntou a eles? Alguém tirou alguma foto? — perguntou.

— Ele não queria fotos. Uma vez, Dima me pediu para tirar uma foto dos dois em Corniche e, antes que eu pudesse fazer qualquer coisa, ele pegou a câmera da minha mão e quebrou.

— Então não existe nenhuma foto?

Marielle hesitou, depois balançou a cabeça dizendo que não. Ela está mentindo, pensou Carrie.

— Existe uma foto, não é? — perguntou Carrie, o coração batendo muito acelerado. Era como se sua audição estivesse ultrassensível. Ela podia ouvir as batidas do seu coração e do coração de Marielle e a música e as conversas do lado de fora e pensou: Ai, meu Deus, são os remédios. Por favor, não agora. Está tudo pendurado por um fio.

Marielle não respondeu. Ela desviou o olhar.

— *Min fathleki.* — *Por favor.* — Não deixe que a morte de Dima seja por nada. Importa mais do que você possa imaginar — implorou Carrie. Algum instinto, ela rezou para não ser sua maldita doença, alertou a ela que o que Marielle diria agora mudaria tudo. Como São Paulo na estrada para Damasco, trazendo à tona sua infância católica, o mundo dele estremecendo, esperando por aquilo que o visitante da noite falaria em seguida.

Os olhos de Marielle procuraram os de Carrie como se ela pudesse ver dentro de sua alma; então, abriu a bolsa, tirou o celular e, após um minuto, encontrou o que estava procurando.

— Eu tirei essa quando ele não estava olhando. Não sei por quê — disse, e depois mordeu o lábio. — Não, não é verdade. Pensei que ele pudesse matar Dima e talvez eu precisasse disso para mostrar à polícia.

Ela mostrou a Carrie a foto no telefone celular. Era um retrato de Dima, de short justo e camiseta, em Corniche, parecendo tensa, o braço em volta de um homem magro com pele cor de cobre, cabelos enrolados e uma barba por fazer de três ou quatro dias, os olhos ligeiramente apertados pelo sol, com o rosto aparecendo em meio perfil. Carrie mal podia acreditar, uma sensação próxima de um orgasmo vibrando dentro dela. Peguei você, seu maldito!, ela pensou com uma onda de entusiasmo.

— Preciso dessa foto. Se você precisar de dinheiro, ajuda... — Ela deixou em aberto.

Nenhuma das duas falou. Elas podiam ouvir o pulsar da música e os sons da multidão do lado de fora do quarto como o som do oceano em uma concha.

— Fale seu endereço de e-mail e eu mando — disse Marielle, subitamente nervosa. — Algo mais? Eu me arrisquei vindo aqui encontrar com você em um lugar público. Tenho que ir.

Carrie tocou no braço dela.

— E Rana? Ela conheceu esse homem?

Marielle deu um passo para trás, o rosto difícil de ver na pouca luz vinda de trás dela.

— Não sei. Não sei de nada. Não quero saber.

— Mas ela conhece o sírio, Taha al-Douni?

— Rana é famosa. Ou ela conhece todo mundo ou eles a conhecem ou fingem que conhecem. Pergunte a ela — disse, encolhendo os ombros.

— Está perigoso para ela também, não é? — perguntou Carrie.

— É Beirute — respondeu Marielle. — Nós moramos em uma ponte sobre um abismo feito de explosivos e mentiras.

CAPÍTULO 21

O saguão do hotel Palmyra, em Baalbek, era decorado com palmeiras, antiguidades e móveis empoeirados que haviam sobrado da era colonial francesa. Cheirava a mofo e podia ter sido inteiramente retirado de um romance de Agatha Christie, mas os quartos do andar de cima tinham uma vista incrível para as ruínas romanas. Depois de fazerem o check-in, Virgil e Ziad instalaram os equipamentos e as armas em um quarto que se abria para uma varanda; dali, era possível avistar as colunas do Templo de Júpiter elevando-se sobre a planície de Bekaa.

Dirigindo montanha acima em um Honda Odyssey alugado, eles tinham poucas ilusões sobre o território onde estavam. A estrada e a cidade eram adornadas por bandeiras amarelas do Hezbollah penduradas em cada prédio e poste de luz. Como eles rastreavam o GPS do celular de Rana, não tinham que seguir de muito perto; logo, ela não tinha como suspeitar que a seguiam. A única dúvida, como colocou Virgil, era o poder de fogo.

Quantos homens Rouxinol teria com ele?

De dentro do quarto, eles esquadrinharam as ruínas com binóculos, certificando-se de que o reflexo do sol nas lentes não os entregasse.

— Você está vendo Rana? — Carrie perguntou.

— Ainda não — respondeu Virgil, movendo o binóculo centímetro por centímetro, fazendo uma varredura completa. — Lá está ela, perto do Templo de Baco. À esquerda. Está vendo?

Carrie posicionou o binóculo em direção ao templo praticamente intacto. As ruínas eram inacreditáveis; tratava-se do maior e mais bem preservado complexo de ruínas romanas do Oriente Médio, possivelmente do mundo. Datavam de quando Baalbek era conhecida como Heliópolis e servia como um importante centro de templos para a adoração dos deuses romanos Júpiter, Vênus e Baco, os dois primeiros tendo sido fundidos com as divindades locais Baal e Astarte. O complexo do templo era organizado em torno do Grande Pátio, um vasto espaço retangular onde Rana se encontrava quando Carrie a avistou, conversando com alguém ao lado de uma coluna perto da escada para o Templo de Baco.

— Estou vendo. Com quem ela está conversando? — Carrie perguntou.

— Não consigo ver daqui. Mas ele está acompanhado de homens armados — respondeu Virgil, cutucando o braço dela. — Ali, perto da grande pedra no canto e por cima do Templo de Vênus.

Ela os viu. Um homem com o que parecia ser um fuzil AK-47 em cima de uma pedra gigante deitado de lado em um canto, outro na escada que dava para o Grande Pátio e mais dois perto do Templo de Vênus.

— Estou vendo quatro — Carrie contou.

— Puxa vida — murmurou Virgil. — Como eles conseguiram entrar armados no complexo do museu?

— Eles são do Hezbollah. Como você acha que entraram? — respondeu Ziad.

— Podemos escutar o que eles estão falando? — perguntou ela a Ziad, que desfizera uma mala e instalara uma antena parabólica com microfone com equalizadores multicanais apontando da varanda aberta para a direção de Rana.

— Talvez. — Ziad encolheu os ombros. — Eles estão a cerca de quatrocentos metros de nós. Acabei de ajustar os equalizadores para conversas a essa distância. Cinquenta por cento de chance. — Ele entregou a ela os fones de ouvido e ajustou a câmera de vídeo para gravar o que estavam vendo.

Carrie escutou com atenção. Ela ouviu uma mulher, Rana, falando em árabe, dizendo alguma coisa — as palavras não estavam claras — sobre "ele", quem quer que fosse, avisando a ela que deveriam ser mais discretos sobre (alguma coisa inaudível) relacionado a Nova York. Alguém, um homem, estava falando (alguma coisa inaudível) sobre "focar em Anbar".

Carrie se sentou ereta. Isso não podia estar certo. Que diabo uma atriz que trepava com um agente americano, chefe da base da CIA em Beirute, tinha a ver com a província de Anbar, no Iraque? Por que o Hezbollah se importaria? Eles não tinham nada a ver com o Iraque. Mas o Irã, o patrocinador do Hezbollah, tinha, ela pensou. Ainda assim, isso não podia estar certo. Tanto Rana quanto Dima eram sunitas do norte fingindo ser cristãs. Por que elas estariam alimentando informações para o Hezbollah ou para o serviço de inteligência da Síria, que era alauíta?

Naquele momento, o homem se afastou da coluna. Ela focalizou o binóculo nele.

— Aquele é Rouxinol? — Virgil perguntou a ela.

Embora a essa distância uma identificação fosse arriscada, ela estava quase certa de que era Rouxinol.

— É ele, sim — confirmou ela. — A namorada do Fielding é uma calhorda de uma agente dupla.

— Meu Deus! Ele é o chefe da base, tem as chaves do reino. O que será que ele deu a ela? — questionou Virgil.

Não, pensou Carrie. A pergunta não era o que ele dera, mas para quem ele dera. Para quem ele estava realmente trabalhando? E subitamente, ela percebeu.

E se Rouxinol estivesse fazendo papel duplo?

Então a pergunta se tornou outra: quem realmente o está comandando? Os iranianos por intermédio da Síria e do Hezbollah, ou a Al-Qaeda no Iraque? Só havia uma maneira de descobrir. Eles teriam que pegar Rana, ela pensou, forçando a audição pelo microfone.

— Qualquer coisa no Iraque é (as palavras estavam cortadas) prioridade máxima, você me entende? Se conseguir chegar no laptop dele... — Carrie ouviu Rouxinol dizer.

— Não é fácil — alegou Rana. — E Dima?

— Soubemos apenas que a ação fracassou. Temos que supor o pior. E sua outra amiga, Marielle?

Tanto ela quanto Marielle estavam certas, pensou Carrie. Eles estavam atrás dela também. Rouxinol disse algo mais, mas Carrie não conseguiu captar. Através do binóculo, pôde ver que eles estavam andando para mais longe, atrás de algumas pedras. Merda, pensou.

— Como Rouxinol chegou aqui?

— Avistei duas SUVs Toyota pretas estacionadas perto do *souk* — respondeu Virgil. Havia um mercado ao ar livre com quiosques de *shawarma* e vendedores de suvenires do lado de fora do complexo de templos. — Dois guardas do Hezbollah mantinham a vigilância.

— Será que conseguimos distraí-los tempo suficiente para colocarmos grampos neles? — perguntou Carrie.

— Não, a menos que você tenha um harém de garotas do Hezbollah disponíveis — respondeu ele, e Ziad se virou e abriu um amplo sorriso, mostrando o dente de ouro.

— Não, e não estou me voluntariando — Carrie retrucou. Ela olhou pelo binóculo enquanto Rana e Rouxinol entravam no Templo de Baco. Era impossível ouvir qualquer coisa que eles diziam através das grossas paredes de mármore antigas. — Precisamos pegar Rana.

— Você quer fazer isso aqui? — perguntou Virgil, um gesto breve apontando para todo o vale do Bekaa. Ela entendeu o que ele quis dizer. Estavam em território sob controle do Hezbollah. Se algo desse errado, não teriam a menor chance de saírem com vida.

— Ela veio no próprio carro — disse Carrie. Rana havia dirigido até ali sozinha em um BMW sedã azul-claro. Eles haviam avistado o carro estacionado em uma rua transversal que dava no mercado e na entrada do complexo dos templos.

— E se ela não estiver sozinha? — perguntou Ziad.

— Ela veio sozinha. É assim que ela vai embora. Por que você acha que vieram até Baalbek? Rana não queria que ninguém soubesse desse pequeno *tête-à-tête*.

— É melhor você estar certa. Quando o tiroteio começar, teremos milhares de paus nos nossos traseiros — replicou Ziad, usando uma expressão vulgar árabe.

— Se ela estiver encrencada, Rouxinol ou seu pessoal podem intervir — disse Virgil.

— Vou atrasar a saída dela — propôs Carrie. — Quando o encontro acabar, não vão ficar batendo papo comendo *shawarma*. Temos apenas que nos certificar de que Rana vá embora depois dele.

— Já acabamos por aqui? — perguntou Virgil.

— Vamos arrumar as coisas. Vocês dois ponham seus disfarces e mexam no BMW dela. Vou garantir que ela chegue atrasada para a festa.

Os dois homens aquiesceram. Pegaram as boinas verdes com a insígnia do Hezbollah, os uniformes de camuflagem e os fuzis de assalto;

colocaram todas as peças e começaram a arrumar o restante do equipamento. Nesse ambiente, todos presumiriam que eles estavam a serviço do Hezbollah e, se alguém os parasse, Ziad falaria em árabe com eles e os mandaria cuidar das próprias vidas. Carrie seguiria com base no que estava acontecendo com Rana e Rouxinol nas ruínas.

Virgil e Ziad saíram alguns minutos depois. Guardaram o equipamento de escuta e os fones de ouvido e a deixaram somente com um minibinóculo.

Carrie verificou a Glock 26, uma pequena pistola nove milímetros que Virgil lhe dera, e a colocou de volta na bolsa. Ela pediu a Deus que não precisasse usar a arma, e depois mirou o binóculo em direção ao Templo de Baco.

Rouxinol saiu apressado do templo. Ele olhou para os seus homens e seguiram todos em direção ao Grande Pátio e aos degraus da entrada. Um minuto depois, usando um *hijab* verde, uma cor típica do Hezbollah, Rana saiu do templo e seguiu.

Carrie colocou o binóculo na bolsa, saiu do quarto e desceu para a rua. Correu para o *souk* e fingiu que fazia compras em um corredor perto do portão por onde Rana sairia. Ela só precisava ter certeza de que Rouxinol não iria vê-la; puxou uma ponta do seu *hijab* por cima do rosto como um véu. Sabia que Virgil e Ziad estavam indo mexer no BMW e colocar a minivan Honda na posição adequada.

"Se precisarmos, como você vai fazer?", ela havia perguntado a ele no caminho, saindo de Beirute. "Cabo das velas de ignição", ele deu de ombros. "Apenas desconectar. Ela não vai conseguir dar partida no carro."

"Depois é só conectar novamente e ela pode ir?"

Ele confirmou. E, como eles usavam as boinas do Hezbollah, se tudo desse certo ninguém os pararia, ela pensou. Se tudo desse certo.

Rouxinol e seus homens estavam vindo. Carrie entrou em um boxe recuado que vendia antiguidades. Moedas, cerâmica, joias de prata e âmbar. Tudo presumidamente dos períodos romano e fenício. Aposto dez a zero que foram feitas na China, ela pensou.

— São genuínos? — perguntou em árabe ao vendedor, um homem redondo com um bigode.

— Posso dar um certificado de autenticidade do próprio Centro de Antiguidades, madame — ele replicou enquanto Rouxinol e seus homens passavam. Um deles olhou na direção dela, e um arrepio desceu pela sua espinha.

— Olhe, madame, joias romanas. — O vendedor mostrou a ela uma pulseira de prata e vidro colorido.

— Autêntica? — perguntou ela, dando um passo para trás para checar o corredor. Estava limpo.

— Cento e cinquenta mil libras, madame. Ou, se pagar em dólares, oitenta e cinco.

— Vou pensar. — Ela colocou a pulseira de volta no lugar e saiu.

— Setenta e cinco mil, madame — gritou ele quando Carrie saiu para o corredor. — Cinquenta mil! Vinte e cinco!

Ela viu duas meninas árabes, com cerca de dez e sete anos, paradas perto de um boxe vendendo terços, e aproximou-se delas.

— Vocês conhecem Rana Saadi, a estrela da TV?

Ambas confirmaram.

— Ela está aqui! Vai passar por aqui a qualquer momento. Vocês deviam pedir um autógrafo. Pelo menos falar "oi" — continuou Carrie, guiando-as para o corredor, bem na hora em que Rana descia os velhos degraus de pedra que davam para a saída do complexo de templos. — Olhem, lá! — disse, cutucando-as na direção da atriz. E, quando Rana se aproximou, ela gritou alto: — Olhem! É Rana, a estrela famosa! *Onzor!*

As pessoas no *souk* olharam para cima, e meia dúzia de mulheres e as duas garotas se reuniram em volta de Rana, que primeiro pareceu surpreendida, depois se pôs a sorrir e acenar para todos, como se estivesse em um carro de desfile. Quando Rana começou a dar autógrafos, Carrie se virou e foi embora. Ela encontrou Virgil e Ziad comendo *shawarma* com pão árabe em um quiosque do outro lado da rua onde estava o BMW de Rana.

— Onde está a van? — perguntou.

— Virando a esquina — respondeu Virgil, indicando a direção com o queixo.

— E Rouxinol?

— Foi embora. As duas SUVs.

Alguns minutos depois, viram Rana descer a rua e entrar no BMW.

— Traga a van — Virgil disse a Ziad, que se afastou.

Eles a observaram tentar dar partida no carro e ouviram o automóvel chiar e não funcionar.

— Quando nos aproximamos dela? — perguntou Carrie.

— Espere até que ela saia do carro — respondeu Virgil, enquanto Ziad virava a esquina com a minivan. Ziad parou uns cinco metros atrás.

Eles observaram Rana tentar dar a partida no BMW, depois ficar sentada dentro do carro, demonstrando frustração. Enquanto ela continuava no carro tentando pensar no que fazer, cada segundo se tornando mais perigoso, Virgil tirou a seringa do bolso, removeu a capa e a escondeu na mão.

— Vamos, saia do maldito carro — murmurou ele.

Quando ela começou a sair, Carrie e Virgil andaram em direção a ela, Ziad se aproximando lentamente com a minivan.

— *Ahlan*, precisa de ajuda? — Carrie perguntou em árabe.

— É esse carro estúpido... — Rana começou a falar, mas não terminou porque Virgil a agarrou e enfiou a agulha no seu braço. — O que... — Ela tentou gritar, mas já tinha começado a cair quando Carrie abriu a porta da minivan e Virgil a empurrou para dentro. Carrie colocou uma braçadeira de plástico em volta dos pulsos dela, mesmo vendo que seria redundante. Rana estava apagada. A cetamina agiu rápido, pensou Carrie, afivelando o cinto de segurança na mulher desmaiada enquanto Virgil abria o capô do BMW e reconectava o cabo da ignição.

— A chave está na ignição. Vá — disse a Carrie enquanto se virava e entrava na minivan ao lado de Rana. Em segundos, a minivan estava em marcha, Carrie seguindo no BMW.

Quando Rana acordasse, eles estariam de volta a Beirute. De uma maneira ou de outra, Carrie pensou, ela conseguiria algumas respostas.

CAPÍTULO 22

Bashoura, Beirute, Líbano

Carrie observou Rana abrir os olhos. Elas estavam em um depósito no porão de um abrigo secreto em um prédio perto do cemitério de Bashoura ao qual a Estação de Beirute tinha dado nome de Iroquês. O cômodo estava vazio, iluminado por uma única lâmpada; as paredes eram à prova de som e a porta estava trancada. A atriz havia sido amarrada a uma cadeira com tiras de plástico. As únicas outras peças de mobiliário eram a cadeira onde Carrie estava sentada, um tamborete e o banco de madeira no qual haviam colocado um balde de água e uma toalha. No banco menor, Carrie havia colocado sua Glock 26 com um silenciador de som.

— Você pode gritar quanto quiser, ninguém vai ouvir — avisou ela em árabe.

— Não é meu estilo — respondeu Rana. — A não ser que me paguem. Dei um grito ótimo em um filme de terror uma vez. *Ruas dos canibais do mal*. Em oposição a *Ruas dos canibais do bem*, imagino. Você quer ouvir?

— Não ligo para suas realizações. Isto não é um teste — disse Carrie.

— Você quer dinheiro? Eu não sou rica.

— Você é famosa.

— Não é a mesma coisa.

— Não é dinheiro. Vamos falar de Taha al-Douni.

— Quem?

Carrie olhou para o chão e depois levantou o olhar para Rana.

— Preciso que você me fale a verdade. Se fizer isso, você vai voltar para a sua vida em algumas horas. Se não, você nunca vai sair desse quarto.

Por um longo momento, nenhuma das duas falou uma palavra. Rana olhou em volta, como se procurasse uma saída.

— Sobre o que estamos falando? — perguntou ela, apenas um leve tremor na voz traindo seu nervosismo. Ela é uma atriz, Carrie se lembrou. Ela mente para viver. Como o restante das pessoas.

— Ouça, já tem muita coisa que você não precisa nos contar. Nós conhecemos você. E Dima e Marielle, e sabemos que você é a putinha de Davis Fielding, o chefe da estação da CIA em Beirute. Vamos chegar nisso em um minuto. — Carrie percebeu que Rana ficou em choque com o que ouviu.

Investigação 101, pensou. Deixe que o suspeito ache que você sabe tudo sobre ele e o que ele está fazendo, e ele vai presumir que você sabe ainda mais do que está transparecendo. É incrível como ele deixará passar certas coisas porque pensa que você já sabe. — Você se encontrou com Taha al-Douni em Baalbek. Qual o motivo do encontro?

— Não sei do que você está falando — respondeu Rana.

— Você sabe, sim. — Carrie enrugou a testa e pegou uma câmera de vídeo e mostrou a gravação dela e de Rouxinol conversando nas ruínas. — *Min fathleki*, não vamos tornar essa nossa conversa desagradável. Na verdade, mesmo antes de tocarmos nesse ponto, tenho uma pergunta melhor. O que uma boa garota muçulmana sunita de Trípoli faz com um espião xiita que trabalha para o GSD e para o Hezbollah?

Rana a encarou, os olhos arregalados.

— Quem é você? O que quer de mim? — sussurrou.

— A verdade. A Bíblia católica diz que a verdade liberta. Neste caso, é a pura verdade. Mas se mentir para mim... — ela olhou para o banco e o balde de água —, acredite, você não vai gostar.

— Como sabe essas coisas a meu respeito? Sobre Trípoli? Foi Dima, aquela puta? Ela não conseguia manter a boca fechada, tanto quanto não conseguia manter as pernas fechadas.

— Você realmente acha que podia ser amante de um chefe de uma estação da CIA e se encontrar com espiões sírios e não atrair atenção? — disse Carrie. — Para quem está trabalhando?

— Você não sabe? — Rana umedeceu os lábios. Cabelos escuros, olhos escuros. Uma mulher atraente, pensou Carrie. Uma mulher que achava que sua aparência iria sempre tirá-la de qualquer encrenca. — Deus, eu mataria por um cigarro.

— Mais tarde. — Carrie franziu as sobrancelhas. — Vai ter que começar a responder às minhas perguntas ou isso não vai ficar bom para você. Para quem está trabalhando? Para o Hezbollah?

Rana balançou a cabeça, um sinal mínimo de sorriso nos lábios.

— *Kos emek* Hezbollah — disse ela, usando o pior palavrão árabe. — Nem o Hezbollah nem os sírios.

— Para quem então? Al-Douni é GSD.

— Quem disse isso? Dima? Você é da CIA? Você está com ela? Ela falou alguma coisa?

Carrie pensou por um momento, decidindo o que fazer. Será que Rana estava tentando brincar com ela? Elas veriam quem brincava com quem.

— Dima está morta. Agora, suas chances também não parecem nada boas — disse. Isso surtiu efeito. Deu para perceber que Rana ficou pálida. Ela balançou a cabeça, seus famosos cabelos castanhos sacudindo de um lado para o outro. — Última chance. E aí os homens entram. Eles estão morrendo de vontade de entrar. Trabalhar em uma mulher bonita como você. Uma coisa que nós, mulheres, sabemos — Carrie disse, cruzando as pernas. — A beleza é uma coisa tão frágil, não é? Para quem você e Al-Douni estão trabalhando?

Rana balançou a cabeça. Carrie decidiu mudar o tom.

— Al-Douni é agente duplo? A única maneira de eu poder ajudar é você deixar. Tudo o que tem que fazer é confirmar com a cabeça.

Com muita má vontade, Rana confirmou.

A mente de Carrie girou. Se Al-Douni era duplo, para quem ele estava trabalhando? Quem estava no comando? O namorado de Dima, Mohammed Siddiqi? O iraquiano fingindo ser do Catar, de acordo com Marielle. Ou Rana estava apenas dizendo a ela o que pensava que Carrie quisesse ouvir?

— Para quem ele está trabalhando de verdade?

— Não tenho certeza. Mas foi ele que apresentou Dima ao namorado dela, o sujeito do Catar — respondeu Rana.

— Mohammed Siddiqi? Eu soube que ele não é realmente do Catar — Carrie disse.

— Você conversou com Marielle. — Rana franziu a testa. — *Inshallah*, me dê um cigarro e eu digo tudo o que você quiser.

Carrie foi até a porta, saiu e voltou com um cigarro Marlboro aceso. Ela o colocou entre os lábios de Rana. Descobriria agora se Rana havia realmente decidido cooperar.

— Tudo bem — disse Rana, dando uma tragada e exalando uma linha de fumaça. — Você está certa. Eu trabalho para Taha. Quer dizer, Al--Douni. Também recrutei Dima, embora ela fingisse ser maronita para o 14 de Março. Como você deve saber, nós duas somos do norte, ambas sunitas, ambas filhas de pais do Murabitun.

— Taha al-Douni recrutou você para ser amante de Davis Fielding?

— Eu não sou amante dele — respondeu ela, dando uma longa tragada e deixando Carrie tirar o cigarro de seus lábios para que ela pudesse exalar.

— O que você quer dizer? Você está afirmando que vocês não fazem sexo? Você é uma mulher linda. Famosa.

— Não é tão simples assim. No início a gente fazia, mas agora sirvo só de fachada. Nós nos encontramos em festas, recepções diplomáticas, coisas do tipo. — Ela encolheu os ombros.

— Mas você o espiona?

Rana confirmou.

— Ele sabe?

— Não sei o que ele sabe. — Ela encolheu os ombros. — Ultimamente, com a chegada do Mohammed da Dima, a ênfase mudou.

— Do que para o quê?

— De qualquer coisa que conseguíssemos obter a respeito das atividades da CIA no Líbano e na Síria para o Iraque. Eles querem saber o que os americanos sabem e o que não sabem e quais são os planos deles para o Iraque.

— O namorado de Dima está dando ordens a Al-Douni?

Ela bufou com ar de deboche.

— Aquele *ibn el himar*? — *Filho da puta.* — Ele é um mensageiro, um garoto de entregas. Um nada.

— Dima tinha medo dele?

Ela confirmou.

— O maldito abusava dela, aquele porco. Ela estava apavorada. Tudo o que ele tinha que fazer era olhar para ela.

Foi isso o que Marielle disse, pensou Carrie. Então foi assim que eles fizeram Dima, a vadiazinha sunita, virar uma terrorista. Se Rouxinol não estava comandando o espetáculo e Mohammed era apenas um mensageiro, de quem era essa operação? E quais eram seus interesses nas informações americanas sobre o Iraque? A resposta era óbvia.

— Mohammed trabalha para a Al-Qaeda? É ele o contato com Abu Nazir?

— Não sei. Ninguém fala com Abu Nazir. Ninguém sabe quem são seus contatos. Taha uma vez falou sobre o representante de Abu Nazir, Abu Ubaida.

— O que ele disse?

— Disse que era o executor de Abu Nazir.

CAPÍTULO 23

Hipódromo, Beirute, Líbano

Eles se instalaram nas árvores atrás da tribuna principal, na pista de corridas do Hipódromo, o pôr do sol lançando a sombra da tribuna sobre a pista e as árvores. Havia sete pessoas: ela, Virgil, Ziad, e quatro homens das Forças Libanesas, que Ziad havia trazido junto com ele. Os quatro estavam bem armados, todos com fuzis M4; um deles tinha um M4 com um lançador de granadas M203 acoplado.

Carrie não gostava de usar aquelas armas, mas não havia muita escolha. As coisas estavam se movendo rápido demais. Ela acreditava que Saul estava a caminho de Beirute, mas ele não chegaria lá a tempo, e não dava mais para colocar em ação uma equipe do SOG, o Grupo de Operações Especiais da CIA.

Havia uma centena de razões para não usar as FLs. Seus componentes não eram treinados, não estavam sob o controle dela, eram sectários em relação ao seu núcleo e estariam lidando com seus inimigos xiitas. Um cenário totalmente selvagem.

Havia uma única razão para usá-los. Rouxinol/Al-Douni nunca fora a lugar nenhum sem guardas armados do Hezbollah; logo, ela precisava desse tipo de apoio. Saul havia concordado, relutantemente, durante a troca de mensagens de texto que eles tiveram mais cedo naquele dia.

Ela havia ido a um cibercafé na rua Makhoul, em Hamra, perto da Universidade Americana, e havia se sentado em um computador contra uma parede, perto de um adolescente árabe jogando videogames on-line com amigos. Como previamente combinado, com o objetivo de deixar o que ela estava fazendo fora do alcance dos canais normais aos quais Davis Fielding teria acesso, ela e Saul se comunicavam por meio de um chat para adolescentes com tráfego tão intenso que havia pouca chance de a conversa deles ser rastreada. O volume era simplesmente abundante demais até mesmo para os poderosos algoritmos das ferramentas de busca usadas pelas agências da inteligência.

Da maneira como eles haviam configurado a conversa, Carrie era supostamente um estudante do último ano do ensino médio, de Bloomington, Illinois, chamado Bradley, e Saul era uma garota chamada Tiffany, da Normal Community High School, uma escola de ensino médio próxima. Ela lhe mandou anexos contendo seu relatório e a foto de Mohammed Siddiqi.

"ei, gata. vc deixou td md na nesa pirado", digitou Saul. NESA era a divisão da CIA para Análises do Oriente Próximo e do Sul da Ásia, um grupo de elite que incluía os melhores especialistas em Oriente Médio da Agência.

"cct?", ela escreveu de volta. A unidade do Centro de Contraterrorismo de David Estes também estava envolvida?

"tds os dias s parar. tô c ciúmes. vc ganhou td a atenção das garotas." Já era hora de Langley prestar atenção, ela resmungou para si mesma.

"vc conhece o ms real? o q ela tá namorando?" Essa era a grande questão. A que ela necessariamente precisava saber. Quem era Mohammed Siddiqi de verdade? O que a Companhia sabia sobre ele? E para quem ele estava trabalhando?

"ainda naum", Saul digitou de volta. "mas seu ex melhor amigo, allie, tá trabalhando nisso cmo se fosse assunto dl." Então o ex-melhor amigo dela, "allie", Alan Yerushenko, e os colegas dela do Departamento de Estratégias e Análise de Coleta de Dados estavam trabalhando nisso sem parar também.

"mary L acha q ela é de brigar, não de catar." Com esperanças de que ele entendesse que ela queria dizer que Marielle achava que Siddiqi fosse um iraquiano de Bagdá, "brigar", e não do "Catar". Essa suposição e mais o fato de que Rouxinol queria que Rana pegasse informações acerca do Iraque, tudo isso indicava que aquilo que havia acontecido em Beirute e Nova York apontava, como se fosse o ponteiro de uma bússola, bem na direção de Abu Nazir.

"ela tá olhando os amigos relacionados com abn", Saul digitou de volta, mostrando que tinha entendido. Eles estavam olhando para "abn", Abu Nazir.

"vc vem me ver?", ela perguntou.

"já, já. e seu passarinho?" Então Saul estava a caminho de Beirute. Graças a Deus. O passarinho era Rouxinol.

"gde encontro hj d noite. ok usar fls?"

Houve uma pausa tão longa que ela não tinha mais certeza se Saul ainda estava lá. E ela tinha que se lembrar do fuso horário, pensou, checando o relógio. Eram duas e quarenta e sete da tarde em Beirute, antes das oito horas da manhã em Langley.

"só se vc tiver q. mt cuidado", ele mandou. Obviamente ele não gostava da ideia. Bem, ela também não estava gostando muito. Toda essa enrolação, ela pensou, porque Fielding estava tendo um caso com uma agente dupla com quem ele nem estava transando.

"xau", ela escreveu, e desconectou.

E foi isso que havia feito com que ela e Virgil e Ziad fossem para o Hipódromo, ao encontro que ela havia obrigado Rana a marcar com Rouxinol na tribuna principal da pista de corridas. Só havia corridas uma vez por semana, aos domingos, então hoje, quinta-feira, a esta hora, a tribuna principal estaria vazia. Eles tinham a esperança de que isso deixaria Rouxinol confiante para vir e daria às FLs um campo aberto para atirar se as coisas corressem mal.

— De onde eles vêm? — perguntou ela em árabe.

— De lá. — Ziad apontou. — Da avenida Abdallah El Yafi até chegarem ao estacionamento. Posso colocar dois homens nas árvores perto da embaixada francesa para cuidar de quem quer que esteja no carro.

Carrie se virou para os dois homens que ele indicou. Os outros dois já estavam em posição nos estábulos, de onde podiam chegar na tribuna em trinta segundos.

— Vocês entendem que precisamos desse Taha al-Douni vivo? Mesmo se eles começarem a atirar. Morto ele não tem utilidade para nós.

— Ele é um diabo de *khara* do *hatha neek* Hezbollah — xingou um deles.

— Isso não está certo. — Ela se virou para Virgil. Esses rapazes loucos começariam a atirar. — Precisamos abortar.

— Tarde demais — disse ele, apontando para um carro. — Lá está o BMW de Rana. — Ela viu o sedã azul parado no portão. O Hipódromo estava fechado, mas Rana havia subornado o porteiro antecipadamente para que eles pudessem se encontrar lá.

Carrie levantou o binóculo e viu que era Rana, sozinha, no BMW. Ela a observou dirigir até o estacionamento, depois se virou para os dois homens da FL.

— Se o tiroteio começar, levem os SUVs para que eles não possam ir embora. Levem os guardas para os SUVs. Mas não matem mais ninguém, entenderam?

— Tudo bem, *la mashkilah*. — Ele deu de ombros. *Sem problemas*.

Ela não acreditou nele e observou os dois homens se movimentarem por trás das árvores em direção ao estacionamento.

— Vamos — chamou Virgil, os olhos esquadrinhando a tribuna principal. Ele começou a correr naquela direção, segurando o M4 pronto. Carrie e Ziad seguiram, cada célula do corpo dela gritando que tudo isso estava errado.

Ela dissera a Rana que estaria controlando-a até segunda ordem. Haveria dinheiro envolvido, e ela não deveria dizer nada a Davis Fielding ou a Al-Douni ou a mais ninguém, e talvez ela nem visse mais Fielding tanto assim.

A primeira instrução dela para Rana havia sido marcar um encontro com Rouxinol/Al-Douni com o pretexto de que ela teria uma informação urgente sobre ações americanas contra a Al-Qaeda no Iraque. Conforme esperado, Al-Douni havia aceitado imediatamente. Carrie ouvira a ligação de Rana, foi ele que marcou o encontro no Hipódromo.

— O que você está realmente planejando? — Rana havia perguntado a ela.

— Que você forneça a Al-Douni aquilo que eu quero que ele saiba, não o que ele quer saber — Carrie respondeu. — E depois descobrir o que acontece quando ele obtiver a informação.

— Você quer dizer: para quem ele está trabalhando de verdade? Não acredita que sejam os sírios? — Rana perguntou.

— Ele está trabalhando para mais de um lado.

— Não estamos todos? Isso é Beirute — disse Rana.

A maneira como ela colocou, aquele fatalismo, fez Carrie se lembrar de Marielle, enquanto corria para a tribuna principal e se escondia, deitada esticada atrás dos assentos, na quarta fileira. Os outros dois FLs esperavam escondidos no vestiário dos jóqueis, perto da passagem dos estábulos para a pista. Será que todos eles eram assim? Condenados? Assim era Beirute?

Por meio do espaço entre os assentos, ela viu Rana andar na direção do padoque para esperar perto da grade. O sol estava se pondo por cima da pista de corridas, o céu rosa e dourado, realmente encantador, pensou, as sombras aumentando, tornando difícil enxergar. Em pouco tempo estaria escuro.

Alguns minutos depois, seu celular vibrou. Um sinal dos FLs perto do estacionamento. Rouxinol havia chegado.

Carrie esperou, cada extremidade dos seus nervos gritando como se uma corrente elétrica estivesse passando por eles. A qualquer segundo Rouxinol chegaria até Rana. Era importante que ela ouvisse o que ele tinha a dizer antes de eles agirem. O que quer que acontecesse, eles não deviam fazer nenhum movimento antes da hora certa. Tinham grampeado Rana e conectado o grampo a um receptor no ouvido de Carrie.

Ela viu Rouxinol pelo espaço entre os assentos. Ele estava acompanhado de três dos seus guardas do Hezbollah. O filho da puta realmente nunca ia a nenhum lugar desprotegido. Ela não tivera alternativa a não ser trazer o poder de fogo extra.

— *Salaam*. Acabamos de nos encontrar. É melhor que isso valha a pena — ela ouviu Rouxinol dizer a Rana.

— Julgue você mesmo. Estive com o americano ontem depois que voltei de Baalbek — disse ela.

— Na cama dele?

— Claro. Peguei o computador dele enquanto ele dormia. Aqui estão os arquivos — disse, entregando-lhe um pendrive que Carrie havia dado a ela.

— Isso é tudo?

Ela balançou a cabeça.

— Tem mais. É sobre uma ação dos americanos no Iraque.

— Conte.

— Mohammed Siddiqi. Eles ficaram sabendo a respeito dele. Sabem que é iraquiano e não do Catar — Rana disse.

Carrie se esforçou para ouvir; cada sílaba era importante.

— *Khara* — xingou Rouxinol. — O que mais?

— Eles sabem de você também. Eles acham... — ela começou a falar, mas não terminou porque, naquele instante, dois FLs urgiram, um deles atirando nos homens de Rouxinol. Um dos guardas do Hezbollah caiu virado para cima; o segundo girou e atirou de volta.

Ah, meu Deus, não, pensou Carrie. Antes que ela pudesse falar ou fazer alguma coisa, Rouxinol havia puxado uma pistola do casaco. Não! Rana não!, sua mente gritou. Não!

— Sua puta! — berrou ele, atirando à queima-roupa no rosto de Rana.

De repente, houve uma explosão no estacionamento. O lançador de granadas, Carrie pensou, encolhendo-se para se proteger enquanto ficava meio em pé e gritava em árabe:

— Não matem o homem!

Perto dela, Virgil e Ziad se levantaram, atirando com seus fuzis M4 para a escuridão, riscada por lampejos de tiros.

CAPÍTULO 24

Basta Tahta, Beirute, Líbano

Carrie e Virgil se dividiram na altura da embaixada francesa perto da pista de corridas para assegurarem-se de que um dos dois conseguiria voltar. Usando ônibus e táxis coletivos como meio de transporte, ziguezagueando pela parte norte da cidade para ter certeza de que não estava sendo seguida, ela foi para o Iroquês, o apartamento que servia de abrigo secreto na avenida Independence, no bairro de Basta Tahta. Quando bateu na porta do apartamento usando o código, três batidas, depois duas, Davis Fielding a abriu, uma pistola Beretta apontada para ela.

— Estava esperando por você — Fielding disse.

— Você tem tequila? Preciso de uma bebida.

— Só vodca. Belvedere — respondeu ele, fazendo um gesto em direção a um armário.

Ela foi até lá e se serviu de um copo de vodca e tomou um gole; depois se deixou jogar em uma poltrona. Parecia que não tinha mais ninguém no apartamento, o que a surpreendeu. Fielding raramente ia a algum lugar sem uma dupla de seguranças da CIA com ele. E ele nunca fora para o abrigo secreto a não ser para interrogatórios. Ela ficou imaginando por que então ele estaria lá.

Fielding sentou-se em um sofá, emoldurado por uma cortina que cobria completamente a janela atrás dele. Ela percebeu que ele ainda segurava o revólver.

— Planejando atirar em mim, Davis?

— Talvez não seja a pior ideia do mundo. Quantos você matou dessa vez, Mathison? — perguntou ele, fazendo uma careta.

— Está certo, Davis — disse ela, tomando outro gole, sentindo a bebida queimar enquanto descia e pensando "graças a Deus" pelo álcool, sem se importar naquele momento como isso iria reagir com sua medicação. — As pessoas morrem. Hoje foi sua namorada, Rana. Rouxinol atirou no rosto dela. Ela deixou de ser bonita. Saúde — disse ela, tomando outro gole.

O sangue desapareceu do rosto dele. Deu para ver como ficou chocado. A mão dele apertou a pistola com tanta força que as articulações ficaram brancas. Ela imaginou se ele realmente ia atirar nela.

— Dessa vez acabou para você. A belezinha do Saul — disse ele, a voz rouca. — Antes que eu dê cabo de você, você vai estar em uma prisão federal. — Ele se levantou e começou a andar enquanto falava. — Estou a par das suas andanças o tempo todo. Realmente achou que podia vir para a minha estação, a minha cidade, e eu não saber de nada? Sua amadora estúpida. Eu já estava competindo em Moscou com profissionais de verdade, a KGB, enquanto você ainda estava cagando nas fraldas.

— Você perdeu o ritmo desde aquela época, não é? — Ela replicou. — Por exemplo, Dima Hamdan foi a Nova York para matar o vice-presidente dos Estados Unidos e explodir a ponte do Brooklyn e não houve nem uma movimentação da Estação de Beirute. Ou o fato de que ela era sunita, e não cristã. Ou que era uma agente dupla para Rouxinol, que, por sua vez, também trabalhava tanto para o Hezbollah quanto para a Al--Qaeda no Iraque. Nada, nem uma palavra do grande Davis Fielding, rei de Beirute, apenas uma grande pilha de nada!

Ele parou de andar e olhou para ela, a boca mexendo como se estivesse tentando engolir e não conseguisse.

— Nós procuramos por Dima. Ela desapareceu.

— Foi mesmo? Ela preencheu um formulário de requerimento de visto americano usando o codinome Jihan Miradi, bem dentro da sua própria embaixada nojenta, e você não pegou. Sem mencionar que sua amante estava passando tudo o que você tocava para Abu Nazir, no Iraque, por intermédio do Rouxinol. Então a única pergunta que importa é a seguinte: você é totalmente incompetente ou um traidor, seu filho da puta?

Fielding olhou para a pistola na mão como se fosse um objeto alienígena que ele nunca vira antes. Ela percebeu que o dedo dele estava no gatilho.

— Rana não era minha namorada — disse ele finalmente. — Eu mal a conhecia.

— Mentira! — ela gritou. — Você telefonava para ela diversas vezes por semana há meses. Depois apagou as mensagens dos arquivos da Companhia e do banco de dados da NSA. Foram apagadas no mesmo dia em que você me mandou sair de Beirute. E, por sinal, eu realmente queria saber como conseguiu fazer aquele truque.

— Não sei do que está falando.

— Claro que sabe, Davis. Você achou que ninguém nunca fosse descobrir, não é? Bem, adivinhe, babaca? Eu sei. E não sou a única.

Ele olhou para ela de maneira estranha, com um sorrisinho sinistro. Ela ficou imaginando se ele estava mentalmente estável. Engraçado, vindo de mim, pensou.

— Você acha que sabe de alguma coisa, Mathison, mas não sabe. Muita coisa está acontecendo; você não faz ideia — disse ele, ficando ereto.

— Me conte sobre sua última cagada. Como Rana morreu?

— Nós íamos pegar o Rouxinol. Ele era tanto um agente duplo quanto um agente de contato entre o Hezbollah e, acreditamos, a Al-Qaeda no Iraque. Ele está ligado a Abu Ubaida e, possivelmente, a Abu Nazir. Nós queríamos principalmente saber sobre o namorado de Dima, Mohammed Siddiqi, sobre quem, por sinal, você nunca fez menção a ninguém em Langley, e que pode ter sido o elo. Só que as Forças Libanesas abriram fogo. Rouxinol atirou nela.

Ele olhou com ar desolado para a cortina da janela, como se pudesse ver através dela. A cortina fazia a sala parecer fechada, como uma cela de prisão.

— Pobre Rana — disse, deixando a arma pendurada do lado. Voltou para o sofá e se sentou. — Ela era uma mulher tão bonita. Inteligente. Quando estava com ela, as pessoas notavam você.

— Ela era sua amante?

— Ela era um contato. Podemos ter feito sexo algumas vezes, mas... — ele hesitou.

— Qual o problema, Davis? Ela não deixava você se dar bem? Ou era você que não conseguia ficar duro?

Ele olhou para ela como se a visse pela primeira vez.

— Você é uma puta mesmo, hein?

— Mas não sou uma traidora — disse ela, olhando em volta. — Não tem ninguém aqui. Apenas entre nós, você não tinha ideia de quem ela era? Para quem ela estava trabalhando?

Ele balançou a cabeça quase imperceptivelmente.

— E Rouxinol?

— Está morto também. Malditos FLs. Dois dos seguranças do Hezbollah escaparam. Ficamos com um FL ferido.

— Então você não conseguiu nada?

— Não exatamente — disse ela, tirando um celular do bolso. — É do Rouxinol.

Ele estendeu a mão livre.

— Me deixe ver.

Ela sacudiu a cabeça dizendo não, os cabelos louros balançando.

— Estou curiosa, Davis. Como você soube do encontro desta noite? Quem contou para você? Não fui eu e não foi o Virgil. Foi o Ziad? Um dos caras da FL? Eles abriram fogo por sua causa?

Ele apontou a pistola para ela.

— Você parece estar confundindo as coisas, Mathison. No caso de ter se esquecido, eu sou o chefe da estação, não você. Se eu puder entregar o celular para Langley, talvez a bagunça que fez não seja um fiasco total. Me dê aqui. — Ele estendeu a mão livre.

Ela colocou o celular de volta no bolso.

— O que você vai fazer, Davis? Atirar em mim?

— Você realmente não faz ideia, não é? — Ele sorriu. — Este é um ano de eleições. Ninguém vai ferrar com a Agência. Você acabou por aqui. Estamos fazendo rendições extraordinárias de extremistas islâmicos. Você vai ser realocada. Vai poder interrogar uns caras maus no nordeste da Polônia, no meio de lugar nenhum. Sugiro que use roupas de frio, Mathison. Soube que é frio por lá nesta época do ano.

— Não vou a lugar algum. E você vai ter que tirar isso de mim — disse ela, dando tapinhas no bolso onde havia colocado o celular.

— Chamei algumas pessoas para virem aqui. Quando chegarem, vão levar você para o aeroporto — disse ele, se inclinando para trás. — Antes que isso aconteça, você com certeza vai me dar o celular.

— Não vou.

— Nesse caso, acabou para você — disse ele, parecendo tão presunçoso quanto um presidente de fraternidade vendo um candidato fazer papel de bobo. — Sua carreira terminou. E vou denunciar você, Carrie. Garanto que vamos achar alguma coisa para implicar você. Na verdade, é impossível estar nessa profissão e não quebrar alguma lei ou regra constitucional ou algo assim.

Eles permaneceram sentados sem falar nada. Carrie pensava que merdas como ele sempre davam um jeito de sair ilesos, mas ela iria para cima dele nem que fosse a última coisa que fizesse. O apartamento estava em silêncio, nem mesmo os sons do trânsito noturno de Beirute entravam. Ela ficou pensando se sua carreira realmente tinha acabado. Acabaria quando o pessoal de Fielding chegasse. Assim como o pai dela, pensou.

Alguém bateu à porta.

CAPÍTULO 25

Ouzai, Beirute, Líbano

Fielding atendeu a porta, pistola na mão. Era Saul Berenson, puxando uma mala com rodinhas, obviamente vindo direto do aeroporto. Virgil estava com ele, carregando seu fuzil de assalto em um estojo de plástico rígido.

— Olá, Davis. Esperando uma invasão? — perguntou Saul, entrando, olhos fixos na arma. Virgil o seguiu.

— Mathison acabou com o Aquiles, nosso último abrigo secreto. Eu não daria a ela a oportunidade de acabar com este aqui — Fielding respondeu, colocando a arma no bolso.

Saul tirou o casaco e se sentou do lado oposto de Carrie. Encarou Fielding, que, depois de um instante, afastou a pistola.

— Soube que Rouxinol morreu — disse ele para Carrie.

— Rana também — murmurou ela, desviando o olhar. — Fielding diz que ela não passava de um contato.

Saul esfregou as mãos como se estivesse com frio.

— É uma pena que não pudemos interrogar Rouxinol. Poderíamos ter descoberto a história toda.

— O que você esperava? — perguntou Fielding. — Eu lhe disse que ela era nova demais para gerir uma operação como essa. Você devia ter passado para mim.

Saul dirigiu o olhar para Fielding.

— O que você teria feito de diferente, Davis? Só para saber — a voz de Saul estava calma.

— Eu teria usado nosso pessoal e não as Forças Libanesas. E teria escolhido o lugar — respondeu Fielding.

— Não havia tempo... e ele já estava susp... — Carrie começou a falar, mas Saul ergueu a mão para interrompê-la.

— Ela tinha minha autorização — disse Saul.

— Ouça, Saul, eu sei que ela é sua protegida, mas este é o meu posto. Você quer que eu administre isso aqui ou não? — rebateu Fielding.

— Espere — Carrie pegou o celular e o entregou a Saul. — Não foi uma perda completa. Isso pertencia a Rouxinol.

Saul o passou para Virgil.

— Quero saber de cada mínima coisa que já passou por este aparelho — disse ele para Virgil, que aquiesceu; depois, voltou-se para Fielding. — Preciso falar com a Carrie a sós, Davis. Mas você vai ficar contente de saber que ela vai sair de Beirute.

— Mas, Saul... — Carrie começou a falar, mas parou quando percebeu o olhar de Saul.

Saul virou-se para Fielding, que sorria abertamente.

— Está fazendo a coisa cer... — começou Fielding, mas Saul o interrompeu.

— Você também, Davis. Também preciso falar com você. Encontre-me no seu escritório, aquele da rua Maarad, em... — Ele checou o relógio de pulso — ...em cerca de uma hora.

— O que você está dizendo? Sair daqui? — Fielding se levantou.

— Langley. Precisamos de você lá. — Saul sorriu. — Está tudo bem. Vou explicar em breve. Agora preciso resolver um assunto com a Carrie, certo? — Ele olhou para Carrie. — O que está bebendo?

— Vodca. Belvedere.

— Posso tomar uma dose também? — disse ele, pegando o copo. — Foi uma droga de um longo voo.

Fielding olhou para Carrie de forma sombria e apanhou o paletó. Depois observou Saul acabar com a vodca que estava no copo.

— E o posto? Quem vai ficar responsável? — Fielding perguntou.

— Vamos trazer Saunders de Ancara. Não se preocupe. É temporário — Saul disse para tranquilizá-lo, fazendo um gesto indicando que não se tratava de nada importante.

— Vamos lá, Saul. Pode me dar uma dica? — perguntou Fielding.

Saul balançou a cabeça.

— Não quero que estes dois — apontou para Carrie e Virgil — saibam. Vou me encontrar com você logo, logo. Prometo.

Fielding examinou Saul por um momento, como se estivesse tentando decidir se iria acreditar nele.

— Alguns dos meus homens estão vindo — disse. — Não queríamos repetir Aquiles.

— Cancele. Não vamos precisar deles — Saul disse, fazendo um gesto para que o outro se fosse. — Vou lhe explicar tudo dentro de uma hora, tudo bem?

Fielding fez que sim com a cabeça e, sem desgrudar os olhos de Saul, saiu do apartamento.

— Você perdeu o juízo? Sabe o que aquele idiota... — ela começou a falar, mas Saul colocou os dedos nos lábios para que ela parasse e olhou para Virgil, que foi até a porta se assegurar de que Fielding tinha ido embora. — O que está acontecendo? Por que você queria me ver sozinha?

Saul abriu um largo sorriso. Virgil, olhando para os dois, sorriu também.

— Sabe o que você fez? Tem alguma ideia? — perguntou Saul.

— Sobre o que está falando?

— A fotografia que você mandou. A foto obtida com o contato cujos passos você seguiu, aquela Marielle.

— O homem, Mohammed Siddiqui. O que tem ele?

Saul se inclinou para a frente e tocou o braço de Carrie.

— Bom, de acordo com o seu antigo chefe Alan Yerushenko e toda a equipe dele, e mais todo mundo da NESA, eles estão nos afirmando, com mais de setenta por cento de probabilidade, que a foto que você mandou, a pessoa que você identificou como Mohammed Siddiqui, supostamente originário do Catar, que, aliás, de acordo com Doha, não existe, é a única fotografia conhecida de Abu Ubaida, o braço direito e o número dois de Abu Nazir, chefe da Al-Qaeda no Iraque e a pessoa que muito provavelmente estava por trás dos ataques em Nova York.

Ela balançou para trás, pasma. Inacreditável, pensou. Num minuto ela estava sendo enviada para a Polônia e agora, de repente, ela tinha acabado de marcar um gol que poderia ganhar a Copa do Mundo.

— E Fielding? — Carrie perguntou.

— Quando ele descer do avião, Langley vai cuidar dele. — Saul franziu as sobrancelhas. — Não vai ser agradável. Não sei em que ele estava pensando, em nome de Deus. Ou o tanto que ele está metido nisso, ou com quem.

— E quanto a Langley? Estou fora da lista negra?

Saul deu um amplo sorriso.

— Está brincando? No que diz respeito ao diretor, você é a rainha do baile, a Mulher Maravilha e a versão feminina de James Bond, tudo em um pacote só. Yerushenko disse que, se já não fosse casado e com netos, ele se casaria com você. Finalmente conseguimos uma chance de chegar até esse filho da puta.

— E David? — perguntou ela, sem olhar para Saul.

— Estes também.

— Então, por que você disse que eu iria embora? Tenho muito mais para fazer aqui.

Saul balançou a cabeça.

— Você vai para Bagdá. Seu voo decola em quatro horas. Você tem uma nova missão. É toda sua. Você é a responsável.

— Qual é?

— Vem de Bill Walden em pessoa. Traga para nós as cabeças de Abu Ubaida e Abu Nazir. A Al-Qaeda está prestes a tomar o controle de toda a província de Anbar, no Iraque. O país vai explodir em uma guerra civil. Nossas tropas estão presas no meio disso. Vai ser um banho de sangue. O pessoal da Inteligência da Defesa fez estimativas de baixas nas quais você não acreditaria. A única maneira de evitar tudo isso é parar esses dois.

— Por que eu?

— Eu sei. É uma tarefa das grandes. Mas foi você que o encontrou. Sua intuição para encontrar Abu Ubaida é melhor que a nossa. Você fala árabe como uma nativa. Quem seria melhor? Você nasceu para isso, Carrie.

— E talvez possa fazer um pouco de justiça por Dima. E Rana — murmurou ela.

— Ah, Carrie. — Saul deu um suspiro. — Não procure justiça nesta vida. Você vai ficar muito menos decepcionada.

— Os alvos. Como você os quer? Vivos ou mortos?

— Em um milhão de pedacinhos, se for o caso. Apenas agarre esses sacanas — Saul disse com os dentes semicerrados.

Carrie e Virgil estavam dentro de um táxi descendo a rua Ouzai em direção ao aeroporto. A rua estava cheia e barulhenta, mesmo sendo tarde da noite. Os edifícios perto da costa eram velhos e rachados, com roupas estendidas e faixas pretas com letras brancas com os dizeres "Morte a Israel" penduradas nas varandas.

Ela tinha retornado à casa de Virgil para fazer as malas. Quando começou a dobrar o minivestido, Virgil balançou a cabeça:

— Não vai ter muito uso em Bagdá.

— Provavelmente não — concordou ela, dobrando o vestido e colocando-o na mala, sem saber o que mais fazer com ele.

Quando ficaram prontos, dirigiram-se ao cemitério perto do bulevar Bayhoum para que Carrie pudesse deixar uma mensagem no esconderijo sob o vaso de urna, a fim de avisar Julia/Fatima que teria que partir novamente. Alertou-a a tomar cuidado. Não tinha que mencionar o que ambas já sabiam: as bombas estavam chegando.

— E quanto à advertência de Julia sobre o Hezbollah e os israelenses? — Carrie tinha perguntado a Saul quando ainda estavam no apartamento que servia de abrigo secreto. — Uma guerra está a caminho. É só uma questão de semanas ou meses.

— Deixamos de lado. Estava entre as notícias que o presidente recebe diariamente. Estes garantiu que o presidente tomou conhecimento — respondeu Saul.

— Eles vão avisar os israelenses?

Saul ergueu as mãos em um gesto que, de alguma forma, inexplicavelmente englobava dois milênios de história judaica.

— Depende do governo. Compartilhar informações com outros países não faz parte da inteligência, mas da política — respondeu.

— Mesmo quando se trata de aliados? — perguntou Carrie.

— Especialmente quando se trata de aliados.

— Se acontecer, o Líbano vai ficar com a pior parte — disse ela, despejando as últimas doses da vodca em copos, para os três.

— Sempre. *L'chaim* — disse ele, levantando o copo.

— À nossa — disse Virgil ao beber.

Olhando para fora da janela, ela viu a silhueta de uma palmeira contra os feios prédios da favela nos faróis dos carros que passavam e sentiu um aperto.

— Vou sentir saudades de Beirute — disse para Virgil.

Havia algo acerca desta vida, destas pessoas. Um tipo de heroica loucura. O que Marielle tinha dito? Que eles viviam em "uma ponte sobre um abismo".

— Não é a Virgínia. — Ele concordou. Uma placa de rua indicava o aeroporto à frente.

O celular dela tocou. Era Saul.

— Carrie?

— Estamos quase no aeroporto.

— Fielding está morto.

Ela sentiu um vácuo repentino, um buraco aberto na boca do seu estômago. Ela o odiava, mas mesmo assim. Incapaz de evitar, lembrou do pai dela, sentindo-se enjoada com a recordação de encontrá-lo na véspera do dia de Ação de Graças, vendo o que ele havia feito a si mesmo e correndo com ele para o hospital em uma ambulância, pensando: Desculpe, papai, desculpe mesmo. E, de uma forma absolutamente horrível, desejando ao mesmo tempo não ter chegado cedo em casa.

— O que aconteceu? — perguntou.

— Tiro na cabeça. Parece suicídio.

Virgil deu uma olhada para Carrie, imaginando o que teria ocorrido, e depois se virou para a frente, piscando por causa dos faróis dos carros em sentido oposto.

— Vamos voltar. Precisamos chegar ao fundo disso.

— Carrie, ele não era idiota. Ele sabia o que estava por vir.

— Saul, escute. Ele era um verdadeiro canalha, o protótipo do ser humano patético, mas ele não faria isso. Isso não. Não era do estilo dele.

— Qual você acha que era o estilo dele?

— Era o tipo de pessoa que se achava mais esperta do que qualquer outra. Achava que ninguém poderia mexer com ele. Que sempre acabaria se dando bem. — Ela cutucou o braço de Virgil. — Escute, espere por mim. Vamos voltar.

— Não voltem. É uma ordem. O Iraque é importante demais. Além disso, o que quer que tenha provocado isso, as respostas estão em Bagdá — disse ele.

CAPÍTULO 26

Rota Irlandesa, Bagdá, Iraque

Demon falava por baixo dos arcos de metal da área de espera do Aeroporto Internacional de Bagdá. Com uma aparência sólida de ex-militar e uma falha entre os dentes da frente como aquele menino da revista *Mad*, ele vestia um uniforme de combate no deserto, com uma caveira de pirata e ossos cruzados pintados no colete à prova de balas e a palavra "Demon" no capacete militar. Não usava camisa por baixo do colete e o pescoço e os braços bem torneados eram cobertos por tatuagens de cobra e rostos de demônios. Como o restante dos membros da equipe de escolta da Blackwater, a empresa particular de militares, trazia um cinto de munição com carregadores extras e um par de granadas de mão balançando no peito como frutas mortais, um fuzil M4 aninhado na curva do braço.

Apesar de ainda não serem nove da manhã, Carrie já estava suando. A temperatura passava dos trinta graus naquele início de manhã de abril e parecia que ia subir muito mais. Como os outros, ela vestia um colete à prova de balas e um capacete kevlar, e desajeitadamente portava uma arma que ela nunca tinha tocado antes, um M4 de propriedade da Blackwater. Virgil, ao seu lado, com um ar igualmente desconfortável, limpava o suor da testa com a manga.

Já fazia sete meses que ela estava no Iraque, mas o calor, as companhias militares de mercenários, a sensação de guerra no minuto em que você descia do avião traziam tudo de volta, como se ela nunca tivesse saído, como se Beirute jamais tivesse acontecido. Difícil acreditar que havia menos de dois meses que tudo começara com a tentativa de Rouxinol de sequestrá-la em Beirute. Era dia 9 de abril. Nos Estados Unidos, as férias de primavera, o Dia da Mentira, a época de declarações de imposto de renda e o final dos campeonatos universitários de basquete. Como se ela estivesse em uma corrida, onde o tempo parecia ao mesmo tempo comprimido e infinito. De volta ao Iraque agora, pensou, sombria. Só que desta vez ela tinha uma pista.

Durante a escala em Amã, ela tinha ido ao banheiro do aeroporto, onde uma agente da Estação de Amã, uma atraente jovem árabe-americana, tinha lhe passado um celular criptografado por baixo da divisória das cabines, e ela o tinha usado para ligar para Saul.

— E a respeito daquilo que eu lhe dei? — perguntou a ele. O celular de Rouxinol.

— Ainda estamos trabalhando em cima disso. Toda vez que ele se encontrava com Rana, depois ligava para o mesmo número no Iraque.

— Onde?

— Em vários lugares. Bagdá, Fallujah, Ramadi. Na última vez foi Ramadi.

— Então nós achamos que é o lugar onde se encontra Abu você-sabe--quem? — Carrie sussurrou no telefone.

— Ubaida? É. Carrie?

— Estou aqui.

— Tome cuidado. Você está na Zona Vermelha. — Ela pensou que as coisas deviam estar realmente feias se ele achava que tinha que fazer essa advertência. Pelos noticiários da televisão, ela sabia que a guerra, que estava complicada quando ela deixara o Iraque, estava se ampliando. Ou será que ele estava advertindo a respeito de alguma outra coisa? Tal como uma intensificação importante ou uma operação da AQI, a Al-Qaeda?

— Saul, vai acontecer alguma coisa?

— Geralmente, sim — respondeu ele.

Demon fazia um resumo sobre o que esperar no caminho entre o aeroporto e a Zona Verde de Bagdá. Eles faziam parte de um grupo constituído de contratados da Blackwater e de outras empresas de segurança e uma dupla de jornalistas da CNN que tinha chegado com eles de Amã.

— Ouçam bem. Vou dizer apenas uma vez e não me interessa porra nenhuma se vocês estão ouvindo porque talvez vocês não fiquem vivos tempo suficiente para ter importância — disse Demon de uma maneira que fez com que Carrie entendesse que ele já tinha feito o mesmo discurso uma porção de vezes antes. — São apenas menos de dez quilômetros daqui até a Zona Verde. É uma estrada plana, quase em linha reta na estrada do aeroporto, também conhecida como Rota Irlandesa, para vocês, novatos, também conhecida como "RPG Alley", ou alameda dos lançadores de granadas, para quem estiver realmente prestando atenção. Vamos chegar lá em dez minutos. Nada demais, certo? — Ele riu, deixando visível a falha entre os dentes.

"Vamos nos organizar em dois comboios, com cinco veículos cada um. Cada comboio é formado de três SUVs blindados e um tanque Mamba com uma metralhadora M240 no teto na frente e outro Mamba para proteger a retaguarda. Agora, alguns de vocês, novatos, podem pensar que tudo isso é um arsenal um bocado exagerado. Alguns aqui podem olhar nossos enormes e amplos veículos americanos e se sentir um pouco mais seguros com toda essa blindagem de aço grudada neles. Pois, acreditem, com a quantidade de explosivos RDX que os nossos queridos irmãos *jihadi* usam, a armadura ao redor de vocês é tão eficiente quanto um lenço de papel.

"Para cada um de vocês, vamos designar um campo de visão para observar em nosso caminho. Mantenham os olhos abertos. Não disparem a não ser que eu grite 'Fogo!'. E é para valer. Se eu mandar vocês atirarem, é melhor obedecerem ou sou eu que vou atirar em vocês. Agora, neste exato momento, algum espertalhão pode estar dizendo para si mesmo: 'Isso é tudo uma besteira, cara'.

"Tudo bem, uma besteira. Mas, só para constar, ontem aconteceram vinte e um ataques a comboios americanos nessa mesma rua. Tivemos duas baixas. Hoje, porém, pessoal de sorte, é a véspera do grande feriado do Mawlid al-Nabi. O nascimento do Profeta Maomé. Logo, podemos esperar que os cabeças de turbante aumentem as apostas. Aliás, como se trata de um feriado sunita, então, além de nos atacarem, podemos esperar explosões e carros-bomba nos mercados e mesquitas sunitas. Daqui a cinco dias, vai ser a versão xiita do Mawlid al-Nabi e vamos ter que fazer toda essa merda de novo. Acabaram os avisos. Ou vamos passar, ou não. Alguém tem alguma pergunta?

Demon observou o grupo. Alguns fornecedores balançaram os pés, mas ninguém disse uma palavra.

— Tudo bem, meninos e menina — e ele fez um aceno de cabeça em direção a Carrie, a única mulher —, estejam prontos para os dez minutos mais longos da vida de vocês. Vamos tratar de dar o fora daqui — virou-se e se afastou. Depois de um instante, todos o seguiram para o exterior do terminal. Os Mambas cinzentos e os SUVs pretos estavam estacionados junto ao meio-fio, no sol escaldante.

Rabbit, um ex-fuzileiro com cabelo aparado, indicou a Carrie e Virgil em qual SUV entrar, onde se sentar e lhes passou as designações em relação ao campo de visão e de tiro. Eles estavam no segundo comboio. O assento de Carrie ficava na fileira do meio, lado direito.

— Estamos à procura de quê? — Carrie perguntou a Rabbit. Ela já havia feito isso antes, na última vez em que estivera em Bagdá, mas, a julgar por tudo ao redor, estava claro que as coisas tinham mudado.

— Qualquer veículo que não fique muito distante de nós. Qualquer coisa. Mulheres, crianças, uma pilha de lixo em um lugar onde não devia estar — explicou Rabbit. — Se alguém se aproximar, gritem "*imshi*". Quer dizer...

— Eu sei o que quer dizer — disparou ela.

— Aposto que sabe. — Ele fez um sinal de concordância com a cabeça.

Carrie verificou seu M4. Estava munido com um carregador padrão de trinta cartuchos. A alavanca de segurança no lado esquerdo estava travada no modo "Safe". Ela espantou uma mosca do rosto e pediu a Deus que não tivesse que usar a arma.

Aguardando no aeroporto de Beirute, e no voo para Amã e no segundo voo, para Bagdá, tendo Virgil sentado do lado lendo um livro de bolso, Carrie tinha ficado ouvindo John Coltrane no iPod, trilhas românticas e tranquilas, como "Body and Soul", e pensando no suicídio de Fielding. A grande questão era o motivo do suicídio. Não poderia ter sido pelo que o esperava em Langley. Fielding era o tipo de idiota que sempre conseguia se safar, a vida inteira. Ele deve ter imaginado que também encontraria uma saída nesse caso. Então, por que tinha cometido suicídio? O que estaria escondendo? E o que isso tudo tinha a ver com Abu Ubaida e Abu Nazir?

Os SUVs e os Mambas estavam carregados e à espera. Rabbit sentou-se na frente dela, no assento destinado ao passageiro "carona". Embora o ar-condicionado estivesse ligado, o SUV estava quente, com as janelas parcialmente abertas, as armas despontando para fora. O rádio deu um estalido. Ela ouviu a voz de Demon.

— Mantenham os olhos abertos e os esfíncteres apertados. Adiante — disse ele.

O Mamba líder começou a se movimentar e o SUV que eles ocupavam seguiu logo atrás, a bandeira da Blackwater do Mamba, preta com uma pata de urso polar, voando da abertura do teto do capô. O comboio fez um círculo na estrada de acesso e se dirigiu para o portão do aeroporto. Carrie conseguia vê-lo à frente através do para-brisa. O portão estava completamente cercado de sacos de areia, com barreiras de concreto que obrigavam os veículos a realizar curvas fechadas, para a frente e para trás, antes que pudessem entrar no aeroporto. Era operado por guardas da Blackwater, vestidos com trajes completos de proteção, portando metralhadoras.

Em um sinal próximo do portão estava escrito: "Você está saindo da Zona do Aeroporto. Condição Vermelha." Virgil se inclinou e cochichou no ouvido dela que "Condição Vermelha" significava que as armas estavam prontas para atirar. À medida que se aproximavam da barreira no outro lado da rua, a voz de Demon crepitou pelo rádio:

— Carregar as armas, pessoal. Retirar travas de segurança. Não temos nenhum turista neste comboio.

Ouviram-se estalos enquanto todos engatilhavam as armas. Carrie destravou a arma colocando no modo "Semi" em vez de "Burst", como fora ensinado. Isso tudo é insano, pensou. Ela não tinha ideia de como usar aquela arma e não tinha certeza se conseguiria acertar em alguma coisa.

Saíram do aeroporto e entraram em uma rodovia rodeada pelo deserto. Logo depois do portão, ela avistou palmeiras, os troncos enegrecidos e as copas tosadas por causa de explosões. Ao longo da estrada havia uma extensa coluna de ferro-velho retorcido, os restos carbonizados e enegrecidos de SUVs e caminhões. Só pela quantidade de material amontoado dava para ver que as coisas tinham piorado muito desde que ela estivera ali pela última vez. Uma ampla divisória da rodovia, com o solo plano, arbustos e palmeiras os separavam do tráfego em sentido oposto.

O SUV ganhou velocidade. Eles agora se moviam com mais rapidez, cerca de quase cem quilômetros por hora. Carrie limpou o suor dos olhos. No seu lado da estrada, havia mais do mesmo. Carcaças carbonizadas de veículos, arbustos e palmeiras laceradas. Na frente deles, seguia o Mamba líder, com alguém em cima engatilhando a metralhadora, e adiante, a estrada, parcialmente obscurecida à distância por um véu amarelo de poeira. Levantada, ela imaginava, pelo primeiro comboio, alguns minutos na dianteira em relação a eles.

— Ponte elevada adiante — disse Rabbit por cima do ombro dela. — Esteja pronta. Os *hajis* gostam de deixar cair granadas sobre nós. Olhos abertos. Você só consegue ver essas coisas quando elas rebentam.

— Meu Deus — murmurou Virgil, lançando um olhar para Carrie indicando que ele não gostava disso mais do que ela.

Passaram por baixo da ponte elevada, cada nervo do corpo dela esperando que alguém caísse em cima deles. Quando se afastaram do sombreado, ela olhou para trás, mas não viu ninguém. Estava a ponto de recuperar a respiração normal quando o rádio crepitou novamente.

— Pessoal! Tomo mundo pronto. É agora que começa a diversão — disse a voz de Demon.

— Pelo menos uma vez por dia, sempre acontece alguma coisa aqui — disse Rabbit, curvando-se sobre a arma.

Carrie entendeu o que ele queria dizer. Carros entravam na rodovia a partir de uma estrada secundária. Um deles, um táxi com dois árabes usando *kaffiyehs* quadriculados no banco dianteiro, veio na direção deles.

— *Imshi*! Saiam daí, merda! — gritou Rabbit, e disparou um tiro de alerta justo na frente do para-choque dianteiro do táxi, gesticulando para eles recuarem. O motorista do táxi encarou-os com raiva, mas desacelerou e se afastou. Adiante, o Mamba líder buzinava sem parar, mas ela não conseguia distinguir para o quê. Então, viu o Mamba deliberadamente bater contra a traseira de um carro que seguia na frente dele e observou o mesmo carro desviar para o acostamento, a fim de sair do caminho.

Agora podia ver que um carro após o outro se desviava para a lateral da estrada, a fim de deixar o comboio deles passar, com seus ocupantes iraquianos os observando no acostamento, as expressões ilegíveis.

Eles passaram por baixo de outra ponte elevada, mirando suas armas para cima, e depois por outra. Havia uma cratera na estrada, por causa de uma explosão anterior provocada por uma mina, e o comboio diminuiu a velocidade para circundá-la.

De repente, uma mulher em uma *abaya* preta com dois meninos pequenos apareceu no acostamento, na frente deles, perto dos destroços de um carro acidentado que ainda não tinham sido removidos. Ela segurava uma cesta. Os três estavam no ângulo de tiro de Carrie.

— Na posição de duas horas! Mulher com cesto e crianças! — gritou. A mulher fez um sinal para eles, mostrando o cesto. Meu Deus!, pensou. Será que havia um explosivo no cesto? Ela não sabia o que fazer.

— Não atire ainda — gritou Rabbit, enquanto apontavam as armas para a mulher e as duas crianças. O que está acontecendo aqui?, pensou Carrie. O que estamos fazendo?

— *Balah*! — gritou a mulher, acenando para eles enquanto diminuíam a velocidade para passar em torno do carro acidentado.

— Esperem! — gritou Carrie. — Ela está vendendo tâmaras!

— Não disparem! — gritou Rabbit.

Carrie retirou o dedo do gatilho. Quando passaram, o menino menor acenou para eles. Este lugar é surreal, ela pensou, o coração batendo como um tambor.

Diminuíram a velocidade de novo em um posto de controle da rodovia formado por tanques e protegido por soldados do Exército do Iraque com o auxílio de uma dupla de fuzileiros americanos. Os soldados iraquianos acenaram quase sem olhar, e eles ganharam velocidade novamente. Uma placa indicava: "Autoestrada Qadisaya".

De repente, ela ouviu uma explosão incrivelmente alta e viu uma bola de fogo maciça cor de laranja eclodir alguns metros adiante. Uma onda de calor e um bafo de explosivos veio na direção deles como um vento quente.

— Merda — murmurou Rabbit.

— O que foi? — perguntou Carrie.

— O comboio na nossa frente — murmurou com os dentes semicerrados.

Um minuto depois, eles tiveram que desacelerar para passar em volta da armação despedaçada de um SUV exatamente como o deles, inteiramente envolto em chamas, liberando uma coluna espessa e acre de fumaça escura dezenas de metros acima. Próximos a ele, estavam os destroços chamuscados de outro veículo destruído, dele não tendo restado nada além do chassi. Carro-bomba, Carrie pensou automaticamente enquanto eles manobravam pelo espaço. Ela podia sentir na pele o calor das labaredas. O ar estava grosso com fumaça e cheiro de explosivos.

Por causa das chamas, ela não conseguiu ver ninguém ali dentro, mas havia o braço de um homem a metros de distância, na rodovia. Eles iam passar bem ao lado, talvez por cima. Enjoada, ela se forçou a engolir em seco para espantar a vontade de vomitar. Quando passaram, ela não conseguia tirar os olhos do braço arrancado. Ele jazia ali, palma para cima, os dedos perfeitos, intocados, até relaxados. Dois homens da Blackwater carregavam um terceiro homem, a parte superior do corpo banhada em sangue. Eles o trouxeram para um SUV parado no meio da rodovia, a porta aberta.

Deve ter acabado de acontecer, ela pensou, com náuseas, e subitamente consciente da maneira como tinha sido para ela no Iraque antes, consciente de que este lugar era real; ela podia morrer a qualquer segundo. De repente, ficou aterrorizada. E, ainda assim, se sentiu mais viva do que nunca. Cada poro de sua pele era como um receptor sentindo todos os átomos no ar ao seu redor.

Isso é como uma das minhas viagens, pensou. Na verdade, era uma insanidade. E ainda assim. E ainda assim. Era isso que ela realmente era.

Quando começaram a acelerar, o M240 e os M4s do lado direito do Mamba que seguia na frente dispararam. Todos do lado direito do Mamba, o lado dela, estavam atirando. Seguindo o trajeto dos projéteis das metralhadoras, parecia que estavam mirando no telhado de um prédio da cor de arenito a cerca de cem metros de distância da rodovia. Meu Deus, ela pensou, ao avistar um lampejo de fogo a partir dali. Alguém estava atirando neles.

— Franco-atiradores. Droga, atirem! — gritou Rabbit, ao mesmo tempo que disparava seu M4 em direção ao telhado do prédio.

Carrie tentou, mas não conseguia ver quem estava atirando neles, ainda que seus nervos gritassem na expectativa de uma bala atingi-la a qualquer momento. A rajada desagradável dos fuzis M4 de Rabbit e do homem atrás dela soava incrivelmente alta aos seus ouvidos. Ela colocou o dedo no gatilho, sem saber o que fazer, enquanto eles arrancavam para o lado oposto do prédio. Foi então que ela viu.

Ela conseguiu ver a silhueta de alguém lá em cima e, antes de perceber o que estava fazendo, apertou o gatilho às cegas, sentindo o M4 mexer em suas mãos. Apertou de novo, os tiros soando extremamente altos, embora tivesse certeza de que não tinha nem chegado perto de atingir quem quer que fosse. Antes mesmo de poder ver o que tinha acontecido, eles se afastavam em velocidade. Ela sentiu uma premência terrível de urinar e se segurou para não fazê-lo. Colocou a trava novamente na posição "Safe".

Depois de um tempo que pareceu uma hora, mas deve ter sido talvez um minuto, eles saíram da rodovia, o Mamba líder buzinando e trombando em carros iraquianos para mantê-los fora do caminho, enquanto se dirigiam para o posto de controle da Zona Verde. As ruas estavam cheias de carros e motocicletas e pessoas. Através da janela chegava um odor de poeira e diesel e lixo podre.

O posto de controle estava adiante deles: arame farpado; muros de concreto sólido, alguns decorados com grafite; sacos de areia; barreiras de concreto formando curvas na estrada; uma fila de carros e uma longa fila de pessoas passando pela inspeção e pelos detectores de metal para entrarem, vigiados por um tanque M1 Abrams e um destacamento de soldados do Exército dos Estados Unidos. Eles serpentearam por entre as barreiras em zigue-zague e pararam brevemente no posto de controle, onde um funcionário que parecia exatamente como um soldado, a não ser pelo emblema Blackwater no ombro da camisa, acenou para que entrassem.

Ao atravessarem os muros de concreto, era como se tivessem aterrissado em um outro planeta. Estavam em uma ampla avenida ladeada de palmeiras, mansões com jardins e gramados verdes, prédios monumentais com domos pontudos como algo saído das *Mil e uma noites* e, a distância, o sol brilhando sobre o rio Tigre. Passaram por um monumento com gigantescas espadas curvadas e cruzadas na entrada do que parecia uma grande praça de desfiles. Perto dela, algo similar a um enorme disco voador de concreto com a escotilha aberta. Ela se lembrou que tinha visto aquela escultura na última vez que esteve ali, mas Rabbit, supondo que era uma novata, apontou o monumento.

— Monumento ao Soldado Desconhecido — disse ele à medida que prosseguiam avenida abaixo, virando à esquerda após alguns prédios do governo situados em espaços abertos e gramados, depois à direita na rua Yafa, e parando na entrada de um prédio alto com uma fonte seca com estátuas na frente que, mais cedo ou mais tarde, qualquer estrangeiro que não estivesse ligado aos militares acabaria por conhecer: o Hotel Al-Rasheed.

— Você quer se registrar ou seguir para o Centro de Convenções? — perguntou Virgil quando eles desceram. O Centro de Convenções era onde o Governo Provisório do Iraque e as agências governamentais americanas mantinham seus escritórios.

— Centro de Convenções — respondeu ela, verificando que a segurança estava de volta e devolvendo o M4 para Rabbit.

— Você se comportou bem — elogiou ele.

— Eu estava morta de medo — retrucou ela.

— Eu também. — Ele riu e acenou.

Carrie e Virgil, puxando as malas de rodinhas, atravessaram a ampla avenida e mostraram suas identidades aos fuzileiros americanos posicionados por trás de sacos de areia do lado de fora da cerca de concreto e ferro forjado do prédio do Centro de Convenções. O Centro era um edifício gigantesco em forma de fortaleza feito de concreto cinza. Parecia com uma fortificação da Primeira Guerra Mundial.

Tornaram a mostrar suas identificações para dois policiais militares encarregados da inspeção e entraram. De imediato sentiram o efeito do ar-condicionado e, após indagarem, encontraram afinal um escritório com uma placa na porta que dizia "USAID Bagdá", a agência americana para o desenvolvimento internacional. Bateram e entraram.

Foram levados à sala de espera de um escritório, onde se sentaram e aguardaram enquanto um jovem americano vestido com uniforme de serviço dos fuzileiros navais, de camisa e gravata, com um ar inteiramente militar, foi buscar alguém. Um capitão dos Fuzileiros Navais dos Estados Unidos, também em uniforme de serviço, saiu de uma sala interna e veio ao encontro deles.

Ele tinha cerca de um metro e oitenta de altura, era atlético, atraente, com cabelos ondulados escuros mais compridos do que o normal para os fuzileiros, olhos azuis e um sorriso de Tom Cruise.

— Sou Ryan Dempsey. Vocês devem ser Virgil e Carrie. Bem-vindos ao Sandbox — disse ele, apertando as mãos dos dois. Quando tocou a mão dela, Carrie sentiu um formigamento diferente de tudo o que experimentara desde a primeira vez que ela tinha encontrado seu professor de ciências, John, em Princeton, muito tempo antes. *É a adrenalina*, disse para si mesma, *a emoção de sobreviver ao trajeto de vinda, de estar viva*. Porém, após dar uma boa olhada no capitão Dempsey, percebeu que não era verdade.

Ah, merda, pensou. *Estou com problemas.*

CAPÍTULO 27

Zona Verde, Bagdá, Iraque

Eles estavam em uma pequena mesa no Country Clube de Bagdá. Situada em uma casa branca de blocos de concreto, com beirada azul, em uma rua residencial perto do rio, era um dos poucos lugares na cidade onde a bebida alcoólica fluía livremente. O clube estava apinhado de expatriados da Zona Verde, que optavam pelo clube em vez dos bares dos hotéis Al-Rasheed ou Palestine porque, com os xiitas tentando formar um governo, os hotéis não serviam álcool abertamente.

Havia homens vestidos em uniformes de uma dezena de diferentes países da Coalisão: britânicos, canadenses, australianos, poloneses, georgianos, oficiais do governo provisório e da embaixada dos Estados Unidos. Além desses, funcionários de empresas militares particulares, como a Blackwater, a DynCorp, a KBR-Halliburton e várias outras. Cada vez mais a guerra vinha sendo sublocada para empresas de mercenários e eles praticamente tinham tomado o lugar de assalto. O bar e as salas contíguas estavam lotados, com contratados de todas as partes do mundo recebendo salários dignos de Wall Street, falando dezenas de línguas e gastando dinheiro como se fosse papel velho. Aviões decolando não poderiam exceder o nível de barulho, e as garçonetes que não se importavam em levar uma palmada no traseiro podiam ganhar mil dólares por noite.

Carrie estava em uma mesa com Virgil e Dempsey, que na realidade era um capitão dos Fuzileiros Navais emprestado à CIA usando o escritório da USAID como disfarce, oriundo da Força Tarefa 145, uma organização obscura que lutava contra os insurgentes.

Juntou-se a eles um iraquiano, Warzer Zafir, oficialmente intérprete a serviço da embaixada americana, oficiosamente também um membro da Força Tarefa 145. O iraquiano tinha trinta e poucos anos, cabelos escuros, uma barba de três dias, nariz reto, afiado como a lâmina de um machado. Igualmente atraente, pensou Carrie. Na mesa ao lado, um trio de australianos celebrava em altos brados a vitória da equipe de críquete da Austrália contra "aqueles babacas sul-africanos".

— Eu falo árabe. Não preciso de um intérprete — Carrie tinha dito a Dempsey ainda no escritório.

— Warzer tem outras virtudes — disse ele.

— De que tipo?

— Ele é de Ramadi.

— E o que tem Ramadi?

— Vocês têm que entender o que está acontecendo. O Iraque mudou desde que vocês estiveram aqui. Nas duas últimas semanas, somente na área de Bagdá, apareceram mais de trezentos corpos, a maior parte carbonizada, todos torturados a ponto de ficarem irreconhecíveis. Nossas tropas estão se virando para todo lado. Há minas terrestres e franco-atiradores em todo quarteirão. É difícil dizer quem os iraquianos odeiam mais, a nós ou uns aos outros.

"Os sunitas jamais vão aceitar Jaafari como primeiro-ministro. — Ele se inclinou para ficar mais próximo. — A rebelião têm braços. A AQI está se fortalecendo. Estão a ponto de tomar Anbar. Estamos falando da periferia de Bagdá até a fronteira com a Síria. As pessoas estão se cagando de medo. Na semana passada, dois *rangers* do Exército dos Estados Unidos, do 75º Regimento, sumiram em Ramadi. Uma hora depois apareceram, mas sem as próprias cabeças.

— É por isso que estou aqui — disse Carrie. — Vocês viram a foto. Será que alguém viu esse homem?

Tanto Dempsey quanto Warzer balançaram as cabeças.

— Mesmo que alguém tivesse reconhecido, não falaria nunca. O que vocês, americanos, não entendem — disse Warzer — é que não se trata de democratas e republicanos. Se os xiitas tomarem o poder, vão matar todos os sunitas. Eles têm medo de que, se nós tomarmos o poder, vamos fazer o mesmo. Saddam era um porco — continuou, o rosto contraído —, e estou contente que tenha sido apanhado. Mas quando ele cuidava das coisas, apenas algumas pessoas morriam. E não todo mundo.

— Preciso de alguém da AQI. Ouvi falar que você tinha um prisioneiro — Carrie se dirigiu a Dempsey.

Dempsey aquiesceu.

— Enquanto eu estava com o 7º Regimento dos Fuzileiros, antes dessa merda toda, capturamos um comandante da AQI em Fallujah. Mas são duros de interrogar. Eles não só não têm medo de morrer como querem morrer.

— Qual é o nome dele?

— É conhecido como Abu Ammar — disse Dempsey.

— É o *kunya* dele, o nome de guerra, não o nome verdadeiro. É interessante que tenha escolhido Abu Ammar — Carrie falou.

— Por quê?

— Foi usado por Yasser Arafat. Ammar era um companheiro do Profeta. Talvez tenha delírios de grandeza. Onde é ele está preso?

— Abu Ghraib.

— O mesmo local onde aconteceram as torturas e tudo o mais? — perguntou Virgil. Dois anos antes, o vazamento de fotos de militares americanos, homens e mulheres, torturando e humilhando sexualmente os detidos na prisão de Abu Ghraib, tinha se transformado em um desastre político de dimensões mundiais para os Estados Unidos.

— Se você visse o que eu vi... — Dempsey falou e depois encolheu os ombros, como se o Iraque fosse física quântica, impossível de explicar para os leigos.

— Você colocou escuta na cela dele? — perguntou Carrie.

Dempsey balançou a cabeça.

— Merda. — Ela franziu a testa. — Será que alguém tem uma pista do nome verdadeiro dele?

— Temos um infiltrado lá. Jura que nosso Ammar é de Ramadi, o que faz sentido, e que o nome verdadeiro dele é Walid. Não sabemos o sobrenome.

— Por que Ramadi faz sentido?

— Por que é o coração da insurgência. Corre um rumor de que é lá que está Abu Nazir. — Ele se aproximou. — Tenho que lhe contar, o Comando Central está planejando uma operação de grande porte em Ramadi — ele cochichou no ouvido dela.

— Quando? — ela cochichou de volta.

— Em breve. Você não tem muito tempo.

— Então, ninguém viu Abu Nazir ou Abu Ubaida? — perguntou Virgil.

— Dizem que aquele que vir um deles — explicou Warzer —, será a última coisa que seus olhos vão ver.

Dempsey olhou ao redor e fez sinal para se aproximarem. Todos se inclinaram.

— O que acontece agora? Vamos para Abu Ghraib para você interrogar Ammar? — perguntou ele.

— Não. Ramadi.

— Me perdoe, *al-anesah* Carrie — replicou Warzer. — Mas você está há pouco tempo no Iraque. Ramadi é... — procurou a palavra certa. — Você não pode imaginar como lá é perigoso.

— Nós já vimos como Bagdá é perigoso — disse Virgil.

Warzer olhou para Carrie e Virgil com seus olhos castanho-escuros.

— Bagdá não é nada. Ramadi é a morte — disse ele com serenidade.

— Não temos escolha. Preciso falar com a família dele — respondeu ela.

Dempsey abriu um largo sorriso:

— Nasce um a cada minuto.

— Quem nasce? Um idiota? — perguntou Virgil.

— Pior — respondeu ele, ainda sorrindo. — Um otimista.

Da porta aberta do seu balcão no Hotel Al-Rasheed, ela avistava as luzes em cima da Ponte Quatorze de Julho sobre o rio Tigre. A metade da cidade que ficava no outro lado do rio estava escura como breu, com a energia quase toda desligada, o rio em curva como uma fita prateada à luz do luar.

Além da Zona Verde, ela ouviu o estrondo de uma explosão e o metralhar de armas automáticas. Olhando para aquele lado, viu uma fila de projéteis vermelhos, vagando como sonhos pela escuridão. O tiroteio cessou, depois recomeçou, fazendo parte dos sons noturnos da cidade tanto quanto as sirenes de polícia e os caminhões de lixo em uma cidade dos Estados Unidos.

Ela voltou a meditar sobre a mesma velha pergunta: Qual era o segredo de Fielding? O que ele estaria escondendo? Por que se suicidou?

Mas por que alguém faz isso? Por que o pai dela tentou? E onde, naquela noite, estava a mãe dela? Será que a partida dela também não foi um tipo de suicídio, matar a antiga vida? Será que foi por isso que ela nunca tinha tentado entrar em contato com nenhum deles, nem mesmo os filhos? Saul estava certo, pensou ela. Todos nós escondemos alguma coisa.

Quando finalmente começou a tomar clozapina, o pai dela tentou se reconectar. Era como se ela nunca tivesse realmente conhecido Frank Mathison, o Frank Mathison que fora ao Vietnã — e nem isso ela soubera, até encontrar uma fotografia no armário dele, um rapaz sem camisa, incrivelmente jovem e magro, segurando uma M14 na clareira de uma floresta, com dois amigos, todos os três rindo para a câmera, com cara de chapados com o que quer que seja que estivessem fumando. O Frank Mathison com quem sua mãe tinha se casado antes de tudo ficar realmente muito ruim. Ele tinha ido morar com a irmã dela e o marido, Todd. Estava fazendo terapia, praticamente normal agora, segundo Maggie.

— Ele quer ver você. Ele precisa se reconectar. É importante para o processo dele.

— O processo dele? E quanto ao meu processo? — Carrie rebateu.

Ela não deixaria que ele se aproximasse. Se ela o visse na casa de Maggie, diria "Olá, papai", "Adeus, papai", e isso seria o máximo. Porque ela não conseguia esquecer; sua infância bizarra, um jogo de pingue-pongue entre discursos desconexos e o silêncio. E porque ele podia parecer normal, mas ela sabia que a loucura dele estava escondida, esperando para se exibir no minuto em que você virasse a cabeça para o outro lado.

E quanto a ela? A loucura dela?

Filho da puta, ela precisava de um drinque. E jazz. Ela preparou o iPod. Justo naquele momento, alguém bateu à porta.

Era Dempsey, enchendo todo o espaço do batente. Ainda em seu uniforme de serviço, alguns drinques a mais do que ele tinha tomado no Country Clube de Bagdá. A maneira como olhou para ela a fez tremer — droga, como ele era atraente.

— Quero a verdade. Você é casado? — perguntou Carrie.

— Que diferença faz? — respondeu ele, sem desviar os olhos azuis.

— Não sei, mas faz. É casado?

— Entre casamentos — respondeu ele, como se casamentos fossem obrigações militares, postos temporários, e você seguisse de um para o outro.

— Ah, merda — disse ela, os dois se aproximando como átomos colidindo, arrancando as roupas enquanto ele entrava no quarto, beijando-

-se como se o mundo fosse acabar. Caíram na cama e, enquanto ela enroscava as pernas em volta dos quadris dele, sentindo-o empurrar-se para dentro dela, uma parte dela ouviu algumas explosões altas do lado mais próximo do rio seguidas de um estrondo renovado de tiroteio com armas automáticas.

CAPÍTULO 28

Prisão de Abu Ghraib, Província de Anbar, Iraque

Abu Ammar, também conhecido como Walid, foi trazido algemado para a sala de interrogatório, onde Carrie aguardava. A sala era simples: paredes de concreto e duas cadeiras de madeira, uma de frente para a outra, nada mais. Ela fez um gesto para que ele se sentasse e, após um momento, ele o fez.

— *Salaam alaikum* — disse ela, fazendo um sinal para os dois solda- dos americanos que o tinham trazido se retirassem. Walid não respondeu com "*Wa alaikum salaam*", como mandava a cortesia árabe. Ele era um homem magro com cabelos aparados e uma barba irregular, vestido com o macacão laranja de prisioneiro, com um tique nervoso que o fazia me- xer a cabeça ligeiramente para o lado a cada segundo. Ela ficou pensando se era um tique natural ou o resultado do encarceramento e de interro- gatórios antigos.

Os olhos dele piscaram avaliando-a, notando o *hijab* azul, a calça jeans e o casaco com capuz do Corpo de Fuzileiros Navais dos Estados Unidos, e logo depois se desviaram. Ele não tinha que dizer nada. Ela compreen- dia. Ela era o inimigo. Por vários minutos, nenhum dos dois abriu a boca. Ela fez questão de se sentar quieta de forma que o equipamento de gra- vação e a câmera de vídeo em miniatura que ela trazia escondida captasse uma boa imagem.

— Você conhece o *hadith* de Abu 'Isa al-Tirmidhi relatando o Men- sageiro de Alá, que a paz esteja com ele, que disse: "O melhor de você é aquele que é o melhor para a sua família" — disse ela em árabe.

Ele mexeu a cabeça, mas sem deixar de olhá-la nem por um segundo. Os olhos dele piscavam sem parar, como os de um pássaro.

— Então, nada de choque elétrico ou afogamento desta vez. Você deve ser "a boa policial" — disse ele em um árabe típico do Iraque.

— Algo do gênero. — Ela sorriu. — Preciso de sua ajuda, Assayid Walid Karim. Sei que você preferiria morrer a fazer isso, mas pense um pouco. Uma palavra vinda de mim... e você vai se livrar deste lugar. — Ela fez um gesto vago ao redor das paredes.

— Não acredito em você. Mesmo que acreditasse, preferia morrer a ajudar você. De fato, acho — ele mexeu a cabeça — que prefiro os choques elétricos e o afogamento à sua estupidez.

— Você vai acreditar em mim, Walid Karim. Este é o seu nome, não é? — Embora ele tentasse não demonstrar, ela percebeu que ele ficou chocado por ela saber seu nome.

— Sou Abu Ammar — retrucou ele.

— E quanto ao pobre Yasser Arafat, que quer seu *kunya* de volta? — Ela fez uma careta sarcástica. — Escute, vai ser muito melhor se dissermos a verdade um para o outro. Você é Walid Karim, da tribo Abu Risha, e comandante da Tanzim Qaidat al-Jihad fi Bilad al-Rafidayn, conhecida por nós, pobres infiéis americanos, como a Al-Qaeda no Iraque. Você é de Ramadi, de Thaela'a al-Sharqiya, ao sul do rio, perto do hospital.

Karim a encarou com atenção, mal respirando, o tique nervoso se manifestando de novo. Carrie e Warzer tinham levado três dias difíceis e secretos, ele usando todas as suas conexões tribais e familiares, ela vestindo uma *abaya* completa, as sobrancelhas tingidas de castanho, usando lentes de contato castanhas, e nunca revelando seu disfarce, para descobrirem o nome verdadeiro de Karim e a casa onde a família dele morava. Então, ela tinha visitado a família de Karim, trazendo Warzer, que alegava ter sido prisioneiro de Abu Ghraib junto com Karim, de modo a que confiassem nela.

— Estive em sua casa — disse ela. — Falei com sua mãe, Aasera. Sua esposa, Shada. Segurei seus filhos, sua filha Farah, seu filho Gabir, com estas mãos. — Ela estendeu e levantou as mãos. Com cada palavra, ela percebia como ele ficava abismado que ela soubesse tanta coisa. — Gabir é bonito, mas jovem demais para entender o que é ser um *shahid*, um mártir. Ele sente saudades do pai. Diga a palavra certa e prometo que você vai para casa colocar seu filho no colo em poucas horas.

— Você mente — disse ele. Tique nervoso. — E, mesmo que não mentisse, eu preferia vê-la matar minha família a ajudar você.

— Deus é grande. Eu nunca mataria sua família, *ya* Walid. Mas você vai fazer isso.

O rosto dele se contorceu de nojo.

— Como você diz uma coisa dessas? Que tipo de mulher você é?

— Lembre-se do *hadith* de Abu 'Isa. Estou tentando salvar sua família. — Ela mordeu o lábio. — Estou tentando salvar você, *sadiqi*.

— Não me trate assim. Não somos amigos. Nunca vamos ser amigos — disse ele, os olhos ferozes como os de um profeta do Velho Testamento.

— Não, mas ambos somos humanos. Se você não me ajudar, o Tanzim vai decepar as cabeças dos seus filhos, e eu não vou conseguir interromper isso, que Alá não permita — disse ela, erguendo a mão direita.

— Meus irmãos nunca fariam...

— E o que eles vão fazer com um traidor, um *murtadd*? — ela cuspiu a palavra, "apóstata", para ver a expressão horrorizada no rosto dele. — O que eles vão fazer com sua família? Sua pobre mãe? Sua esposa e seus filhos?

— Eles não vão acreditar — disparou ele.

— Eles vão acreditar. — Ela fez um movimento de concordância com a cabeça. — Vão acreditar quando virem os fuzileiros americanos trazendo presentes, uma televisão nova e grande, com tela plana, e dinheiro, reformando e pintando a casa. Quando nós tivermos membros das tribos Dulaimi e Abu Risha cochichando pelo Anbar como você ajudou os americanos e tem até pensado em se converter ao cristianismo. Eles não vão querer acreditar, mas vão notar os presentes e a proteção por parte dos americanos, e vão entender tudo. E então, um dia, os americanos vão embora. Então o Tanzim vai chegar para implantar a justiça.

— Sua puta.

— E o que vai ser o *hadith* do Profeta de Alá naquele dia? Ou então você pode ser libertado deste lugar terrível hoje mesmo. Vá para casa, Walid. Seja o marido de sua esposa e o pai de Farah e Gabir, e nunca mais se preocupe com dinheiro ou segurança pelo tempo que você viver. Você precisa escolher agora — disse ela, olhando o relógio de pulso. — Em pouco tempo, vou sair daqui... e, seja qual for a sua escolha, não há caminho de volta.

Durante um longo tempo, ele não falou. Ela olhou em torno, para as paredes nuas, e pensou sobre as coisas que tinham sido feitas naquela sala. Talvez ele também tivesse feito, pensou ela.

— Isso é uma ação do mal — disse ele finalmente, mexendo a cabeça.

— Para um bem maior. Você corta as cabeças de gente inocente, Walid. Não me venha falar sobre o mal.

Ele a olhou, os olhos se estreitando.

— Não existe gente inocente — replicou. — Eu não sou. Você é?

Ela hesitou, mas depois balançou a cabeça.

Ele mexeu a cabeça e soltou uma expiração.

— O que você quer, mulher?

Carrie tirou do bolso uma fotografia do namorado de Dima, Mohammed Siddiqi, também conhecido como Abu Ubaida.

— Conhece este homem? — perguntou. Pela expressão no rosto dele, ela percebeu que conhecia.

— Abu Ubaida. — Ele assentiu. — Você deve conhecer ou não estaria me perguntando.

— Qual é o nome verdadeiro deste homem?

— Não sei.

— Ah, sabe sim — disse ela, cruzando os braços na frente do peito.

— *La*, de verdade. Não sei.

— O que você sabe a respeito dele? Deve saber algo. Alguém deve tê-lo chamado de outro nome.

— Ele não é de Anbar, não é nem mesmo iraquiano. Uma vez ouvi alguém chamá-lo de "Kaden".

— De onde ele é?

O rosto dele se endureceu, e ele a olhou desconfiado.

— Você vai me deixar sair daqui? Hoje?

— Mas em segredo, você vai trabalhar para mim — respondeu ela. — De onde ele veio?

— Palestina, como... — Ele parou de repente.

Ele tinha deixado escapar. Ela se jogou nessa informação.

— Como quem? Como Abu Nazir? Ambos são palestinos? — Como ele não respondeu, ela continuou: — A vida do seu filho Gabir está presa por um fio, Walid.

— A de todos nós. Todos estamos nas mãos de Alá.

— E nas suas próprias mãos. Diga-me, são palestinos? Os dois? É por isso que são tão próximos?

A cabeça dele se mexeu com o tique, e ele confirmou, acrescentando:

— Talvez não sejam mais tão próximos.

— Por quê? O que aconteceu?

— Não sei. Como eu poderia saber? Estou trancado aqui como um animal — disparou ele.

— Então, ganhe sua liberdade. Onde está Abu Nazir agora?

— Não sei. Ele se movimenta o tempo todo. Dizem que nunca passa duas noites na mesma cama. Como Saddam. — Ele abriu um sorriso, mostrando os dentes amarelados.

— E Abu Ubaida? Onde ele está? Ramadi?

Ele confirmou, quase imperceptivelmente.

— Mas não por muito tempo — acrescentou.

— Por quê? Para onde ele vai?

Ele balançou a cabeça. Por um momento, ela ficou com medo de que ele parasse de falar. Walid era o melhor lance de que eles dispunham. Se ela não conseguisse que ele se comprometesse agora — com uma grande batalha por Ramadi a caminho, de acordo com Dempsey —, eles fracassariam. Jogue a droga do dado, Carrie, ela disse para si mesma, e se levantou.

— Fique ou vá embora, Walid. Este é o momento — disse ela, prendendo a respiração. De algum lugar da prisão, ouviram o som fraco de alguém gritando, mas ela não conseguiu distinguir as palavras. Walid deve estar ouvindo, pensou.

— Qual é o seu nome? — perguntou ele.

CAPÍTULO 29

Ramadi, Província de Anbar, Iraque

Eles entraram em Ramadi dirigindo um veículo utilitário militar blindado, atrás de um tanque anfíbio, também blindado, do Corpo de Fuzileiros usado para transporte pessoal, atravessando a ponte sobre o rio Eufrates até o posto de controle próximo da usina de energia elétrica. Todos os quatro, Carrie, Virgil, Warzer e Dempsey, usando uniformes de combate em deserto. O sol estava alto, o dia quente; a temperatura estava na casa dos trinta graus, com um fino grão de areia no ar por causa do vento do deserto.

Eles pararam no posto de controle, uma pilha de sacos de areia e concreto. Dempsey desceu e falou brevemente com os fuzileiros encarregados do posto. Retornou e se posicionou diante do volante.

— A situação não é nada boa — relatou. — Dois postos policiais foram atingidos na noite passada. Soldados na avenida das minas terrestres se cobriram com morteiros pesados. Garanto que não contaram isso para vocês lá em Langley, que a AQI tem morteiros de cento e vinte milímetros e mísseis russos AT-13 Saxhorn? Artilharia foda. E os *hajis* subiram as apostas. Estão oferecendo dois meses de salário para qualquer um que plante uma mina na estrada Michigan, a principal via da cidade. Três meses se matar uns americanos.

— O que vamos fazer? — perguntou Carrie.

— Vamos ter que passar pela RPG Alley. — Ele fez uma careta e começou a dirigir.

Depois que saíram de Abu Ghraib, Warzer e Dempsey os tinham colocado a par das notícias. Warzer explicou que Ramadi era uma cidade de meio milhão de pessoas sob estado de sítio, presas entre três tipos de força: a Al-Qaeda, os rebeldes sunitas e os fuzileiros navais. Cerca de cem quilômetros a oeste de Bagdá, na principal autopista atravessando o deserto, a cidade era, segundo as palavras de Dempsey, "facilmente o local mais perigoso do planeta".

Agora, seguindo na rua principal atrás do tanque, Carrie podia entender o que ele quisera dizer. A rua era ladeada de entulhos onde antes costumavam estar erigidos edifícios; os poucos prédios e postes de energia ainda de pé pareciam queijo suíço com tantos buracos de bala. A não ser por algumas poucas mesquitas e caixas-d'água enferrujadas ainda eretas, a cidade parecia como as fotografias da Alemanha após a Segunda Guerra Mundial, pensou ela. Passaram por uma cratera profunda na rua, provocada por uma bomba, e Virgil deu uma olhada para Carrie por cima do console central do veículo blindado; depois voltou a prestar atenção na rua, mantendo seu M4 pronto para uso.

Ao longe, do lado direito, na direção de uma mesquita a cerca de uns quatrocentos metros de distância, seu minarete se destacando acima dos prédios, ouviram o som de tiroteio com armas automáticas, seguido por explosões intermitentes de uma metralhadora pesada. Dempsey fez uma curva saindo da rua principal, não mais seguindo o tanque.

— Ele vai para a Fábrica de Vidro — explicou. Lá tinha se estabelecido uma FOB, uma base operacional avançada dos fuzileiros. Eles, por sua vez, seguiriam para um posto policial no distrito de Al-Andalus, onde poderiam se instalar. Enquanto prosseguiam por uma rua estreita, dois iraquianos vestidos com túnicas *thaub* brancas e *kaffiyehs*, segurando fuzis AK-47, saíram pela porta de um café e se sentaram em uma mesa de metal do lado de fora, com suas xícaras do tamanho de um dedal, e observaram os americanos passarem. Dempsey começou a acelerar, e então quase imediatamente desacelerou.

— Merda — disse ele.

— O que foi? — perguntou Virgil.

— Uma pilha de pedras no meio-fio naquela esquina lá na frente.

— O que tem?

— Não sei dizer. Talvez uma mina explosiva. — Dempsey olhou para a esquerda, para a direita, e depois para trás. — Nenhum lugar para dar meia-volta. Segurem as partes favoritas dos seus corpos — disse, pisando fundo no acelerador em direção à esquina, posicionando o veículo de forma que raspasse no prédio no lado oposto da rua, o mais longe possível da pilha de pedras.

Carrie prendeu a respiração, incapaz de retirar os olhos de cima da pilha de pedras, esperando uma explosão quando passavam por ela. Viraram entrando na rua seguinte, onde, por incrível que pareça, um punhado de garotos chutava, pela rua empoeirada, uma trouxa de trapos, ajeitados como se fossem uma bola de futebol.

— Uau — disse ela, com uma expiração.

Diferentemente das crianças nos outros lugares do Iraque, nenhum dos garotos acenou para eles ou mesmo parou de jogar, embora o fato de terem subitamente interrompido as conversas fez Carrie notar que eles tinham percebido a chegada do veículo. Quando se afastaram, Dempsey acelerou pesado, levantando uma nuvem de poeira.

Finalmente chegaram ao posto policial, cercado de sacos de areia e guarnecido por policiais iraquianos com fuzis de assalto AKM. Carrie localizou mais um iraquiano no telhado por trás de uma metralhadora leve. Saíram do veículo e entraram no posto, onde Dempsey os apresentou a Hakim Gassid, o comandante da polícia.

— Vocês já foram atingidos? — Dempsey perguntou. Os postos policiais constituíam os principais alvos da Al-Qaeda, uma vez que a polícia iraquiana e os fuzileiros americanos eram as únicas forças que se colocavam entre a Al-Qaeda e o controle total da cidade. Não passava um dia sem que policiais fossem mortos e postos atacados com morteiros, lançadores de granadas e minas terrestres, e às vezes com tentativas de invasão.

— Duas vezes, mas nada esta semana, graças a Alá — respondeu Gassid.

Alguns minutos depois, Carrie, completamente vestida com uma *abaya* preta, e Warzer, usando *thaub* de cor branca e um *kaffiyeh* com o padrão quadriculado da tribo dulaimi, deixaram o posto policial pela porta traseira, pegando uma lambreta para se dirigirem à casa do primo de Warzer, no outro lado do rio.

O problema era como transportar Walid Karim, para quem eles tinham atribuído o codinome "Romeo", em uma cidade sitiada. Dispositivos normais como comunicação escrita deixada em locais secretos, mensagens codificadas, rádios ocultos e celulares descartáveis não funcionariam em um local onde a Al-Qaeda verificava cada celular, mesmo os das pessoas em quem supostamente confiavam, e você podia morrer ao atravessar qualquer rua da cidade na hora errada. Especialmente alguém tão envolvido com a Al-Qaeda como Romeo.

A solução que ela e Warzer encontraram foi uma casa de chá no *souk*, o mercado do centro da cidade perto da rodoviária central, e uma escala de dias e horários pré-combinados quando Romeo estaria lá. A casa de chá pertencia a Falah Khadim, o tio de um primo de Warzer. Por dez mil dólares americanos e nenhuma pergunta, ele se dispôs a aceitar o risco. Abu Nazir tinha cortado a cabeça de bastante gente por fazer muito menos que isso.

Notaram que a hora estava passando, depois do chamado de um muezim, pelo autofalante de um minarete próximo, para a oração Asr da tarde. Montados na lambreta, atravessando ruas repletas de pessoas apesar do som de tiroteio e explosões vindo do distrito de Al-Thuba't perto do canal de Eufrates, que se estendia do rio Eufrates na parte ocidental da cidade, foram se encontrar com o tio de Warzer.

Warzer entrou na casa de chá para chamar Falah, porque, por ser mulher, Carrie não podia entrar. Na cidade conservadora de Ramadi, a casa de chá era aonde os homens iam para beber o forte chá iraquiano, fumar cachimbos narguilé de *shisha* e jogar dominó ou *tawla*.

Um grupo de homens caminhou em sua direção, enquanto ela se posicionava do lado de fora de uma loja que vendia *hijabs* e outras vestimentas femininas. Eles se movimentavam rápido, todos portando fuzis de assalto AKM, e antes que ela pudesse desviar — pensando que deveria se proteger e avisar Warzer que haveria um tiroteio —, um deles esbarrou nela.

— *Alma'derah* — ele se desculpou.

— *La mashkila* — respondeu ela — *Não foi nada* —, e então o coração dela congelou.

Tratava-se de Abu Ubaida em pessoa. Ela o reconheceu imediatamente pela foto. Era atraente, com seu ar de macho árabe, e ela entendeu por que Dima tinha ficado atraída por ele. Ele a olhou de forma estranha, e ela se virou, puxando modestamente a ponta do *hijab* sobre o rosto. Apesar das sobrancelhas tingidas e das lentes de contato castanhas, percebeu que ele a considerava estranha. Ele se preparava para dizer alguma coisa quando um dos homens o chamou e eles correram.

Um instante depois, ela compreendeu, quando ouviu o som de uma explosão de uma mina perto da entrada do *souk*, seguida um minuto depois pelo estrondo de um caça americano F/A-18 acima de suas cabeças, fazendo as tendas e as mercadorias dos vendedores do *souk* chacoalharem.

Ele está aqui, pensou ela, mal respirando enquanto se mexia para encontrar Warzer. As pessoas corriam para todos os lados. Algumas para fugirem da cena da explosão, outras para ajudarem. Ela correu para a casa de chá precisamente no momento em que Warzer e um iraquiano baixo e gordo, com um bigode ao estilo de Saddam, saíam.

— Eu vi. Abu Ubaida. Ele está aqui.

— Entre, rápido — disse Warzer, olhando ao redor. — Não é bom falar aqui fora.

— Pensei que não pudesse entrar.

— Existe um quarto de despensa com uma porta traseira. Venha — disse o tio em árabe, olhando para ela da mesma forma como Abu Ubaida tinha acabado de fazer. Aquele disfarce não valia merda nenhuma, advertiu para si mesma. Eles contornaram a loja e entraram na despensa pela porta traseira, que tinha um cadeado que Falah, o tio de Warzer, abriu.

O quarto era pequeno e empilhado até o teto com caixotes de chá e açúcar e armas de todo tipo.

— *Salaam*. O senhor vende armas? — Carrie perguntou a Falah.

— Toda casa de chá e metade das lojas de Ramadi vendem armas — respondeu Falah, olhando para ela como se nunca tivesse visto ninguém parecido. O disfarce não estava funcionando, mas que porra de atitude ela tinha que adotar? Andar por ali de minissaia e top frente única? — Vocês são americanos, não são?

— Agradeço o que o senhor está fazendo — disse ela.

— Me deem o dinheiro e não contem para ninguém. — Ela abriu o saco plástico que estava carregando e passou para ele o dinheiro de uma pilha de cédulas de cem dólares que Dempsey guardava em um cofre no escritório da USAID. — Quando o tal homem chega?

Carrie verificou as horas no relógio de pulso.

— Daqui a cerca de vinte minutos. Posso me encontrar com ele aqui atrás?

— Não gosto de vender armas na frente dos meus fregueses. Em geral, faço aqui atrás, mas uma mulher não pode frequentar uma casa de chá. A senhora fique escondida aqui. Se alguém quiser comprar, vou dizer para voltar mais tarde.

— Como estão os negócios? — Carrie perguntou a ele.

— Não vão mal, graças a Alá — respondeu Falah. — Mesmo que a oferta seja boa, os preços continuam a subir. Está consumindo minha margem. Se estiver interessada — ele a encarou —, posso conseguir tudo o que quiser.

— Quanto custam as armas comuns? — perguntou ela.

— Depende. — Ele encolheu os ombros. — Por uma Glock 19 americana, tinindo de nova, quatrocentos e cinquenta dólares. Por um AKM, Kalashnikov, sem uso, cento e cinquenta a duzentos e cinquenta dólares. — Ele a estudou e depois perguntou: — Vão executar Saddam? — Saddam Hussein, agora na prisão Abu Ghraib, tinha acabado de ser acusado de crimes de guerra contra os curdos e os xiitas.

— Não sei. Os iraquianos é que vão decidir.

— Nada é decidido pelos iraquianos — disse ele, virando-se para Warzer. Os dois homens saíram, Falah de volta aos negócios e Warzer para ficar de vigia enquanto esperava Romeo aparecer. A despensa era quente, claustrofóbica; uma fina lâmina de luz do sol vinha de uma fenda entre a porta traseira e a padieira envergada.

Após a libertação de Romeo da prisão de Abu Ghraib, com o pretexto, fictício, de uma anistia para quantificação dos prisioneiros sunitas requisitada por Al-Waliki, o novo candidato dos xiitas depois que Jaafari fora rejeitado, eles tinham voltado para a Zona Verde. Lá, Virgil rastreou Romeo por meio do celular que haviam lhe dado. Conforme esperado, eles viram que ele tinha retornado para Ramadi. Mas Carrie não tinha ilusões. Ela e Romeo não confiavam um no outro. Ele podia descartar o celular e escapar da coleira no momento em que quisesse. O único controle que ela tinha sobre ele era a ameaça contra a família.

— Estamos ameaçando matar a família dele com bondade, literalmente — ela disse a Virgil e Dempsey. Romeo era inteiramente indigno de confiança; ainda assim, eles eram tão próximos. Apenas uns minutos atrás ela tinha tocado em Abu Ubaida em pessoa. Pensou em Dima e Rana e admitiu para si mesma como gostaria que ele estivesse morto. E Abu Nazir.

Falah, seguido de Walid/Romeo, entrou na despensa.

— Não demorem — disse Falah, e saiu.

— Tem o dinheiro? — perguntou Walid. Ela lhe mostrou o dinheiro dentro da sacola de plástico.

— A Tanzim aceitou a história da anistia?

— Eu disse aos meus irmãos que, já que eles nunca conseguiriam obter uma informação genuína de mim, não importa o que fizessem, eles nunca saberiam quem eles tinham. Para os infiéis eu era mais um prisioneiro sunita. Eles me soltaram sem conseguir nenhuma informação. — Ele mexeu a cabeça. O tique nervoso.

— E aceitaram?

— A notícia sobre Al-Waliki e a anistia estava na televisão. Parecia razoável.

— Fale sobre Abu Ubaida. Ele está em Ramadi? — Ela o estava testando, sem revelar que tinha visto Abu Ubaida.

— Ele está aqui, mas pode partir muito em breve. — Olhou ao redor como se alguém pudesse entreouvi-los.

— E Abu Nazir?

— Ninguém sabe. Alguns dizem que sim. Outros dizem Haditha. — Ele mexeu a cabeça. — Ou Fallujah. Ninguém o viu. Ele é um *jinn*. — Mexeu novamente e desviou o olhar. Algo na sua atitude a fez sentir que ele estava retendo alguma informação e havia cometido um erro.

— "Mas aqueles que se desviam do caminho, eles são combustível para o fogo dos infernos" — ela recitou do Corão, o *sura* dos *jinn*.

Ele a encarou.

— Então, você conhece o Sagrado Corão — disse ele, como se algo inteiramente novo tivesse sido acrescentado à equação. — E logo uma mulher.

—Apenas uma mulher sabe essas coisas — disse, bajulando o ego dele.

— Existe mais alguma coisa. O que você não está me contando?

Ele fez sinal para ela se aproximar.

— Abu Ubaida está agindo de forma mais independente. Alguns chegam a dizer que Abu Nazir não está mais no controle. Abu Ubaida está aqui, em Ramadi, onde acontece a batalha. E Abu Nazir, quem poderá dizer? — Ele deu de ombros. — Tem gente da Tanzim escolhendo um dos lados.

— Você está escolhendo?

— Ainda não. Mas posso chegar a isso. — Ele se mexeu, o tique nervoso. — Abu Ubaida não confia em mim. Ele não confia em ninguém. Qualquer um em quem ele não confie, ele mata.

— A não ser que alguém o mate primeiro — retrucou ela. Por um momento, nenhum dos dois disse uma palavra. Ela era capaz de ouvir o claque das peças de dominó e o odor de maçã dos narguilés de *shisha* vindo da casa de chá. — Preciso saber do lugar e hora onde ele vai estar. Pode me dizer?

— Não. — Ele se inclinou quase perto o suficiente para beijá-la. — Tem outra coisa. Mas antes de dizer, preciso saber se minha família vai ficar em segurança.

— Não posso garantir isso em Ramadi. Nem mesmo na Zona Verde. Você sabe disso.

— Preciso ter certeza de que meu filho vai ficar em segurança.

— Se algo acontecer, *inshallah*, vou fazer o possível. Se você quiser, levo sua família para os Estados Unidos. Farah e Gabir vão ficar seguros.

— Estados Unidos, não. Só existem infiéis nos Estados Unidos. Síria; mas com dinheiro. — Ele mexeu a cabeça. Agora ela começava a entender. Ele estava lhe dizendo que não tinha esperanças de sobreviver. Estava lhe contando seu testamento e seu último desejo.

— Quanto de dinheiro?

— Cem mil dólares americanos.

— Somente se o que você me contar valer a pena — disparou ela. — E apenas se eles estiverem em perigo. — Ela inspirou profundamente. — *Inshallah. Se Deus quiser.*

Ele mexeu a cabeça de novo. Carrie se lembrou de Saul lhe avisando: "Não force demais. Quando o delator estiver pronto para arriar as calças, você deve deixar que ele perceba que não tem uma quantidade de opções. Ele tem que se convencer. Apenas espere. A noite toda, se for preciso." Ela esperou.

— Vai acontecer um ataque contra o novo primeiro-ministro xiita. Bem grande — disse Walid.

— Na Zona Verde? — perguntou ela. — Como? Onde vai ocorrer?

— Ninguém fala. Mas temos homens treinando ataques em ruas estreitas. Disseram que existe um arco.

— Você sabe o que é, não sabe?

— Acho que é o Portão do Assassino. Muito em breve. Talvez uma semana. Estão deixando tudo preparado — continuou.

— É isso? É só entrar na Zona Verde e atacar o escritório do primeiro--ministro? Mais nada? Não é o estilo dele.

Ele a encarou com os olhos escuros, o tique nervoso se manifestando.

— Acho que você é uma pessoa muito perigosa, Zahaba. — O codinome que eles tinham combinado para ela. Ouro, por causa da cor dos cabelos dela. — Talvez nem todo americano seja estúpido.

— Está tentando me provocar? Não vai funcionar — disse ela. — Vai haver outro ataque, não é? Abu Nazir e Abu Ubaida, eles nunca fazem um só, não é mesmo?

— É a assinatura deles — confirmou ele. — Um outro ataque. Contra os americanos. Alguém importante.

A mente dela funcionou a mil por hora. O Portão do Assassino era um grande arco de arenito com um domo no topo, abarcando um dos principais pontos de entrada para a Zona Verde de Bagdá. Se Abu Ubaida conseguisse assassinar o novo líder xiita, Al-Waliki, desencadearia uma guerra civil que levaria à destruição do Iraque e ao completo fracasso da missão americana. As baixas, inclusive do lado dos americanos, seriam colossais.

Além de tudo isso, havia um outro assassinato sendo planejado. De um importante cidadão americano. Ela tinha que descobrir com Saul quem estava vindo de Washington e para onde. Com toda a certeza, o segundo ataque seria em Camp Victory, perto do aeroporto. Era por onde todas as pessoas importantes entravam. Tendo fracassado em Nova York, Abu Ubaida estava lançando uma jogada para tomar a liderança da AQI. Tudo fazia sentido.

Ela tinha que levar essa informação de volta para Saul imediatamente.

— Sabe quem é o americano? — perguntou ela.

— Sei apenas que Abu Ubaida disse que iria cortar fora as duas cabeças da serpente de duas cabeças.

— Você estava no mesmo cômodo que ele quando ele disse essas palavras?

— Não era um cômodo. Foi na noite passada. Nós estávamos deixando quatro policiais na rua, no local que os americanos chamam de Ponto do Furacão. É o antigo palácio de Saddam, onde o Eufrates se divide em dois, o rio principal e o canal, mas antes — ele mexeu a cabeça, sem nunca desviar o olhar — cortamos as mãos e as cabeças. Colocamos as cabeças em cima de estacas enterradas no chão, como sinais ao longo da rua. Vá até lá; você vai ver. — Ele deu um sorriso esquisito. — Se ele soubesse que nós estamos conversando, o que acha que faria comigo?

CAPÍTULO 30

Fallujah, Província de Anbar, Iraque

Conforme o sol se punha, o céu com uma impressionante coloração de cor-de-rosa e roxo, os chamados para a prece, vindos dos minaretes de dezenas de mesquitas, ecoavam por toda a cidade. Warzer a levava de volta para o posto policial de Al-Andalus. Sentados na lambreta, eles escutavam tiroteios e explosões de morteiros no lado oeste. O tempo corria para eles. Perigosa a qualquer hora do dia, a cidade virava uma terra de ninguém depois de escurecer.

Ela e Warzer tinham ido até a casa de Romeo para apanhar a esposa e a família dele e levá-los para um *souk* próximo. Eles comeram kebabs de uma grelha a carvão e compraram brinquedos do Harry Potter para as crianças nos estandes do mercado. Enquanto Carrie estava com eles, Virgil, usando como disfarce uma barba falsa e um turbante ao estilo curdo, entrou furtivamente na casa de Romeo para grampeá-la, instalando dispositivos de escuta e câmeras ocultas.

Agora, passando por uma mesquita na luz cada vez mais suave, avistaram um LAV APC dos Fuzileiros, seguido por dois utilitários blindados com metralhadoras acopladas.

— Merda, uma patrulha — disse Warzer.

Eles estavam disfarçados, pensou Carrie. Para os fuzileiros, ambos não passavam de iraquianos em uma lambreta transitando por um uma rua deserta à noite.

— Os dedos deles estão nos gatilhos. Faça o que mandarem — Warzer lembrou a ela.

O LAV parou. A arma na torre giratória apontava direto na direção deles. Os veículos de transporte pararam e uma voz no alto-falante do veículo da frente disse:

— *Kiff!* — *Parados!*

Warzer parou. Ele e Carrie desceram da lambreta, Warzer posicionou a moto no descanso e levantou as mãos para o ar. Carrie fez o mesmo, retirando o véu e a parte da *abaya* que lhe cobria a cabeça para que pudessem ver seus cabelos louros. Ergueu as mãos. Um fuzileiro saiu do veículo e fez sinal para que se aproximassem.

— Deixe que eu começo — disse ela a Warzer e, mãos juntas, se aproximou.

O fuzileiro, um jovem cabo, encarou-a, os olhos arregalados de surpresa. Com os cabelos louros e um rosto francamente americano, ela devia ter uma aparência absolutamente surreal, mas o homem manteve o M4 apontado para ela.

— Sou americana — falou em inglês. — Estamos com a Força Tarefa 145. Precisamos chegar ao posto policial de Al-Andalus.

— Uma mulher americana? Aqui? — surpreendeu-se o fuzileiro.

— Eu sei. Nossa missão é secreta. Estamos trabalhando com o capitão Ryan Dempsey, da 228. Pode nos ajudar?

— Desculpe, mas a senhora está louca? — disse o fuzileiro, estreitando os olhos para ter certeza de que ela era real. — Estamos na alameda dos franco-atiradores. Não sei como a senhora ainda está viva. É realmente americana?

— Moro em Reston, Virgínia, se isso ajudar — respondeu ela. — Este aqui é Warzer — continuou ela, fazendo um gesto com a cabeça. — Ele está comigo. Vocês poderiam nos escoltar de volta ao posto policial?

— Vou verificar com o tenente, senhora. Podem baixar as mãos, mas não se movam — disse o fuzileiro, recuando como se ela ainda fosse perigosa. Ele falou alguma coisa para o interior do veículo e voltou depois de um minuto.

— Negativo, senhora. Temos nosso setor para percorrer. Para falar a verdade, é uma puta de uma... desculpe, é um milagre ninguém ter atirado em nós até agora. É melhor saírem daqui — disse o fuzileiro, olhando Warzer como se quisesse atirar nele de qualquer maneira.

— Obrigada, cabo. Vamos fazer isso. — Carrie agradeceu e, tornando a cobrir a cabeça com a *abaya* e recolocando o véu, puxou Warzer.

Eles montaram na lambreta e passaram pelos veículos e pelo tanque. Carrie tinha consciência de que todos os olhos estavam pregados nela, embora não pudesse vê-los. A rua por onde se dirigiam agora estava completamente às escuras, sendo a única fonte de luz o farol da lambreta.

Nós saímos tarde demais, pensou ela, sentindo uma pontada na espinha, como se uma bala pudesse vir rasgando até as costas dela a qualquer instante. Um minuto depois, isso quase ocorreu. Descendo a rua estreita, ela viu um facho de luz e ouviu o ruído alto de um tiro. Instintivamente, Warzer deu uma guinada para o lado, e depois se endireitou e girou o acelerador o máximo que pôde. Deu outra guinada, deslizando para a esquerda e depois para a direita. Dava para ver as luzes do posto policial à frente, cercado por sacos de areia e arame farpado, a silhueta do prédio e seu telhado plano contra as estrelas.

Warzer correu na direção do posto, a lambreta quicando nos buracos da rua. Ela ouviu outro tiro vindo de trás, não os atingindo por puro milagre. Deram uma guinada brusca e entraram por uma abertura entre os sacos de areia na frente do posto policial, os guardas iraquianos apontando seus fuzis AKM na direção deles, gritando em árabe para que parassem. Eles pararam e desceram da lambreta. No instante em que ela removeu a cobertura de cabeça da *abaya*, revelando os longos cabelos louros, os iraquianos relaxaram e fizeram sinal para que entrassem.

— Saímos tarde demais — ela falou para Warzer, enquanto entravam no posto policial.

— Nós conseguimos. Você é uma pessoa de sorte, Carrie — disse Warzer.

— Não acredito em sorte. É melhor não acontecer de novo.

A informação que ela tinha que passar para Saul era crítica. Tinha que se comunicar com ele o mais rápido possível, pensou, ao encontrar o comandante da polícia, Hakim Gassid.

— Impossível, *al-anesah*. — Ele balançou a cabeça. — Os celulares não estão funcionando.

— E os telefones fixos, a internet? — perguntou Carrie.

Ele tornou a balançar a cabeça.

— Tenho que entrar em contato com meus superiores. É assunto de vida ou morte, *makayib*. — Ela o tinha chamado de "capitão".

— Talvez em Fallujah, *inshallah*, haja uma maneira. Em Ramadi, *al--anesah*, só destruição. Não tem ideia de como nossa cidade era bonita, *al-anesah*. Fazíamos piquenique à beira do rio — continuou ele, saudoso.

Era insano, pensou Carrie. Ela tinha uma das informações mais importantes com a qual jamais se deparara e, de repente, se via no século XVIII, sem ter como se comunicar com Langley. Tinha que pensar em uma alternativa o mais rápido possível.

— **Você já** transou dentro de uma prisão? — Dempsey perguntou a Carrie.

Eles estavam em um catre no escritório de Hakim Gassid, no segundo andar do posto policial. Ouviam, do lado de fora, o som de tiroteio e o estouro de RPGs, tendo como resposta o chacoalhar da metralhadora no telhado e os tiros dos fuzis AKM dos policiais em torno do perímetro do edifício.

— Você já? — perguntou Carrie.

— Não, mas já transei em um lugar pior.

— Onde?

— No banco traseiro de uma igreja batista no meio de um sermão. O pai dela era o pastor. Stella Mae. Menina linda. Não tenho certeza se ela fazia aquilo para se vingar do pai ou se ela não se importava mesmo, mas o banco era tão confortável quanto um chão de concreto e eu pensava o tempo todo: Eles vão nos apanhar no ato a qualquer segundo e todo homem aqui tem uma arma no carro ou no caminhão. E você?

— Nunca fiz isso. Fazer sexo escondida enquanto as pessoas estão tentando me matar. Os guardas iraquianos devem pensar que sou uma puta.

— Eles provavelmente gostariam que as mulheres deles tivessem a metade da sua sensualidade. Desculpe pelo ambiente. — Ele a beijou no pescoço. — Você não faz ideia do efeito que você provoca em mim.

— Não fale tanto. Aliás, preciso entrar em contato com Langley.

— No meio da trepada? — disse ele, deslizando a mão para entre as pernas dela, deixando-a louca.

— Pare. Não podemos usar os celulares.

— Eu sei. A última torre local de celular foi explodida na semana passada. Mesmo que ela estivesse de pé, eles monitoram o tráfego dos celulares exatamente como nós. Acho que ninguém lá em nosso país faz ideia de como o inimigo aqui é sofisticado. Nossa melhor aposta é usar a linha criptografada na embaixada na Zona Verde. Me toque aqui.

— Não vai funcionar. Preciso ficar aqui para controlar Romeo. Pare, espere um segundo. Espere um segundo.

— Escreva um Relatório Crítico Imediato. Eu levo para Bagdá e envio de lá.

— Não serve. Você não tem meu nível de autorização de segurança. Ah, meu Deus, como isso é bom. Espere. Romeo mencionou uma pessoa importante que ia chegar na semana que vem. Uma tentativa de assassinato. Tem alguma ideia de quem vai entrar aqui?

— Eu, em um minuto.

— Idiota. — Ela empurrou a cabeça dele. — Você sabe?

— A secretária de Estado Bryce — respondeu ele. — A viagem dela supostamente é um segredo, mas se os *hajis* já sabem, então estamos ferrados.

— Preciso que você vá para Bagdá e a impeça de vir. Você pode ir?

— Mas antes vou neste lugar aqui — respondeu ele, fazendo com que as costas dela se arqueassem de prazer. — Assim?

— Cale a boca e preste atenção na sua tarefa — disse Carrie.

De madrugada, Dempsey deixou o posto policial a caminho de Bagdá no seu utilitário blindado. Carrie o tinha obrigado a memorizar o número do telefone de Saul em Langley. Independentemente do fato de o relatório dele obter atenção suficiente por parte de quem quer que fosse o contato DIA-CIA, Saul tinha que saber o que ela havia descoberto. Eles precisavam garantir que a secretária Bryce cancelasse a viagem para Bagdá. Além disso, tinham que reforçar a proteção ao primeiro-ministro iraquiano nos escritórios do governo na Zona Verde e se prepararem contra uma tentativa de violação do Portão do Assassino. Se houvesse algum problema, Dempsey deveria entrar em contato com ela o mais rápido possível. Alguém disse que havia uma equipe de reparo trabalhando no conserto da torre de celulares, mas, se fosse necessário, ele teria que fazer todo o caminho de volta de Bagdá.

Carrie o observou partir. Houve tiroteio durante a noite inteira, e, por volta das três da manhã, eles tinham escutado uma forte explosão para o lado do hospital próximo do canal. Alguém contou que era um carro-bomba no posto policial iraquiano do distrito de Mua'almeen. Havia um boato de que mais de trinta policiais haviam morrido. Quando Dempsey partiu, ela pensou que não deveria tê-lo enviado. Era perigoso demais. Todo *mujahedin* em Ramadi devia estar vendo-o dirigir para a estrada Michigan e para a rodovia de volta a Bagdá.

Ao observar o veículo se distanciar, ela tentou chamá-lo pelo celular, na esperança de que estivesse funcionando, pois já sentia falta dele. Mas não havia nada. Nenhuma recepção de qualquer tipo. Sem levar em conta que a bateria do aparelho dela estava quase descarregada, com muito poucos lugares para recarregá-la, em consequência da escassez de eletricidade na cidade.

De qualquer maneira, era uma loucura ligar para ele; ela se sentia como uma completa idiota. Que diabo ela estava fazendo agindo como uma adolescente? Ela se sentia estranha, desligada de si mesma. Seria a sua bipolaridade? Ou seria o fato de tudo o que faziam neste lugar era tão perigoso que você tinha que viver não dia a dia, mas segundo a segundo? Ela se sentiu flutuando fora do corpo, como se estivesse observando a rua empoeirada e salpicada de lixo por onde ele passava e observando a si mesma fazer isso.

Estremeceu, sem uma razão aparente, sem que compreendesse. Algo lhe dizia que ela nunca mais o veria. Balançou a cabeça para tentar desanuviá-la. Isso era loucura. Ela ainda tinha pílulas obtidas na farmácia em Beirute, mas, quando voltasse para Bagdá, encontraria algum modo de conseguir mais. Não conseguia remover a sensação de desconforto, olhando para a área em volta da estação policial. Esqueça a bipolaridade; esse lugar estava tornando-a louca de todas as maneiras possíveis.

Ainda que fosse bem cedo, o sol mal se esparramando sobre os cimos dos prédios, ela já podia sentir o calor chegando. Com exceção dos entulhos e das mortes, Ramadi era como qualquer outra cidade do Oriente Médio. Estranho, pensou ela. Certas decisões que tomamos por motivos o mais arbitrários possível acabam por transformar nossas vidas para sempre. No caso dela, a decisão quase casual de fazer o curso de Estudos do Oriente Próximo em Princeton, anos atrás, porque ela era fascinada pelos padrões da arte islâmica, a tinha trazido para cá.

E, depois, havia Romeo. Ele lhe dava informações proveitosas, mas ela podia confiar nele na mesma proporção que podia demolir a ponte do Brooklyn, a última coisa que Abu Ubaida tinha tentado destruir.

Voltou a entrar e se encaminhou até a uma cela aberta onde Warzer e Virgil tinham passado a noite. Eles estavam se levantando, e em pouco tempo todos estavam sentados na cela, bebendo copos do forte chá iraquiano com uma grande quantidade de açúcar e comendo *kahi*, pastéis de massa filo encharcados de mel, produtos trazidos para eles pelos policiais iraquianos.

— E agora? — perguntou Virgil, espantando uma mosca do seu *kahi*, e depois dando uma mordida.

— Alguma coisa vinda da escuta que você plantou na casa de Romeo? — perguntou Carrie.

— As mulheres estavam conversando. Em árabe. — Ele fez uma careta. — Preciso de você e do Warzer para traduzir, mas Romeo não apareceu.

— O que significa que ele está com Abu Ubaida. Ele está dentro. É o que nós queremos — disse ela.

— E a informação sobre o ataque em Bagdá? — perguntou Virgil.

— Vamos aguardar até sabermos o que Langley quer fazer. Dempsey vai nos dizer amanhã quando voltar — respondeu ela.

— Você, esperar? — Virgil abriu um sorriso. — Não é do seu feitio. Está ficando com medo, Carrie?

— Tenho que admitir. Este lugar me dá um puta medo.

— Deveria mesmo — rebateu Warzer. — Levei minha família para Bagdá... não que lá seja muito mais seguro.

— Tenho que admitir que não gosto da ideia de esperar. Especialmente aguardar Langley — disse ela. — Uma vez que Abu Ubaida comece a operação... e estamos nos referindo a uma semana, no máximo, nossa chance de colocar as mãos nele, e talvez em Abu Nazir, passa a ser um tiro no escuro.

— O que acha que devemos fazer? — Warzer lhe perguntou.

Por um momento, os olhos vaguearam pelas paredes da cela, como se elas contivessem uma resposta. Porém, não havia nada além de grafite em lápis, escrito em árabe, que, a despeito da ocasional invocação a Alá, eram rabiscos extraordinariamente semelhantes ao que se escrevia no Ocidente.

— Voltem para a vigilância eletrônica da família de Romeo. Eu lhe dei dinheiro. Ele vai querer repassar para eles pelo menos uma parte. Daqui a pouco vou traduzir — disse ela a Virgil, que se levantou, ainda segurando o chá, e saiu, provavelmente para uma cela no segundo andar onde ele havia instalado seu equipamento.

— E eu? — perguntou Warzer.

— Abu Ubaida está aqui em Ramadi. Não acredito que nenhum desses policiais não tenha um informante. Veja se consegue descobrir se alguém sabe qual é o esconderijo deles.

Warzer começou a se levantar. Ela se dirigiu até ele. Sem saber muito bem como dizer o que queria, ela simplesmente soltou:

— Warzer, você acha que esses policiais iraquianos pensam que sou uma prostituta? — perguntou, usando a palavra em árabe, "*sharmuta*". — É que agora, com a morte tão próxima, o tempo tão escasso... — Ela titubeou.

Ele desviou o olhar, visivelmente desconfortável, mas depois a encarou.

— Carrie, você é uma mulher muito bonita. De verdade. Para esses homens, você é como uma estrela de cinema de Hollywood. Alguém completamente fora do alcance. Mas também, nosso mundo com mulheres é tão diferente. Então, sim, talvez um pouco como uma *sharmuta*. Mas escute, o capitão Dempsey, pessoalmente, gosto dele. É corajoso. Mas você não conhece o capitão. Existem uns boatos. Tenha cuidado — aconselhou.

— Que tipo de boato?

— Dinheiro — disse ele, esfregando o polegar contra os dedos. — Histórias sobre vendas de equipamento americano, suprimentos médicos, munição, geladeira, todo tipo de mercadoria no mercado negro. Esta guerra é a maior corrida do ouro da história para as empresas. Blackwater, DynCorp, KBR. Todo mundo está ficando rico, com exceção do povo.

— Você sabe se é verdade o boato sobre o capitão Dempsey?

— Não sei de nada. Não devia ter dito nada, só que...

— Só que...

— Gosto de você, Carrie. Para mim, você é o melhor dos Estados Unidos, muito boa. Sobre você e o capitão Dempsey, eu não deveria falar. Apenas — ele hesitou — acho que você está muito sozinha.

Ela estava conversando com o chefe de polícia, Hakim Gassid, sobre os informantes, quando Virgil entrou para chamá-la.

— Você devia dar uma olhada nisso.

Ela o seguiu até a cela onde ele guardava o equipamento. No seu laptop, ele mostrou a ela duas cenas no interior da casa da família de Romeo, no vestíbulo e na sala principal.

— Isso foi na noite passada — disse Virgil, rebobinando a filmagem, as pessoas fazendo gestos e se movimentando para trás. Então, reiniciou a gravação, com Romeo chegando em casa.

Ela assistiu às cenas de Romeo chegando no vestíbulo e depois entrando na sala principal. Como na maior parte de Ramadi, não havia eletricidade e os cômodos eram iluminados com lampiões e velas. Ela o ouviu cumprimentar a esposa e a mãe, e depois pegar os filhos no colo. Como a maior parte das casas iraquianas, o mobiliário era escasso e acomodado ao longo das paredes, um tapete no chão da sala principal. Até então, tudo parecia normal, incluindo as conversas, a não ser o fato de ele constantemente olhar em volta. Em dado momento, ele se levantou, pegou um lampião e o olhou.

Está procurando por grampos, ela pensou. Ele sabe. É claro que sabe. Idiota, mentalmente ela deu um chute em si mesma. Em primeiro lugar, ele não é estúpido, e, em segundo, alguém, algum vizinho ou outro membro da família, pode ter avistado Virgil, que, mesmo no seu melhor disfarce, não tinha como se fazer passar por curdo, não que as pessoas não fossem se perguntar o que um curdo estaria fazendo em Ramadi.

Ela o observou dar à esposa parte do dinheiro que Carrie lhe havia entregado — ou todo ele, impossível dizer — e cochichar algo no ouvido dela, algo que Carrie não conseguiu ouvir. E à distância, mesmo pela escuta, ela chegava a ouvir um tiroteio. Enquanto assistiam, Carrie silenciosamente traduzia o que conseguia escutar.

Observaram Romeo ir para a lateral da sala, virar a ponta de um tapete, retirar uma tábua do piso e puxar um fuzil de assalto AKM. Colocou a tábua de volta no lugar e começou a verificar a arma.

As crianças voltaram; ele falou com elas e deixou-as subir por cima dele. O menino tentou pegar a arma, e Romeo sorriu e mostrou ao filho como segurar e mirar. Então, a esposa e a mãe de Romeo levaram as crianças, provavelmente para se deitarem.

Algo estava faltando. O que era? Ela observou o vídeo atentamente e então percebeu. Nenhum tique nervoso. Ele não estava mexendo com a cabeça. Tinha desaparecido. Aquele miserável filho da puta mentiroso, pensou ela. Por que ele fazia aquilo? Para ganhar solidariedade em Abu Ghraib? Para distrair aqueles que o interrogavam? Para ajudar a disfarçar a própria identidade? Ou ele era apenas um mentiroso patológico? Tudo o que ele havia dito tinha que ser considerado com uma imensa dose de ceticismo. Mas ela já sabia disso, não é?

— Nenhum tique. Era isso o que você queria que eu visse? — perguntou a Virgil.

— Espere — disse ele, sustentando o dedo como advertência.

A mãe, Aasera, veio e fez chá e lhe estendeu um copo. Eles conversaram um pouco sobre a família. Ele perguntou a ela sobre Carrie, a mulher americana, e o seu companheiro iraquiano, Warzer.

— Não confio neles — disse Aasera. — Fingem ser amigos, mas são infiéis. Por que você trouxe os dois aqui?

— Ama, não tive escolha. *Inshallah*, não vão mais nos importunar.

— Tome cuidado. Acho que ela é perigosa, essa *sharmuta* loura.

— Basta, mulher. Fique fora dos meus assuntos — falou alto e fez um gesto para ela sair. Ela lhe lançou um olhar desconfiado e saiu da sala. Assim que ela se foi, ele pegou o celular e começou a escrever uma mensagem de texto.

— Conseguimos ver o que ele está escrevendo e que número está chamando? — Carrie perguntou a Virgil.

— Não é o aparelho que demos a ele. A estação de Bagdá provavelmente poderá captar a ligação do COMINT de celular da Iraqna. A AQI pode ter sua própria estação de conexão por celulares. Talvez consigamos captá-la da companhia Iraqna, e eu encontre a informação deles, mas vai demorar algumas horas.

— Vamos fazer isso — disse ela e começou a se levantar.

— Espere. — Ele interrompeu o movimento de Carrie. Virgil acelerou a gravação de forma que, depois de uma hora passada, subitamente ela ouviu, no vídeo, um barulho no lado de fora da casa e viu Romeo se levantar. A esposa, Shada, olhou para ele e perguntou quem seria àquela hora. Ele preparou o rifle, depois o colocou na cadeira e fez um gesto para que a mulher atendesse à porta. Ele a seguiu até o vestíbulo.

Quando Shada abriu a porta, quatro *mujahedin*, com armas automáticas, que ela presumiu serem da AQI, irromperam para dentro da casa, seguidos por Abu Ubaida em pessoa. Ela o reconheceu como o homem que vira no *souk*.

— Já é tarde, irmão — Romeo começou a falar, mas foi interrompido por Abu Ubaida:

— Você tem que vir agora. Ele quer ver você.

— Mas a minha família... prometi que ficaria em casa hoje — disse Romeo, fazendo um gesto na direção de Shada e da mãe dele, que tinha entrado na sala.

— Tem certeza de que quer envolver sua família nisso, Walid? Ele tem perguntas, irmão. Eu também — disse Abu Ubaida enquanto os quatro homens empurravam Romeo para fora de casa. No vídeo, Carrie ouviu claramente o som de portas de carro batendo e um barulho de arranque enquanto as duas mulheres permaneciam ali, paradas, com os olhares fixos na porta. Virgil parou o vídeo.

— Ele já era, não é? — perguntou Virgil.

— Sim, mas você ouviu o que Abu Ubaida disse? — Carrie perguntou.

— Era ele, não era?

— Droga, era ele, sim. Percebe o que isso significa? Ele disse: "Ele quer ver você." Só existe uma pessoa que pode dar ordens para Abu Ubaida: o próprio Abu Nazir! Nós conseguimos os dois juntos! No mesmo local ao mesmo tempo! Se pedirmos um drone, vamos poder eliminar os dois, de uma vez por todas! Virgil, você é um gênio! — Ela o abraçou. — Ele ainda tem o celular que lhe demos?

— Até agora, sim.

— Então, podemos rastrear Romeo?

— Dê uma olhada — disse ele, abrindo outra janela no computador e mostrando um ponto piscando sobreposto a uma imagem de satélite do Google captando a cidade de Ramadi. Parecia estar na rodovia Dez no distrito de Al-Ta'mim, na parte ocidental da cidade, ao sul do canal.

— Sabe onde fica isso? — ela quis saber.

— Perguntei a um dos guardas. Ele diz que tem quase certeza de que é a fábrica de porcelana. Diz que está em ruínas agora, por causa da guerra, mas costumava fabricar pias, vasos sanitários, coisas do gênero.

— Nós conseguimos pegar os dois. — Ela respirou fundo. — Precisamos pedir uma investida.

Virgil franziu as sobrancelhas.

— A menos que seja uma armadilha.

Foi como levar um tapa no rosto. É claro, o que ela estava pensando?

— A que horas o vídeo mostrou os homens pegando Romeo? — perguntou ela.

— Pouco depois da meia-noite.

Ela checou as horas. Passava um pouco das oito da manhã. Então, Romeo estava com Abu Ubaida e também, possivelmente, com Abu Nazir havia sete ou oito horas. Ou talvez não. Ela tinha que admitir que sempre existia a possibilidade de que Abu Ubaida tivesse se separado de Abu Nazir e que sua conversa com Romeo tivesse sido uma manobra para despistá-los. Abu Ubaida devia ter encontrado o celular que ela dera a Romeo. Aquele celular ainda estava ligado e Abu Ubaida devia supor que estava sendo rastreado.

Sem dúvida, havia uma tremenda probabilidade de que Virgil tivesse razão. Era uma armadilha. Eles poderiam estar torturando Romeo neste exato momento, se ele já não estivesse morto. Não teriam que torturá-lo muito para que ele dissesse tudo o que sabia sobre Zahaba, a americana loura, a agente da CIA que falava árabe, e seu parceiro iraquiano. Ela se sentiu desconfortável. Isso faria dela o alvo número um da Al-Qaeda em todo o Iraque. Sem contar que Romeo trabalhava para ela, era responsabilidade dela. Ela o tinha colocado naquela situação.

A não ser que Abu Ubaida ainda confiasse em Romeo. Nesse caso, havia uma chance de que Abu Ubaida tivesse dito a verdade e que eles conseguissem matar tanto Abu Ubaida quanto Abu Nazir ainda hoje. Embora ela tivesse que admitir que, da maneira como Abu Ubaida tinha falado com Romeo, certamente não parecia que ele confiasse no outro. O que Romeo tinha lhe dito sobre Abu Ubaida na casa de chá? *Ele não confia em ninguém. Qualquer um em quem ele não confie, ele mata.*

Então qual era a alternativa correta? Hora da decisão, Carrie.

Se ela pedisse uma invasão por drone, Romeo também morreria, junto com todos que estivessem com ele na fábrica de porcelana. Se isso significasse pegar Abu Ubaida e talvez Abu Nazir, interromper os assassinatos e uma guerra civil que poderia ceifar dezenas de milhares de vidas, valia a pena. Romeo era um dano colateral.

Porém, se fosse uma armadilha, significava que eles sabiam que tinham que travá-la. O rastreamento funcionava em ambos os sentidos; o pensamento a paralisou. Será que a estariam rastreando?

— Mesmo que seja uma armadilha, precisamos chegar ao comandante dos Fuzileiros e fazer com que ele ordene um ataque à fábrica — ela disse a Virgil, fazendo um sinal para que a seguisse. Quando se dirigia para a escada, ela viu Warzer subindo, o rosto contorcido.

— Carrie — disse ele. — Eu lamento. De verdade.

— O que foi?

— Uma mina explosiva. Na rodovia Onze fora de Fallujah. Dempsey morreu.

CAPÍTULO 31

Al-Tamin, Ramadi, Iraque

Foi o jovem fuzileiro, o soldado Martinez, que viu aquilo. Um tubo fino de metal completamente escondido debaixo de alguns escombros no meio da rua, apenas sobressaindo do piso.

— Provavelmente acionador de pressão — disse.

Parara o utilitário blindado a apenas meio metro do dispositivo. Mais meio segundo e passariam por cima. Teria sido o fim dela. Eles continuavam vivos por sorte, pensou Carrie, enxugando a testa com a manga da blusa. A temperatura já chegava quase aos quarenta graus. Ela vestia um uniforme dos fuzileiros alguns tamanhos acima do seu com um padrão de camuflagem de deserto, tendo a *abaya* e os objetos de uso pessoal guardados numa mochila que conservava ao seu lado no banco.

Estavam tentando ir para o Centro de Governo, onde o Governo Provisório do Iraque, protegido pelos Fuzileiros Navais 3/8 — 3º Batalhão, 8º Regimento — tinha sua sede em Ramadi. Ela pensara que Ramadi era o lugar mais mortal do planeta, mas esta parte da cidade parecia algo saído de um documentário sobre a Segunda Guerra Mundial. Não sobrava um único prédio intacto. Nada funcionava e nada se movia nas ruas, a não ser um solitário gato esquelético andando em cima de um monte de lixo. Para onde quer que olhasse havia prédios destroçados, carcaças de veículos destruídos, escombros e lixo apodrecendo.

Martinez recuou um pouco com o veículo, depois contornou o tubo de metal com cuidado, e eles continuaram pela rua deserta. Virgil e War-zer, nos bancos traseiros, esquadrinhavam os prédios em ruínas e os escombros à procura de atiradores, enquanto Carrie, no banco do carona, tentava aguentar firme, as mãos trêmulas.

Ela não parava de pensar que havia matado Dempsey. A operação toda era maluca, mas com a luta recrudescendo em Ramadi, Abu Ubaida prestes a avançar sobre Bagdá e todas as suas dúvidas sobre Romeo, que era pelo menos um agente duplo, mandá-lo pela rodovia Onze tinha que ter sido uma missão suicida. Se ela andara seguindo a pista de Romeo para chegar a Abu Ubaida, era possível que Abu Ubaida estivesse fazendo o mesmo, usando-o para vigiar a equipe dela.

O que mais ela poderia fazer? Dois assassinatos que desencadeariam uma guerra civil estavam prestes a acontecer. Romeo não teria mentido porque, se isso não ocorresse, ela destruiria a ele e à família dele simplesmente mandando os fuzileiros serem bonzinhos e os ajudarem.

Não havia escolha. Ela precisava fazer as informações chegarem a Langley. Nada mais importava. Dempsey fora um fuzileiro. Entenderia isso, disse a si mesma. Só que agora Abu Ubaida e talvez Abu Nazir estavam muito próximos do objetivo deles — e Dempsey estava morto.

"Onde? O que aconteceu?", perguntou ela a Warzer, tão espantada que mal conseguia respirar.

"Segundo a força de segurança do Iraque, foi só alguns quilômetros antes da ponte de Fallujah. Aquele trecho deserto da rodovia Onze entre o canal Duban e o lago Habbaniya. Algo na estrada fez Dempsey diminuir a velocidade e, quando isso aconteceu, eles detonaram uma mina terrestre. Disseram que deixou uma cratera de quatro metros de profundidade na estrada. Acho que não sobrou muito."

Ai Deus, ai Deus, pensou ela. E depois a pergunta que não queria calar.

"Alguma ideia se isso foi aleatório, ou estavam esperando por ele?"

"Não tem como saber. Pode ter sido apenas falta de sorte."

Só que não foi. Não quando se está jogando com um agente duplo como Romeo, que poderia dar informações sobre ela, e possivelmente sobre a equipe dela, diretamente a Abu Ubaida e talvez até ao próprio Abu Nazir. Dada essa combinação, qual a probabilidade de ter sido aleatório? A conclusão era inevitável.

Eu o matei, pensava. Sou um desastre para qualquer pessoa que chegue perto de mim. Dima, o casamento de Estes, Rana, até Fielding, e agora Dempsey. Qualquer um. Ela sentia vontade de se arrastar para um canto e nunca mais sair. A perda de Dempsey era uma dor física, como se ela tivesse levado uma punhalada no peito. Só que ela não podia desabar. Não agora, não quando tudo, a guerra inteira, estava em jogo. Aguente firme, Carrie, disse a si mesma. Pode sentir pena de Dempsey e de você mais tarde. Você não tem escolha. Ninguém aqui tem — nem você.

Eles passaram por uma mesquita com uma cúpula metálica pontiaguda que estava estranhamente intacta, depois entraram numa rua cheia de escombros. Mais adiante, ouviram explosões e disparos de armas automáticas.

Martinez parou o veículo e pegou o fone do rádio SINCGARS.

— Eco Um, aqui é Eco Três. Estamos na Zona Vermelha Alfa — disse. Depois de ouvir a resposta, falou: — Romeo aquilo. Acenda o fogo, estamos entrando. — Olhou para os outros atrás. — Aguentem firme. Vai ser igual ao Quatro de Julho.

Martinez engrenou a marcha do blindado e os passageiros cambalearam para a frente. Ele pisou no acelerador e eles começaram a quicar em buracos e cascalho, apontando para um grande prédio de concreto retangular no meio de um amplo espaço aberto. Na frente do prédio havia um muro alto de sacos de areia. Tinha que ser o Centro de Governo, pensou ela. Todos os prédios próximos a ele na rua estavam em ruínas, alguns expondo o que sobrara de quartos, com trapos de lençóis balançando e molduras de retratos quebradas nas paredes.

Enquanto Martinez pisava fundo no acelerador do veículo blindado rua acima, os prédios de repente se iluminaram com clarões de fogo de armas e o chocalhar ritmado de fuzis AKM disparando neles, balas zunindo na chapa da blindagem de aço. Carrie se abaixou no banco, pensando: não tem como conseguirmos atravessar isso. Uma granada-foguete explodiu na frente deles quando Martinez deu uma guinada, o para-brisa de repente ficou todo pontilhado de estilhaços de projétil. Uma bala passou pela janela aberta, quase acertando o rosto dela.

Ao mesmo tempo, ouviu-se o rugido do revide do Centro de Governo enquanto fuzileiros nas barricadas de sacos de areia, das janelas e do telhado do prédio grande disparavam de modo fulminante nos edifícios de onde vinha o fogo insurgente. Houve o estrondo impactante de um canhão. A parede do prédio próximo a eles explodiu numa chuva de estilhaços de tijolos. O fuzil AKM que andara atirando contra eles se calou.

— Isso é o Abrams — disse Martinez, falando do canhão.

Ele pisou fundo no acelerador, partindo depressa na direção de uma brecha estreita na barricada de sacos de areia, e passaram. Martinez fez uma curva radical de noventa graus com o utilitário e encostou à sombra da barricada. Carrie viu o tanque M1, cujo canhão fizera o disparo no prédio. Ele provavelmente salvara sua vida, pensou, enquanto saltavam e corriam para dentro do prédio.

Mesmo antes de entrarem, Carrie foi tomada pelo forte fedor de urina, lixo em putrefação e corpos sujos. Ouviu o zumbido de um gerador fornecendo uma corrente de fundo para o barulho quase constante de disparos pontuado por explosões. O Centro de Governo estava cheio de fuzileiros navais, alguns em aberturas de janelas há muito destruídas, atirando nas carcaças de prédios em ruínas ao redor da praça. Algumas autoridades iraquianas, de ternos por passar, andavam como fantasmas entre os fuzileiros, alguns dos quais, apesar do tiroteio, dormiam onde estavam no chão duro de ladrilho. Outras desviavam dos que estavam adormecidos enquanto trabalhavam.

Um fuzileiro ao lado de uma abertura de janela fez uma pausa nos disparos para comer uma refeição pronta enquanto outros desciam as escadas carregando numa vara um pesado balde que, mesmo embrulhado em plástico, fedia a dejetos fecais.

— Desculpe o fedor. Nada de água encanada — disse Martinez. — A sala do comandante é no segundo andar.

— Obrigada — disse Carrie, dirigindo-se para a escada.

Os soldados pararam o que estavam fazendo, olhando-a como se ela fosse uma criatura de outro planeta. Enquanto subia a escada, alguém assobiou.

Ela quase respondeu, mas a lembrança de Dempsey atingiu-a em cheio, como a dor de um membro amputado. Por dentro, ela estava nauseada, tremendo. Será que eram seus remédios? Não posso fazer isso, pensou, depois se deu conta: não há escolha. Tenho que fazer. Não era apenas a missão, era a guerra em si.

Ela pediu informações a dois soldados no segundo andar, que se limitaram a olhar para ela, depois apontaram para uma sala. Um cartaz escrito à mão colado na parede dizia: "Tenente-coronel Joseph Tussey, 3º Batalhão, 8º Regimento, USMC". Não havia porta. Carrie, acompanhada de Virgil e Warzer, bateu na parede e entrou.

Tussey, sentado a uma mesa de aço, era um homem em forma, de estatura mediana, cerca de um metro e setenta e três, o cabelo ralo cortado bem curto, os olhos do tom azul-claro do gelo ártico. Na parede ao seu lado havia um mapa de Ramadi com pinos coloridos espetados. O olhar que dirigiu a eles sugeriu que eram tão bem-vindos em sua sala quanto uma praga de gafanhotos.

— Bom dia, coronel. Eu sou Carrie Mathison. Estes são Virgil Maravich e Warzer Zafir. Estávamos trabalhando com o — ela estava prestes a dizer "capitão Demsey", mas não foi capaz de emitir as palavras. Foi tudo o que conseguiu fazer para não chorar como uma garota na frente desse oficial mal-encarado dos Fuzileiros Navais.

— Que diabo vocês estão fazendo no meio de um campo de batalha? Meus homens não têm tempo para brincar de enfermeiros.

— Não necessitamos de cuidados. Mas vou precisar de alguns dos seus homens e de algum apoio, incluindo um drone — disse ela.

— Não sei quem diabo você pensa que é para vir aqui, mas estamos com uma batalha nas mãos e a única coisa que vou autorizar vocês a fazer é se agachar até conseguirmos imaginar um jeito de tirá-los de Ramadi... e do meu pé. Dispensados — grunhiu ele, e começou a digitar no laptop.

Warzer começou a se retirar, mas Carrie fez um gesto indicando que ele ficasse. Após um minuto, Tussey ergueu os olhos.

— Por que vocês ainda estão aí parados? Eu disse "dispensados" — falou, levantando a voz.

— Sinto muito, coronel — disse Carrie. — Mas vou precisar de ajuda. Pelo menos um par de pelotões ou mais. E comunicações. Preciso de comunicações seguras para Bagdá e Langley o mais depressa possível.

— Olha, senhorita seja-lá-qual-for-o-seu-nome, saia da minha sala agora ou mando prendê-la. E se acha que essa merda cheira mal...

Carrie fez um gesto para que Virgil e Warzer fossem para fora da sala. Esperou até eles saírem, depois contornou a mesa e postou-se bem na frente de Tussey.

— Entendo sua situação, coronel, e pode acreditar, não estou interessada num concurso de mijo com o senhor. Mas antes de nos jogar no que quer que passe por detenção nessa bosta, deixe eu pegar um fone de rádio e vou fazer o general Casey, comandante das forças da Coalizão, ordenar diretamente que coopere comigo. Além do mais, quando ouvir o que tenho a dizer, o senhor vai querer me dar tudo o que puder.

Tussey expirou devagar.

— Bem, joaninha, uma coisa posso dizer: você tem colhões. Sente-se — disse, indicando uma cadeira de aço dobrável, e ela se sentou.

— Minha missão é confidencial, coronel. Mas há sete horas localizamos os líderes da AQI, Abu Nazir e Abu Ubaida, os líderes que estão tentando matar seus homens neste exato momento. Eles estão a oeste daqui, na fábrica de porcelana, no distrito de Al-Ta'min na rodovia Dez. Me dê tropas, e podemos matá-los.

— Assim sem mais nem menos? — disse ele, estalando os dedos.

— Assim sem mais nem menos.

— Como sabe que eles estão lá?

— Temos um agente duplo lá dentro, uma autoridade em AQI. Eles o trouxeram para ser interrogado pelo próprio Abu Nazir. Nós o rastreamos por um telefone celular que lhe demos.

— Abu Nazir? *O* Abu Nazir?

— Sim.

— E Abu Ubaida também? Como sabe que ele está lá?

— Eu mesma o vi no *souk* ontem. Nós também grampeamos a casa do nosso agente duplo. Abu Ubaida foi quem veio recebê-lo.

— Você o viu? No mercado? Uma mulher americana passeando como uma turista... e ainda está viva?

— Eu estava usando isso. — Ela tirou a *abaya* da mochila para lhe mostrar. — Uma mulher de *abaya* é invisível para um monte de homens nessa parte do mundo, coronel. O senhor ficaria surpreso.

— É possível. — Tussey contraiu o rosto. — Sete horas é muito tempo. Eles podem estar a caminho da Síria a essa hora.

— Exceto se quiserem interrogá-lo; isso leva tempo. Eles ainda estão lá.

— Como sabe?

— Por que o celular não se mexeu — disse ela, inclinando-se à frente. — Vamos lá, coronel. Libere uns homens. Abu Nazir e Abu Ubaida são muito espertos. Sem a liderança deles, esses *mujahedin* atirando no senhor e nos seus homens ficarão confusos. Vão sumir.

— Talvez o celular não tenha se mexido porque o deixaram para trás. Talvez o seu espião esteja morto. Talvez isso seja uma armadilha.

Ela não respondeu logo, mas olhou para uma abertura na parede atrás dele que no passado fora uma janela. Estava dia claro com a luz do sol, a temperatura subindo. O fedor que vinha dos banheiros do andar de baixo era indescritível. Como diabo eles conseguem ficar ali?, ela se perguntou.

— Talvez. É bem possível — admitiu. — Mas Abu Nazir e o matador braço direito dele, Abu Ubaida, são responsáveis pela morte de centenas de americanos. Esta é a melhor oportunidade de pegá-los que já tivemos.

— Com quem você disse que estava trabalhando? — perguntou ele.

— Capitão Dempsey. Ryan Dempsey, USMC — disse ela, incapaz de eliminar um tremor na voz. Força Tarefa 145.

— Eu o conheço. Onde ele está? Por que não está com você?

— Ele foi morto hoje de manhã. Rodovia Onze, na periferia de Fallujah. Eu só descobri isso há uma hora — disse ela, as mãos trêmulas. — Tenho informações urgentes para transmitir aos quartéis-generais de Langley e da USF-I e não tínhamos comunicação por celular nem por internet. É minha culpa. Eu o matei. — Ela cerrou a mandíbula e teve que tentar se segurar. — Isso não vai ser por nada.

Ele se levantou.

— Como um fuzileiro naval — disse ele, e tocou no ombro dela com o punho enquanto ia até o mapa para estudar a localização da fábrica de porcelana na rodovia Dez no distrito de Al-Ta'in. Olhou para ela. — Quantos homens Abu Nazir tem com ele na fábrica?

— Não sei. — Ela deu de ombros. — Podem ser dez, podem ser cem.

— Não posso lhe dar dois pelotões. A verdade é que nem posso lhe dar uma unidade de tiro. Mas lhe dou um pelotão. São duas unidades de tiro. Deve perder metade antes de chegar a duas quadras daqui — resmungou ele.

— Que tal um predador? — perguntou ela. Um drone predador armado com mísseis Hellfire ajudaria até a luta, mesmo se tudo que eles tivessem fosse uma brigada de oito homens.

— São os seus agentes clandestinos ou a Força Aérea. Se você é tão quente como afirma, devia ser capaz de pedir um. Mas se eu fosse você, eu me apressaria. Os *hajis* andam acelerando exponencialmente os ataques deles. Tem algo grande chegando, e em breve. Em breve mesmo — disse ele.

* * *

A fábrica de porcelana, ou o que sobrou dela, era uma casca de arenito pardo de um prédio num grande terreno vazio cerca de um quilômetro ao sul da barragem de Ramadi, a barreira de aço e concreto no canal Eufrates. Havia uma cerca de arame farpado em cima de um releixo de concreto com falhas que circundava todo o terreno da fábrica. O dia estava quente, uma leve brisa trazendo poeira do deserto.

Carrie estava com o sargento Billings, um ex-peão de fazenda de ombros do tamanho de uma montanha, no andar térreo das ruínas de uma casa em frente à fábrica. O sargento se posicionara com ela e uma equipe de tiro de soldados de infantaria de frente para a fábrica, e colocara a segunda equipe atrás da cerca de concreto e arame farpado do outro lado. Situou seu operador de metralhadora leve num blindado com outro fuzileiro como motorista, protegidos nos escombros atrás deles. Quando o tiroteio começasse, eles deveriam usar o blindado para bloquear a estrada a fim de evitar quaisquer tentativas de fuga dos terroristas.

Mas onde estavam os *mujahedin*?, ela se perguntou. Se Abu Nazir e/ou Abu Ubaida estivessem lá dentro, deveria haver um enxame de insurgentes da Al-Qaeda armados por todo lado. Mas não havia nenhum. O que dera errado? Será que eles haviam demorado muito?

E no entanto, eles estavam lá dentro. Eles sabiam disso por que Virgil ativara um software no celular de Romeo que lhes permitia entreouvir qualquer coisa dita perto do aparelho. O alcance era limitado a no máximo um ou dois metros do celular. E o que eles estavam obtendo era uma interrogação.

Virgil entregara a Carrie um dispositivo auricular ligado ao seu laptop para ela poder escutar. Alguém — poderia ter sido Abu Ubaida ou mesmo o próprio Abu Nazir — estava fazendo perguntas a Romeo. As respostas de Romeo eram intercaladas de gritos.

— Essa mulher era uma puta *sharmuta* da CIA? — ela ouviu o interrogador dizer. Reconheceu a voz de Abu Ubaida do vídeo na casa de Walid.

— Ela nunca disse isso, mas sim. Ela insinuou — ouviu Walid dizer. Era a voz dele. Ela tinha certeza.

— Como era o nome dela?

— Não sei. Aiiii! — gritou Walid.

— Como era o nome dela?

— Aiiiii! Por favor! Se soubesse, eu lhe diria. Eu juro — balbuciava Walid.

— Não blasfeme! Como era o nome dela?

— Aiiii! Por favor! Aiiii! Eu só sabia o codinome dela. Zahaba. Por favor, chega. Por favor, irmão.

— Por que ouro?

— A cor do cabelo dela. Ela era loura. Eu só sabia o codinome dela.

— Descreva-a.

— Americana. Cabelo louro comprido. Olhos azuis. Altura mais ou menos um metro e sessenta e cinco. Magra. Talvez uns cinquenta quilos, no máximo.

— O que ela queria?

— Informações sobre você e Abu Nazir. Qualquer coisa que eu pudesse lhe dar, mas não lhe contei nada. Nada!

— Mentira — grunhiu o interrogador, e ouviu-se o barulho de gritos. Isso continuou por um bom tempo. Ela retirou o dispositivo auricular. Então o interrogador era Abu Ubaida. Sem dúvida. "Informações sobre você e Abu Nazir", dissera Romeo. Ele só poderia estar falando com Abu Ubaida.

— O que acham? — perguntou ela a Virgil e Warzer, ambos deitados de bruços no chão examinando de binóculo a fábrica do outro lado da estrada.

— Você está ouvindo o mesmo que eu. Eles devem estar aqui. — Virgil fez uma careta. — Mas não vejo nada. Está errado. Tem alguma coisa errada.

— Demoramos muito a chegar. Deve ter Al-Qaeda para todo lado. No mínimo, eles devem ter alguém vigiando a estrada. Não tem ninguém aqui — disse Warzer.

— Então vocês dois acham que é uma cilada? — perguntou ela.

Virgil fez que sim com a cabeça. Warzer também.

— Sargento — perguntou ela, virando-se para Billings, que acabara de dar uma cusparada marrom de fumo de mascar nos tijolos à sua frente.

— Isso é país índio, senhora. Quando não se veem índios, é quando a gente tem que se preocupar — disse Billings.

— É unânime — disse ela, olhando para eles. — É o que eu também acho. Chamamos o Predador?

— Você se dá conta que se Romeo ainda estiver vivo lá dentro, ele é um homem morto — acrescentou Virgil.

Carrie pensou sobre isso. Sobre Walid, sua esposa, Shada, seus filhos, Farah e Gabir, que ficariam sem pai. Sobre a mãe dele. Sou a morte, pensou ela. Trago a morte a todos em quem toco.

— Romeo é Al-Qaeda. O filho da mãe morreu no minuto em que o conheci — disse ela.

Billings, sorrindo ao ouvir isso, fez um gesto ao soldado de primeira classe Williams, um afro-americano magro de vinte anos que era o operador de rádio. Williams entregou o fone do rádio a Carrie e mostrou-lhe onde apertar o botão.

Aqui é Thelonious Um. Entre Cannonball — disse ela no fone. A seu pedido, estavam usando referências de jazz como código.

— Cannonball na escuta, Thelonious Um — disse uma voz entrecortada pelo link de satélite codificado.

— Pode disparar, Cannonball. Você...? — Ela olhou para o soldado de primeira classe Williams, que pronunciou a palavra "Romeo". Irônico — pensou ela. — Você Romeo? — disse ela no fone.

— Romeo aquilo, Thelonious Um. Tome cuidado.

— Tomarei. Câmbio — disse ela, passando o fone para Williams e colocando os braços sobre a cabeça, abaixando-se no chão pedregoso o máximo possível. A seu lado, sentiu os outros fazendo o mesmo. Os segundos passavam com uma lentidão aflitiva enquanto eles aguardavam o ataque.

Isso não era o que ela previra quando contatara Saul do prédio do Centro de Governo pelo rádio satélite dos Fuzileiros Navais. Primeiro tentara o número do escritório dele, mas quando ninguém atendeu, ligou para o celular. Consultando o relógio, viu que passava um pouco das dez da manhã. Três da manhã na Virgínia. Saul atendeu no quarto toque.

— Berenson — disse. Dava para ela ouvir o sono na voz dele.

— Saul, sou eu.

— Você está onde acho que está? — perguntou ele. Ela supôs que ele quisesse dizer Bagdá.

— Pior — falou, e lhe contou seu plano e do que precisava, incluindo a autorização do drone Predador das Forças EUA-Iraque, quartel-general do general Casey. — Dá para você impedir você-sabe-quem de vir aqui? — ela quis dizer a secretária de Estado Bryce.

— Pode ser tarde demais. Como diabo eles ficaram sabendo disso?

— Lembra-se da sua história sobre siris? — perguntou ela, referindo-se a algo que ele dissera anos antes durante o treinamento na Fazenda, que num ambiente de inteligência fechado havia agentes andando uns por cima dos outros como siris numa cesta. — Quando isso acontece — ele disse à turma — é mais difícil segurar um segredo que uma diarreia.

— Você pode impedir isso? — perguntou ele. Ela supôs que ele quisesse dizer os assassinatos.

— Tenho que. Saul, Dempsey está morto.

Por um bom tempo houve um silêncio na linha. Pergunte se eu o matei, pensou ela. Pergunte.

— E você? Como você está? — disse ele, finalmente.

— Bem. Estou bem — ela mentiu.

— Você é uma garota forte.

— Saul, eu o vi. Com meus próprios olhos.

— Alfa Uniforme? — AU, Abu Ubaida. — E o cara grande? — Abu Nazir.

— Só o primeiro. Estávamos perto.

— E o seu rapaz?

— Acho que ele não vai conseguir — disse ela.

Sua lembrança da conversa foi interrompida de repente por uma explosão devastadora na fábrica do outro lado da rua, mandando destroços e fumaça pelos ares, sacudindo o chão embaixo deles. Segundos depois, a fábrica foi atingida por outra explosão igualmente poderosa. Depois, nada.

Os ouvidos dela tiniam, o cheiro de explosivo os envolvia e quando ela levantou a cabeça, tudo o que viu durante alguns segundos foi fumaça e poeira grossa. Através da fumaça, conseguiu apenas ver que a fábrica do outro lado da rua tinha sido quase totalmente destruída. O telhado que ainda estava em cima do prédio, as paredes furadas de bala desmoronando — tudo destruído. Não sobrou nada a não ser pedaços da cerca e escombros.

Virgil estava dizendo algo, mas ela não conseguia escutá-lo com aquele zumbido nos ouvidos. Ele se levantou e fez um gesto indicando que ela seguisse. Ela entendeu. Eles precisavam chegar ao armazém para identificar os corpos. Ver se podiam confirmar quem haviam matado.

Depois disso, Deus, espero que tenhamos pegado Abu Ubaida, pelo menos. Abu Nazir seria um milagre. Faria tudo isso valer a pena, pensou, enquanto ela, Virgil, Warzer e os dois fuzileiros, o sargento Billings e o soldado Williams atravessavam a rua correndo, as armas prontas para atirar, todos eles olhando para um lado e para o outro para ver se viam algum *mujahedin*.

Eles entraram com cuidado nas ruínas fumegantes da fábrica. Fragmentos de concreto e porcelana e máquinas por todo lado. No alto, nada de telhado, só o céu azul toldado pela fumaça. No entanto, havia alguém falando em árabe. A princípio, ela não conseguiu entender as palavras. Conforme foi andando naquela direção, ouviu os ruídos do interrogatório que andara escutando no laptop de Virgil. A voz do interrogador e os gritos de Romeo. Depois Warzer gritou. Eles foram até lá e ela entendeu imediatamente. Era o torso sem cabeça carbonizado de um homem; pelas roupas, um iraquiano. Alguns centímetros adiante, encontraram a cabeça pousada nos escombros, carbonizada de um lado, mas fora isso, intata.

Romeo. No que restava de sua boca, alguém enfiara o celular. Ao lado da cabeça, um gravador digital Sony chamuscado ainda tocava os ruídos do interrogatório.

— Entre em contato com ele. Aaaai! Ele vai lhe contar... — gritava a voz de Romeo do gravador.

— Claro que vai. De que adianta? Preciso que você me diga.

— Mas ele está... ahhhh!

Virgil esticou o braço e desligou o aparelho.

— *Ya Alá* — murmurou Warzer.

A cabeça de Carrie estava a mil. Quem lhes contaria o quê? Isso era algo novo. Mas o quê? Ela voltou e tocou no corpo de Romeo. Já estava bem rígido.

Normalmente o *rigor mortis* se manifestava após umas quatro horas, mas no calor do Iraque isso seria acelerado, refletiu ela. Em resumo, Romeo provavelmente foi morto na noite anterior por volta de duas, três da manhã. Enquanto isso, os outros olhavam em volta, chutando os restos de aço retorcido de máquinas, andando nos escombros rangentes, mas não havia outros corpos.

— Que diabo? — disse Virgil, tirando a sua capa utilitária e coçando a cabeça.

Para Carrie, olhando para os destroços revolvidos, não podia mais haver qualquer dúvida. Era uma cilada.

— Saiam! Temos que sair agora! Corram! — Os dois fuzileiros começaram a voltar em direção à rua de onde tinham vindo. — Não! Para o outro lado! — gritou ela.

De repente, como se por encanto, combatentes *mujahedin* saíram do chão de buracos de camuflagem em volta da fábrica onde tinham ficado escondidos. Em prédios e ruínas do outro lado, apareceram muitos outros, seus fuzis AKM atirando neles. O sargento Billings e o soldado Williams revidaram rapidamente, depois deram meia-volta e correram atrás de Carrie. Enquanto corriam para o outro lado, Carrie viu o clarão de um foguete lança-granada passar, e só teve tempo de se jogar no chão quando ele explodiu, estilhaços estraçalhando o que sobrava de uma pia de louça.

O barulho das balas ricocheteando em peças de metal e nas colunas de aço de um telhado que já não estava lá zunia no ar em volta deles como vespas de aço. Ela se levantou e saiu correndo, do mesmo modo que corria quando estava na faculdade, consciente dos outros movimentando-se pesadamente atrás dela. Havia balas por todo lado. Era impossível não ser atingido, pensou.

Uma metralhadora abriu fogo em algum lugar atrás deles na estrada. Graças a Deus, pensou ela. Os dois fuzileiros no blindado estavam atirando nos *mujahedin* que agora entravam na fábrica atrás deles.

Adiante, dava para ela ver um dos soldados da outra equipe de tiro em posição atrás da cerca de concreto e arame farpado do outro lado da fábrica. Ele acenava para eles entrarem enquanto os outros davam cobertura atirando com fuzis M4, granadas e uma metralhadora leve. Atrás dela, gritos e xingamentos em árabe enquanto os *mujahedin* que corriam para a fábrica eram abatidos pelos fuzileiros navais. Ela começava a achar que eles poderiam conseguir escapar quando ouviu Virgil gritar atrás dela.

— Estou ferido.

CAPÍTULO 32

Base Aérea de Balad, Iraque

O soldado Williams os salvou. Ele chamou o Predador, que ainda estava lá em cima, muito alto para ser ouvido do chão. Enquanto Carrie e Warzer tentavam carregar e amparar Virgil até serem capazes de dar a volta na barreira de concreto perto dos fuzileiros, com o sargento Billings dando cobertura, o Predador disparou seus dois mísseis Hellfire remanescentes nos prédios dos quais a maioria dos *mujahedin* estava atirando. O barulho das explosões ressoava, vindo do outro lado da rua.

Quando passaram por um buraco irregular na cerca, os *mujahedin* que haviam entrado na fábrica atrás deles foram apanhados num fogo cruzado fulminante vindo da metralhadora do blindado no meio da estrada e dos fuzileiros que estavam com eles atrás da cerca.

Carrie observou enquanto mais de vinte *mujahedin* corriam na direção do utilitário vindo das ruínas dos prédios do outro lado da rua, só para serem derrubados pela metralhadora leve. Graças a Deus o sargento Billings soube prever e colocou sua segunda equipe de tiro atrás da fábrica, pensou ela, respirando de verdade pela primeira vez desde que haviam entrado ali.

Virgil fora alvejado na perna. O ferimento sangrava profusamente, era possível que uma artéria tivesse sido atingida. O sargento Billings usou sua faca de combate para abrir a perna da calça de Virgil e fez um torniquete acima do ferimento, mas precisavam com urgência conseguir ajuda médica para ele. Alguns minutos depois, o tiroteio dos *mujahedin* diminuiu o suficiente para eles o colocarem no blindado e o levarem até o Campo Snake Pit, uma base de artilharia que era um areal aberto cercado de muros de sacos de areia, onde colocaram Virgil num helicóptero Huey. Carrie foi com ele, acompanhada de um dos fuzileiros navais, que também fora ferido por estilhaços de uma granada. Não havia espaço para Warzer. Ele seguiria no próximo helicóptero.

O helicóptero decolou com estrépito levantando um turbilhão de areia, o campo rapidamente se distanciando embaixo deles. Carrie sentou-se ao lado de Virgil, que estava deitado numa maca ao lado do soldado ferido no chão, enquanto um socorrista cuidava dele. Pela porta aberta onde estava posicionado um atirador, ela via a cidade cor de areia e a bifurcação em forma de V onde o rio Eufrates se separava do canal abaixo. O helicóptero inclinou-se lateralmente e rumou para leste em direção a Bagdá, sobrevoando o rio a grande altitude.

— Quanto tempo até chegarmos lá? — perguntou Carrie ao socorrista, quase gritando para ser ouvida acima do barulho do rotor, o vento das portas abertas puxando seu uniforme utilitário e fustigando seu rosto com algumas mechas de cabelo que haviam escapado do capacete.

— Não muito, senhora. Ele vai ficar bem — disse o socorrista, indicando Virgil. — Dei morfina a ele.

— Como está se sentindo? — Ela perguntou a Virgil.

— Melhor com a morfina. — Ele contraiu o rosto. — Ninguém nunca fala do quanto é inacreditável a dor causada por um tiro.

— Sinto muito — disse ela. — Nós sabíamos que poderia ser uma cilada.

— Não dava para não arriscar. Uma chance de pegar Abu Ubaida e Abu Nazir. Não podíamos deixar passar. Mas uma pena por Romeo. Se você ainda tivesse podido controlá-lo, poderíamos ter conseguido uma segunda chance.

— Romeo era um agente duplo. — Ela franziu a testa. — Trabalhava contra nós tanto quanto a nosso favor. — Ela chegou mais perto dele. — Acho que ele foi responsável por Dempsey.

— O que faz você pensar isso?

— Ele nos deu informação que precisava ser acionada, e sabia que não havia sinal de celular na cidade. Os rádios de campo têm um alcance muito limitado e a Al-Qaeda estava sitiando o Centro de Governo. Ele podia imaginar que tínhamos mandado alguém de volta para a Zona

Verde. O relógio começou a contar do momento em que nos separamos na casa de chá.

— Então por que o mataram?

— Não sei. É um disparate — disse ela. — Não deviam ter matado.

— Eles não precisavam disso para armar a cilada para a gente. Tem alguma outra coisa. Eu não estou vendo.

— Deixamos passar muito tempo. Devíamos ter acertado a fábrica logo depois que o levaram para lá.

— Como? Era impossível circular pela cidade à noite. E com certeza a gente não podia ter feito isso sem os fuzileiros navais. Leite derramado — disse ela. — Pelo menos você escapou. Sua família vai ficar feliz.

— Minha família não está nem aí. Não que eu a culpe. — Ele franziu a testa. — Carlota e eu nos separamos há uns dois anos. Minha filha, Rachel, acha que sou o pior pai do mundo. E ela tem razão. Não sou presente. — Ele contraiu o rosto.

— Agora você vai ter tempo. Talvez possa fazer as pazes.

— Por quê? Para poder largá-las como uma batata quente da próxima vez que aparecer uma operação crítica? Elas seriam loucas de me deixar entrar de novo na vida delas. — Ele agarrou o braço de Carrie. — Pessoas como nós... somos uns drogados. Viciados em ação. Não deixe que façam isso com você também, Carrie. Caia fora enquanto ainda pode. Não conheço ninguém com um casamento decente no NCS. Por que acha que todo mundo passa todo mundo para trás?

— Calma — disse ela, dando tapinhas em seu ombro. — Nós somos benéficos. Sem nós, o país é cego. Não importa quão forte você é se não enxerga.

— Isso é o que dizemos a nós mesmos. Olha, Carrie, você não matou Dempsey — disse ele.

— Matei. Matei, sim.

— Por causa de Romeo? Merda, isso dói — disse Virgil, tentando esticar a perna.

— Não, de Abu Ubaida. Ele tinha as suspeitas dele sobre Romeo e é esperto o suficiente para saber que tentaríamos mandar alguém a Bagdá.

— Não é tudo culpa sua, Carrie. Ramadi é um campo de batalha. Dempsey sabia onde estava se metendo. Saul o escolheu a dedo para isso.

— Pode ser — disse ela, olhando pela porta do seu lado. Lá embaixo, via o sol brilhando na superfície de quilômetros de largura do lago Habbaniya, como um espelho azul no chão do deserto. — O que você disse antes sobre todo mundo passar todo mundo para trás? E Fielding? É por isso que ele estava com Rana? Ele deve ter sabido o risco que corria.

— Eu não sei por que Fielding fez... ai! — gritou ele quando o helicóptero balançou um pouco. — Não sei por que ele fez metade das coisas que fez. Você ainda está falando nisso?

— O jeito que ele morreu, eu não acredito.

— Olha — disse ele, apertando mais o braço dela. — Esse lugar, a missão americana inteira aqui, está prestes a explodir em um milhão de pedaços. Foque nisso. Estou fora disso agora. Você é a única que pode interrompê-la.

Ela fez que sim com a cabeça e ficou ali sentada, segurando a mão dele até a longa pista da Base Aérea de Balad ser avistada.

Ela acompanhou Virgil na ambulância militar até o hospital da base de Balad, o centro médico militar mais próximo. Quando viu que ele estava sendo tratado, ligou para Saul da sala da enfermeira chefe. Passava das três da tarde, hora local, oito da manhã em Langley. Saul estava no carro a caminho do trabalho. Ela lhe contou sobre Virgil, a fim de que pudesse tomar providências. Tão logo ficasse estabilizado, ele seria levado para o hospital da Base da Força Aérea de Ramstein na Alemanha para continuação do tratamento, e depois de volta para os Estados Unidos.

— Você está operacional? — perguntou-lhe ele. O fato de Virgil estar ferido deve tê-lo abalado.

— Corta essa, Saul. Eu não sou uma garotinha sem poder de decisão e esta é uma linha aberta. E o Bravo? — B de secretária Bryce e sua viagem a Bagdá. — Dá para interrompê-la?

— Bill e David vão se encontrar com ela hoje. — Tudo bem, pensou ela, respirando um pouco melhor. David Estes e o diretor da CIA, Bill Walden, em pessoa. Estavam levando isso a sério.

— Saul, Romeo caiu.

Ele não respondeu imediatamente. Ela ouviu os ruídos fracos de uma buzina de carro na linha. Provavelmente algum cretino no bulevar Dolley Madison, ou onde quer que fosse, pensou ela.

— E o Tweedledum e o Tweedledee? — Seus codinomes para Abu Nazir e Abu Ubaida, respectivamente.

— Não. Sinto muito — disse. O que mais havia a dizer? Isso deve tê-lo afetado intensamente, a primeira vez que tiveram os dois juntos sob a mira. — Sobre a outra questão, estou mandando um Aardwolf.

Um Aardwolf era um Relatório Crítico Imediato, o tipo de comunicação mais urgente, da mais alta prioridade dentro da CIA. Teoricamente, um Aardwolf devia chegar ao diretor da CIA em menos de uma hora do recebimento em Langley.

— Vou alertar Dreyer — disse Saul. Se estava irritado com o fracasso dela em Ramadi, não demonstrava. Perry Dreyer era o chefe da Estação de Bagdá da CIA. Ele lhe dera Dempsey e ela o matara. Ela não o teria responsabilizado se Dreyer a deixasse falando sozinha agora, embora se alguém tinha uma ideia de como estavam realmente as coisas no Iraque e com o que ela tivera que lidar em Ramadi, não a baboseira oficial que a administração estava divulgando, seria Perry. — Olha, tem certeza que é acionável?

Então Saul *estava* duvidando dela, ela pensou. Mas era uma pergunta justa. Ela estava baseando suas informações inteiramente em Romeo, que não só fora um agente duplo, mas também um filho da puta falso da Al-Qaeda. Só que... ela vira Romeo com os filhos dele. Ele os adorava e sabia que se os fuzileiros os encobrissem com ajuda e dinheiro, isso voltaria a Abu Ubaida e Abu Nazir num segundo. Romeo também sabia que se as tentativas de assassinato não acontecessem dentro de uma semana, ela teria sabido que ele estava mentindo e teria agido. A informação que ele lhe dera tinha que ser boa. O fato de que eles haviam decapitado Romeo e matado Dempsey provava que Romeo passara uma informação acionável.

Em algum momento durante a longa noite, antes que ela e sua equipe chegassem à fábrica de porcelana, Romeo, torturado por Abu Ubaida, desistira. Se Romeo estivesse fornecendo informações falsas para ela, eles lhe teriam dado uma surra, mas o manteriam vivo para alimentá-la com mais lixo e talvez atraí-la para outra cilada.

Isso era tudo o que ela possuía.

— É altamente acionável! Prepare tudo. Estarei em Golfe Zulu — GZ, a Zona Verde em Bagdá — assim que puder — disse ela, e desligou.

Despediu-se de Virgil no hospital e, usando o celular, tentou enviar um torpedo para Warzer, esperando que ele tivesse pegado uma carona de helicóptero para Camp Victory, contíguo ao aeroporto de Bagdá, e tivesse conseguido voltar à Zona Verde.

"Como vai v?", perguntou Warzer, perguntando sobre Virgil.

"bem. vc voltou? temos q nos encontrar", escreveu ela.

"voltei. encontre trr rlg meu distrito fajr -2." Graças a Deus, pensou ela, sentindo a primeira sensação de alívio em dias. Warzer conseguira voltar em segurança a Bagdá.

Ela se lembrou de que ele lhe contou que morava com a família em Adhamiya, um distrito sunita na margem oriental do Tigre. Ela teria que descobrir onde era a torre do relógio, provavelmente perto de uma mesquita ou de uma praça principal. Fajr era a oração da aurora para os muçulmanos e o menos dois era uma indicação truncada que queria dizer mais duas horas, portanto eles se encontrariam por volta de oito da manhã.

Ela embarcou no helicóptero meia hora depois, comendo um sanduíche que comprara em um dos restaurantes fast-food como Subway, Burger King e Pizza Hut da base. Para a maioria dos militares que trabalhava dentro das fortificações da grande base americana, era como se nunca tivessem saído de sua terra; eles não tinham nenhuma ligação com o Oriente Médio.

Andando para o helicóptero, ela sentia o cheiro da fumaça e via colunas negras subindo de buracos onde, alguém lhe dissera, era queimado o lixo da base. Estava quase anoitecendo, o helicóptero lançando uma sombra comprida na pista. Estar nesse lugar movimentado fazia Ramadi parecer irreal, como um universo diferente.

O helicóptero decolou e sobrevoou a baixa altitude a rodovia Um, rumo ao sul de Bagdá. O tráfego na autoestrada era leve quando a noite se aproximava. Era muito perigoso ficar ali depois de escurecer. Enquanto sobrevoavam a periferia da cidade, ela viu algo em que não prestara atenção no chão. Do ar, Bagdá parecia um oásis, o sol poente transformando o rio Tigre em ouro avermelhado.

CAPÍTULO 33

Adhamiya, Bagdá, Iraque

Perry Dreyer estava à espera dela em sua sala no centro de convenções. A placa na porta dizia "Serviço de Assistência aos Refugiados" e ficava a algumas portas da sala da USAID onde ela conhecera Dempsey.

Carrie esperou na recepção enquanto uma americana na faixa dos trinta anos vestida de modo elegante, com uma saia e uma blusa branca, conferiu seu uniforme imundo dos Fuzileiros Navais com uma grande mancha cor de ferrugem na camisa, causada pelo sangue do ferimento de Virgil, seu rosto sujo, seu cabelo desgrenhado e sua mochila pendurada no ombro. Vá para o inferno, pensou Carrie. Se você acha que está no Iraque, experimente Ramadi em vez da Zona Verde, querida.

A mulher pegou o telefone, disse sim e então se virou para Carrie.

— Venha comigo — falou, enquanto conduzia Carrie por uma grande sala repleta de funcionários da CIA e computadores para uma ampla sala privada, onde Dreyer, um homem forte, de cabelo cacheado, usando calça esportiva, camisa xadrez e óculos de armação de aço, estava sentado atrás de uma mesa de tampo de vidro, fez um gesto para ela se sentar.

— Como está Virgil? — perguntou ele.

— Bem. A bala atingiu a artéria fibular, mas conseguiram estancar a hemorragia. Estão tratando dele e assim que estiver estabilizado ele vai para Ramstein, depois para casa.

Ele assentiu com a cabeça, os olhos nas manchas de sangue em sua camisa.

— E você?

— Eu o quê?

— Nada de buracos de bala em você? Tudo bem?

— Não, não está tudo bem. Dempsey morreu, Virgil está fora de combate e perdemos Romeo. Então, não, eu não estou bem, mas estou operacional, se é o que quer dizer.

— Uau — disse ele, erguendo a mão. — Calma, Carrie. Você está atirando no cara errado. Saul não precisou vender você para mim. Eu a queria aqui. E tinha razão. O que você realizou em apenas poucos dias no interior é quase um milagre. Então, vá com calma. E me chame de Perry.

Ela desabou na cadeira.

— Sinto muito — disse. — Desde que fracassei com Dempsey, ando pronta para matar alguém. Simplesmente caiu em você.

— Dempsey foi uma baixa. A gente já aguentou muito aqui, e algo me diz que estamos prestes a aguentar muito mais. Você vai fazer um Aardwolf?

Ela fez que sim com a cabeça.

— Ótimo — disse ele. — Vou lhe dar um computador com um link JWICS seguro. — Ele pronunciou "Jêi-wics". O JWICS é a rede de computadores da CIA, concebida para comunicações sigilosas, codificadas, extremamente seguras. — Talvez isso finalmente acorde aqueles idiotas em Washington. E as tentativas de assassinato e os ataques planejados? O que você precisa de mim?

— Esse novo cara xiita, Al-Waliki, o novo primeiro-ministro.

— O que tem ele?

— A secretária Bryce é o aperitivo. Ele é o verdadeiro alvo. A AQI o pega e eles têm a guerra civil deles. Preciso me encontrar com ele. Temos que protegê-lo.

Dreyer fez uma careta.

— Não é tão fácil. Isso pertence ao Estado. Eles são muito possessivos quanto ao que têm direito. Nosso corajoso líder, o embaixador Benson, expediu ordens. Ninguém se encontra com Al-Waliki senão ele.

Ela o encarou com incredulidade.

— Você está brincando, certo? Temos soldados tendo que viver na própria merda em Ramadi, minas improvisadas e corpos sem cabeça de Bagdá à Síria, esse país está prestes a explodir e esse cara está jogando com a burocracia?

— Ele tem medo. — Dreyer franziu a testa. — Os curdos estão prontos para inaugurar o próprio país, os sunitas querem uma guerra e os iranianos estão se preparando com Muqtada al-Sadr e os xiitas para entrar e catar os pedaços. Benson é o garoto do presidente. Não podemos evitar lidar com ele.

Meu Deus, pensou ela. Será possível que Dempsey, Dima, Rana e até Fielding tenham morrido à toa? Fazer os Estados Unidos perderem a guerra e tanta gente morrer por causa de burocracia?

— Isso é uma merda — disse ela.

— Uma merda total. Quando é o ataque?

— Meu espião achou que fosse semana passada, mas isso foi antes de Abu Ubaida se dar conta de que ele era um agente duplo e cortar a cabeça dele.

Então ela lembrou de que prometera tomar conta da família de Walid. Vou cumprir, disse a si mesma. Mas primeiro tinha que interromper uma guerra.

Dreyer tirou os óculos e poliu-os com uma flanela. Sem eles, seus olhos eram mais doces, menos guardados.

— Carrie, sou eu, e Saul também, que estamos perguntando. Quando você acha que vai acontecer?

Ela se endireitou na cadeira. Sentira-se suja e querendo desesperadamente uma ducha quando entrou, mas agora, de repente, sentia-se maravilhosa, nada de cansaço. Nada de preocupações com Virgil nem com coisa alguma. Então se deu conta. Será que estava embarcando num dos seus voos? Não tomava a clozapina havia vinte e quatro horas. Será que aquilo já começara? Ela engoliu em seco. Precisava sair dali e tomar um comprimido. Enquanto isso, precisava manter o foco. O bom a respeito de Perry era que pelo menos, como Saul, ela podia ser franca com ele.

— O que todo mundo esquece, o que todo mundo não percebe, é quão espertos esses caras são. Todo mundo acha que eles são um bando de *hajis* idiotas correndo por aí gritando "*Allahu akbar*" e que não podem esperar para se explodir e conseguir as setenta e duas virgens no paraíso. Eles pensam — disse ela batendo com o dedo na têmpora — estrategicamente. O que os torna perigosos. Temos que pensar assim também.

— Concordo — disse ele, tornando a pôr os óculos. — Não oculte nada. O que acha que está acontecendo?

— Não tenho certeza, mas Abu Ubaida anda tentando ir mais longe. Primeiro Beirute e Nova York, agora aqui. Por quê? Você poderia dizer que ele está no negócio do terrorismo. Que é isso que ele faz, mas eu acho que deve haver alguma coisa acontecendo entre Abu Ubaida e Abu Nazir. Meu espião deu a entender isso e eu intuí antes mesmo de ele dizer — disse ela.

— O que você está dizendo?

— Não há provas para sugerir que Abu Nazir estivesse sequer em Ramadi. Quando entrevistei Romeo pela primeira vez, ele mencionou sem querer que Abu Nazir estava em Haditha. Acho que foi um ato falho. Romeo tentou disfarçar sugerindo que ele poderia estar em Fallujah, mas acho que era um truque. As forças dos Estados Unidos estão por toda Fallujah. Devíamos mandar alguns olhos para Haditha agora.

— É bastante perigoso lá — disse ele, esfregando a mão no queixo. — Que tal Bagdá?

— Vamos supor por enquanto que seja Abu Ubaida. Eu sei que *ele* estava em Ramadi porque vi o filho da puta. Ponha-se no lugar dele. Ele tem que supor que soubemos dos assassinatos por Romeo, então só há duas chances: cancelar, e aí, seja qual for o jogo que ele esteja fazendo com Abu Nazir ou conosco, ele está perdido, ou adiantar os planos.

Dreyer inclinou-se sobre a mesa.

— Quanto tempo nós temos? — perguntou ele.

— E a secretária Bryce? Cancelaram a viagem dela?

— O avião dela já está no ar. Ela vai fazer uma escala em Amã para encontrar o rei Abdula, depois vem para cá.

— Não entendo. Ela está entrando numa cilada.

— O presidente acha que esse encontro com Al-Waliki é muito importante. A administração sente que toda a sua política do Iraque está em jogo. As eleições de meio de mandato são em novembro. — Ele fez uma careta.

— Eles estão loucos? Acham que a gente está inventando essa merda?

— Não ligue para isso. Quanto tempo nós temos?

— Quarenta e oito horas; pelas minhas contas, muito menos. Eles provavelmente estão colocando *mujahedin* em posição dentro de Bagdá agora mesmo — disse ela. — Perry, eu estou cagando para o que diz o embaixador Benson. Me arranje um encontro com Al-Waliki.

— Para fazer isso, preciso de mais informações suas. Especificamente como e onde eles vão atacar os alvos?

— É isso que vou descobrir.

— Não demore muito — disse ele.

Meia-noite. Ela acordou banhada de suor por causa de um pesadelo. Por um momento, não sabia quem era. Tinha vindo tudo junto: Reston, Beirute, Ramadi, Bagdá. O barulho da artilharia ao longe trouxe a lembrança. Ela estava de volta ao hotel Al-Rasheed, Bagdá.

Em seu sonho, seu pai estava na fábrica em Ramadi. Tinham cortado a cabeça dele. Ele estava ali em pé, coberto de sangue, segurando a cabeça nas mãos, e dizia a ela:

"Por que você não quer me ver, Carrie? Se gostasse de você, a mamãe não teria ido embora sem dizer adeus. Ela teria entrado em contato com você. Mas eu fiquei, e olha o que você fez comigo."

"Por favor, pai. Me desculpe, mas por favor. Você está me assustando com essa cabeça", ela gritou.

Ele então colocou a cabeça no pescoço.

"Escute seu pai, princesa. Como alguém poderá amá-la se não quer falar com a pessoa que ama você."

Assim que o pai disse isso, Abu Ubaida se aproximou dela no *souk* com uma faca.

"Agora é sua vez, Carrie. Uma cabeça tão bonita."

E ela acordou.

Foi até o frigobar e abriu uma garrafa de água Afnan. Esvaziou-a, depois foi até a porta da varanda e olhou para a cidade e o rio. Deixe-me em paz, pai, pensou. Vou ser boazinha e falar com você quando eu voltar, prometo. Mas agora já matei muitas pessoas e estou prestes a matar mais algumas, então, por favor, me deixe dormir. Preciso muito dormir e essa doença maluca que você me deu não torna as coisas nada mais fáceis, mas acho que você sabe tudo a respeito disso, não?

Talvez nós dois precisemos de salvação.

De manhã, novamente com seu traje de Beirute: calça jeans, uma blusa justa com mangas e um *hijab* preto sobre o cabelo, ela encontrou Warzer perto da torre do relógio da mesquita Abu Hanifa no distrito de Adhamiya, na outra margem do rio. Depois de se separarem e darem voltas de táxi entre a mesquita e a Universidade do Iraque para se certificarem de que não estavam sendo seguidos, eles se encontraram na parte externa de uma casa de *shisha*, na rua Imã al-Adham. Havia poucos homens sentados do lado de fora, e o ar estava impregnado do cheiro da fumaça do tabaco perfumado de maçã e pêssego vindo de dentro do lugar.

— Ela ainda vem? — perguntou Warzer, fazendo um gesto negativo com a cabeça sobre a visita da secretária de estado. — Não entendo.

— É um ano eleitoral nos Estados Unidos. Várias coisas não farão sentido — disse Carrie, inclinando-se mais para perto sobre o seu café. — Precisamos de informações mais específicas. Como eles vão entrar na Zona Verde? Onde vai ser o ataque? Hora exata. Como eles vão fazer isso? Rifles? Carro-bomba? E o que quer que a gente descubra, tem que ser rápido. Duvido que tenhamos mais que um dia, se tanto.

— O que quer que eu faça?

— Há duas fortalezas sunitas em Bagdá que a AQI poderia usar: aqui no distrito de Adhamiya e em Al-Amiriyah, próximo ao Camp Victory e o aeroporto. Para o ataque à secretária Bryce chegando de avião...

— Claro. Eles vão usar Al-Amiriyah. Para o outro ataque, você está pensando em Adhamiya?

Ela fez que sim com a cabeça.

— Preciso de informação sobre gente nova, rapazes, islamitas salafistas de Anbar, acabando de chegar em Adhamiya nos últimos dois ou três dias, hospedando-se com familiares ou amigos. Quem saberia sobre isso?

— Os parentes deles. As mulheres no *souk*. — Ele deu de ombros.

— Vou cuidar disso. Quem mais?

— Claro. — Ele sorriu. — A *masjid*. A mesquita Abu Hanifa. Os homens fofocam tanto quanto as mulheres.

— Tudo bem, então é assim que eles lançam o ataque no Portão do Assassino. Como eles atravessam o rio? — perguntou ela.

— O Portão do Assassino é na rua Haifa, perto da ponte Al-Jumariyah. Pela ponte?

— Ou isso, ou de bote de borracha, ou por baixo d'água. Eles vêm essa noite. Mas como e onde vão chegar até a secretária Bryce e ao primeiro-ministro? — perguntou ela, depois sentou-se empertigada.

— O que é?

— Espere! Bem em frente a mim do outro lado da rua!

— Como assim?

— O Conselho de Representantes do Iraque tem seus escritórios e sua câmara no Centro de Convenções, onde os Estados Unidos também têm escritórios, numa diagonal ao meu hotel, do outro lado da rua Yafa.

— Mas Carrie, o Centro de Convenções é muito vigiado.

— Ah, isso. — Ela sorriu, tomando um gole de café. — Não tem problema. Sei exatamente como eles vão fazer.

CAPÍTULO 34

Ponte Al-Jumariyah, Bagdá, Iraque

— Quero boas notícias, Perry — disse Carrie, desabando numa cadeira na sala de Dreyer, no Centro de Convenções, com a *abaya* preta pendurada no braço. Era fim de tarde, o sol baixo atrás dos prédios na rua Quatorze de Julho lançando sombras no campo de futebol, mais terra que grama, que se via através das persianas. — Já temos um encontro com Al-Waliki?

— Ainda não. O embaixador está irredutível. Diz que lidar com iraquianos é como negociar com uma cesta de enguias. Ele só quer uma mensagem vinda de nós. O presidente o apoia. Na verdade, ele vai se encontrar com o novo primeiro-ministro amanhã — disse Dreyer, fazendo uma careta.

— Bem, a mensagem para Al-Waliki vai ser que ele está morto! E Benson também! E Saul? David? O diretor?

— Eles tentaram e foram derrubados. É o show de Benson. Quanto tempo temos?

— Amanhã. Tudo acontecerá amanhã.

— Tem certeza? Qual é a probabilidade?

— Você fala como Langley — disse ela. — Noventa por cento. É o bastante para todo mundo? E, quanto a Benson, se você não conseguir me colocar com ele e Al-Waliki na mesma sala, amanhã será o último dia dele na Terra.

— Como pode ter certeza? Eles vão estar aqui no Centro de Convenções. Ambos bem vigiados. Como os combatentes da AQI vão entrar?

— Eles não precisam entrar.

— Do que você está falando?

— Eles já estão aqui dentro. Neste exato momento — disse ela, inclinando a cabeça para o centro do prédio.

— O que significa... — Ela o observou enquanto ele se dava conta. — As ISF, as forças de segurança do Iraque. Eles já estão infiltrados. Vão ser mortos por gente designada para protegê-los — disse ele.

— De acordo com Warzer, a maioria dos homens que fazem parte da ISF e fornecem segurança para autoridades do governo do Iraque mora em trailers ou apartamentos ocupados nas mansões da Zona Verde que foram abandonadas por autoridades do partido Ba'ath quando Saddam caiu. Eles já estão aqui.

Dreyer recostou-se na cadeira e olhou para Carrie do jeito que ela imaginava que um treinador de basquete olhasse para um de seus jogadores que estivesse prestes a tentar um arremesso de três pontos antes do sinal.

— Tem certeza disso?

— É acionável.

— Como diabo você descobriu? — perguntou ele.

— Como você sabe, e Washington parece não conseguir entender, o Oriente Médio não é uma região de países. É uma rinha de tribos — disse ela. — Warzer é membro da tribo dulaimi de Ramadi. É um sunita vivendo em Adhamiya. Ele também não é burro. Pode ver para que lado o vento está soprando no Iraque e, neste momento, está soprando para os xiitas. Ele necessita de um passe que o libere da cadeia caso tudo dê errado. E isso significa asilo nos Estados Unidos. Então ele precisa se fazer o mais útil possível para nós.

— Vá direto ao ponto.

— Warzer anda cultivando como um possível espião um homem da mesma tribo que ele como membro das ISF, mas com alguns contatos questionáveis. Para mim, isso significa que não tem como ele não conhecer pelos menos alguém na AQI. Esse homem também mora em Adhamiya. O nome dele é Karrar Yassim.

"Falei rapidamente com a mulher de Yassim. Ela está morta de medo. Medo dos xiitas, do exército mahdi, e de nós. Confirmou o que já desconfiávamos: algumas novas adesões. *Jihadis* dulaimi designados como guardas da ISF para proteger Al-Waliki aqui na Zona Verde e no Centro de Convenções. Isso não é difícil de entender, Perry. É assassinato. Você pode me arranjar esse encontro com Al-Waliki ou não?", perguntou Carrie.

— Está bem — disse ele, expirando e cruzando as mãos. — Vou tentar de novo.

— Ótimo. Porque salvar a pele de Benson ou mesmo de Al-Waliki não é a coisa mais importante na minha cabeça.

— Ah? O que é?

— Matar Abu Ubaida. Dessa vez eu vou pegá-lo — disse ela.

Com o binóculo de visão noturna, ela observou os *mujahedin* entrarem no prédio da rua Abu Nawas um a um. A rua corria ao longo da margem esquerda do rio e estava às escuras. A parte leste da cidade estava sofrendo com um dos apagões de energia que a atormentavam todos os dias. Eles estavam fortemente armados. Pareciam sobretudo fuzis de assalto AKM e granadas-foguete, pensou ela. Um deles levava uma grande arma tubular, acompanhado de dois homens que carregavam algo volumoso às costas.

— O que eles estão carregando? — perguntou.

— Merda — resmungou o coronel Salazar, comandante da Quarta Brigada da Terceira Divisão de Infantaria, incumbido da responsabilidade primordial da defesa da Zona Verde. — Poderia ser um Bombardino AT-13. Russo, droga.

— Para que serve?

— É um destruidor de tanque. — Ele tirou os óculos de visão noturna e olhou para Carrie ao luar refletido no rio, a única luz disponível na sala escura no prédio do parlamento iraquiano na margem oeste do rio, que eles estavam usando como posto de observação. — Não gosto da ideia de deixá-los atravessar o rio e entrar na Zona Verde.

— Eu sei, coronel — disse ela. — Mas elimine-os agora e a ameaça permanece, só que da próxima vez talvez não saibamos que eles estão vindo. Aposto que Abu Ubaida está com eles agora. Você me dá uma equipe para matá-lo e cortamos uma das mãos da AQI no Iraque. Quando matarmos Abu Nazir, será a outra mão.

— Você está dizendo que o ataque principal virá pela ponte Al-Jumariyah amanhã?

— Não sei ao certo quais são as táticas deles. Eles podem mandar alguns homens hoje à noite para liquidar quem quer que esteja guardando este lado da ponte amanhã. Você entende melhor disso que eu, coronel. Mas sim, o ataque principal para atravessar a Zona Verde será no Portão do Assassino. Nosso informante confirmou que eles estão treinando para isso em Ramadi. Observá-los entrar naquele prédio do outro lado do rio confirma isso.

— E Abu Ubaida? Onde ele vai estar? — perguntou o tenente-coronel Leslie, o oficial executivo do coronel.

— Ou onde estamos observando, naquele prédio do outro lado do rio, ou aqui, no hospital infantil na rua Haifa, bem ao lado do controle do Portão do Assassino — acrescentou o primeiro-sargento Coogan, apontando para o mapa de localização na tela de seu laptop, que brilhava na escuridão.

— Devíamos chamar a Força Aérea. Arrasar o prédio — disse Leslie, empinando o queixo na direção do prédio do outro lado do rio.

— E como saberíamos que ele morreu? — perguntou Carrie. — É por isso que estou aqui. Para que quando seus homens o matarem, eu possa fazer uma identificação positiva.

O coronel Salazar estudou-a ao luar, seu cabelo grisalho rapado mais escuro do que seria no claro. Ele tinha um rosto sério, meio de buldogue. Um homem inteligente, pensou Carrie.

— Está bem, Srta. Mathison. Você conhece esse calhorda melhor que qualquer um de nós. Onde acha que ele estará amanhã? — perguntou.

— Acho que seu primeiro-sargento está certo, coronel. O hospital infantil. Ele vai estar perto do que está acontecendo no posto de controle e no Centro de Convenções, mas não na linha de fogo sozinho. Possivelmente disfarçado de um dos auxiliares.

— Um dos médicos talvez? — sugeriu o coronel Salazar.

— É exatamente o tipo de coisa que ele faria — disse ela com um gesto de cabeça afirmativo.

— Então vamos precisar que você acompanhe quem quer que coloquemos ali para nos assegurar de não alvejar o médico errado — disse Leslie. — Aquele posto de controle será uma zona de morte, senhorita. Vai ficar muitíssimo complicado. Sei que você é da CIA e tudo o mais, mas sem querer ofender, tem certeza de que está disposta a isso?

— Acabei de voltar de Ramadi. Sei exatamente o que me espera. E pode acreditar, eu não vou na frente. Vou estar bem atrás dos soldados que o senhor mandar. E, coronel — disse ela, olhando para Salazar —, por favor, não subestime Abu Ubaida. Ele não é só mais um com turbante na cabeça, ele é espertíssimo. E só tem um décimo da esperteza de Abu Nazir.

— Não o subestimarei — disse o coronel Salazar, os olhos franzidos.

— Pelo menos, graças a você, pela primeira vez temos o elemento surpresa do nosso lado. Estamos lhe dando uma unidade do Grupo de Forças Especiais para o hospital. O melhor que temos. Quem está no comando? — perguntou ele a Leslie.

— O capitão Mullins. Segundo Batalhão — disse Leslie.

— Bom homem. Se alguém pode protegê-la e pegar esse filho da puta, é ele.

— E a Secretária de Estado? — perguntou Carrie.

— Políticos — o coronel Salazar fez uma careta. — Vamos tentar mantê-la no Camp Victory enquanto varremos o distrito de Amiryiah com força suficiente para fazer os insurgentes ficarem de cabeça baixa até resolvermos o que está acontecendo na Zona Verde. Mas, obviamente, ninguém, incluindo o próprio general Casey, pode dizer a ela o que fazer nem aonde ela não pode ir.

— Quando o avião dela está previsto chegar? — perguntou Carrie.

— Nove horas e cinco minutos, de acordo com a última informação que tive — disse Leslie. Consultou o relógio. — Daqui a oito horas. Não nos sobra muito tempo.

— A chave é o Portão do Assassino — disse Carrie. — Presumo que você terá gente mais que suficiente para detê-los lá. Eles vão tentar abrir caminho a força até o Centro de Convenções.

O tenente-coronel Leslie assentiu com a cabeça.

— Mais que suficiente, incluindo um pelotão de tanques Abrams e dois tanques Bradley que vamos fazer avançar atrás deles. Uma vez que estejam na zona de morte, eles ficarão lá.

Ela se virou para o coronel Salazar.

— Coronel, esse míssil russo que vimos? Será que um tanque Abrams aguentaria se fosse atingido por uma daquelas coisas? — perguntou ela.

— Possivelmente — disse ele. — Depende de diferentes fatores. Se o míssil conseguir atingir o tanque, em que lugar o atinge, os dispositivos de defesa dos tanques, várias coisas.

— E um Bradley? Aguentaria?

— Nenhuma chance.

CAPÍTULO 35

Portão do Assassino, Zona Verde, Bagdá, Iraque

Carrie passou as últimas horas da noite num catre estreito dentro de um contêiner de carga que todo mundo chamava de "trailer", colocado num mar de trailers dispostos num padrão quadriculado perto do antigo Palácio Republicano. Dreyer lhe dera seu trailer quando ela dormia no chão de sua sala. Mas Carrie não conseguia pegar no sono. Só conseguia pensar em Dempsey e no aspecto que ele tinha da primeira vez em que o viu, e de novo naquela noite em que eles transaram em Al-Rashhed, e imaginar o que os explosivos haviam feito com ele e o que devia ter pensado naquele último instante. Será que a culpou? Droga, ele era um homem bonito. Só estar perto dele a fizera sentir-se sensual, viva. Será que algum dia tornaria a se sentir assim de novo? Será que se permitiria isso de novo?

Abriu os olhos, mas não conseguia ver nada. O trailer era uma caixa de aço escura, fechada. Como viver num caixão, pensou. Podia sentir a depressão avançando sobre ela como uma tempestade se aproximando num mapa do tempo da TV. Ela a afastou. Não podia pensar naquilo agora. Matar Abu Ubaida primeiro. Depois se embriagar e deixar a depressão vir, disse a si mesma.

Mesmo assim, não conseguia dormir. Alguma coisa não se encaixava. O que era?

De repente, ela se sentou reta na escuridão. O que era aquilo no gravador na fábrica? A voz de Abu Ubaida quando ele estava interrogando Romeo. Algo sobre Abu Nazir. O que foi que ele disse?

Claro que ele vai. De que adianta? Preciso que você me diga.

Por quê? O que aquilo significava? Por que a palavra de Abu Nazir não seria suficiente para ele? Por que a palavra tinha que vir de Romeo? Será que era só uma viagem de poder da parte dele? Ela não achava que fosse. Os riscos eram muito altos. Pense, Carrie. Pense.

Não consigo, pensou ela. A clozapina não era uma panaceia. Ai Deus, deixe-me dormir. Eu posso fazer isso, eu juro, se conseguir simplesmente dormir um pouco.

Quando ela apareceu na sala de Dreyer naquela manhã, de calça jeans e camiseta, com uma pistola Beretta M9 que Dreyer lhe dera, o sol estava avançando devagarinho sobre os topos dos prédios do outro lado do Tigre. Seria outro dia quente, pensou. Dreyer já estava trabalhando no computador. Uma olhada rápida para o rosto dele lhe deu a má notícia.

— Benson nos rejeitou. Eu tentei. Pode acreditar, eu tentei — disse Dreyer.

— Bem, ele não vai me rejeitar — disse ela, dirigindo-se à porta.

— Carrie, espere! — gritou ele. — Tecnicamente, estamos ligados à embaixada. Eles vão ordenar que eu mande buscá-la. Precisamos de você aqui. Não podemos nos dar ao luxo.

Ela parou à porta e olhou para ele.

— Tenho muito sangue nas mãos desde que essa coisa começou, Perry. Não posso ter mais nada. Faça o que tem que fazer. Eu farei também — disse ela, e saiu.

Pegou o celular e ligou para o número que o primeiro-sargento Coogan lhe dera do capitão Mullins, comandante do Grupo de Forças Especiais sendo designado a ela pelo coronel Salazar. Ele atendeu antes de terminar o primeiro toque. Ela lhe disse onde estava e do que precisava. Ele falou que estaria lá em dez minutos.

— Me encontre na sala do primeiro-ministro. É no segundo andar — disse ela, desligando e dirigindo-se às escadas. Quando começou a subir, Perry Dreyer se uniu a ela, acompanhado por três dos seus auxiliares, jovens com fuzis M4.

— Se eu não puder impedi-la, acho que eles vão ter que demitir a nós dois — disse.

Eles deram a volta toda no grande átrio interno caminhando até a sala do primeiro-ministro no lado da rua Yafa do prédio. Dois soldados iraquianos armados usando as boinas vermelhas das Forças de Segurança Iraquianas guardavam a porta.

— O primeiro-ministro não está — disse um deles em mau inglês.

— *Salaam alaikum, sadikh'k'hai* — disse Carrie, cumprimentando-os em árabe, como se fossem amigos. — Vocês dois são xiitas, não? — Um dos soldados fez que sim com a cabeça. — De que tribo, *habibi*? Shammer Toga? Bani Malik? Al-Jabouri? — perguntou ela, citando tribos xiitas importantes da área de Bagdá. Estava calculando que Al-Waliki, o candidato dos xiitas, só teria confiança em ser guardado por xiitas como ele, de preferência de sua própria tribo.

— Bani Malik — disse o primeiro guarda da ISF.

— Claro, uma vez que é o primeiro-ministro Al-Waliki. — Carrie balançou a cabeça. — Eu devia ter sabido.

— Ele é do Al-Ali da Bani Malik — disse o guarda, indicando o sub--ramo tribal específico de Al-Waliki.

— Somos da CIA. Os sunitas da Al-Qaeda estão planejando matar o primeiro-ministro hoje de manhã. Sem dúvida você vai morrer também. Chame o seu comandante para se unir a nós e vir conosco — disse Carrie, ultrapassando-o e abrindo a porta. Entrou numa sala ampla e luxuosa onde o primeiro-ministro, Wael al-Waliki, estava em reunião com o embaixador Robert Benson.

Os dois estavam sentados a uma pequena mesa de mogno. Atrás deles, uma janela com cortina, uma das poucas no Centro de Convenções, proporcionava uma vista do gramado e do terreno e, para além da cerca, a arborizada rua Yafa e o hotel Al-Rasheed ao longe. Dreyer, os homens da CIA e os dois guardas iraquianos da ISF estavam atrás de Carrie.

— Que diabo é isso? Saiam. Todos vocês — grunhiu Benson. Vendo Dreyer, disse: — Perry, eu lhe dei ordens estritas. Está interessado em cometer o suicídio da carreira? Saia.

— Ele tentou me deter. Isso é ideia minha — disse Carrie a Benson e, ao primeiro-ministro, acrescentou em árabe: — *Ladda, min fathlek*, primeiro-ministro, mas sua vida está em perigo. O senhor precisa me ouvir.

— Olhe, não sei quem você é, senhorita, mas esta é uma ordem direta. Saia desta sala agora — disse Benson.

— Embaixador, se eu sair, o senhor e o primeiro-ministro morrerão em menos de uma hora. Portanto, se quiser encerrar a minha carreira amanhã, ótimo, mas não vou sair — disse Carrie.

— Quem diabo é ela? — perguntou Benson a Dreyer.

— Um dos nossos, embaixador. O senhor tem que ouvi-la. Ela sabe do que está falando.

— Olhe, senhorita, obrigado pela sua preocupação, mas não precisamos de segurança. Estamos na segura Zona Verde, cercados de soldados americanos no prédio mais bem guardado do local, sem falar na ISF vigiando essas salas. Sua preocupação é desnecessária — disse Benson.

— E com todo o respeito, senhor, a AQI já se infiltrou na ISF e eles estarão cagando para quem o senhor é quando o matarem. E se pudesse deixar essa sua pretensão de lado e usar a cabeça, veria que não tem importância se eles o matarem. O senhor será substituído. Mas se matarem a ele — apontou para Al-Waliki —, os xiitas enlouquecem e irrompe uma guerra civil em grande escala no país inteiro.

— O que é isso? Algum tipo de piada? — disse Benson secamente.

— Cheguei de Ramadi ontem à noite coberta do sangue de um dos meus homens. Estou com cara de quem está brincando? No momento precisamos levar o senhor e o primeiro-ministro para um lugar seguro sem que ninguém saiba. Temos que fazer isso imediatamente. Dispam as suas roupas.

— O quê?

— O senhor e o primeiro-ministro. Vamos disfarçá-los — disse ela, e repetiu em árabe para Al-Waliki, depois virou-se para Dreyer. — Precisamos de um local absolutamente seguro dentro do Centro de Convenções. Algum lugar em que a ISF não vá procurar e onde caiba no mínimo meia dúzia de soldados americanos para garantir que eles fiquem bem. Alguma ideia?

— Há umas salas no subsolo embaixo do grande auditório redondo, aquele onde o parlamento se reúne — disse um dos homens da CIA. — Ouvi alguém dizer que a polícia secreta de Saddam costumava usá-las para todo tipo de merda. Drogas, interrogatórios, estupro.

— Encantador — resmungou Dreyer.

Naquele momento, o capitão Mullins chegou com uma brigada de soldados trajando uniforme de combate completo, juntamente com um oficial iraquiano usando a boina vermelha da ISF.

— Você é Carrie? — perguntou Mullins. Era um homem baixo e musculoso, cerca de um metro e setenta, de olhos castanhos que viam tudo num instante.

— Por que não estão nos seus postos? — indagou o oficial iraquiano aos dois guardas da ISF em árabe.

— Preciso deles aqui. O senhor vai compreender em um minuto — disse-lhe Carrie em árabe. Depois se dirigiu a Mullins: — Precisamos levar o embaixador Benson e o primeiro-ministro para um lugar seguro. Este homem, como é seu nome? — Ela apontou para o agente da CIA que mencionara as salas de depósito.

— Tom. Tom Rosen — disse ele.

— Tom vai lhes mostrar aonde levá-los. Precisamos de homens da nossa inteira confiança para guardá-los. Quantos homens o senhor trouxe? — perguntou ela a Mullins.

— Dois ODAs. Equipes A. Vinte e quatro homens, sem contar comigo — disse ele.

— De quantos pode prescindir? Preciso de pelo menos três ou quatro — disse Carrie. — Eles, mais nosso pessoal da CIA, podem protegê-los. O senhor tem os uniformes extras?

Um dos homens de Mullins entregou a Carrie dois pares de trajes de camuflagem de deserto e dois fuzis M4. Ela os deu a Benson e ao primeiro-ministro.

— Vistam isso — disse ela. — Vocês fingirão ser soldados. — Virou-se para o oficial da ISF. — Queremos que todas as demais pessoas na ISF pensem que eles continuam reunidos nesta sala — disse em árabe, fazendo um gesto para que ele se aproximasse. — Arranje xiitas como você, conhecidos seus e da sua confiança, se possível da sua própria tribo. Você precisa encontrar os infiltradores da AQI. Assim que sairmos, ninguém entra nem sai do Centro de Convenções. Qualquer soldado sunita que tenha entrado para a ISF nos últimos três meses é suspeito. Desarme cada um deles e entregue-os a nós para interrogatório. Eles não devem ser machucados, entendido? Têm informações críticas.

Ela se virou e traduziu para Dreyer o que dissera ao oficial.

— E, Perry, o que quer que você faça, não o deixe se livrar deles nem deixe que ele tentem comprar um jeito de sair daqui. Precisamos de informação de quem quer que eles tragam como prisioneiro.

O primeiro-ministro Al-Waliki levantou-se e a encarou.

— Escute, dama da CIA. Eu não vou fazer isso. Não posso me esconder. E se alguém me vir vestido de soldado americano? Politicamente, seria o meu fim — disse em inglês.

— O senhor não tem escolha. — Elementos sunitas da Al-Qaeda já estão dentro do prédio. Se eles o matarem, o Iraque vai rachar. Haverá guerra civil. O senhor sabe disso melhor que ninguém, primeiro-ministro. Então Saddam vence. Ele pode morrer, mas vence. Vista as roupas por apenas uma ou duas horas. Fique vivo.

De repente, o estrondo de uma grande explosão chacoalhou as vidraças. Foi acompanhado de estrondos adicionais de um canhão — Carrie podia apostar que vinha de um dos canhões de 105mm dos tanques Abrams —, um tiroteio ininterrupto de armas de pequeno porte. A batalha começara.

— Eles estão atacando o Portão do Assassino. Vista sua calça — gritou ela a Benson. — Depressa!

O Portão do Assassino era um arco de pedra branca sobre a rua Haifa, encimado por uma escultura semelhante a um domo que parecia o capacete de um guerreiro babilônio antigo. Ficava uns trezentos metros a leste do Centro de Convenções e se tornara um dos principais postos de controle da Zona Verde. Conduzidos por um dos líderes da equipe de Mullins, eles se dirigiram para leste na rua Yafa, depois desceram um beco atrás dos prédios em direção à rua Haifa, os ruídos da batalha aumentando conforme chegavam mais perto. Nas brechas entre os prédios, podiam ver iraquianos, homens, mulheres segurando crianças, alguns empurrando carroças, todos correndo no outro sentido, fugindo da luta.

Eles pararam ao lado de um prédio, de frente para um estacionamento que ficava atrás do hospital infantil. Era uma grande área aberta cercada de moitas. Se os insurgentes tivessem tomado o hospital, eles poderiam estar numa emboscada. Os barulhos da batalha estavam muito altos, um som quase ininterrupto de armas automáticas pontuado por tiros de canhão. Avistaram os clarões dos disparos vindo das janelas do hospital infantil.

Formaram duas Equipes A, Alfa e Bravo, e deram a Carrie o codinome de "Fora da Lei". O sargento-chefe Travis, no controle da Equipe A Alfa, sinalizou que estava entrando. Um instante depois, enquanto ele corria na direção do estacionamento, os outros membros da equipe tomaram posição atrás dos carros para dar cobertura conforme necessário. Mas não houve disparos de *mujahedin* vindo das janelas nem do estacionamento. Como o capitão Mullins previra, tudo estava concentrado na rua Haifa em frente ao hospital, onde acontecia a batalha.

Embora não conseguisse ver dali a luta no posto de controle, ela previa que o coronel Salazar tivesse transformado o local numa zona de morte. Com tanques e soldados entrincheirados para defender o posto e mais homens e Bradleys trazidos da retaguarda para encerrar os *mujahedin*, era uma luta bem ruidosa. O que havia sido o grande estrondo — uma mina ou um carro-bomba —, ela não sabia, mas isso significava que os americanos provavelmente tinham sofrido baixas também.

O subtenente Blazell, a quem os outros chamavam de "Crimson" por causa do nome do time de futebol do Alabama, seu estado de origem, um negro na faixa dos trinta e muitos, de cabeça raspada e com dois metros de altura, que Mullins designara para cuidar dela, bateu em seu ombro e indicou que ela devia acompanhá-lo enquanto a equipe ziguezagueava pelo estacionamento, onde dois membros da Equipe A já haviam tomado o controle da porta dos fundos do hospital.

Carrie o acompanhou, correndo um pouco. A única coisa que carregava era uma pistola Beretta. Quando já estavam lá dentro, Crimson jogou-a no chão. Na mesma hora ficou claro o motivo. Disparos de todo canto no prédio e da rua no posto de controle ecoavam nos corredores. Havia clarões de bocas de fogo e balas por todo lado. O corpo de uma mulher, uma enfermeira, as pernas abertas, a *hijab* coberta de sangue, jazia no hall de entrada.

Carrie acompanhou Crimson, o corpanzil dele protegendo a ela e ao resto da Equipe A Bravo enquanto eles corriam pelos corredores, verificando os quartos um a um. Em um deles, encontraram crianças doentes amontoadas no chão com uma enfermeira ao lado do corpo sem vida de um iraquiano de jaleco branco, um médico, pensou ela. Ela não viu a Equipe A Alfa nem o capitão Mullins e supôs que eles tivessem seguido adiante, talvez para outro andar. Um dos membros da outra equipe Bravo ao lado da escada indicou que haviam passado esse andar e apontou para eles subirem ao andar seguinte.

Subiram a escada correndo e entraram numa enfermaria cheia de camas vazias. Todas as crianças estavam deitadas no chão, onde enfermeiras e assistentes engatinhavam de uma a outra. Algumas tinham sido alvejadas com balas que atravessaram janelas e paredes destruídas na lateral do prédio que dava para a rua Haifa. Elas choravam e gritavam, e enquanto corria, Carrie quase pisou num garotinho — devia ter três ou quatro anos — segurando a barriga, tentando estancar o sangue e gritando a plenos pulmões.

— *Ama! Ama!* — *Mamãe! Mamãe!* Isso é o inferno. É assim que o inferno é, pensou ela.

Alguém, um insurgente saído do nada, passou correndo pela porta, depois voltou e disparou contra eles. Quando Carrie caiu no chão, Crimson se virou, mirou e atirou também, em um único movimento fluido, matando o homem instantaneamente, soltando um pequeno grunhido ao fazê-lo.

— Você está bem? — perguntou Carrie.

Ela não acreditava em como Crimson fizera aquilo. Ele tinha um vigor natural incrível e era rapidíssimo e muito gracioso para um homem tão grande.

— Bala. Pegou no meu colete — disse ele sem parar de correr, referindo-se ao colete Kevlar.

Saiu porta afora, se virou e atirou em outra pessoa no hall. Carrie não o acompanhou. Só iria atrapalhar. Ele voltaria para buscá-la, decidiu, mantendo a Beretta engatilhada para o caso de outra pessoa passar pela porta.

Ela se arrastou até a parede ao lado da janela destruída e, ajoelhando-se, olhou por cima dos estilhaços de vidro para o posto de controle lá embaixo. Parecia que o tiroteio vinha de todos os lados. Um tanque Abrams ao lado do posto estava enegrecido e pegando fogo. Ao lado dele, estava o chassi destruído do que poderia ter sido um carro ou um caminhão. Carro-bomba. Deve ter sido a explosão que eles tinham ouvido no Centro de Convenções, pensou ela sem conseguir reagir.

Dois tanques Abrams vindos do posto de controle, suas metralhadoras disparando sem intervalo, acompanhados por muitos soldados de infantaria americanos, seguiam em frente devagar. Um grupo de *mujahedin* parecia ter se protegido numa área relvada semelhante a um parque na rua Haifa, a norte do cruzamento com a rua Yafa, atirando sem parar de trás de moitas e árvores, embora também houvesse tiroteio vindo de um punhado de prédios dos dois lados da rua, incluindo o hospital propriamente dito, mais adiante à direita dela.

Atrás dos *mujahedin* no parque, bloqueando a fuga deles, estavam dois tanques Bradley: um vindo pela rua Haifa de trás dos *mujahedin*, o outro na Yafa, aproximando-se a partir da ponte Jumariyah, encurralando os *mujahedin* no estacionamento. De repente, uma bala atravessou a parede bem ao lado dela e ela mergulhou no chão.

Idiota, disse Carrie a si mesma. Quer ser morta? Olhou em volta. O resto da equipe presumivelmente havia saído da enfermaria e descido mais o corredor, onde ela ouvia o barulho do tiroteio. Ela foi para o corredor e um homem a agarrou por trás, o braço envolvendo sua garganta. Ela gritou e tentou torcer o braço a fim de apontar a Beretta para ele, e sentiu-o arrancar-lhe a pistola da mão. Era muito forte para ela.

O homem arrastou Carrie em direção às escadas, quase a sufocando. Lutando para se soltar, ela deu uma cotovelada nele. Ele grunhiu quando ela sentiu a cotovelada acertar, mas segurou-a com mais força. Não conseguia ver o rosto dele — sua manga era branca. Estava usando um jaleco de médico, mas Carrie sentia seu cheiro. Um cheiro azedo de suor e medo. Enquanto ele a arrastava em direção às escadas, ela viu Crimson sair por uma porta, procurando por ela.

— Socorro! — gritou ela. Quem quer que a estivesse segurando encostou a Beretta em sua cabeça.

Crimson colocou-se de imediato numa posição de tiro de joelhos com o seu M4.

— Solte-a! — gritou.

— Largue isso ou eu a mato! — gritou o homem em resposta. — Abaixe isso já ou ela morre!

Crimson apontou o seu M4, absolutamente imóvel.

— Crimson! Atire! Confio em você! — gritou Carrie.

— Estou avisando — começou a dizer o homem que a segurava.

Crimson atirou. Carrie sentiu literalmente a bala passar por sua bochecha e, um instante depois, o braço do homem caiu. Ele tombou no chão. Ela estava livre. Abaixou-se e pegou a sua Beretta do *mujahedin* morto vestido com um jaleco de médico, que jazia de lado, olhando para o vazio, um furo de bala na testa.

— Obrigada.

— Fique comigo, madame. O capitão Mullins vai me matar se lhe acontecer alguma coisa — disse ele e, agarrando sua mão, puxou-a para acompanhá-lo.

Eles correram em direção ao resto da Equipe A Bravo, que saía de uma sala de cirurgia. Os homens balançavam a cabeça de um lado para o outro. Ela e Crimson foram na direção deles, mas um dos soldados a deteve.

— A senhora não quer ver. Eram só criancinhas. Duas enfermeiras e crianças. Todos mortos. Pode acreditar, é uma cena que a gente não vai esquecer.

— Vamos, seus filhos da puta — gritou o sargento-chefe Travis da escada. — Temos mais dois andares.

— Viu Abu Ubaida? — gritou Carrie.

— Matamos oito *hajis*. Pode verificá-los depois — disse Travis.

Ela acompanhou Travis e a equipe ao último andar, onde acontecia um tiroteio. Um membro da equipe disparou o seu lançador de granadas por uma porta aberta e a explosão foi seguida de uma corrida de homens entrando na enfermaria, suas submetralhadoras MP5 disparando ininterruptamente. O barulho do tiroteio era ensurdecedor. Travis e um sargento ficaram para trás. Travis apontou com a submetralhadora para uma porta marcada "Telhado" em árabe e em inglês. Eles abriram a porta e subiram uma escada de aço até uma outra porta que dava para o telhado.

Tentaram abrir a porta. Estava trancada. Travis sacou uma granada de mão e fez um gesto para Crimson, o homem mais alto ali. Crimson assentiu com a cabeça, posicionou-se e deu um chute que abriu a porta na hora, com Travis atirando a granada pela abertura no segundo em que Crimson chutou.

Todos desceram um ou dois degraus quando a granada explodiu do lado de fora no telhado. Travis e a equipe imediatamente correram para o telhado, onde foram recebidos por disparos de fuzis AKM. Carrie ficou para trás na escada, Crimson no vão da porta, bloqueando sua visão enquanto atirava. Alguém disparou ou lançou uma granada e a explosão ecoou no poço da escada. Ela ouviu o gaguejar de outro AKM abrindo fogo e escutou alguém gritar:

— Estou ferido!

Crimson apontou e disparou uma rajada com seu M4, depois outra e outra.

De repente, o tiroteio parou, embora ela ainda ouvisse tiros esporádicos e o estrondo único de um canhão ao longe. Será que era um dos tanques?, ela se perguntou. De repente, o capitão Mullins e dois de seus homens passaram correndo por ela e saíram para o telhado. Eles se distribuíram, atirando enquanto se moviam.

Alguém disse:

— Ah, merda.

— Cadê aquela mulher? Fora da Lei? Traga ela agora! — gritou o capitão Mullins.

Crimson olhou para ela e fez um gesto indicando que ela fosse para o telhado. Ela saiu, a luz do sol obrigando-a a franzir os olhos. Um dos membros da equipe estava colocando uma atadura no braço de Travis. Os corpos dos dois *mujahedin* estavam ao lado de um aparelho de ar-condicionado e outro corpo vestido de jaleco de médico jazia de barriga para cima perto do parapeito. Mas não era por isso que Mullins a queria.

Um árabe de paletó branco de médico estava em pé no parapeito à beira do telhado, segurando uma criança vestida só com uma fralda numa das mãos e uma granada de mão na outra.

— É ele? — perguntou Mullins, mantendo a MP5 apontado para o homem no parapeito. — Abu Ubaida?

Era a quarta vez que ela o via. Primeiro na foto com Dima que ela conseguira com Marielle em Beirute, a segunda no *souk*, a terceira no vídeo da casa de Romeo. A emoção do reconhecimento era inconfundível. Era Abu Ubaida.

— É ele. Com toda a certeza.

— Você, *sahera* americana — disse Abu Ubaida, olhando para ela e chamando-a de bruxa. Então ele também a reconheceu. — Do *souk*.

— Eu — disse ela.

— Estou indo embora — disse-lhes ele em inglês. — Se alguém tentar me deter, a criança morre. Se atirarem em mim, jogo essa granada e ela morre.

— Você não vai a lugar nenhum — disse Mullins. As armas de quase uma dúzia de soldados americanos com ele no telhado estavam apontadas para Abu Ubaida.

— Então ela morre — disse Abu Ubaida, pressionando a granada no corpo da menina enquanto ela se debatia em sua mão.

— Solte ela — disse Mullins. — É a única maneira de fazer isso acabar.

— Se quiser matá-la, é por conta da sua alma. Estou pronto para morrer — disse Abu Ubaida.

— Você não quer ir para o *Jannah* — disse Carrie, falando do paraíso muçulmano.

— Eu vou. Isso é um *jihad* — disse ele.

— Assim não. Isso Alá não vai perdoar — disse ela, observando-o atentamente. O que quer que ele fosse fazer, ela podia ver nos seus olhos que ele decidira. Mas antes que ela pudesse gritar ou fazer alguma coisa, ele largou a criança e jogou a granada direto em Carrie, e antes que qualquer pessoa pudesse fazer alguma coisa, gritou:

— *Allahu akbar!* — *Deus é grande!*, e pulou do telhado.

A granada de mão voou na direção de Carrie e do capitão Mullins. Quando o artefato quicou no telhado menos de um metro diante deles, Crimson, movendo-se com uma velocidade extraordinária, pulou na frente dela e, incrivelmente, chutou o artefato como uma bola de futebol. Uma fração de segundos após deixar o pé dele, a granada explodiu.

A explosão arrancou a perna de Crimson na altura do joelho, estilhaços de metal zunindo para cima deles. Carrie achou que tivesse morrido, mas o corpo maciço de Crimson com o seu colete Kevlar protegeu-a mesmo quando ele veio abaixo como uma árvore. O capitão Mullins e dois de seus homens foram atingidos várias vezes por estilhaços da granada. Parte da bochecha de Mullins foi rasgada, mas Carrie estava incólume. A criança estava sentada no telhado ao lado do parapeito, aos berros, também aparentemente ilesa.

Um dos soldados correu para Crimson, que jazia no telhado, e começou a trabalhar para amarrar a perna dele, o sangue vivo jorrando ritmicamente do coto. O pé de Crimson, com a bota de combate ainda calçada, jazia no telhado a alguns palmos de distância. O capitão Mullins, sangrando, também foi até ele enquanto os outros soldados se distribuíram para proteger o telhado.

Carrie sabia que devia ficar e ajudar, especialmente a Crimson, mas não podia. Seu único pensamento era Abu Ubaida. Ela precisava ver o que acontecera. Deu meia-volta e saiu correndo para a escada de aço, pensando: que tipo de merda eu sou? Ele me salvou a vida, duas vezes, e só o que me interessa é a missão? Mas ela não conseguia se conter, correndo escada abaixo até o térreo e saindo porta afora para a rua Haifa, sabendo que pensaria no que estava fazendo naquele momento durante anos a fio, nas longas noites insones quando a clozapina não funcionasse. Abu Ubaida jazia na calçada a uns cinquenta metros, o paletó de médico que usava manchado de sangue no sol claro.

Ela foi até ele, tremendo por dentro. Salvo pela poça de sangue atrás da cabeça, o homem na calçada tinha exatamente o mesmo rosto que tinha no *souk* em Ramadi. Seus olhos fitavam o céu com uma expressão vazia e ela não precisou se abaixar e verificar seu pulso para ver que ele estava morto.

Sentindo-se como se alguém que não ela estivesse controlando seus movimentos, apontou a Beretta para o rosto de Abu Ubaida. Isso é por Ryan Dempsey, seu filho da puta, pensou, e ignorando o fato de ele já estar morto, apertou o gatilho.

CAPÍTULO 36

Distrito Central, Beirute, Líbano

Sobrevoando os picos do Monte Líbano, na aproximação de Beirute, Carrie via a cidade se espalhar lá embaixo até o Mediterrâneo, um azul distante no sol da tarde. Não pretendera ir a Beirute. Na verdade, Perry Dreyer e Saul haviam lhe ordenado especificamente que "se mandasse para Langley o mais rápido possível".

Ela voltara para o Serviço de Assistência aos Refugiados, o escritório de fachada da CIA no Centro de Convenções, escoltada pelo sargento-chefe Travis, que assegurou que ela estivesse sã e salva a cada passo do caminho, insistindo em ir com ela até a porta da sala antes de se despedir.

— Por favor, agradeça a Crimson por mim. Sinto muito ter tido que ir embora. Ele salvou minha vida hoje. Duas vezes — disse-lhe ela.

— Vou dizer a ele. A senhora trabalhou bem hoje.

— Mais ou menos. Sou péssima em receber ordens. E estava morta de medo — disse ela.

— Quem não? — Ele encolheu de ombros e, dando-lhe um adeusinho, saiu.

Ela entrou no escritório da CIA e ligou para Saul pelo Skype do JWICS, com o codinome "Home Run", indicando que Abu Ubaida estava morto, não importava que fossem quatro da manhã em McLean.

— Tem certeza absoluta de que ele está morto? É garantido? — disse ele, e apesar da empolgação, bocejou.

— Cem por cento — disse ela. — É ele. Acabou — falou, de repente sonolenta também. Não dormira nada a noite anterior e começava a lhe

bater o cansaço. A adrenalina que fazia parte da batalha estava se esgo-
tando e ela se sentia em outro planeta. Precisava de seus comprimidos.

— Incrível. De verdade, Carrie. Isso é mesmo importante. Como você
se sente?

— Não sei. Anestesiada. Não dormi. Talvez sinta algo amanhã.

— Claro. E Al-Waliki e Benson? — perguntou ele.

— Por quê? Benson deu uma bronca no diretor? — Ela ficou tensa,
imaginando Benson pedindo sua cabeça numa bandeja de prata.

— Na verdade, ele estava falando bem de você. Diz que você agiu de
forma correta, provavelmente salvou a vida deles. Aliás, isso deu a ele a
sensação de participar da batalha. Ele mal pode esperar para contar histórias de guerra no Salão Oval. Mandou tirarem uma foto dele em traje
de combate e com o fuzil M4 que você lhe deu.

— Não brinca? — murmurou ela.

— Deduzimos que a secretária de Estado Bryce está bem. Ela deve se
encontrar com Benson e Al-Waliki hoje mais tarde. Eles estavam mon-
tando a agenda quando você acabou com a reunião deles — disse Saul.

— É. Depois que o avião dela aterrissou, eles a mantiveram num
bunker seguro em Camp Victory enquanto se asseguravam de que estava
tudo calmo em Al-Amiriyah.

— Olha, Carrie. David quer ele mesmo lhe pedir que você preste contas da missão. Eu também. Precisamos de você de volta em Langley o
mais rápido possível.

Uma fisgada a percorreu. Isso era como antes com Fielding? Uma desculpa para colocá-la de volta no departamento de Análise de Inteligência?

— Eu não fiz nada de errado, fiz? — perguntou.

— Pelo contrário, Dreyer e David estão escrevendo cartas de recomendação para seu arquivo. Parabéns. Volte logo, temos muita coisa para
conversar, e precisamos de uma reunião para ter as informações completas — disse ele.

— Saul, ainda há pontas soltas. Beirute em primeiro lugar. Abu Nazir
ainda está lá, possivelmente em Haditha. E tem mais uma coisa. Algo
que Abu Ubaida disse quando estava interrogando Romeo, perdão, Walid
Karim, que não consigo tirar da cabeça.

— Esteja de volta à minha sala amanhã. Vamos examinar tudo isso. E,
Carrie...

— Sim?

— Trabalho magnífico. De verdade. Mal posso esperar para falar com você pessoalmente. Há muito que examinar, embora Perry diga que precise de você lá — falou ele. Um calor lhe desceu como tequila. Saul estava feliz com ela. Ela poderia beber o elogio dele para sempre como uma viciada.

Reservara seu voo de volta a Washington, mas, num impulso repentino, enquanto aguardava em Amã a conexão para o aeroporto JFK e de lá para Dulles, trocara a passagem e voara para Beirute.

Agora, sobrevoando Beirute, conseguia reconhecer os pontos de referência. O Marina Tower, o Habtoor, o hotel Phoenicia, o Crowne Plaza. É engraçado, pensou. Tudo que acontecera começara ali com a reunião abortada com Rouxinol em Ashrafieh. Era como uma corrida solo, uma espécie de maratona que simplesmente não terminara. Em certo sentido, voltar a Beirute era como voltar ao ponto de partida, porque era onde aquilo começara para ela. Não simplesmente naquela noite em Ashrafieh, mas quando ela voltara a Princeton, após o primeiro episódio de transtorno bipolar, aquele que quase encerrara sua carreira na faculdade e qualquer coisa parecida com uma vida futura.

Duas coisas haviam lhe salvado a vida. A clozapina e Beirute. As duas estavam ligadas.

Verão. Seu terceiro ano em Princeton. Ela voltara para a turma e passava o tempo todo estudando. Não corria mais, estava fora da equipe de atletismo. Nada mais de corridas às cinco da manhã. Seu namorado, John, também era passado. Ela estava tomando lítio e às vezes Prozac também. Eles ficavam ajustando suas doses. Mas ela odiava isso. Tinha a sensação, disse à sua irmã, Maggie, que o lítio lhe tirava vinte pontos de QI.

Tudo era mais difícil. E parecia, disse ela ao médico no McCosh, o centro de saúde dos alunos, que ela via tudo através de um vidro grosso. Como se não pudesse tocar nas coisas. Nada parecia real. Havia períodos em que sentia uma sede excessiva ou perdia totalmente o apetite. Passava dois, três, quatro dias sem comer, sem fazer nada senão beber água. Quase não pensava em sexo. Tudo o que fazia era ir de uma aula a outra, voltar ao dormitório, pensando: não posso fazer isso. Não posso viver assim.

O que a salvou foi quando um dos seus professores mencionou um programa de verão para alunos de Estudos do Oriente Próximo: o Programa de Estudos

Políticos no Exterior na Universidade Americana de Beirute. A princípio, seu pai não ia pagar o curso, mesmo depois que ela lhe disse que precisava dele para sua tese de fim de curso.

"O que acontece se você tiver um surto lá?", ele perguntou.

"O que acontece se eu tiver um surto aqui? Quem vai me ajudar? Você, pai?" Não disse: lembra-se do Dia de Ação de Graças? Porque ambos sabiam do que ela estava falando e que o que acontecera com ele poderia acontecer com ela também. O que ela não contou a ele nem a ninguém foi que ela mal estava aguentando, que não estava longe do suicídio. Não completamente.

"Eu preciso disso." E quando nem esse apelo funcionou, ela acrescentou: "Você expulsou a mamãe. Quer me expulsar também, pai?"

Até que ele finalmente concordou em pagar o curso.

E depois, entrar em Beirute, rodeada por essa cidade e essas ruínas antigas incríveis, conhecer estudantes de todo o Oriente Médio, andar na rua Bliss com os outros jovens, comer shawarma e manaeesh, *ir a boates na rua Monot, e, quando estava quase largando o lítio, fez a grande descoberta. Foi a um médico árabe em Zarif, um homem baixo de expressão inteligente que olhou para ela quando ela lhe contou como o lítio a fazia se sentir e disse: "E a clozapina?"*

Simplesmente conseguir contar a alguém, finalmente, como era a sensação. E deu certo. Ela estava quase igual à antiga Carrie, antes do surto. Quando voltou ao consultório dele para fazer uma revisão e pegar mais receitas do remédio controlado, ele estava saindo de férias. Ela perguntara: "E se eu não conseguir uma receita com outro médico?" E ele lhe dissera: "Aqui é o Levante, mademoiselle. Por dinheiro, você pode conseguir tudo."

Aquele verão em Beirute, onde as peças todas se juntaram para ela. As ruínas romanas antigas e a arte dos mosaicos islâmicos e ouvir jazz até tarde da noite e a musicalidade e a poesia do árabe de todo dia, a Corniche e os clubes de praia, o cheiro de sfouf e baklava fresquinhos, o chamado dos muezins das mesquitas, as boates e os rapazes árabes atraentes que olhavam para ela como se fossem capazes de comê-la no café da manhã, e ela soube que o que quer que acontecesse em sua vida, o Oriente Médio seria parte dela.

Agora, descendo no aeroporto Beirute-Rafic Hariri, ela se perguntava se as peças se juntariam de novo em Beirute. Essa corrida sem fim anda-va acontecendo desde o encontro abortado com Rouxinol em Ashrafieh. Porque ela não acreditava que aquele babaca do Fielding tivesse se suicidado. E se não tivesse, significava que alguém o matara. Alguém ainda por ali. E que, como ela, uma operação ainda estava correndo.

Ela pegou um táxi no aeroporto. Andando no tráfego na estrada El Assad depois do campo de golfe, o motorista, um cristão, contando-lhe sobre os preparativos para a Páscoa e como a mãe de sua mulher fazia o melhor *maamoul* — bolinhos de Páscoa feitos com nozes e tâmaras e cobertos de glacê, naquela época do ano — na cidade. Ela mandou que ele a deixasse perto da torre do relógio na praça Nejmeh e andou os poucos quarteirões até o escritório de fachada da CIA, onde iria encontrar Ray Saunders, o novo chefe da Estação de Beirute.

Passando pelas mesas ao ar livre lotadas do café da rua embaixo do antigo pórtico arqueado, ela não pôde deixar de se lembrar da última vez que esteve ali, para falar com Davis Fielding, que basicamente lhe dissera que a carreira dela estava acabada. Isso parecia ter acontecido em outra vida.

Ela entrou e subiu as escadas, tocou a campainha da porta, disse quem era no interfone e a porta se abriu. Um jovem americano de camisa xadrez pediu que aguardasse numa pequena área de recepção até Saunders sair e cumprimentá-la. Ele era um homem alto, magro, na faixa dos quarenta, um olhar intenso, e longas costeletas que lhe davam um visual vagamente europeu oriental.

— Ouvi falar muito de você — disse ele, conduzindo-a à antiga sala de Fielding, que dava para a rua Maarad. — Francamente, fiquei surpreso de receber a sua ligação. Saul também.

— Ele está puto por eu não ter voltado direto para Langley? — perguntou ela.

— Ele disse que não conseguiria impedi-la de vir aqui se tentasse — ele falou e fez um gesto indicando-lhe que sentasse. — Aliás, parabéns. Soube a respeito de Abu Ubaida. Bom trabalho.

— Não sei o que dizer. O fato de eu estar aqui poderia ser uma perda de tempo.

— Quando contei a ele, Saul disse que você estava com a pulga atrás da orelha em relação à morte de Davis Fielding. É disso que se trata?

— Você sabe que é — disse ela. — Isso não o preocupa? Se Fielding não se suicidou, então qualquer que fosse a razão ou a operação que tivesse sido a causa, ela continua em vigor. Você poderia ser o alvo.

— Estou curioso. Pelo que ouvi, você e Fielding não morriam de amores um pelo outro. Por que está tão preocupada com a morte dele? — perguntou, estudando-a com franco interesse.

— Fielding era maçante e não foi uma perda para ninguém. Ele ia voltar para enfrentar o equivalente profissional de um pelotão de fuzilamento em Langley e aposto que você está lutando agora para limpar a sujeira dele e entender até que ponto a Estação de Beirute foi comprometida.

— Me parece uma boa razão para se suicidar — disse Saunders baixinho.

— É, mas você não é Davis. Ele não tinha princípios suficientes para isso. Alguém o matou, e tenho que acreditar que o assassinato teve algo a ver com a atriz Rana Saadi e Rouxinol. Essa é minha opinião e isso quer dizer que temos uma ponta solta.

Ele a estudou, sem dizer nada. Na rua, um carro buzinou, dando início a um coro de buzinadas de outros carros. O tráfego de *cinq à sept* de Beirute, pensou ela mecanicamente.

— Foi o que imaginei, também. Encontramos alguma coisa, mas ando trabalhando com uma desvantagem — disse ele.

— Qual?

— Eu não o conheci. Você, sim. — Ele fez um gesto indicando que ela desse a volta com a cadeira para ficar do lado dele na mesa.

— O que você descobriu?

— Isso — disse ele, indicando a tela do seu computador. Era um vídeo de câmera oculta do seu próprio escritório. Carrie olhou de imediato para a junção da parede com o teto onde a câmera tinha que estar localizada, mas o aparelho era muito pequeno e estava bem escondido na sanca. A tela mostrou Davis Fielding sentado à sua mesa, de costas para a câmera. De repente, ele estava no chão, uma pistola Glock em sua mão inerte, uma poça de sangue lhe saindo da cabeça.

— Há uma lacuna de três minutos e quarenta e sete segundos — disse Saunders. — O homem morto não fez isso.

— Dá para congelar a imagem? — perguntou Carrie.

— Por quê? Viu alguma coisa?

— Ela olhou atentamente para a imagem de Fielding deitado no chão.

— Tem alguma coisa errada. Não consigo identificar o quê, mas, como Saul diria, algo é definitivamente não *kosher*.

— Não é o ângulo em que ele está deitado. Mandamos um perito criminal calcular que o corpo cairia naquela posição.

— Isso é tudo que você conseguiu? — perguntou ela.

Ele fez que não com a cabeça.

— Temos lacunas nas câmeras de segurança na sala da recepção, na escada, nas entradas da frente e dos fundos do prédio. Mais longas, mas todas do mesmo período e na mesma noite em que Fielding foi morto. Alguém não queria que nós o víssemos.

Saunders mudou a imagem na tela. Esta mostrava uma filmagem de uma câmera de segurança do telhado voltada para a rua Maarad, para além da sacada do pórtico.

— O disco de gravação digital da câmera do telhado estava num circuito separado. Veja. Conseguimos extrapolar a partir da lacuna de tempo. Isso é de uns quarenta segundos depois do fim da lacuna.

Na tela, um homem de macacão aparecia vindo de baixo do pórtico, atravessando a rua e se afastando em direção à praça Nejmeh. Ela via as costas dele.

— Não é muito para prosseguir. Supondo que seja o nosso assassino — disse ela.

— Encontramos mais uma coisa. É de quatro dias antes.

Outro vídeo, a mesma vista, apareceu na tela. Um homem com um macacão parecido foi filmado caminhando na direção do prédio pouco antes de desaparecer embaixo do pórtico. Para Carrie, parecia que havia um distintivo ou a logo da companhia na frente.

— Volte. O que está escrito naquele macacão?

— Saunders retornou ao ponto e congelou a imagem, que, em decorrência da escuridão e da distância, era muito difusa para dar uma visão clara do rosto do homem ou do nome da companhia.

— Você não consegue melhorar a imagem digitalmente?

— Nós melhoramos — disse ele, abrindo outra janela e apontando para o distintivo. Embora ainda vago, o distintivo dizia "Sadeco Conciergerie" em francês e em árabe.

— Parece um serviço de portaria. Tenho certeza de que você verificou a companhia — disse ela.

— Claro. É o nosso serviço de portaria mesmo, mas ele não é nosso zelador habitual, e segundo a Sadeco, tal pessoa nunca trabalhou aqui.

Vasculhamos clandestinamente os escritórios deles uma noite. Examinamos todos os arquivos. Estavam dizendo a verdade. Quem quer que fosse esse homem, não era um dos funcionários deles.

— O que os seus espiões lhe dizem?

— Nada. Droga nenhuma.

— E a ISF libanesa? Ou a polícia?

— Assim que se deram conta de quem éramos, recuaram e nos mandaram para o Ministro do Interior, que por acaso é do Hezbollah. Estamos sem a menor chance de sucesso. Você tem alguma ideia?

— Quero cópias das duas imagens: a de Fielding e a do zelador misterioso. Ah, e uma imagem da cabeça de Fielding, algo facilmente identificável.

— O que você está pensando?

— Se esse homem na imagem, quem quer que ele seja, tem alguma coisa a ver com Rana ou com o Hezbollah ou Abu Nazir, eu vou encontrá-lo — disse ela, levantando-se, passando-lhe o celular dela para ele poder adicionar o número dele como contato.

Naquela noite, tomando uma margarita no bar do hotel Phoenicia, Carrie sacou a foto do corpo de Fielding e tentou identificar o que havia de errado com ela. A imagem havia sido feita de cima, da câmera de teto oculta, e de trás. Um corpo e uma pistola. O que havia de errado com a imagem? Primeiro, não era a forma que ela costumava olhar para Davis. Como estava acostumada a olhar para ele? Reorientou mentalmente a imagem como seria se ela estivesse de frente para ele. E então viu.

Idiota, disse a si mesma. Estava na cara. Como é que ninguém tinha visto antes? Claro, ela disse a si mesma. Depois de Fielding, eles haviam tido que eliminar o que era indesejável na Estação de Beirute. Ninguém que realmente conhecia Fielding vira essa imagem. Ela retirou o telefone da bolsa e ligou para Saunders.

— Boca de Dragão — atendeu ele. Era seu codinome.

— Fora da Lei — disse ela, ainda usando o nome por causa de Crimson. — Fielding era canhoto — disse ela, e desligou.

Ele veria isso no instante em que voltasse e olhasse para o corpo de Fielding com a pistola na mão direita, pensou ela. Prova cabal, se eles precisassem de mais alguma, de que Fielding fora assassinado. Mas por quem — e por quê?

A resposta, esperava ela, estava andando na direção dela. Marielle Hilal, ainda ruiva, ainda bonita, vestindo uma calça jeans justa e uma blusa decotada, com uma quantidade suficiente de olhos masculinos nela para dar ao ego de qualquer garota uma viagem de elevador à suíte da cobertura.

— O que está bebendo? — perguntou Carrie.

— O que você estiver — disse Marielle, sentando-se à sua mesa.

Um garçom se aproximou.

— Duas margaritas Patrón — disse-lhe Carrie, e fez um gesto indicando a Marielle que chegasse mais perto. — O homem que você conhecia como Mohammed Siddiqi está morto. Achei que você devia saber.

— Ouvi dizer que Rana foi morta também — sussurrou Marielle em resposta.

Carrie fez que sim com a cabeça.

— E um sírio chamado Taha al-Douni, que estava administrando Rana e Dima. Você o conheceu?

— Não, *alhamdulillah* — *graças a Deus*, disse Marielle verificando no espelho de maquiagem compacto o batom e a sala para ver se alguém as observava. Quando começou a colocar o espelho de volta na bolsa, Carrie deslizou a fotografia do zelador desconhecido na bolsa de Marielle. — Alguém ainda está atrás de mim?

— Não tenho certeza. Preciso que você faça uma coisa para mim — disse Carrie.

— Por que eu deveria? Já estou me arriscando falando com você — disse Marielle, olhando em volta nervosamente.

Havia pelo menos meia dúzia de homens de olho nelas. Não dava para saber se era só interesse masculino ou outra coisa, pensou Carrie. Salvo um. Ray Saunders, guardando seu celular e bebericando um uísque no bar.

— Porque estou tentando ajudar você. E porque, bem... — Ela não terminou a frase, um aviso de que sabia onde Marielle morava.

— Não gosto disso — disse Marielle. — Primeiro Dima, depois Rana. Os namorados delas. Quem é o próximo? Eu?

— Tire umas férias até as coisas acalmarem. Em algum lugar aprazível. Algum lugar seguro. Aonde você gostaria de ir?

Marielle ergueu as sobrancelhas com um ar cínico.

— Já tive homens tentando me comprar. Essa é a primeira vez que uma mulher faz isso.

Carrie pôs a mão no braço de Marielle.

— Olha, se eu puder resolver esse caso, você vai estar em segurança. Enquanto isso, o que há de errado em se afastar? Aonde você iria? — perguntou.

— Paris — disse Marielle. — Sempre quis ir.

— Eu lhe dou cinco mil dólares americanos — disse Carrie. Dinheiro que ela conseguira de Saunders para esse encontro. — Amanhã você pode estar na Champs-Élysées tomando vinho.

— Assim sem mais nem menos? Cinco mil dólares americanos? Você deve gostar mais de mim do que eu pensava.

— Muita gente morreu por isso — disse ela, sentindo uma fisgada percorrê-la ao pensar em Dempsey. — Não quero que aconteça nada com você.

— Somos duas. Então é isso? Terminamos? — disse Marielle, esticando o braço para pegar a bolsa.

— Tem uma coisa.

— É agora. Sabe, *habibi*, eu quase acreditei em você. Quase — disse ela, franzindo o nariz como se algo cheirasse mal.

— Eu só preciso de uma coisa. Mas tem que ser a verdade.

— E os cinco mil dólares?

— Ponha a mão embaixo da mesa.

Carrie pôs a mão debaixo da mesa, pegou o maço de notas de cem dólares e passou-o à mulher.

— Preciso contar o dinheiro — disse Marielle. Carrie fez que sim. Marielle acrescentou: — Como vai saber se estou mentindo?

— Porque vou saber — disse Carrie, e chegou mais perto. — Entre no banheiro feminino, assegure-se de que ninguém a veja. Conte o dinheiro, depois olhe bem a fotografia que botei na sua bolsa. Preciso que confirme para mim quem é esse homem.

— O que faz você pensar que conheço esse homem?

— Porque você conhece — disse Carrie, com muito mais convicção do que sentia. Não tinha muito tempo em Beirute, e Marielle era a melhor tentativa que ela possuía. Tudo ou nada, pensou, respirando fundo. Tudo ou nada.

— Eu me limito a lhe dizer e depois saio? Só isso? — perguntou Marielle.

— E *bon voyage.* — Carrie assentiu com a cabeça.

Marielle levantou-se e disse alguma coisa ao garçom, que apontou para a *salle des dames.* Carrie ficou ali sentada na beirada da cadeira, achando que aquilo era uma aposta arriscada. Mas se estivesse certa, Marielle tinha que conhecer o zelador misterioso.

Aquela noite, depois do tiroteio no hipódromo e após ela, Fielding e Saul resolverem as coisas no esconderijo, quando voltara ao seu escritório na rua Maarad, Fielding estava com a sua Beretta. Digam o que quiserem sobre Davis Fielding — e Deus sabia que ela podia dizer muita coisa —, ele conhecia as técnicas e os procedimentos de espionagem básicos. Em circunstâncias normais, nunca deixaria um estranho entrar na sua sala da rua Maarad à noite.

Mas aquela noite, com tudo o que estava acontecendo e Langley suspeitando dele, sentado ali, nervoso, aguardando Saul e o machado caírem, jamais em um milhão de anos deixaria uma pessoa entrar a menos que a conhecesse muito bem, e muito menos a deixaria desarmá-lo e matá-lo com sua própria arma. O que significava que Davis não só conhecia seu matador, como também o conhecia bem. E se ele o conhecia, então Rana o conhecia — e isso significava que era possível, até provável, que Dima e Marielle também.

Se não — e com a polícia de Beirute fora disso —, eles estavam realmente num beco sem saída, pensou ela, engolindo o resto da bebida. Onde diabo estava Marielle? O que a estava fazendo demorar tanto? De quanto tempo precisava para olhar uma fotografia? Ela não tentaria fugir, tentaria? Não, ela tinha conhecimento de que Carrie sabia onde ela morava em Bourj Hammoud com a tia ou quem quer que fosse a mulher mais velha. Saunders, olhando ao redor, encontrou o olhar dela. Ela tentou parecer mais confiante do que se sentia. Tudo ou nada. De repente, deu um suspiro de alívio quando Marielle veio andando de volta para a mesa.

Ela sabe, pensou Carrie com empolgação. Dava para dizer, pelos olhos de Marielle, que ela reconhecera o zelador desconhecido na fotografia.

— É muito estranho — disse Marielle, entregando-lhe a foto e tornando a se sentar. Por que ele estava vestido desse jeito? Como um *bawaab*? A palavra árabe para "zelador".

— Quem é ele? — perguntou Carrie, prendendo o fôlego. Vamos lá, pensou. Vamos lá.

— É Bilal. Bilal Mohamad. Estou surpresa por você não saber — disse, olhando com curiosidade para Carrie.

— Por que eu deveria?

— Todo mundo conhece Bilal — disse ela, beliscando o nariz com os dedos num sinal para cocaína. — Ele é bicha. Um amigo de Rana. E o *papa gâteau* americano dela com certeza o conhecia. Dima também. Você não está só me testando? Você não o conhece mesmo?

A cabeça de Carrie estava quicando para todo lado como uma bola de fliperama. Ela tinha um nome. Bilal Mohamad. Um gay que conhecia Rana — e, segundo Marielle, também conhecia o paizinho americano de Rana, seu *papa gâteau*, Davis Fielding. Isso a sacudiu como um raio caindo. De repente tudo fazia sentido.

O que Rana dissera sobre seu relacionamento sexual com Davis quando ela a interrogara depois de Baalbek? *No início a gente fazia, mas agora sirvo só de fachada.* — Isso a intrigara na época, mas agora se encaixava perfeitamente. Era isso que Davis Fielding andara escondendo? Que era gay? Mas por que esconder? Quem estava interessado? Por que precisaria de uma bela amante como Rana como fachada para as pessoas acharem que ele não era gay? E esse Bilal Mohamad? Por que ele o matou? Bilal era amante de Davis? Porque se fosse, isso explicaria por que Davis o deixara entrar na sala aquela noite.

Davis sabia que estava deixando Beirute. Provavelmente para sempre. Esta era a outra ponta solta que a andara perturbando, ameaçando sua teoria sobre o assassinato. A noite que ele encarou a ruína e o fim da carreira, sua última noite em Beirute, foi a mesma noite que, por coincidência, uma pessoa simplesmente por acaso passou por ali para assassiná-lo. Antes que Saul, que estava a caminho, aparecesse. Coincidências assim não acontecem. Na vida real, não acontecem.

Então Bilal não aparecera simplesmente. Davis o chamara. Provavelmente lhe dissera que era urgente, que ele ia partir. Se eles eram amantes, Davis tinha querido se despedir.

Bilal deve ter largado o que estava fazendo e corrido direto para lá. Teria sido a sua última chance de calar Fielding antes que ele contasse tudo para a Companhia, antes que ele, Bilal, estivesse na mira da CIA. Nenhuma coincidência nisso. Ela precisava fazer Ray Saunders e Saul verificarem as gravações dos telefones fixo e do celular de Fielding.

As peças finalmente se encaixavam. Uma vez que começassem a cavar, ela tinha fé que eles encontrariam Bilal ligado tanto a Rouxinol quanto a Abu Nazir.

— Andei fora. O que ele faz, esse Bilal Mohamad? — perguntou ela.

— Uma coisa e outra. — Marielle deu de ombros. — Isso é Beirute — disse, fazendo o sinal de uma pessoa enfiando cocaína no nariz.

— Onde podemos encontrá-lo?

— Onde você acha? Quase toda noite, no Wolf — disse Marielle.

Claro, pensou Carrie. Um bar gay.

— Então eu devo ir logo?

— Quanto antes melhor. Tire umas semanas. Aproveite Paris — disse Carrie, levantando-se para partir. — Todo mundo aproveita.

CAPÍTULO 37

O bar Wolf ficava numa rua lateral no distrito de Hamra, perto da Universidade Americana. Às onze da noite, a calçada em frente ficava lotada de homens de camisa aberta até o umbigo com coquetéis ou garrafas de cerveja em punho. Carrie se espremeu pelo meio deles e passou pelo segurança, um homem alto de cabeça raspada que olhou para ela de um jeito irônico.

Lá dentro, a boate estava lotada, música hip-hop aos berros, luzes de laser lampejando por um mar de homens, uns conversando, uns se beijando e se apalpando. Ao longo das paredes havia banquetas de couro falso onde rapazes de shorts justos faziam *lap dances* para homens mais velhos com dinheiro para gastar. Carrie foi andando em zigue-zague pelo meio da multidão até o bar. Era a única mulher ali. Embora tenha procurado, não viu Bilal Mohamad em lugar nenhum.

— O que vai beber? — perguntou-lhe o barman em árabe. Era um homem esguio de trinta e tantos anos, com um rosto de menino que o deixava dez anos mais jovem. Usava suspensórios sobre o peito nu, presos a uma calça de couro justa.

— Tequila Patrón Silver — disse ela, quase gritando para ser ouvida acima do barulho.

— Está perdida? — perguntou o barman quando voltou com a bebida.

— Não, mas ele está — disse ela, mostrando-lhe a fotografia de Bilal Mohamad no celular. — Onde posso encontrá-lo?

— Não o tenho visto — disse o barman, andando para o outro lado do balcão, a fim de atender outra pessoa.

— Você está procurando Bilal? — perguntou um homem espremido ao lado dela.

— Bilal Mohamad. — Ela fez que sim com a cabeça. — Alguma ideia de onde ele poderia estar?

— Quem quer saber?

— Benjamin Franklin — disse ela, mostrando-lhe uma nota de cem dólares.

— Você não é o tipo do Bilal, *habibi* — disse o homem. — Na verdade, você não é o tipo de ninguém por aqui.

— Não tenha tanta certeza. Tem umas putas muito loucas em Beirute. Talvez eu seja uma delas. Ela sorriu.

— Você *é* uma menina má — disse ele batendo no ombro dela com um deleite malicioso. — A questão-chave, minha *habibi* querida, é: será que Assayid Franklin tem irmão?

— Se tiver, como sei que você vai me dizer a verdade? — disse Carrie, sacando uma segunda nota de cem dólares e deslizando-a para ele no tampo do bar.

— Ele está no Marina Tower. Décimo sexto andar. Se não acreditar em mim, pergunte a Abdullah Abdullah — disse o homem, embolsando o dinheiro e fazendo um gesto com o dedo para o barman, que foi até eles.

— Você é mesmo Abdullah Abdullah? — perguntou Carrie ao barman.

— Não, mas é assim que me chamam. — O barman deu de ombros. Fez sinal para que ela chegasse mais perto. — Tem certeza de que sabe o que está fazendo, mademoiselle?

— Alguém tem? — perguntou ela.

— Bilal tem amigos perigosos — murmurou o barman.

— Eu também.

— Não, mademoiselle. Há os perigosos, e então há Bilal. Ele é um psicopata. Pode acreditar, você não vai querer ir lá. Se quiser cocaína, haxixe, heroína, deixe que eu consigo para você. Mais seguro. Melhor qualidade. Melhor preço também.

— Ele está no Marina Tower?

— Você conhece o ditado "A única maneira de conseguir um apartamento em Minet al-Hosn é alguém morrer"? Não está se falando só de disponibilidade e dinheiro. Está se falando do que as pessoas estão dispostas a fazer por tamanha riqueza, e o que farão para protegê-la — disse o barman.

— Eu sou uma menina grande, *sadiqi*. Ele está lá?

— Não o vejo há dias. Se tiver sorte você também não vai ver — disse ele, amassando folhas de hortelã para um mojito.

O Marina Tower era um arranha-céu branco semilunar que dava para a área da praia, as luzes dos prédios refletidas na água da marina. O saguão era ultramoderno e caro, uma propaganda para os proprietários que podiam gastar os milhões que custava um apartamento ali. Ela teve que discutir com Saunders para conseguir que ele a deixasse ir lá sozinha.

— Já sabemos que ele matou Davis Fielding, e provavelmente outros. E que isso foi até antes do aviso do barman. E ninguém faz tanto dinheiro em Beirute sem ser muito perigoso ou ter amigos muito perigosos — disse Saunders no BMW SUV no caminho do Marina. Com eles, estavam dois novos agentes da Estação de Beirute, Chandler e Boyce, dois homens inflexíveis de cabelo curto transferidos do Grupo de Operações Especiais da CIA, ambos ex-SEALs da Marinha, que Saunders trouxera com ele de Ancara para ajudá-lo a fazer uma faxina na Estação de Beirute.

— Chandler e Boyce. Parece nome de escritório de advocacia, não? — disse Saunders, apresentando-os a Carrie.

— Mais de antiquário — disse ela, apertando as mãos deles. — Olhe, não me entenda mal. Estou feliz por eles estarem aqui. Mas não queremos um tiroteio. Queremos saber quem o enviou para matar Davis.

— Acho que já sei. Abu Nazir — disse Saunders.

— Não, a gente pensa que sabe. Não é a mesma coisa — disse ela.

— Eu devo fazer isso. Ou Chandler ou Boyce.

— É melhor que seja eu. Sou mulher. Menos ameaçador, menos provável acirrar. E eu falo árabe melhor que todos aqui.

— Assim mesmo, o único caminho para você entrar está completamente vigiado. No instante em que eu escutar alguma coisa que sequer cheire a encrenca, os meus antiquários aqui, e eu também, vamos entrar abrindo fogo, atirando primeiro e pegando os nomes depois. Aquele filho da puta está morto, entendeu?

— Entendi. Só quero ver o que posso tirar dele primeiro — disse ela enquanto estacionavam o SUV numa rua lateral e andavam até o estacionamento do Marina Tower, o prédio iluminado à noite com as linhas horizontais de luz branca ao longo das varandas, como uma pilha de lâminas de neon curvadas.

— Não acho que tenha, Carrie. Entendido, quero dizer — disse ele enquanto se aproximavam do estacionamento. — Saul me crucificaria se alguma coisa lhe acontecesse. Talvez literalmente.

— Eu sei. — Ela olhou para Chandler e Boyce. — Se acharem que estou em apuros, venham me buscar, por favor. — Os dois assentiram com um gesto de cabeça.

Ajoelhando ao lado de um Mercedes sedã, eles fizeram uma checagem de voz na configuração do microfone dela e prepararam suas armas e seu equipamento. Quando estavam prontos, foram andando, um de cada vez, para a entrada dos fundos de quem chegava do estacionamento.

Um dos homens, Boyce, forçou a fechadura da porta de serviço. Eles entraram para pegar o elevador e subiram para o décimo sexto andar. Três deles saíram, um deles, Boyce, subindo mais um andar. Ele faria os preparativos para entrar em cena na varanda de Bilal Mohamad a partir da varanda do apartamento do andar de cima. Os outros dois, Saunders e Chandler, esperariam e monitorariam Carrie da escada do hall, prontos para entrar no apartamento de Bilal a qualquer momento. O código de emergência dela tinha alguma coisa a ver com flores. No instante em que mencionasse isso, eles entrariam correndo.

A um sinal de Saunders, Carrie foi para a porta do apartamento de Mohamad — só havia dois apartamentos no andar inteiro — e, sacando sua Beretta, bateu à porta.

Não houve resposta. Ela bateu de novo, com mais força. E de novo. Nada. Tudo isso e ninguém em casa, pensou ela, aborrecida. Encostou a orelha na porta e prestou atenção, mas não ouviu nada. Então o zumbido fraco de algum aparelho elétrico, como um barbeador. Olhando para o vão da porta da escada, que estava ligeiramente aberta, ela não via Saunders e Chandler, mas estava feliz que eles estivessem lá. Respirou fundo e, pegando a sua gazua, começou a trabalhar na fechadura, tentando se lembrar do seu treinamento na Fazenda.

Houve um clique, ela girou a maçaneta e abriu a porta, a Beretta engatilhada. Entrou num salão amplo e luxuoso, muito iluminado e com uma vista panorâmica da marina e do mar. O zumbido elétrico estava mais alto. Parecia que vinha do quarto. Deixando uma fresta da porta do apartamento aberta para Saunders e Chandler, ela se encaminhou em posição de tiro para o quarto. Empurrando a porta com o dedo do pé, entrou e parou diante da cena bizarra de um homem de rosto infantil, musculoso, presumivelmente Bilal Mohamad, o cabelo descolorido num tom de louro branco e um saco de lixo preto drapejado no corpo com a cabeça de fora, apontando uma pistola com silenciador direto para ela.

Eles ficaram ali, paralisados. Nenhum deles moveu um músculo. A ideia mais estranha ocorreu a Carrie: ele parecia uma Marilyn Monroe do sexo masculino, sensual e perdida. E então ela se deu conta de que o zumbido cessara.

— *Ya Alá*, isso é estranho — disse finalmente Bilal em árabe. — A gente deve matar um ao outro ou ver se tem um jeito de ambos sobrevivermos?

— Largue a sua arma e, *inshallah*, vamos conversar — respondeu Carrie em árabe.

— Tudo bem, mas se você me matar, vou para o inferno por confiar num agente da CIA. Você é da CIA, não? Pergunta idiota. Claro que é — disse ele em inglês. — Americana, mulher, pistola. Algum idiota finalmente descobriu que Davis Fielding não se matou. Foi você? Claro que foi. Eles não levam as mulheres tão a sério quanto deveriam, levam? — disse, jogando a pistola na cama. Agora que era capaz de prestar atenção, ela notou que as mãos dele estavam cobertas de sangue. Ele a viu olhando para suas mãos. — Você chegou num mau momento. Mais meia hora e eu teria ido embora — acrescentou ele.

— O que está fazendo — perguntou ela.

— Veja você mesma — disse ele, indicando o banheiro. — Espero que não seja fraca de estômago.

— Não se mexa. Mantenha as mãos onde eu possa vê-las — disse ela, indo devagar em direção à porta do banheiro.

— Claro. Você já está nervosa. Por que não estaria? Não quero que atire em mim por descuido.

Ela arriscou uma olhada rápida para o banheiro. Havia um corpo masculino despido na banheira. Sua cabeça e suas mãos haviam sido decepadas, a cabeça pousada cuidadosamente em cima das mãos no pé da banheira. O zumbido que ela ouvira era uma faca elétrica, ainda ligada na tomada do barbeador do banheiro.

Nauseada, ela sentiu um movimento às suas costas e virou para trás, pronta para atirar. Bilal se movera um pouquinho, mas só para limpar as mãos manchadas de sangue na colcha.

— Não se mexa — disse ela secamente. — Quem era ele?

— Daleel Ismail. Ele sempre gostou de mim. Você entende. É uma mulher atraente. Gente como nós não pode fazer nada se os homens gostam da gente. A vida é assim. A pessoa nunca pode ter certeza se vai ser quem enraba ou quem vai ser enrabada — disse ele.

— Por que o matou? — perguntou ela.

— Não consegue adivinhar? Olha, posso tirar esse plástico? — Ele puxou o saco de lixo que estava usando. — É quente e a ideia de morrer vestido com isso é repugnante. A menos que me deixe continuar o que eu estava fazendo? Não? — disse ele, olhando para ela. — Bom, vou tirar esse saco.

Puxou a capa de plástico pela cabeça e jogou-a em cima da cama.

— Não precisamos ficar aqui parados. Vamos tomar uma bebida e conversar como os assassinos civilizados que somos? — disse, andando para a porta do quarto e entrando no salão. — Sei que não confia em mim. Pode olhar enquanto lavo as mãos. O corpo humano realmente é uma coisa suja, não? Incrível que a gente consiga idealizá-lo e criar fantasias sexuais sobre ele tanto quanto fazemos.

Ela o acompanhou até o bar, onde manteve a Beretta nele enquanto ele lavava as mãos na pia. Ele secou as mãos numa toalha.

— O que vai beber? — perguntou.

— Tequila, se tiver. Se não, uísque — disse ela.

— Uísque. Highland Park — disse ele, conferindo as garrafas atrás do bar. Serviu copos para os dois e fez um gesto convidando-a a se juntar a ele em poltronas duplas ultramodernas no salão.

— A que estamos bebendo? — perguntou ela.

— Ao fato de nós dois ainda estarmos vivos, por enquanto — disse ele, e bebeu. Ela bebeu também.

— Esse Daleel sei-lá-o-quê, porque o matou?

— Ele era igualzinho a mim. Mesmo tamanho, altura, musculatura. As pessoas às vezes me confundiam com ele. Não sei por que ele não conseguia entender o fato de eu não querer comê-lo. Seria muito parecido com masturbação.

De repente, ela entendeu.

— Você está simulando a sua própria morte. Por isso a cabeça e as mãos. Para dificultar a identificação do corpo. Eles presumiriam que era você. O que vai fazer com a cabeça e as mãos? Jogá-las no Mediterrâneo?

— Está vendo, você é uma garota inteligente. Tudo bem se eu fumar? — disse ele, esticando o braço para pegar um cigarro numa caixa incrustada de marfim na mesa de centro de vidro. — Sei que puritanos ridículos vocês americanos são com essas coisas. Ser um assassino, tudo bem, mas fumar, não pode. — Ele acendeu um cigarro, tragou fundo e expirou.

— E o DNA? Eles descobririam que não era você.

— Sério? — Ele olhou para ela como se ela tivesse sugerido que um homem das cavernas programasse um computador. — Isso é o Levante, não Manhattan. Não tem base de dados, não tem ciência. O objetivo da polícia aqui é destruir os seus inimigos políticos, não solucionar crimes.

— Aonde você ia? — perguntou ela.

— Na verdade, foi uma escolha ridícula. A morte ou morar na Nova Zelândia. Os dois são praticamente indistinguíveis.

— De quem você está fugindo? De nós?

— A arrogância americana não tem limite mesmo, tem? Por que ter medo de vocês? Torne-se execrável para os americanos e o pior que pode acontecer é você conseguir o seu próprio reality show na TV. Não pode entender isso? Você não parece burra; mesmo assim, pode ser enganada. — Ele soltou uma baforada de fumaça nela.

— E Davis Fielding? Vocês eram amantes?

— Ele me ligou. Pode imaginar? Esses anos todos, usando Rana para fingir que era hétero, e achando que administrava ela, quando na verdade, entre Rana e mim, a gente espremeu dele cada informação relativa ao Oriente Médio. Ele ligou para se despedir, o idiota sentimental. Era tão mau espião quanto mau amante.

Olhando para ele, com aquele rosto estranhamente infantil e aquele cabelo louro quase branco, ela de repente entendeu.

— Abu Nazir. Por isso você matou Fielding. Ele está desativando coisas. Por isso você está fugindo — disse ela.

— Então — disse ele, soltando uma baforada de fumaça nela. — Não inteiramente burra. Então o que é para ser... Carrie, não é? — Ele sorriu maldosamente, provocando-lhe um arrepio de medo com a ideia de que conhecia sua identidade real. Ela estava vendo o homem real. Pior, o que quer que ele fosse fazer, já decidira. Ela precisava fazer o seu pessoal entrar ali agora. — Está vendo, eu tirei tudo de Fielding, sim. Então, Carrie, você vai me deixar voltar para o que eu estava fazendo e me deixar desaparecer? Ou vai fazer alguma coisa ridícula, como me botar numa cela com aqueles *jihadis* imbecis na baía de Guantánamo?

— Nem uma coisa nem outra. Você vai trabalhar para nós agora — disse ela, e, olhando em volta, falou para o vazio: — Sabe, flores fariam milagres por essa casa.

Bilal sentou-se empertigado.

— Quem é para eu espionar? Abu Nazir? — perguntou.

Ela se limitou a olhar para ele. Os ruídos de Saunders e Chandler entrando correndo se combinaram com a cena de Boyce descendo de rapel para a varanda.

— *Ya Alá*, você não conhece mesmo Abu Nazir, não é? — disse ele.

Alcançando embaixo da almofada do assento, sacou uma pistola nove milímetros. Antes que ela pudesse reagir, dizer ou fazer qualquer coisa, ele ergueu a arma e meteu uma bala na cabeça.

CAPÍTULO 38

Amã, Jordânia

— O Teatro Romano foi construído, como vocês podem supor, em épocas romanas, durante o reinado do imperador Antônio Pio, nos anos 138 a 161 da Era Comum. Naquela época, a cidade de Amã era chamada de "Filadélfia". Portanto, como estão vendo, a cidade nos Estados Unidos toma o seu nome da nossa cidade, Amã — dizia o guia turístico, um jovem jordaniano de cabelo encaracolado e óculos escuros, à meia dúzia de turistas reunidos em volta dele. Estavam parados na fila mais alta de um anfiteatro de pedra semicircular aberto na encosta de uma colina no meio do movimentado centro de Amã.

Sentada sozinha numa fila mais ou menos na metade da descida, Carrie observava enquanto um dos turistas, um americano de barba usando óculos escuros e um chapéu trilby para se proteger do sol quente — chapéu que ficaria ridículo em qualquer outra pessoa, mas nele parecia absolutamente correto —, separou-se do pequeno grupo e desceu o corredor de pedra até onde ela estava.

— O que eles têm a dizer sobre cachorros loucos e homens ingleses? — falou Saul, sentando-se ao seu lado.

— Por que ele fez isso, Saul? — perguntou ela. — Fielding. Qual era o problema em ser gay? Quer dizer, quem dá bola para isso? E por que ele fez tanto esforço para esconder? Uma amante falsa, e cara, que o expôs a espiões, chantagem? Não faz sentido.

— Você era muito jovem. Davis Fielding era dos velhos tempos da KGB, da Guerra Fria, quando os gays eram considerados sérios riscos de segurança. Lembra daqueles britânicos de Cambridge que se revelaram ser espiões da KGB? Philby, Burgess, Maclean? Eram gays. O tema dos romances de John Le Carré. Naquela época prevalecia a ideia de que os gays eram mais suscetíveis de ser subornados. Houve até um grande julgamento sobre isso. Em resumo, não era possível fazer parte da CIA se fosse gay. Seria o fim da carreira. Fielding sabia disso.

— Ora, Saul. Olhe as conexões. Rana, Bilal Mohamad, Dima, Rouxinol e finalmente Abu Nazir. É muita gente. Olhe quão perto ele os deixou chegar. Quero dizer, olhe Bilal. Como ele pôde?

— Saul sorriu.

— Qual é a graça? — perguntou ela.

— Uma coisa que meu pai costumava dizer: "Quando o pênis de um homem está ereto, o cérebro dele está no chão." É muito mais engraçado em ídiche. — Ele deu de ombros.

— Então ele traiu o país dele por uma bunda? Literalmente?

— A história mais velha do mundo. E, para ser justo, foi involuntariamente. Ele era um bobo, não um traidor.

— E os registros da base de dados que faltam? Nossos e da NSA? Ele não estava sozinho.

— Não se meta nisso, Carrie — disse ele, protegendo os olhos do sol com a mão para olhar para ela.

Ela teve que respirar fundo.

— Realmente, Saul — sussurrou. — Vai tão alto assim? É disso que se trata?

— Não. — Ele balançou a cabeça. — Trata-se de amizade, não de alguma conspiração de gays. Retribuir favores que remontam a décadas. Acabou. Davis está morto.

— Então é só isso? Você deve estar brincando.

— O que você quer, Carrie? Você tapou o vazamento. E até pegou o filho da puta que o matou. Isso é só o que importa.

— Só que Abu Nazir anda lendo nossa correspondência sabe-se lá há quanto tempo. Até que ponto isso é ruim?

— Ainda estamos avaliando. Mas depois que você deixou Beirute da primeira vez, sem contar a ninguém, Estes e eu apagamos todas as coisas críticas que passaram pela Estação de Beirute. Quando se tratava de informação, Fielding estava numa dieta de fome, e sabia disso, Carrie. Ele desconfiava. Por isso, até você ter provado o contrário, a ideia do suicídio dele era uma possibilidade real. E não se esqueça da vantagem.

— Há uma vantagem? — perguntou ela, erguendo as sobrancelhas enquanto observava o guia turístico conduzir o pequeno grupo para a entrada lateral do palco, onde havia um pequeno museu. A não ser por uma dupla de turistas no palco, ela e Saul estavam sozinhos no anfiteatro. Muito estranho estar ali sentada naquele sítio antigo a poucos metros do tráfego e da cidade moderna, pensou.

— Há sim. No momento, Abu Nazir é o terrorista mais perigoso que temos. E você conseguiu a primeira pista concreta que já tivemos para pegá-lo. Ainda estamos examinando os celulares e outras coisas de Bilal Mohamad, mas confirmamos ligações para Haditha no Iraque. Não eram só Rouxinol e Romeo. Isso confirma a informação que você forneceu antes. Abu Nazir está em Haditha.

— Ele pode não estar mais lá.

— É um lugar para começar, o que é mais do que algum dia tivemos. — Virou-se para ela. — Precisamos que você volte ao Iraque, Carrie.

Ela mordeu o lábio.

— Perdi gente lá, Saul. Dempsey, Romeo. Virgil ferido, Crimson também. Como está Virgil?

— Está bem. Teve uma chance de ver a filha. Mandou lembranças. Está ansioso para voltar. Quanto ao subtenente Blazell, ou Crimson, ele recebeu uma daquelas novas próteses de perna sofisticadas. Está se adaptando — disse Saul, hesitando.

— O que foi? — perguntou ela. Ela sempre sabia quando Saul estava guardando alguma coisa. Ele daria um péssimo jogador de pôquer, pensou.

— Não devia lhe contar, mas você poderia querer se acostumar com a ideia.

— Que ideia?

— O que você fez, Carrie, bem, você está na fila para uma promoção. Quando Perry Dreyer sair, vamos recomendar você para ser a chefe da Estação de Beirute. Você será o chefe de estação mais jovem da história. E a primeira mulher.

Ela estava pasma. De todas as coisas que achou que ele fosse dizer, não esperava essa.

— Não sei o que dizer.

— Bem, isso é algo sem precedentes. — Ele riu. — Enfim, Perry ainda está lá. E quer que você volte o mais depressa possível. Nós também. Se conseguir prender Abu Nazir, podemos quebrar a espinha da Al-Qaeda.

Ela olhou para o palco antigo lá embaixo. Os dois turistas haviam seguido em frente, o palco estava vazio. Que peças, que agonias públicas deviam ter acontecido ali dois mil anos antes? Uma chefe de estação com transtorno bipolar, pensou ela. Estaria escondendo algo que poderia se virar contra eles, assim como Fielding.

— Saul, só tem um problema. Nós perdemos alguma coisa.

— Ah?

— Walid Karim. Romeo. Quando Abu Ubaida o estava interrogando na fábrica, ele disse alguma coisa que ainda não consegui tirar da cabeça. Romeo lhe disse para pedir que Abu Nazir confirmasse que o que ele dizia era verdade.

— E?

— Só que Abu Ubaida não estava engolindo isso. Como se não acreditasse no que Abu Nazir lhe contaria. Ele disse a Romeo que o que quer que precisasse ouvir sobre nós tinha que vir de Romeo. Por quê? Tudo bem, eles eram rivais, mas Abu Nazir e Abu Ubaida eram os líderes da AQI. Supunha-se que trabalhassem juntos. Então por que ele diria isso e por que matou Romeo? Ele não precisava fazer isso para nos apanhar. A gravação sozinha teria sido suficiente. Ele não precisava matá-lo, mas matou. Por quê?

— Ótimo. Muito bem — disse Saul, levantando-se. — Agora estamos chegando lá. Mas, primeiro, vamos dar uma volta. Estou com sede.

Eles desceram o corredor para a parte da orquestra do anfiteatro, saíram na rua, passaram por homens usando *kaffiyehs* de xadrez vermelho e carros buzinando, e foram para um quiosque de sucos com sacos de rede de laranjas, limões e cenouras pendurados numa trave. Saul pediu um suco de laranja gelado, espremido na hora. Carrie pegou uma garrafa de cerveja Petra numa geladeira de vidro.

Eles andaram no lado sombreado da rua, bebericando suas bebidas geladas. Por hábito, Carrie verificou se estavam sendo seguidos, mas não estavam.

— Isso me incomodou também — disse Saul. — Especialmente o motivo pelo qual Abu Ubaida matou Romeo. Cheguei a uma conclusão, mas não é uma conclusão bonita.

Carrie parou e olhou para ele. Uma jovem com um *hijab* cor-de-rosa passou por eles. Eles esperaram até ela estar a uma distância na qual não pudesse ouvi-los.

— Ele era um agente triplo, Romeo, não era? Ninguém nessa coisa toda, nem Rouxinol, nem Rana, nem Dima, nem Fielding era o que parecia.

Saul assentiu.

— Somos espiões. Mentimos para ganhar a vida.

— Romeo era um agente duplo da AQI e meu, mas o tempo todo ele estava de fato trabalhando para Abu Nazir contra Abu Ubaida. Abu Nazir usou Romeo para conseguir, o idiota, que eu eliminasse Abu Ubaida para ele. Ele não podia perder. Se o ataque de Abu Ubaida à Zona Verde e o assassinato de Al-Waliki tivessem dado certo, ele teria tido a sua guerra civil e frustrado o esforço americano no Iraque. Se o ataque de Abu Ubaida falhasse, não havia problema. Haveria algum dano para nós e Abu Nazir eliminaria seu único rival dentro AQI. De um jeito ou de outro, ele ganha — disse ela.

— É mais ou menos isso. — Saul fez que sim com a cabeça. — Mas você está olhando da ponta errada do telescópio. Liquidar Abu Ubaida foi uma coisa boa. Você salvou milhares de vidas, Carrie. Mesmo que fossem apenas vítimas americanas, teria sido medonho.

— Ele usou a gente, a mim.

— Nós nos usamos. Somos caranguejos num cesto. Às vezes comemos uns aos outros — disse Saul.

CAPÍTULO 39

Zona Verde, Bagdá, Iraque

De volta ao Aeroporto Internacional de Bagdá. Calor, moscas e Demon com a sua conversa sobre a Rota Irlandesa, dizendo-lhes que eram só nove quilômetros e meio até a Zona Verde. Ele reconheceu Carrie da última vez.

— Vejo que temos uma cliente reincidente. Não foi uma viagem agradável na última vez, senhorita? — gritou ele para ela.

— Estive em Ramadi, Demon. A Rota Irlandesa é uma frescura — gritou ela de volta para uma estridente gargalhada masculina e alguns assobios e vivas amigáveis.

Eles entraram num comboio de SUVs e Mambas da Blackwater. Deixando o aeroporto, passando o aviso "Condição Vermelha", pegando a estrada do aeroporto para Bagdá, passando as palmeiras destruídas e as carcaças incendiadas de carros e caminhões, Carrie teve uma sensação estranhíssima.

Estou em casa, pensou. Desde sempre, procuro um canto para ser meu, nunca me senti em casa em lugar nenhum. Crescer com seu pai e sua mãe fora o mesmo que morar num país estrangeiro — de que outra maneira sua mãe poderia ter ido embora sem mais nem menos, sem dizer uma palavra? — e, incrivelmente, o seu lar acabou sendo ali. No Iraque. No Oriente Médio. No meio de uma guerra. Enquanto o comboio seguia por baixo de viadutos, artilheiros giravam como dançarinos para lhes dar cobertura contra qualquer pessoa que pudesse jogar uma granada ou para o caso de um dos veículos passar por cima de uma mina terrestre.

Iraquianos em carros paravam no acostamento para lhes dar passagem. Olhando para eles sem pestanejar, ela se deu conta de que era no risco, no jogo, que ela era viciada.

Como se ser bipolar não fosse suficientemente ruim, ela tinha que ser também viciada em adrenalina. Ou era outra coisa?, perguntou a si mesma quando entraram na autoestrada Qadisaya, com tráfego intenso. Passaram por palmeiras e prédios, alguns com marcas de balas e tiros de foguetes. É como atravessar uma linha de chegada, algo está terminando ou começando, pensou.

Desde aquela noite em Ashrafieh, quando Rouxinol tentara lhe fazer uma emboscada, ela andava correndo, como quando estava em Princeton. A maior corrida de todas. Só agora terminava. Quando ela corria pela Associação Atlética Americana, imaginara que poderia correr para sempre. Agora sabia que não era bem assim.

Respire, Carrie, disse a si mesma. Hora de uma nova corrida. Dessa vez o coelho que ela estava caçando era Abu Nazir, enquanto o comboio atravessava o controle e entrava na Zona Verde, passando o campo de desfiles e o Monumento ao Soldado Desconhecido, de volta à rua Yafa e ao hotel Al-Rasheed.

Abu Nazir. O que havia nele? Algo de realmente assustador. Homens preferiam morrer a enfrentá-lo. Bilal Mohamad não era um maluco religioso nem uma galinha-morta. Era realmente mau. Ela sentira sua pele se arrepiar só por estar na presença dele. Como Davis Fielding não vira isso? Ou Fielding estava muito cego pelo sexo? Talvez fosse como Saul dissera: a cabeça dele estava colada no chão. Mas Bilal queria viver. Estava cortando calmamente um amigo gay para Abu Nazir pensar que ele estava morto quando ela entrou. No entanto, quando confrontado com a chance de permanecer vivo, até Bilal preferira se matar a enfrentar Abu Nazir.

Bem, Abu Nazir, a próxima dança é de nós dois, pensou ela, sombriamente. Entrando no saguão de mármore do hotel, ela foi recebida por Warzer, carregando um grande ramo de rosas.

— *Marhaban*! Bem-vinda, Carrie. É bom ter você de volta — disse Warzer, entregando-lhe as rosas.

— *Shokran*, Warzer. — Ela cheirou as rosas. — Sua mulher não vai ficar com ciúmes?

— Ficaria, se eu fosse tolo o suficiente para contar a ela. Como está Virgil?

— Virgil está bem. Está torcendo para voltar.

Ela deixou a mala de rodinhas com o carregador do hotel e os dois atravessaram para a área do Centro de Convenções do outro lado da rua. A segurança melhorara desde a última vez que estivera lá. O Centro de Convenções era rodeado de camadas concêntricas de proteção. Além de pessoal, havia câmeras e sensores de segurança em todo lado, notou.

Ela e Warzer apresentaram suas credenciais aos oficiais dos Estados Unidos em seus postos protegidos por sacos de areia, novamente a guardas da Blackwater e a um terceiro controle fiscalizado por soldados iraquianos da ISF na entrada da frente.

— Como vão as coisas, de verdade? — perguntou ela a Warzer enquanto andavam no vestíbulo aberto.

— As coisas estão por um fio, Carrie. Os iranianos e o Exército Mahdi estão fazendo entrar armas e explosivos de contrabando. Os curdos estão fazendo o que querem. Os americanos estão apanhados no meio, e quando terminar o julgamento de Saddam e ele for executado...

— Isso é um desfecho inevitável?

— Totalmente. Ele será enforcado. Muito em breve.

— E depois?

— Isso depende de Abu Nazir, e também de você, Carrie. — Ele sorriu.

Estavam à porta do Serviço de Assistência aos Refugiados. Entraram na área de recepção e ela disse à funcionária da CIA para comunicar a Perry Dreyer que ela estava ali, e para lhe arranjar um vaso para as rosas, que lhe entregou. A mulher levantou-se e saiu, depois voltou e pediu que a acompanhassem.

Eles entraram numa grande sala de trabalho sem divisórias, onde agentes da CIA estavam sentados diante de computadores ou trabalhavam ao telefone, o local em intensa atividade. Na parede, alguém pendurara fotografias emolduradas do embaixador Robert Benson e do primeiro-ministro Wael al-Waliki de uniforme utilitário de combate. Havia uma do chefe da estação, Perry Dreyer, e sozinhas numa parede, as fotografias de dois fuzileiros navais, com a legenda "Fuzileiros Navais Desaparecidos em Combate, teme-se que capturados pela AQI, Operação Liberdade Iraquiana".

A primeira fotografia era de um homem negro, "Atirador Thomas Walker. Capturado na periferia de Haditha, Província de Anbar, 19 de maio de 2003". Três anos. Tempo à beça para estar em poder da Al-Qaeda, se ainda estivesse vivo, pobre filho da mãe. Provavelmente sem a menor chance de estar. Haditha, refletiu ela. A última localização conhecida de Abu Nazir. Aonde ela ia em seguida.

A segunda fotografia tinha a legenda "Sargento dos Fuzileiros Navais dos Estados Unidos Nicholas Brody. Capturado na periferia de Haditha, Província de Anbar, 19 de maio de 2003". Eles estavam juntos. Ela estudou a fotografia cuidadosamente.

Era um cara interessante, Carrie pensou.

PERSONAGENS

(por ordem de aparição)

Caroline Anne Mathison, apelido "Carrie"; chefe de operações, Estação de Beirute, NCS (Serviço Clandestino Nacional), CIA (Agência Central de Inteligência).

Saul Michael Berenson, chefe da divisão do Oriente Médio, NCS, CIA.

Taha al-Douni, codinome Rouxinol; oficial sênior do GSD, Diretório de Segurança Geral Sírio.

Dima Hamdan, codinome Jihan; agente feminino do Grupo 14 de Março (cristão maronita); localização: Beirute, Líbano.

Davis Fielding, chefe da Estação de Beirute, Divisão do Oriente Médio, NCS, CIA.

Virgil Maravich, oficial técnico, especialista em assuntos clandestinos, Estação de Beirute, NCS, CIA.

Fatima Ali, codinome Julia; mulher número um de Abbas Ali, o comandante de brigada do Hezbollah.

Abbas Ali, marido de Fatima; comandante da "Brigada Organização dos Oprimidos" do Hezbollah.

Frank Mathison, pai de Carrie, mora com a filha Margaret em Alexandria, Virgínia, Estados Unidos; ex-administrador de sistemas de TI, veterano do Vietnã; situação atual: desempregado.

Dar Adal, antigo diretor de casos, "Operações Secretas," NCS, CIA; situação atual: agente/consultor de inteligência independente

Ahmed Haidar, membro do Conselho Central do Hezbollah (núcleo do governo do Hezbollah); localização: Beirute e Tiro, Líbano.

David Randolph Estes, diretor do CTC (Centro de Contraterrorismo), NCS, CIA; localização: Langley, Virgínia, Estados Unidos.

Dra. Margaret Evelyn McClure, nome de solteira: Mathison, apelido "Maggie", irmã de Carrie Mathison; médica, mora e trabalha em Alexandria, Virgínia, Estados Unidos.

James Abdel-Shawafi, codinome "Jimbo", analista sênior II / Administrador de base de dados, NSA (Agência de Segurança Nacional), Fort Meade, Maryland, Estados Unidos.

Joanne Dayton, analista de inteligência II, OCSAA (Departamento de Estratégias e Análise de Coleta de Dados), Divisão de Análise de Informações, CIA.

Alan Yerushenko, vice-diretor, OCSAA, Divisão de Análise de Informações, CIA.

Abu Nazir, nome verdadeiro desconhecido, origem desconhecida, situação atual: líder da AQI (Al-Qaeda no Iraque), localização desconhecida.

Abu Ubaida, nome verdadeiro desconhecido, origem desconhecida, situação atual: lugar-tenente de Abu Nazir, localização desconhecida.

Mira Berenson, nome de solteira: Bhattacharya, mulher de Saul Berenson, nascida em Mumbai, Índia; situação atual: diretora, Comitês de Direitos da Criança, organização Human's Rights Watch.

Bassam Al-Shakran, origem: Amã, Jordânia; situação atual: vendedor de produtos farmacêuticos.

Abdel Yassin, origem: Amã, Jordânia; situação atual: estudante da Brooklyn College, Brooklyn, Nova York, Estados Unidos.

Capitão Koslowski, capitão, Divisão de Contra-inteligência do Departamento de Polícia de Nova York (NYPD), Cidade de Nova York, Estados Unidos.

Sargento Gillespie, sargento, Divisão de Contra-inteligência do NYPD, Cidade de Nova York, Estados Unidos.

Agente especial de supervisão Sanders, Divisão de Contraterrorismo do FBI, Washington, D.C., Estados Unidos.

Tom Raeden, líder da Equipe Hércules, Divisão de Contra-inteligência do NYPD, Cidade de Nova York, Estados Unidos.

Abou Murad, fotógrafo de moda; localização: Gemmayzeh, distrito de Ashrafieh, Beirute, Líbano.

Rana Saadi, conhecida atriz e modelo libanesa; localização: distrito de Hammoud, Beirute, Líbano.

Marielle Hilal, atriz e modelo libanesa; localização: distrito de Bourj Hammoud, Beirute, Líbano.

Mohammed Siddiqi, namorado de Dima Hamdan; origem: Doha, Catar.

Capitão Ryan Dempsey, comandante de unidade do Corpo da Marinha dos Estados Unidos, USMC, Força Tarefa 145/contato da CIA; lotado na Zona Verde, Bagdá, Iraque.

Warzer Zafir, cidadão iraquiano; origem: Ramadi, Iraque; situação atual: tradutor da Embaixada dos Estados Unidos e contato da CIA.

Abu Ammar, ver Walid Karim

Walid Karim, também conhecido como Abu Ammar, codinome: Romeo; situação atual: comandante da AQI; origem: Ramadi, Iraque.

Shada Karim, mulher de Walid Karim, mãe de uma menina, Farah, e um menino, Gabir; localização: Ramadi, Iraque.

Aasera Karim, mãe de Walid Karim; localização: Ramadi, Iraque.

Tenente-coronel Joseph Tussey, comandante, 3º Batalhão, 8º Regimento, USMC (Corpo da Marinha dos Estados Unidos); localização: Ramadi, Iraque.

Sargento Billings, líder de pelotão, 3º Batalhão, 8º Regimento, USMC; localização: Ramadi, Iraque.

Perry Dryer, Chefe da Estação de Bagdá, Divisão do Oriente Médio, NCS, CIA; localização: Zona Verde, Bagdá, Iraque.

Coronel Salazar, comandante, 4ª Brigada, 3ª Divisão, Exército dos Estados Unidos; localização: Zona Verde, Bagdá, Iraque.

Capitão Mullins, comandante, 2º Batalhão, Grupo de Forças Especiais ligado à 3ª Divisão, Exército dos Estados Unidos; localização: Zona Verde, Bagdá, Iraque.

Embaixador Robert Benson, embaixador dos Estados Unidos no Iraque, Zona Verde, Bagdá, Iraque.

Subtenente Blazell, apelido Crimson; vice-líder de equipe, 2º Batalhão, Grupo de Forças Especiais ligado à 3ª Divisão, Exército dos Estados Unidos; localização: Zona Verde, Bagdá, Iraque.

Ray Saunders, chefe da Estação de Beirute, Divisão do Oriente Médio, NCS, CIA; localização: Beirute, Líbano.

Bilal Mohamad; situação atual: traficante de drogas; localização: distrito de Minet al-Hosn, Beirute, Líbano.

GLOSSÁRIO

(por ordem alfabética)

Uma cartilha sobre grupos políticos libaneses — A política no Líbano é extremamente complexa — e a pena por um erro pode ser a morte. O pequeno país cuja história remonta aos fenícios em épocas pré-bíblicas, possui divisões profundas determinadas por interesses políticos e filiações religiosas e tribais. Essa instável mistura interna é ainda mais complicada pela interferência de forças externas, tais como a Síria, Israel, os palestinos e a divisão sunita-xiita (ver página 317), sem falar nos Estados Unidos. Em 1975, o barril de pólvora explodiu numa brutal guerra civil que durou dezesseis anos (quase quatro anos mais do que a Guerra Civil Americana). Embora a Guerra Civil Libanesa tenha terminado em fins de 1990, até hoje o sistema político do país permanece precariamente equilibrado entre elementos opostos, todos armados até os dentes. A governança em tais circunstâncias é praticamente impossível. Os libaneses adotaram uma forma singular de governo, em que, por lei, o presidente deve ser um cristão maronita, o primeiro-ministro, um sunita muçulmano, o presidente do parlamento, um xiita muçulmano, e o vice-primeiro--ministro e o vice-presidente do parlamento, cristãos ortodoxos orientais. Para realizar a sua missão, Carrie deve circular entre esses grupos e interesses perigosos e conflitantes. Em 2006, o período em que esta trama se situa, esses grupos (também descritos a seguir) incluíam, entre outros:

o Hezbollah (muçulmanos xiitas aliados não oficialmente a Síria e Irã), o Grupo 14 de Março (principalmente cristãos maronitas), o PSP (drusos), o Grupo Islâmico (irmandade muçulmana sunita) e o PLO (palestinos). Nota: Como indicado em informações fornecidas a Carrie por um de seus agentes, Fatima Ali, ou Julia, a Segunda Guerra Israel-Líbano, provocada por um incidente de fronteira pelo Hezbollah, estourará em julho de 2006.

Alauítas — Grupo religioso muçulmano xiita, uma ramificação dos Doze Imãs do Islã xiita, originalmente localizado na Síria ocidental. Os alauítas começaram como uma seita que seguia os ensinamentos do décimo primeiro imã, Hassan al-Askari, no século IX. Nos séculos seguintes, ganharam fama como guerreiros. Os alauítas representam apenas uma pequena porcentagem da população síria e poderiam ter passado despercebidos se não fosse o fato de a Síria ter sido governada por mais de quarenta anos por uma única dinastia alauíta, a família Al-Assad, que colocou os alauítas em posições de poder. Bassam al-Assad, filho do fundador do Estado Sírio moderno, Hafez al-Assad, era o presidente da Síria em 2006, o período em que este livro é situado. Como xiitas alauítas, os Al-Assads, pai e filho, aliaram a Síria aos outros dois poderes xiitas antiocidentais no Oriente Médio, o Hezbollah e o Irã.

Al-Qaeda — Organização terrorista militante internacional global. Fundada no fim dos anos 1980 por Osama bin Laden, um rico *jihadi* saudita, em parte como uma resposta à guerra soviética no Afeganistão (1979-1989), a Al-Qaeda (o nome significa "a Base") é uma combinação de rede terrorista islâmica militante, força militar apátrida e movimento muçulmano sunita radical defendendo o *jihad* global. Como *jihadis* salafistas a Al-Qaeda é intransigente com todas as pessoas de religiões e filosofias diferentes, salvo muçulmanos sunitas salafistas. Isso inclui intolerância para com outros muçulmanos, tais como xiitas, sufis, ou até sunitas que, na visão da Al-Qaeda, não praticam uma versão sunita salafista suficientemente rígida da lei da *sharia*. A organização ganhou notoriedade mundial por seu ataque ao World Trade Center, em Nova York, e ao Pentágono, em 11 de setembro de 2001. Desde então, embora tenha perdido muito da liderança, desenvolveu ramificações em outras partes do mundo, incluindo, entre outras: AQAP (Al-Qaeda na Península Arábica), o Harkat-ul-*Mujahidin* na Caxemira, a AQIM (Al-Qaeda no Magreb Islâmico, no Norte da África), o Jemaah Islamiah (um grupo terrorista islâmico do sudeste asiático) e a AQI (Al-Qaeda no Iraque)

AQI — Al-Qaeda no Iraque; o ramo iraquiano da Al-Qaeda, a organização militante *jihadi* salafista fundada pelo terrorista saudita Osama bin Laden (responsável pelo ataque aos Estados Unidos em 11 de setembro de 2001). A AQI foi fundada em 2003 como uma reação à invasão e ocupação do Iraque conduzida pelos americanos. Primeiro foi conduzida pelo militante jordaniano, Abu Musab al-Zarqawi. Após sua morte, na versão *Homeland* dos acontecimentos, a AQI foi conduzida por um homem misterioso com o *kunya*, ou pseudônimo, de Abu Nazir. Em 2006, quando se situa este romance, o esforço de guerra no Iraque está sob sério ataque. A AQI tomou quase toda a vasta província de Anwar, que compreende a maior parte do Iraque ocidental até a fronteira com a Síria.

COMINT — Acrônimo de *Communications Intelligence*, ou seja, informações derivadas da interceptação de comunicações eletrônicas ou de voz.

GSD — O Diretório de Segurança Geral; Idarat al-Amn al-Amm; a brutal agência encarregada da segurança interna e externa do governo da Síria. Além de suprimir a divergência interna e as ameaças de segurança contra o regime de Assad, o GSD está completamente envolvido em trabalhos de inteligência fora da Síria, tais como coordenar atividades de inteligência e informações com o Hezbollah e a MOIS, o serviço de inteligência iraniano, ambos aliados do regime Assad na Síria. Por isso Carrie considera um funcionário GSD sênior como Taha al-Douni, ou Rouxinol, um prêmio que vale a pena tentar recrutar.

Hezbollah — Movimento paramilitar e político xiita patrocinado pelos iranianos estabelecido no Líbano (ver na página 317). Fundado em 1982, como um movimento de resistência a Israel no período imediatamente posterior à Primeira Guerra Israel-Líbano. Sua milícia pesadamente armada e sua forte presença política o transformou em um dos grupos dominantes no Líbano. Determinadas áreas no país são completamente controladas pelo Hezbollah, incluindo um Estado virtual dentro do Estado. O Hezbollah tem ligações com o Irã e com a Síria, ambos de base xiita. As táticas do Hezbollah fizeram com que os Estados Unidos e Israel o classificassem oficialmente como uma organização terrorista. Note que o Hezbollah é xiita e a Al-Qaeda é um movimento radical sunita, o que os torna rivais, não aliados.

O Grupo Islâmico — Al-Jamaa al-Islamiya; o ramo libanês da Irmandade Muçulmana, fundado no Egito em 1925, cujo credo envolve um retorno à versão muçulmana sunita rígida da lei *sharia*. Embora muçulmanos sunitas, eles uniram forças com os cristãos na aliança 14 de Março a fim de se opor ao Hezbollah e seus aliados sírios, que ameaçavam tomar todo o Líbano.

Forças Libanesas, Falange Libanesa, e a Frente Libanesa — A Frente Libanesa, ou Front Libanais, foi fundada como uma força militar ultranacionalista de direita, constituída principalmente de cristãos maronitas, planejada para representar e defender o "território cristão" durante a amarga Guerra Civil Libanesa. Mais tarde, as chamadas Forças Libanesas, ou Les Forces Libanaises, foram formadas como um grupo guarda-chuva, que lutou como a principal força de milícia cristã direitista durante a Guerra Civil. A Falange Libanesa, ou Partido Kataeb, foi formada em 1936 como uma organização juvenil paramilitar cristã maronita por Pierre Gemayel, que tomou como modelo a Falange Espanhola e os partidos fascistas italianos. A Falange tornou-se um componente importante das forças cristãs maronitas da Frente Libanesa durante a Guerra Civil Libanesa.

Grupo 14 de Março — Coalizão predominantemente cristã maronita, fundada durante a chamada Revolução do Cedro, uma onda de protestos que varreu o Líbano logo após o assassinato em 2005 de Rafik Hariri, o popular primeiro-ministro muçulmano sunita. Além de seu braço político, o grupo também inclui os poderosos grupos de milícia armada das Forças Libanesas Cristãs Maronitas e da Falange Libanesa, bem como apoio político e militar de alguns aliados adicionais na política totalmente caótica do Líbano: o Al-Jamaa al-Islamiya, o grupo islâmico muçulmano sunita, e também a comunidade armênia libanesa. A suposição de Carrie de que sua informante Dima Hamdan é uma cristã maronita baseia-se em parte no fato de que Dima é agente secreta do Grupo 14 de Março.

Cristãos Maronitas — Grupo étnico religioso dos primeiros cristãos originado na Síria e em regiões do Monte Líbano. Começaram como seguidores de um místico cristão sírio do século V, São Maron, que passou a vida inteira numa montanha na Síria. Sua igreja é considerada uma denominação cristã siríaca católica oriental, única por sua liturgia, que é realizada em siríaco, um dialeto do aramaico (a língua falada no tempo de Jesus). Hoje, os cristãos maronitas constituem um quarto da população do Líbano e da espinha dorsal dos partidos árabes libaneses nacionalistas e de milícias de direita. Uma força poderosa dentro do Líbano, política e militarmente, eles muitas vezes enfrentaram os muçulmanos, os drusos e os palestinos nas várias configurações complexas da política libanesa. Em 2006, o período em que se situa este livro, eles são representados política e militarmente pelo Grupo 14 de Março (ver página 315).

MOIS — O Ministério da Inteligência e da Segurança Nacional da República Islâmica do Irã; Vezarat e Ettela'at Jomhuri-ye Eslami-ye Iran. Serviço secreto estrangeiro de inteligência do Irã, o equivalente iraniano da CIA. Uma vez que o Hezbollah e o governo de Assad na Síria têm ligações com o Irã, é conveniente para Carrie supor que seu agente alvo, Taha al-Douni, codinome Rouxinol, teria acesso a informações do Hezbollah e da organização de inteligência iraniana, MOIS.

Murabitun — O Murabitun foi criado em 1957 por seguidores muçulmanos sunitas do presidente Nasser do Egito. Eles se opunham às políticas pró-ocidente do então presidente do Líbano Camille Chamoun, um cristão maronita. Adquiriram o nome Al-Murabitun, "as Sentinelas", durante a luta na primeira Guerra Civil Libanesa, em 1958. Mais tarde, durante a longa Guerra Civil Libanesa (1975-1990), os murabituns muçulmanos sunitas se uniram ao LNM, o Movimento Nacional Libanês, uma coalizão de forças de esquerda e socialistas que haviam se aliado com os drusos e palestinos, todos os quais uniram esforços contra as Forças Libanesas Cristãs Maronitas.

Agente de Operações — Como Agente de Operações, também chamado "agente de caso", o trabalho de Carrie é recrutar e dirigir ou "lidar com" agentes. Estes agentes, também chamados "espiões", "fontes", ou "pássaros", em jargão da CIA, são tipicamente cidadãos do país em que ela se encontra. Ou podem ser membros de grupos específicos, serviços de inteligência estrangeiros ou outras organizações que possam fornecer informações que tenham valor para os Estados Unidos.

Sunitas *versus* xiitas — A origem do conflito entre sunitas e xiitas remonta ao ano 632 quando o Profeta Maomé morreu sem deixar um herdeiro homem. Dois pretendentes rivalizavam para substituí-lo como líder, ou califa, da nova religião: o parente consanguíneo mais próximo do profeta, seu primo e genro, Ali, cujos seguidores se intitulavam Shiat Ali, os seguidores de Ali, ou xiitas; e o sogro do profeta, Abu Bakr, cujos apoiadores, chamados sunitas, acreditavam que seria o mais capaz para administrar o império muçulmano que se expandia rapidamente. Abu Bakr foi escolhido, criando a cisão inicial. A divisão entre esses dois grupos tornou-se irreparável no ano 680, quando o filho de Ali, Hussein (que não só era filho de Ali, mas também neto do Profeta Maomé), desafiou o que via como uma liderança sunita severa. Ali, suas forças superadas em número, foi morto em Karbala, no Iraque. Muitos de seus parentes do sexo masculino foram trucidados com ele. O massacre do neto do Profeta Maomé, assim como a maioria de seus parentes do sexo masculino, enviou ondas de choque pelo império muçulmano que reverberam até hoje. Isso levou os sunitas a adotarem uma noção de martírio como parte de sua fé, exemplificada, como eles viam, nos atos de Hussein, cujo sacrifício ainda é comemorado no feriado xiita, o Dia da Ashura. Através da história, embora reconheçam que são irmãos muçulmanos, sunitas e xiitas sempre se viram com desconfiança. O conflito perdura até hoje, muitas vezes interpretado por substitutos, tais como o Hezbollah (xiita) e a Al-Qaeda (sunita), e em países com populações mistas, como o Líbano e o Iraque.

www.intrinseca.com.br

1ª edição	JANEIRO DE 2014
impressão	CROMOSETE
papel de miolo	POLÉN SOFT 70G/M²
papel de capa	CATRÃO SUPREMO ALTA ALVURA 250G/M²
tipografia	JANSON TEXT